IL TRIBUNALE DELLE ANIME

Donato Carrisi

靈魂法庭

多那托・卡瑞西——著 吳宗璘——譯

證人再怎麼可怕，控訴者再怎麼嚴厲，都抵不過人類心底深處的良心。

——古希臘政治歷史學家　波利比奧斯

7.37 a.m

屍體睜開雙眼。

他躺在床上，天光照亮整個房間，前面的牆上掛著木質十字架。

他看著自己的雙手，分別擱在雪白床單的兩側，彷彿是別人的手，與他無關。他抬手——右邊的那隻手——舉到自己的面前看個仔細，就在此時，他察覺頭上纏綁著繃帶，顯然自己是受傷了，但奇怪的是，他居然一點都不痛。

他面向窗戶，玻璃浮現出自己面孔的模糊映影，恐懼湧上心頭，問題來了，可怕的大問題，但更令人痛苦難耐的是，他根本不知道答案。

我是誰？

五天前

12.03 a.m.

地址在市中心之外。天候惡劣，衛星導航系統找不到那間房子，他們多花了半小時的時間，才終於找到這個偏僻地點。要不是在車道入口處發現那盞微弱的路燈，他們可能會以為這整個區域根本沒有住人。

救護車緩緩穿過荒廢的花園，警示燈發出閃光，讓那些幽黑、佈滿青苔的女神與斷臂維納斯逐一甦醒，她們側傾微笑，伸出優雅含蓄的手勢，以靜止的舞蹈姿態、目迎他們到來。前方的老舊別墅，宛若在暴風雨中的停泊港口，準備接待他們歇息，裡頭沒有開燈，但大門已經打開。

那屋子正等著他們進去。

一共有三個人：莫妮卡——輪值夜班的年輕實習醫生、湯尼——經驗豐富的醫務員，還有司機，那兩名醫務人員不畏風雨、走向那間房子，司機則待在救護車裡留守。他們在門口大聲呼喊，希望能喚起裡頭的人的注意力。

無人回應，他們直接進去。

腐濁的空氣，陰暗的牆壁，一排黃色的燈泡，發出朦朧微光，勉強照亮走廊，右側是通往二樓的階梯。

走廊盡頭的起居室房門是開著的，他們看見地上躺了一個人。

他們趕緊衝過去，除了房間中央的老舊搖椅以及對面的老舊電視機之外，其他家具全被蓋上白布，一切充滿著陳舊的氣味。

莫妮卡跪在那男人旁邊，他似乎失去意識，而且呼吸困難。

「他出現發紺❶。」

湯尼先確定病患的呼吸道沒有阻塞，隨即將甦醒器蓋住他的嘴巴，莫妮卡則以手電筒檢查他的虹膜。

這名男子應該還不到五十歲。他身著條紋睡褲與浴袍，腳上穿著皮質拖鞋，好幾天沒刮鬍子，又加上稀疏髮絲凌亂不堪，令他看起來邋遢落魄。手裡緊抓著手機，他剛才打了緊急電話，喊著胸痛難忍。

最近的醫院是傑梅里。遇到嚴重突發狀況的時候，值勤的醫生都會隨著醫務員一起坐上立刻出班的救護車。

所以，莫妮卡出現在此。

有張小桌被翻倒，地上有碎碗，牛奶和麵包撒落滿地，還混雜著尿液，想必他是在看電視的時候突然發病，倒地時把東西撞得亂七八糟。莫妮卡心想，又是一個典型的例子，獨居中年男子，心臟病發，要是來不及打電話求援，通常只能等鄰居聞到臭味的時候，才會被人發現。當然，在這種遺世而獨立的偏僻別墅中，絕對不可能是這種結果。要是他沒有往來密切的親戚，恐怕也要多年之後，才會有人注意到屋內有死人。無論如何，這看起來都是似曾相識的場景，她也不禁心生憐憫，至少，在他們解開他的衣服、準備做心肺復甦術，看到他胸前的那幾個刀刻字之前，她依然抱持著這種心情。

❶因缺氧而導致嘴唇及四肢末梢呈現青紫色。

殺了我。

他們兩人都假裝沒看到，醫護人員的職責是救人性命。不過，他們的動作也開始格外小心翼翼。

「飽和度在下降。」湯尼看著血氧濃度計，告訴莫妮卡，換言之，已經沒有空氣進入這名男子的肺部。

「現在要插管，不然他就沒命了。」莫妮卡拿出喉鏡，並準備移動位置，蹲在病患頭部的後方。

莫妮卡發現湯尼臉上突然出現怪異神色，他是訓練有素的專業人員，見識過各種陣仗，但居然會有東西讓他目瞪口呆，而且，那嚇人的東西就在她背後。

醫院裡的每一個人，都知道這位年輕醫師與她妹妹的故事，雖然從沒有人提起，但她知道大家看她的眼神充滿憐憫與關切，不知道她背負此等重擔，怎麼能夠活下去。

現在湯尼臉上出現的正是這種表情，而且還夾雜某種恐懼，所以莫妮卡轉頭，她也看到了。

一隻溜冰鞋，被人丟在房間角落，來自地獄的溜冰鞋。

紅色鞋身，金色環扣。與另一隻一模一樣，但那隻不在這裡，在另外一個房子裡，屬於另一個人。莫妮卡總覺得那雙鞋很俗氣，但是泰瑞莎卻認為它們富有「古味」。這兩個女孩長得一模一樣，所以，在那個淒冷的十二月清晨，她妹妹屍體在河邊空地被人發現時，她居然有親見自己死亡的感覺。

二十一歲的她，被人割斷喉嚨身亡。

有人說，雙胞胎就算是相隔千里之外，也能同時產生感應，但莫妮卡根本不信。那個星期天下午，泰瑞莎和朋友溜完冰、在回家的路上被綁架的時候，莫妮卡根本沒有感受到任何的恐懼或危機感。一個月之後，屍體終於被尋獲，她身上的穿著正是失蹤那天所穿的衣服。

那隻紅色的溜冰鞋，宛如古怪的義肢、套在她的腳上。

莫妮卡留著那隻溜冰鞋，已經有六年的時間，她一直在想，不知道另一隻到哪裡去了，有沒有機會可以找回來。她經常陷入沉思，不知道是什麼人拿走那隻鞋，她也常常在偷偷研究街頭路人的面孔，也許，那個人正藏身其中，久而久之，這居然也變成了某種遊戲。

也許，現在，答案就在莫妮卡的面前。

她低頭看著地上的那名男子，粗糙肥短的雙手，鼻孔冒出鼻毛，褲襠還沾著尿液，與她所想像的那個禽獸有很大的落差。他也是血肉之軀，一介凡人，還有岌岌可危的心臟。

湯尼的聲音把她拉回來，「我知道妳現在心裡在想什麼，」他說道，「只要妳給我一句話就好，我們隨時可以停手。該來的事避不掉，我們只要坐著等就夠了，不會有人知道的。」

他看到她的動作也出現遲疑，喉鏡停在那名男子的口腔上方，沒有進去。莫妮卡再次看著他的胸口。

殺了我。

當她妹妹被當成屠宰場裡的動物、遭人斷喉的那一刻，所看到的最後景象，很可能就是這幾個字，那不是人類在臨終前所希望聽到的慰藉之語，兇手可能藉此嘲弄自己的獵物，得到快感，而對泰瑞莎來說，未嘗不是如此，她一心求死，只希望這一切能早早結束。莫妮卡怒意攻心，她的手緊掐著喉鏡的握把，指關節已經泛白。

殺了我。

這個懦夫雖然在胸前刻下這幾個字，但卻在病危之際撥出緊急救援電話，他和大家一樣，怕死。

莫妮卡的心底不斷翻攪。那些認識泰瑞莎的人，把莫妮卡當成真人複本，宛若蠟像館裡的人像。對家人而言，莫妮卡等於是妹妹的化身，泰瑞莎可能會變得像她一樣、但也永遠不可能有這個機會，他們看著她長大，卻在她身上找尋泰瑞莎的影子。現在，她有機會可以做自己，驅趕在體內徘徊不去的雙生姊妹幽魂。我是醫生，她提醒自己，她想要為這個躺在面前的人擠出一絲憐憫？或者擔憂道德的審判？抑或是要找尋蛛絲馬跡？沒有，她發現自己無動於衷，所以她拚命想要說服自己，其實這男人與泰瑞莎之死沒有關係，但她卻完全想不出理由，紅色溜冰鞋會出現在這個地方，終究也只有那麼一個理由。

殺了我。

此時此刻，莫妮卡已做出最後決定。

6.19 a.m.

大雨彷如柩衣，籠罩羅馬。這座歷史古都的建物外牆無聲低泣、被幽長陰影所披蓋。那沃納廣場周邊蜿蜒的羊腸小徑荒無人跡，距離布拉曼特修道院迴廊不遠之處，濕答答的街道路面上，可以看到老字號的和平咖啡館門窗映影。

店裡有紅絲絨的座椅、灰紋大理石桌、新文藝復興風格的雕像，還有那些藝術家常客，他們多半是畫家與音樂家，陷入黎明來臨之前的焦躁不安，也有等著營生的商店老闆與古董商，還有一些剛結束整夜排演的演員，趁回家補眠之前、先來這裡喝杯卡布其諾。每個人都想在可怖的天氣中找尋些許慰藉，大家都在高談闊論，沒有人注意到面門那桌的兩位黑衣陌生客。

「偏頭痛好點沒？」年紀較輕的男人先開口。

他的同伴本來忙著以指尖猛摳咖啡杯裡剩下的糖粒，此時停下動作，不由自主撫摸著左邊太陽穴的疤痕。「有時候會痛醒，但算是好多了。」

「還會作那個夢？」

「每晚都會出現。」那男人回道，抬起那雙深藍色的憂鬱眼眸。

「會過去的。」

「對，一定會。」

義式咖啡機發出蒸汽嘶鳴長聲，劃破兩人之間的沉默。

「馬庫斯，時候到了。」年輕的那個說道。

「我還沒有準備好。」

「我們不能再等下去，他們一直在問我你的事，很擔心你的進度。」

「我有啊，難道不是嗎？」

「對，沒錯，你的表現越來越好，我也很開心，相信我，但大家也等太久了，很多事情都得要靠你。」

「但到底是哪些人對我這麼有興趣？我很想和他們見個面，好好聊一下，現在我只認識你而已，克里蒙提。」

「我們以前討論過，不可能。」

「因為？」

「因為一直就是這樣。」

馬庫斯又開始摸疤，只要他一開始緊張，就會出現這個動作。

克里蒙提傾身向前，逼得馬庫斯一定得望著他，「這是為了你的安全著想。」

「你的意思是，他們的安全吧。」

「如果你是這麼想的話，也行。」

「我要是出現，就丟人現眼了，絕對不能出這種醜事，對吧？」

馬庫斯語氣尖酸刻薄，但克里蒙提並沒有因而不高興，「所以你有什麼問題？」

「我是個不存在的人。」馬庫斯的聲音壓抑苦痛。

「我是唯一認得你面孔的人，可以讓你自由自在，你怎麼會不懂呢？他們只知道你的名字，其他的事情，他們也全然信任我，所以你的工作不會有任何限制，只要他們不知道你是誰，自然不可能妨礙你。」

「因為？」馬庫斯再次回嘴。

「因為我們正在追查的事情，也可能會危及他們的安全。就算所有的防護措施都宣告失敗，連他們所設下的障眼法全都失靈，至少還有一著活棋，你是他們的最後一道防線。」

「回答我一個問題就好，」馬庫斯依然面有不服之色，「其他人也像我這樣嗎？」

克里蒙提沉默了一會兒，「我不知道，我不可能會知道答案。」

「當初你把我留在醫院就好了……」

「馬庫斯，你怎麼可以說這種話，太讓我失望了。」

馬庫斯望著窗外零落的路人，他們趁風雨稍歇、趕緊離開臨時遮蔽處，繼續前行，他還有許多問題想要問克里蒙提，包括那些與他並沒有直接關聯的事，還有他不知道的事。克里蒙提是他與這個世界的唯一窗口，克里蒙提就是他的世界。馬庫斯從來沒有和其他人講過話，他沒有朋友。不過，他卻知道某些人與邪魔的兇暴惡行，但，他寧可自己從來沒聽過這些事，何其令人髮指，它不但會動搖你的信任感，而且還會玷污你的心靈，永劫不復。他看著自己四周那些渾然不覺的人，過得無憂無慮，他好嫉妒他們。當初，是克里蒙提救了他，但也同時把他引入了幽影世界。

「為什麼是我？」他的目光依然停留在窗外。

克里蒙提露出微笑，「狗是色盲。」這是他三不五時掛在嘴邊的一句話，「好，你還是站在我這邊吧？」

馬庫斯的眼神終於離開窗面，他看著自己唯一的朋友，「對，我挺你。」

克里蒙提不發一語，把手伸入掛在椅背後的風衣口袋，拿出信封，放到桌上之後、又推到馬庫斯的面前，他拿起信封，每一個動作都小心翼翼，慢慢將它打開。

信封裡面，放有三張照片。

第一張是一群年輕女孩在海邊開派對的團體照，最靠近鏡頭的是兩個穿泳衣的女孩、站在營火前乾杯。其中一個女孩再次出現在第二張照片裡，戴著眼鏡，頭髮後梳：她面帶微笑，指著後方的羅馬博覽會區的義大利文化館。第三張照片，還是同一個女孩，她摟著一男一女，想必是她的父母親。

「她是誰？」馬庫斯問道。

「她叫拉若，二十三歲，南部來的女孩，在羅馬住了一年，是建築系大學生。」

「她怎麼了？」

「這就是問題：沒有人知道，她大約在一個月前就失蹤了。」

馬庫斯專心凝視那女孩的臉，完全不理會周遭的吵雜紛亂，剛移居到大城市的鄉下女孩的標準模樣，漂亮，五官精緻，沒化妝，他猜這女孩平常都綁馬尾，因為要省錢，沒辦法去髮廊做頭髮，只有回老家時才能進美容院打理門面。她的穿著風格走中庸之道，喜好牛仔褲與T恤，如此就不必苦苦追隨最新時尚潮流，還有，她的臉上可以看出昨晚熬夜苦讀或吃鮪魚罐頭的痕跡，首次離家的學生，一到了月底預算窘迫、等待爸媽的新匯款到來之際，吃這種罐頭，就是他們的下下之策。他還可以想像那女孩日日思鄉的痛苦掙扎，一直牽絆著她的建築師之夢。

「說吧。」

克里蒙提拿出筆記本，把咖啡杯移到旁邊，開始翻閱筆記，「拉若失蹤的那天晚上和朋友一起出去玩。她朋友說，那天她看起來很正常，大家隨意閒聊，大約在九點鐘左右，她喊累，想要先回家，一對朋友送她回家，而且還看著她走進大門。」

「她住哪？」

「市中心的一棟老舊建築。」

「有沒有其他的分租房客？」

「約二十個上下。那棟房子是校方提供給學生的出租公寓。拉若住一樓，八月之後，她的室友就搬走了，她還在找新的室友。」

「所以她的最後行蹤？」

「她回家之後的那一個小時，她還待在公寓裡，因為她從手機打了兩通電話：九點二十七分，另一通是十點十二分。第一通是打給她媽媽，講了約十分鐘，第二通是打給她的好友。十點十九分，她的手機關機，就此再也沒有開機。」

年輕女服務生過來收咖啡杯，同時等著他們加點別的東西，不過他們兩人都沒吭氣，等她自己走開。

「什麼時候報的案？」馬庫斯問道。

「第二天傍晚。她沒有去上課，同學打電話找她好幾次，但都轉到語音信箱。八點鐘左右，他們過去找她，敲她的房門，但沒有任何回應。」

「警察怎麼看？」

「拉若失蹤的前一天，從銀行帳戶提領了四百歐元，準備付房租，但校方辦公室並沒有拿到錢。還有，根據她母親的說法，衣櫥裡有些衣物和背包不見了，她的手機也不知去向，所以警察判定她是自己跑了。」

「敷衍了事。」

「你也知道他們的風格，不是嗎？眼不見為淨最好，過沒多久，他們就懶得繼續偵辦下去，只會靜觀其變。」

也許要等到見屍吧，馬庫斯心想。

「拉若的生活規律正常，大部分的時間都待在學校裡，而且交友圈不複雜，就那幾個朋友。」

「她的朋友怎麼看？」

「拉若不是亂七八糟的人，但她最近的確有些異常，似乎很容易疲倦，精神渙散。」

「她有沒有男朋友或曖昧對象？」

「就手機通聯紀錄看來，她都是固定打電話給那幾個人，大家也沒提到她有男友。」

「網路使用習慣？」

「通常是在系辦圖書室或車站附近的網咖，電子信箱裡也沒有可疑信件。」

就在這個時候，咖啡店的門突然打開，有新客人進來，一陣冷風灌入屋內，每個人都面露慍色，但馬庫斯卻依然陷溺在自己的思緒裡，「拉若一如往常，傍晚回家，她最近容易疲倦，當晚也不例外。與外界的最後聯繫時間是晚上十點十九分，隨後她就關上手機，人和手機一起失蹤，而且再也沒有開機，這就是她最後的行蹤，有些衣物不見了，錢和帆布背包也是，所以警方據此斷定她是自願離家出走。她可能是一個人獨自行動，也可能有同伴，但完全沒有人看到她離開，」馬庫斯看著克里蒙提，「為什麼我們要擔心她？我的意思是，為什麼是我們？」

克里蒙提的表情，說明一切，這就是癥結，*違常之處*。他們一直在追根究柢的就是這個東西，布料中的微小破綻，警方偵辦結果之外的蛛絲馬跡，通常，在這些小瑕疵當中，經常會發現其他的秘密，讓人發現截然不同、完全意想不到的真相，這就是他們該披掛上陣的時候了。

「拉若沒有離開那間屋子，馬庫斯，她的門是反鎖的。」

克里蒙提和馬庫斯直接前往拉若的失蹤現場，那棟房子在克羅納里路，緊臨著桂冠救主廣場與其十六世紀的小教堂，他們潛入那間位於一樓的公寓，完全沒有引發別人的注意。

馬庫斯進入拉若的公寓，開始四處張望，他最先注意到的是被破壞的門鎖。當初警方為了要進到屋內，所以強行破門而入，幹員們並未注意到屋內門鏈鎖是扣上的，而且鏈條還在門柱上懸晃。

這間公寓至多不過一百五十平方呎，做了夾層，第一層無隔間，附廚房，有一面牆櫃，還有個電爐，上頭也做了櫥櫃，旁邊是冰箱，門上到處都是五彩繽紛的磁鐵，箱頂有個花瓶，裡面插的是仙客來，現在早已枯死。餐桌旁配放四張餐椅，中央還放有一個茶具盤。角落兩張沙發，對著電視。綠色牆壁上掛的不是一般照片或海報，而是全世界各地的著名建物。屋內有扇窗戶，與其他窗戶一樣，面對著庭院，外頭有金屬柵欄保護，不可能有人闖入。

馬庫斯以眼默記所有的細節，他不發一語，劃了一個十字聖號，克里蒙提也立刻跟著照做。馬庫斯隨即開始在房內四處走動，他不只在看，而且還靠手摸，以掌心輕撫物體表面，彷彿想要感知殘餘的能量，某種無線電的訊號，似乎可以與他溝通，將它們的所見所聞、偷偷向他傾訴。馬庫斯彷彿是能聽到地底水層召喚的尋水巫師，正在探測這些東西幽寂的沉默地帶。

克里蒙提看著他，刻意保持距離，以免讓他分心。馬庫斯似乎毫無遲疑，全神貫注，對他們雙方來說，這都是一場重要的試煉，馬庫斯必須證明自己可以再次發揮先前所培養出的能力，對克里蒙提來說，他也必須要確定自己的判斷無誤：馬庫斯已經恢復正常。

他看著馬庫斯走到公寓的最底端，那裡有間小浴室，裡面鋪著白色瓷磚，掛著慘白的日光燈，淋浴區在洗手台和馬桶之間，廁所裡還有洗衣機與雜物櫃，門後掛著月曆。

馬庫斯退出去，走到起居室的左邊：通往夾層的階梯。他一次跨三階走上去，最後到達狹窄的梯台，前方有兩扇臥室的門。

第一間原來是拉若室友的房間，已經清空，只剩下光禿的床墊、小搖椅，還有五斗櫃。

另外一間，正是拉若的房間。

百葉窗是開著的，房間角落有電腦桌，還有擺滿書籍的書架，馬庫斯走過去，以手指輕撫著書脊，大部分都是建築用書，上頭還擺放一疊未完成的橋樑設計圖。他看到玻璃罐裡放著鉛筆，抽出其中一支猛力嗅聞，橡皮擦他也不放過，他要以鼻子好好欣賞文具所獨藏的秘密韻味。

這個味道，也是拉若世界的一部分，這裡是她的幸福屬地，她的小王國。

他打開衣櫥，翻找她的衣服，有些不見了，只剩下衣架。低層架放著三雙鞋，兩雙是運動鞋，另外一雙是特殊場合使用的半高跟鞋。雖然還有第四雙的空位，卻看不到鞋子的蹤跡。

她睡的是加大單人床，枕頭上還夾放著泰迪熊，它很可能是拉若成長過程的見證者，但現在的它卻何其孤單。

床邊桌上放著相框，鏡中人是拉若和她的爸媽，此外，還有小錫盒，裡面有藍色戒指、珊瑚手鍊，還有一些首飾。馬庫斯仔細研究照片，他認出來了，克里蒙提在咖啡館裡所拿出的照片裡，也有這一張。照片中的拉若戴著金鍊十字架，但是小盒裡卻沒有這東西。

克里蒙提站在梯底處等他，「怎樣？」

馬庫斯沉默了一會兒，「她被綁架了。」語氣極為肯定。

「為什麼這麼有把握？」

「現場太整齊，衣服與手機不見只是障眼法。不過，無論主嫌是誰，卻還是百密一疏，門內的門鏈鎖是反鎖的。」

「可是他怎麼——」

「我們遲早會知道答案，」馬庫斯打斷他，隨即又四處走動，努力還原現場，他的腦袋天旋地轉，馬賽克的碎片在他眼前湧匯，「拉若有客人。」

克里蒙提知道是綁架，馬庫斯正在回溯，這是他的天分。

馬庫斯眼前的景象，一如惡徒之所視所見。

「他趁拉若不在的時候，偷偷潛入，坐她的沙發，躺她的床，還四處找東西，翻照片，想要把她的記憶擁納入懷。他摸她的牙刷，聞她的衣服，想要尋覓她的氣味，就連她放在洗碗槽裡用過的玻璃杯，也被他拿來喝水。」

「我聽不懂……」

「他知道她所有東西的擺放位置，所有的秘密、行程表，還有生活習慣。」

「但這裡看不出綁架的痕跡，沒有打鬥，也沒有其他人聽到尖叫或求援聲，你怎麼能這麼確定？」

「因為她那時候在睡覺。」

克里蒙提正要開口，但馬庫斯卻先插話，「幫我找糖。」

雖然他不知道馬庫斯腦袋裡在想些什麼，但他還是一起幫忙，並且在爐子上方的櫃子裡，找到一個標註「糖」字的調味盒，而馬庫斯也在看茶具旁的糖碗。

都是空的。

他們各拿著空空如也的容器，兩人之間產生一股強烈震盪，這並非巧合，馬庫斯也不是在隨意猜測，他有料事如神的直覺。

「糖是貯放毒品最好的地方，不但可以掩蓋氣味，也方便吸毒者每日吸食。」

克里蒙提聽到這句話，心也不免起伏糾結，他記得拉若的朋友曾經提過，她最近總是很疲倦，毒品可能是關鍵因素，但他把話藏在心裡，沒有告訴馬庫斯。

「這是漸進式手法，」馬庫斯繼續說道，「綁架她的人之前就來過這裡，除了她的衣服和手機之外，也清光了毒糖。」

「但你忘記門鏈鎖，」克里蒙提回道，這個細節足以摧毀所有假設，「他怎麼進來的？又怎麼能兩個人一起出去？」

馬庫斯再次四處張望，「我們在哪？」羅馬，全世界最大的考古學據點城市，地底層次豐富，只要往地底挖掘，即可發現不同時期的文明遺跡，馬庫斯很清楚，就連在地表之上的生活，也因為時間的洗禮、而顯現出多層次的沉澱痕跡。每個地方都蘊含豐富的歷史與多元的可能性，「這是哪裡？我要問的不是現在，而是以前：你曾提到這棟建築可以追溯到十八世紀。」

「這原來是可斯塔蒂家族的住所之一。」

「對，貴族盤據高樓層，下面是商區、倉庫，還有馬廄。」馬庫斯摸著左邊太陽穴的疤痕，他也不知道那段記憶是怎麼來的，他怎麼知道？明明多數的記憶都消失了，但殘存的部分仍然會不時侵擾，那個令人折磨的問題也隨即浮現，他的出身之地，隱藏著某些秘密，在那個充滿幽暗迷霧的世界裡，他擔心永遠找不到真相。

「你說得沒錯，」克里蒙提回道，「這地方以前確是如此，校方在十年前接受這筆捐贈，將其改建為公寓。」

馬庫斯低頭，拼花地板堅實，「不，不是這裡。」他喃喃自語，逕自走入浴室，克里蒙提也隨他走進去。

他在雜物櫃裡取出水桶，裝了半桶水，並向後退一步，克里蒙提跟在後面，但依然不知其所以然。

馬庫斯把水潑灑在瓷磚地板上，腳下淹成小池塘，他們靜待是否會出現變化。

幾秒鐘之後，水漬不見了。

簡直像是變魔術，宛如女孩消失在反鎖的公寓裡一樣神奇，但這次有合理解釋。水滲入了地板。

某些瓷磚的邊縫裡冒出氣泡，旋即消失，最後出現一塊正方形，邊長約一公尺。

馬庫斯蹲下去，以指尖撫摸瓷磚，想找出哪裡有細縫。似乎有了眉目，他起身想找東西、撬開瓷磚，有把鐵剪剛好夠用，他伸手進去猛力一扳，發現有座石製地板門。

「等等，我來幫你。」克里蒙提回道。

石門之下，數公尺深的石灰華階梯，通往另一段秘道。

「歹徒從這裡出入，」馬庫斯解釋，「至少兩次：一次是進入屋內，另外一次是擄走拉若。」他拿出隨身攜帶的手電筒，照亮入口。

「你要不要下去？」克里蒙提問道。

馬庫斯轉頭看著他，「難道我還有其他選擇嗎？」

馬庫斯拿著手電筒，慢慢走下石階，到達底部之後，才發現這個地底隧道有兩個方向，不知會通往何處。

「沒事吧？」克里蒙提在上頭大喊。

「嗯。」馬庫斯隨口應答。十八世紀的時候，這條走道很可能是用作避險的逃生通道，反正他橫豎得選個方向。其中一條通道的遠方傳來落雨聲，他決定循聲前進，不過才走了五十公尺，他已經因為地面濕滑而跌倒好幾次，野鼠四處逃竄、想要找尋幽黑避身處，滑溜溫熱的鼠身還摩擦著他的小腿。他聽到台伯河因連日大雨而發出的湍急怒吼，還有那甜腥的水味，讓人聯想到暴衝的狂獸。過沒多久之後，出現鐵柵欄、透入灰濛濛的天光，前方已無路可去。他回頭，改走另外一個方向，立刻發現地上有個亮晶晶的東西。

他彎身拾起：是條金鍊十字架。

在臥室那張與父母的合照中，她的脖子上戴的正是這條項鍊，這也證明了他的所有假設。

克里蒙提說得對，他的確天賦異稟。

他激動不已，完全沒注意到克里蒙提已經站到他面前。

他把項鍊交過去，「你看。」

克里蒙提放在手中仔細端詳。

「拉若可能還活著，」馬庫斯語氣興奮，「現在已經有了線索，接下來可以循線找人。」但他發現自己的朋友不但沒有被這份熱情所感染，而且還憂心忡忡。

「我們早就知道了，只是需要證實而已，很遺憾，果然是真的。」

「什麼？」

「糖裡的毒品。」

馬庫斯一頭霧水，「好，現在是怎樣？」

克里蒙提看著他，一臉肅穆，「該是讓你見傑瑞米亞·史密斯的時候了。」

8.40 a.m.

珊卓拉．維加學到的第一堂課：房子絕對不會說謊。

人們喜歡吹噓自己，講得天花亂墜，讓大家都信以為真，但是他們所選擇的居所，一定會暴露所有的秘密。

因為工作之故，珊卓拉必須拜訪許多住家。每當跨過門檻的那一剎那，她總覺得應該要得到主人允許才是，不過，她為了任務，都是長驅直入，連按電鈴的動作都不需要。

在她進入這一行之前，只要有機會搭夜車，她一定會注視著街頭住家的亮燈窗戶，猜測裡面上演的劇碼。她偶有機會匆匆一瞥，女人邊看電視邊燙衣，男人坐在搖椅裡吐煙圈，每一面小窗，都是從電影裡擷取下來的定格畫面，然後，火車駛過，那些生動的故事繼續上演，完全不知有她這個觀眾存在。

她一直很好奇，如果能夠繼續看下去，不知道會怎麼樣。以隱形的方式進入這些人最重要的私密空間裡，像觀察水族箱裡的魚一樣、看看他們如何過著尋常生活。

對於自己住過的地方，她也保持同樣的好奇，不知道這些牆面在她到來之前，曾經經歷了哪些事情，吞隱了什麼樣的歡笑、爭執，還有哀傷。

有時候，她也會想到屋裡所隱藏的悲劇或可怖之事。所幸這些房子忘得很快，住客來來去去，只要換了人，又是一番新局。

有時候，先前的主人會留下痕跡，遺忘在浴室櫥櫃裡的口紅，架上的過期雜誌，抽屜背後還塞了一張紙條，上面寫著性侵危機中心的電話號碼。

透過這些細微的線索，便能追溯前塵往事。

她從來沒有料到，追索細節，居然會變成她的工作。不過，任務畢竟不一樣：當她一到達這些地方，這些屋子，就永遠失去了清白。

珊卓拉通過競爭激烈的考試之後，加入警察行列。她首先接受的是一般訓練，佩帶值勤手槍，了解用槍規則，不過，在接受過特訓課程之後，她被遴選為刑事鑑識攝影人員，穿上團隊的白袍制服。

她會帶著相機，抵達現場，唯一的工作目標，就是凝止時間，讓一切在她的鏡頭下凍結。

珊卓拉學到的第二堂課：房子與人一樣，終有大限之日。

當屋內的住戶，再也不會出現的時候，就是它們的死期，而她註定得要送它們最後一程。彌留時的種種煎熬，包括了凌亂的床鋪、水槽裡疊放的碗盤、地上遺落的孤單襪子，彷彿裡面的人在世界末日倉皇逃逸，留下一片狼藉。不過，其實真正的世界末日，發生在牆堵之間。

所以，那天珊卓拉剛進入米蘭郊區某棟國民住宅的六樓公寓，她已有預感，這個犯罪現場她一輩子也忘不了。她最先看到那棵掛滿裝飾品的塑膠樹，不過，聖誕節也是許久之前的事了，無須猜測，她當然知道為什麼聖誕樹還在那裡，她妹妹在五歲的時候，曾經在聖誕節過完之後，哀求爸媽不要取下樹上的裝飾品，整個下午她又哭又叫，最後她父母只好放棄，希望她總有一天會放下執念，不過，那棵裝滿小燈泡與色球的樹，卻繼續杵在角落，過了一整個夏天，甚至，到了第二年的冬天都還在。所以，珊卓拉一看到這棵樹，胃部也不禁猛然抽搐。

屋裡住著小孩。

她聞得到小孩的氣味。因為她學到的第三課，就是每間屋子都散發著一股住客的獨特味道，房客換人，舊的氣味也會隨之退位，讓新味進駐。隨著時間的積累，它也與其他味道混雜在一起，天然的、人工的都有——衣服柔軟精、咖啡、學校課本、室內盆栽、地板亮光漆，還有甘藍湯——諸此種種，成就了家的氣味，家中成員的味道，味附其身，但他們卻渾然不覺。

現在，若說這間公寓與其他的單薪家庭有什麼不同，也只有味道而已。三個房室，一套廚具，家具購置的時間各有不同，端看當時的經濟能力而定。相框裡的照片多是夏日度假場景：這是他們的財力極限，電視機前的沙發上有條花格披毯：想必這是他們每晚的避風港，彼此依偎在一起看電視，直到睡意襲身。

這些畫面在珊卓拉的心頭一一浮現，接下來發生的事，毫無跡象可循，完全沒有人發現到異狀。

警察像是意外的訪客，恣意在房內四處走動，侵犯這個家庭的隱私，她剛入行時，也覺得自己像個入侵者，但現在這種感覺已經消失不見。

在這樣的犯罪現場，幾乎不會有人說話，恐懼，也有自己的規範。在這場靜默無聲的舞蹈之中，言語已成多餘，因為每個人都知道該如何恪盡本分。

但總有例外，法比歐．塞吉就是其中之一，她聽到他在罵髒話。

「幹！怎麼會這樣！」

珊卓拉循聲望去：他正待在窄小的無窗浴室裡。

「怎麼了？」她把自己的兩個器材包放在走道上，穿上塑膠鞋套。

「今天真是諸事大吉，」他語氣譏諷，看也沒看珊卓拉，只是大力猛拍著瓦斯暖爐，「媽的！不能用的爛東西！」

「我們不會被你炸死吧？」

法比歐瞪著珊卓拉，但她沒有接話，這個同事生氣了。她只好低頭看著地上的屍體，死人佔住了浴室門與洗手台之間的位置，臉朝下，全身赤裸，年紀約四十歲，九十公斤左右，一百八十公分高，他的頭出現不正常的歪斜角度，頭骨出現橫斜傷口，黑白地磚上積著一灘暗紅色血池。

他手裡緊抓著一把槍。

屍體旁散落著一小塊陶瓷，與洗手台左側的缺角相符，應該是他摔倒時發生磕撞。

「這暖爐要做什麼用？」珊卓拉問道。

法比歐態度不耐，「我需要重建現場：這男的正準備要洗澡，也把它帶進來、讓浴室可以更暖和。我等一下就要把水龍頭打開，妳趕快把自己東西準備好就是了。」

珊卓拉知道他的想法，水蒸氣會讓地板上的腳印現形，所以他們可以還原死者在浴室內的動作。

「我去拿螺絲起子，」他頤指氣使，「我馬上回來，妳給我靠邊站。」

她沒有說話，面對這種要求，她早已習慣，指紋專家總認為只有他們才能掌控犯罪現場，而且，在這個以男性為主的工作場域中，像她這樣一個二十九歲的女子，也的確沒有她開口的餘地，同事對她大小聲，她並不意外，但塞吉這個人更惡劣，他們一直處不來，她也不喜歡與他共事。

趁他離開浴室，珊卓拉立刻去拿包包裡的相機和腳架。她以海綿擦拭支架底部，避免留下痕跡，架好之後，讓鏡頭朝上，取出阿摩尼亞紗布擦拭鏡頭，以免沾染霧氣，隨後她又加上全景鏡頭，可以拍攝浴室的三百六十度照片。

先大局，其次是細節，這是規矩。

相機會以連續自動拍攝的方式，環拍整個刑事現場，然後，她會手持相機拍攝局部照片，進行重建，並針對重大發現標示編號與實際尺寸，整理出事件順序，提交給相關人員參考。

珊卓拉才剛把相機架設在浴室中間，馬上就注意到層架上放了小水缸，裡面有兩隻小龜，一想到這個家裡頭曾經有人細心照顧寵物，拿一旁的飼料餵養牠們，定期更換那不過幾公分高的池水，還會以小石和塑膠假葉美化水缸，她的心就不禁一陣酸楚。

她心想，一定不是大人。

塞吉也在這個時候帶著螺絲起子回到浴室，幾番撥弄，那個瓦斯暖爐又可以用了。

「我就知道自己可以搞定。」他洋洋得意。

這裡空間狹小，屍體又佔去大部分的面積，想要再擠下他們兩個人，可說是難上加難，她不禁心想，「這樣要怎麼工作？」

「我先放水蒸氣，」他立刻打開熱水的水龍頭，顯然這招是要把她逼出去，「妳可以趁這個時候去廚房工作，那裡還有一個『雙胞胎』……」

刑案有第一現場與第二現場，前者為發生犯罪行為的真正地點，而其他則只是與案件相關而已，例如藏匿屍體或找到殺人兇器的地方。

當珊卓拉聽到這間公寓裡有「雙胞胎」的時候，她馬上聽出塞吉的意思，這裡還有另一個第一現場，換言之，死者不是只有一個人，她馬上想到了那兩隻小龜與聖誕樹。

珊卓拉站在廚房門口，呆若木雞。想要在這種狀況下維持鎮定自持，一定要遵照鑑識拍照的規矩，但即使遵循這些原則，也難以面對眼前的混亂場面。

獅王辛巴在電視裡對她眨眼，隨後和森林裡的其他動物開始一起合唱，她很想關掉電視，但不可以。

她決定先不管這個了，隨即把錄音機夾在腰帶上，準備口述現場狀況。她把棕色長髮向後梳攏，取下隨時套在手腕上的橡皮筋、紮成馬尾，然後又在頭上戴好麥克風，讓雙手開始工作，她早已從袋裡拿出第二台相機，將鏡頭對準現場，心中慶幸她與眼前這幅景象之間、還有這道安全距離可以相隔。

刑案現場攝影的習慣性原則，從右至左，從下到上。

她看了一眼手錶，隨即開始錄音，她先報出姓名與職級，接下來是地點與時間，她一邊拍照，同時也錄下自己所看到的細節。

「餐桌在廚房中央，擺放了早餐，有張椅子被推倒，旁邊是第一具屍體：女性，年約三十至四十歲之間。」

那女子身上僅著輕薄睡衣，褪至腰間，露出大腿與私處，頭上夾有花髮夾，腳上有隻拖鞋不見了。

「有數處槍傷，手裡還捏著紙。」

她正在列採購清單，餐桌上還擱著筆。

「屍體面朝門口，一定是看到兇手，想要阻止他，她站起來，但才跨出一步就倒下去。」

相機的喀嚓聲，是唯一的計時器，珊卓拉凝神聆聲，彷彿像是個依賴節拍器的音樂家，當場景的細節一一進入數位記憶體之際，同時也進入了她自己的記憶裡。

「第二具屍體：男性，約十到十二歲左右，背門而坐。」

他根本來不及知道出了什麼事。不過，珊卓拉很清楚，如果能在不知不覺的狀況下死亡，也等於是對於生者的唯一寬慰。

「他穿藍色睡褲，仆在餐桌上，臉埋在玉米脆片碗裡，脖子後方有道很深的槍傷。」

對珊卓拉來說，死亡，不是在那兩具遭子彈穿孔的屍身裡，也不是噴濺四處、在他們腳邊逐漸凝固的血跡，更不是那死不瞑目的呆滯雙眼，甚或是他們離世前的未完成姿勢，死亡，在別的地方。珊卓拉知道它最可怕的就是匿身於細節之中的能力，而她會在自己的相機中、一一揭露這些細節。瓦斯爐上的咖啡漬痕，事發之後，爐上的老舊摩卡壺繼續燒煮，一直等到有人發現之後才關火，冰箱持續發出低鳴聲，它依然盡忠職守，保持腹中食物的鮮度，電視也還在播放歡樂的卡通節目。在這場大屠殺發生之後，只有這些人造物體還能兀自存活，而裡面正暗藏著死亡的秘密。

「好個一日之初，對吧？」

珊卓拉轉身，伸手關掉錄音機。

是督察，迪．米契里斯，他站在門口，雙手交疊胸前，嘴裡還叼著一根未點火的菸。「妳剛在浴室看到的那男人，在保全公司擔任警衛工作，那是合法的槍。這一家人只靠他的薪水過活，房租加上車險，幾乎總是捉襟見肘，但哪戶人家不是這樣呢？」

「他為什麼要這麼做？」

「我們正在問鄰居，這對夫妻經常吵架，但狀況不算嚴重，所以也沒有人會因此打電話報警。」

「所以他們婚姻有問題？」

「顯然答案是肯定的。先生對泰拳很有興趣，甚至還是地方比賽的冠軍，不過，他遭人發現使用同化類固醇，喪失資格，也只好就此放棄了。」

「他毆妻？」

「病理學家應該會告訴我們答案，我們只知道這男人愛吃醋。」

珊卓拉看著躺在地上的那女子，下半身光溜溜，她心想，人都死了，還能怎麼吃醋？

「她有別的男人？」

「或許吧，誰知道？」米契里斯聳肩，「所以浴室那邊妳進行得如何？」

「我架好第一台相機，已經在拍全景照片，我現在就等它拍完，或是等塞吉叫我過去。」

「事情不是表面上看起來的那樣……」

珊卓拉瞪大眼睛，看著他，「什麼意思？」

「那男人不是自殺。所有的彈殼，都出現在廚房裡。」

「究竟出了什麼事？」

迪．米契里斯取下嘴中的香菸，走進去，「他本來在洗澡，全身赤裸離開浴室，走到走廊上，拿起制服旁槍套裡的槍，然後進入廚房，差不多就站在妳現在這個位置，拿槍射殺兒子，有一槍就直接對準他的脖子後方，」他伸手作勢模擬，「接下來，又把槍對準老婆，整起事件不過才數秒鐘而已。他又回到浴室，地板依然濕滑，他摔倒之後撞上洗手台，力道太過猛烈，還敲破邊角，馬上就掛了，」督察稍作停頓，隨即多加了一句諷語，「有時候，真是老天有眼。」

珊卓拉心想，上帝與此無關，她看著那小男孩，今天早晨，上帝張望的是別的方向。

「七點二十分，一切劃下終點。」

她回到浴室，迪．米契里斯的最後幾個字讓她異常不安。她打開浴室門，熱騰騰的蒸氣撲面而來，塞吉已經關上水龍頭，跪在他的試劑盒前面。

「小藍莓，問題總是出現在小藍莓上……」

珊卓拉不知道他在說什麼，他似乎完全沉浸在自己的世界裡，所以她決定保持沉默，以免又讓他碎嘴反彈。她確定全景相片已悉數拍完，隨即從腳架上取下相機。

離開浴室之前，她又回頭對塞吉開口，「我只是要換個記憶卡，等一下我會繼續拍細部照片，」她望了望浴室，「這裡沒窗戶，光線不足，所以我需要兩三盞低散射燈，你覺得呢？」

塞吉抬頭看著她，「我還是當妓女好了，可以被那些騎機車的大男人幹得爽歪歪。」

她頓時語塞，如果這算是笑話，她真的聽不懂這是什麼意思，而從塞吉的眼神看來，他似乎也並不期待她以笑聲作為回應。他沒理她，繼續搞他的試劑，珊卓拉也退到走廊上。

她不想理會同事滿嘴胡說八道，開始透過相機螢幕逐一檢查照片，浴室的三百六十度照片相當清晰，以三分鐘為間隔，一共拍攝了六張，蒸氣顯現出兇手的赤足印，但實在難以判讀，起初她以為他和他太太在浴室裡起了爭執、因而引發殺機，不過，若真是如此，理應會在地板上看到女性拖鞋的痕跡才是。

她違背了教戰守則的信條，居然開始想找出原由。這起案件固然撲朔迷離，但是她必須要以中立的態度、如實報告現場狀況。她無法參透原因，並不重要，維持客觀才是她的本分。

不過，在這過去五個月的時間當中，想做到這個基本要求，卻益發艱難。

先大局，其次是細節。珊卓拉開始尋索影像裡的蛛絲馬跡。

螢幕裡，她看到鏡子下方櫃架的刮鬍刀、小熊維尼沐浴乳，還有等著晾乾的濕襪，一般家庭的日常生活情態，而這些無辜的物件，卻成為目睹慘案的目擊證人。

它們絕非囈語，只是以無聲的方式在說話，你只需要找到聆聽的方式就是了。

影像在她的眼前逐一顯現，她頻頻思索，兇手為什麼會突然暴力難遏？她越來越不安，偏頭痛也隱隱犯疼，還突然頭暈目眩，而她只不過想知道真相而已。

為什麼會發生這樣的家庭慘劇？

快接近七點的時候，這一家三口都起床了，女主人為兒子做早餐，男主人第一個使用浴室，他等一下得要帶小男孩去上學，隨即趕去上班，天氣寒冷，他把瓦斯暖爐也帶進去。

他洗澡的時候，又出了什麼事？

水嘩啦啦地流，怒氣冒上來，也許他整個晚上都沒有闔眼，有事煩心，想法、執念揮之不去，嫉妒？他發現了妻子有外遇？米契里斯說過，他們夫妻常常吵架。

但一早並沒有出現口角，為什麼要開槍？

男人離開浴室，拿槍，又走進廚房，沒說話就直接開槍，他的理智為何潰堤？難以忍受的焦慮與恐慌：行兇之前的普遍性徵兆。

相機螢幕上出現三件浴衣，大中小排得整齊，玻璃杯裡有三支牙刷，珊卓拉在找尋天倫和樂圖裡的破綻，讓整個世界天翻地覆的幽微秘密。

七點二十分，一切劃下終點，督察是這麼說的，鄰居在那個時候聽到槍聲，立刻打電話報警。淋浴最多花十五分鐘，而就在這段時間內，卻定奪了一切。

螢幕上出現了養龜的小水缸、飼料罐、塑膠葉，還有小石子。烏龜。

珊卓拉放大照片，一共六張，間隔時間三分鐘，逐一檢查細節，塞吉打開熱水，整間浴室都是熱氣蒸騰……但烏龜動也不動。

物體會說話，死亡就在細節裡。

珊卓拉眼前又開始冒金星，她差點以為自己要暈厥過去。

迪．米契里斯走進來，「你還好吧？」

珊卓拉突然恍然大悟，「瓦斯暖爐！」

「什麼？」迪．米契里斯聽不懂，但她沒時間解釋了。

「塞吉！要馬上救他出來！」

消防車與救護車停在房子外頭，救護車是為了要營救塞吉。

他們衝進浴室的時候，他已經失去意識，但算他走運，還來得及。珊卓拉站在房子前面的人行道上，將相機裡的水缸死龜照給迪．米契里斯看，努力還原事件經過。

「我們到達現場，塞吉想要開瓦斯暖爐。」

「這個白癡不知道什麼時候開始吸進瓦斯，浴室內沒有窗戶，消防員說裡面全是一氧化碳。」

「塞吉想要重建現場狀況，但你想想看，今天早上那男人洗澡的時候，才出了那種事情。」

迪．米契里斯皺眉，「抱歉，我聽不懂。」

「一氧化碳是燃燒的產物，無臭無色無味。」

「我知道那是什麼，」督察的表情在挖苦她，「但會擦槍走火？」

「你知道一氧化碳中毒的症狀嗎？頭痛、暈眩，有時候還會出現幻覺與妄想……在密閉的浴室待久之後，塞吉也出現譫語，嘴裡嚷著小藍莓，一直在胡說八道。」

迪．米契里斯面色難看，他不喜歡。「珊卓拉，聽好，我知道妳在想什麼，但不可以這樣。」

「那個爸爸也是把自己關在浴室裡，然後才衝出來開槍。」

「這種說法無法獲得證實。」

「但這說得通啊！男主人吸入一氧化碳之後，開始頭暈目眩，幻覺還有幻想，他沒有像塞吉一樣馬上倒下去，而是全身赤裸衝出來，抓起槍，殺死了自己的妻子與小孩，事發之後他回去浴室，在缺氧的狀況下失去意識，跌倒，撞傷了頭部：至少，是有這個可能吧。」

迪．米契里斯雙手疊胸，這種態度讓珊卓拉很不高興，不過，她自己也很清楚，這種推論言之過早，很難說服這位督察。她認識他也好幾年了，如果他知道這些離奇命案的原因並非是出於謀殺，他自然是再開心不過了，但他說得沒錯：沒有證據。

「我會轉告病理學家，他們會檢驗男屍的毒物反應。」

珊卓拉心想，聊勝於無。迪．米契里斯是謹慎的優秀警察，她喜歡與他共事。而且他熱愛藝術，顯然是相當敏銳的人，她知道他沒有子女，每當和妻子外出度假的時候，總是拚命造訪博物館，他深信所有的藝術作品都包含了豐富的內涵，挖掘它們的意義，正是雅好者的責任，所以他當然不是那種輕易被表象所滿足的警察。

「有時候，我們希望能看到不一樣的結局，而如果我們無法改變現狀，我們就會以一廂情願的方式自行詮釋，但這種方式未必可行。」

「你說得對。」珊卓拉脫口而出，立刻就後悔了，這番話是針對她而來，但她並不認同。她轉身離開。

「嘿，我只是想說……」迪．米契里斯緊抓著自己的一頭灰髮，想努力找出最適切的措辭，「我很同情妳的遭遇，事發至今，已經六個月了……」

「五個月。」她開口糾正他。

「對，但這些話我應該早點告訴妳才是……」

「沒關係，」她勉強擠出一絲微笑，「但還是謝謝你。」

珊卓拉準備去開自己的車，她腳步急快，胸中溢滿著那股未曾消散的悸動，他人一直無知無覺，它像是心裡的球，由焦慮憤怒與悲傷所累積而成的一顆球，她稱之為「那個」。

她不想承認，但，在這五個月當中，「那個」的確佔據了她的心頭。

11.40 a.m.

雨勢再起，固執不歇。其他人匆忙趕路，但馬庫斯與克里蒙提卻不慌不忙，慢慢走向羅馬的大型教學醫院，傑梅里。

「大門口有警方駐守，」克里蒙提說道，「我們要避開監視器。」

他左轉，離開主道，引領馬庫斯，向一棟白色建物走去，外頭有屋頂、有簷架，下面放著盛裝清潔劑的大桶，還有塞滿髒床單的推車，他們爬上通往小門的鐵梯，門沒有關。兩人進入醫院洗衣室的儲藏區，隨即搭乘電梯到低樓層，穿過狹窄的走廊，眼前已經是最後的管制門，他們在推車上找到白袍口罩與鞋套，穿戴整齊之後，克里蒙提又交給馬庫斯磁卡，有這個東西掛在脖子上，絕對不會有人盤問，他們刷卡開門，進去了。

前方是藍色牆面的長廊，聞得到酒精與地板清潔劑的氣味。

加護病房與其他科別不同，這裡鴉雀無聲，不會聽到醫生與護士的慌張聲響，這裡的工作人員在走廊上安靜走動，除了讓病人維生的機器低鳴聲之外，聽不到任何噪音。

但這裡卻是生死交關的寧靜戰場，萬一有任何戰士倒下，也不會發出任何聲響，無人嘶吼，沒有警報聲大作，只有出現在護理站的閃示紅燈，低調宣告生命徵候已然終止。

在醫院的其他地方，搶救生命之戰，意味著與時間競賽，但在加護病房，時間消逝的方式卻截然不同，它悠悠流轉，彷彿並不存在，而對於在那裡工作的人來說，這個地方，叫作「邊界」。

「有人選擇越界，」克里蒙提說道，「但有些人卻會折返而歸。」

他們站在走廊的玻璃隔間前，望著裡面的其中一間病房，裡面放置了六張病床。只有一張病床上躺了人。

病患約五十歲上下，插管連接著呼吸器。馬庫斯看著他，不禁聯想到以前的自己，當初克里蒙提發現他的時候，他也躺在這樣的床上，在死生之間奮戰徘徊。

他選擇留在生界。

克里蒙提指著玻璃的彼端，「昨晚有人因心臟病發作，打電話緊急求助，救護車開到市郊的某處別墅，醫護人員在房子裡發現了幾樣東西——髮帶、珊瑚手環、粉紅色圍巾，還有一隻溜冰鞋——全是連續殺人犯的受害者遺物，這名男子，叫作傑瑞米亞·史密斯。」

馬庫斯心想，傑瑞米亞，好虔敬的名字，完全無法和連續殺人犯聯想在一起。

克里蒙提從風衣口袋裡取出文件夾，封面只有一組編號：c.g. 97-95-6。

「六年之中，一共有四名受害者，全遭割喉，死者都是女性，年齡介於十七歲至二十八歲之間。」

克里蒙提繼續陳述枯乏無味的背景資料，馬庫斯則凝視著那男人的臉，千萬不能被騙了，那具孱弱的身體只是避人耳目的偽裝。

「醫生說他仍在昏迷，」克里蒙提彷彿有讀心術，「人員到達現場，立刻插管急救，對了……」

「什麼？」

「命運捉弄人，其中一位醫護人員，剛好是傑瑞米亞首名受害人的姊姊，二十七歲，是名醫生。」

馬庫斯好生驚訝，「她知道自己救的是什麼人？」

「知道，她還確定了房間裡的那隻溜冰鞋，屬於自己的雙胞胎妹妹所有，她妹妹是在六年前受害身亡。對了，還有一件事很不尋常。」

克里蒙提從文件夾中取出照片，那男子的胸前有刻字，「殺了我」。

「他身上刺有這幾個字，四處混跡。」

「這是他雙重性格的表徵，」馬庫斯回道，「他彷彿在告訴大家，一切不能只看表象，因為我們通常都只會以衣裝去評斷一個人。事實刻寫在他的皮膚上，與眾人的距離如此接近，但卻藏得隱密，沒有人看得到。傑瑞米亞．史密斯就是這樣的一個人：街上群眾與他擦身而過，對於危險渾然不知，沒有人知道他的真面目。」

「這幾個字裡含有挑戰的意味——有本事，殺了我。」

馬庫斯看著克里蒙提，「所以現在的挑戰是什麼？」

「拉若。」

「為什麼你覺得她還活著？」

「他至少都會留一個月之後，才會殺人棄屍。」

「你又怎麼知道是他帶走拉若？」

「有問題的糖。其他女孩也都被下藥了，他的手段如出一轍：在光天化日之下，找藉口接近她們，請喝飲料，但他早已在杯裡動手腳，加進迷姦藥，這種東西會產生催眠效果，而且還會妨礙思考與自主能力，這似乎是他的典型犯案手法。」

「迷姦藥，」馬庫斯問道，「所以他是為了要劫色？」

克里蒙提搖頭，「受害人沒有被性侵，他只是把她們綁起來，留了一個月之後，割喉殺人。」

「但拉若是在家裡被擄走，這又該如何解釋？」

「有些連續殺人犯的虐殺幻想會越來越豐富，犯案模式也會更加精進，他們偶爾會加入新的細節，增添快感，久而久之，殺人成了任務，他們想讓自己更厲害。」

克里蒙提的解釋不無道理，但依然無法說服馬庫斯，但他決定先不管這個了，「傑瑞米亞·史密斯的那間別墅呢？」

「警方還在搜索，我們無法入內，但顯然那裡並非是藏匿人質的地方，一定另有他處，只要我們能找到，就可以救回拉若。」

「但警察又沒有在找她。」

「也許警察會在屋內發現兩人之間的相關線索。」

「要不要直接告訴警察方向？」

「不可以。」

「為什麼不行？」

「我們運作的方式不是這樣。」

「但可以讓拉若早點脫險。」

「警方可能會成為你的阻力，你需要無拘無束的行動自由。」

「行動自由？什麼？我連從哪裡著手都不知道。」

克里蒙提望著他，意味深長，「你覺得氣餒，我了解，因為對你來說，一切似乎很陌生，但這並非你第一次執行任務，以前你表現不錯，我相信你可以恢復。我向你保證，能找到那失蹤女孩的人，也就只有你了，我希望你可以早點想通，因為拉若所剩時間無多。」

馬庫斯看著克里蒙提背後的病人——連接著呼吸器，在最後的邊界徘徊掙扎——然後，他又看到自己在玻璃隔板上的映影，與病榻上的人交疊在一起，宛若幻象。他趕緊移開視線，倒不是看到那禽獸而心驚，而是他沒有辦法忍受鏡子，因為他到現在還認不出自己的身分。

「萬一我失敗了怎麼辦？」

「所以了，你擔心的是自己。」

「克里蒙提，我已經不知道自己是誰了。」

「你很快就會找出答案，」他把文件夾遞過去，「我們相信你，但自此刻開始，你只能靠自己。」

8.56 p.m.

珊卓拉．維加學到的第三課：屋子有味道，屬於住客的氣味，每一間都不一樣，與眾不同，當裡面的人離開之後，味道也會隨之消失。所以，只要珊卓拉一回到米蘭運河區旁的房子裡，馬上就急著尋索大衛的氣味。

鬍後水，還有大茴香口味的香菸。

她知道，總會有那麼一天，回家之後猛力嗅吸空氣，但卻再也聞不到，等到氣味消散的時候，大衛就真的不見了。

她一想到就不免頹喪悲鬱，所以，她小心翼翼，維持低調，不希望讓自己的氣味污染了這間房子。

起初她好討厭那鬍後水的氣味，超市的便宜牌子，大衛就是愛買，但她總覺得那味道太嗆鼻濃烈。在他們共同生活的三年中，她多次努力，想要改變他的品味，每逢生日、聖誕節，或是週年紀念日，除了正式禮物之外，她一定會另外附贈一款新味道的鬍後水。大衛會用一個禮拜，但隨後就束之高閣，他總是振振有辭：「抱歉，金姐兒，那就不是我的味道嘛。」他還會邊說邊眨眼，讓人更加火冒三丈。

珊卓拉萬萬沒想到，自己居然有一天會囤積那種鬍後水，一買就是二十瓶，而且還把它噴灑在房子的各個角落，她一口氣買這麼多，完全是基於莫名的恐慌，她好擔心它會下架，不再販售。而且，她連那可怕的大茴香香菸也買了，放在菸灰缸裡燒空菸，讓氣味溢滿屋內。然而這套魔法並不靈光，畢竟是大衛的肉身和這些氣味緊緊相繫，他的皮膚、吐納、心緒，造就出他的獨特氣味。

歷經一整天的工作，珊卓拉關上公寓大門，在黑暗之中等了一會兒之後，終於，先生的氣味迎面而來。

她把包包放在門廳的搖椅上：應該要先把相機設備整理好才是，但她不管了，晚餐後再說。她泡熱水澡，一直到手指發皺才起身，她穿上藍色T恤，打開紅酒，這是她的逃避方式，她沒有辦法再打開電視，也無心看書，所以她晚上就窩在沙發裡，慢慢喝光一瓶濃烈紅酒，讓視線漸漸模糊。

她年方二十九歲，難以想像自己成了寡婦。

珊卓拉學到的第二堂課：房子與人一樣，終有大限之日。

自大衛死後，她從來不曾在微物之間發現他的存在，也許是因為這裡大多數的東西都是她的。

她先生是自由接案的攝影記者，必須在世界各地旅行，在遇到她之前，他根本沒有家，如果能睡到旅館或是其他的住宿地點，算是他走運，大衛曾經告訴過她，有次在波士尼亞採訪，他睡的是墳地，整個人就躺在墓洞裡。

大衛所有的家當，全在兩只綠色的大帆布袋裡面，那等於是他的衣櫥：冬夏兩季的衣物都有，因為他永遠不知道自己會被派到什麼地方出差採訪，此外，還有永不離身的破爛筆記型電腦以及各式各樣的裝備：萬用刀、手機電池，甚至是可以淨化尿液的裝置，在沒有飲水的狀況下可以救急。

他把生活中的一切精簡到只剩下必需品，比方說，他手邊不放書，雖然他閱讀量很大，但只要一看完，就會立刻送人，自從兩人住在一起之後，這個習慣才開始改變，珊卓拉為他在書架上騰出一個空間，他也開始想要藏書了，這一直都是他落地生根的方式。葬禮結束之後，他的朋友們去找珊卓拉，每個人都帶了一本大衛生前所送給他們的書，書頁裡充滿註記，他的閱讀折角記號，還有小小的焦痕與油漬，她的眼前浮現出一幅畫面，在炙熱的沙漠中，一旁是壞掉的越野車，他抽著菸，靜靜看著卡爾維諾[2]的書，等待別人過來救援。

他們告訴她，大衛無所不在，你很難忘記他，但事實卻並非如此。她再也聽不到他喊她名字，當然，自動自發在餐桌上多擺一套碗盤，也是不可能的事了。

那樣的尋常生活，瑣碎的時時刻刻，讓她思念萬分。

每逢週日，她總是比他晚起，看到他已經坐在廚房裡，啜飲著第三杯咖啡，在大茴香氣味的煙團中、翻閱報紙，他的手肘支在餐桌上，香菸夾在指間，菸尾的灰幾乎快掉下來了，他如此專注，完全遺忘了外在世界。當她出現在門口，流露出平日一貫的不以為然表情，他會趕緊抬頭，頂著那一頭亂七八糟的捲髮對她微笑。她為自己弄早餐的時候，還會刻意躲開他的目光，但大衛依然一直傻笑望著她，讓她再也無法閃避，他的嘴笑起來歪歪的，因為門牙有缺縫，那是他七歲時騎單車摔倒所留下的紀念，還有他的眼鏡，假的玳瑁鏡框用膠帶隨意綁黏，活像是個英國老太太。大衛就是這樣，過沒多久就會把她拉坐到自己的腿上，在她的脖子上留下深深的濕吻。

珊卓拉沉浸於回憶之中，她把酒杯放在沙發旁的小桌，伸手去拿手機，聽自己的語音留言。

那小小的手機螢幕上，一直顯示有留言，其實，她早就聽過了，就在五個月之前。

「嗨，我打了兩三次電話，但一直轉到語音信箱……我時間不多，所以只能告訴妳我最想念的事……我想念妳上床鑽進被窩時、挨過來取暖的冰腳丫，我想念妳逼我吃冰箱裡的東西，確定它們還沒有走味，還有，我想念妳半夜三點把我吵醒的尖叫聲，痛喊著妳抽筋了，還有，妳一定不相信這件事，但我真的想念妳偷偷拿我的刮鬍刀去刮妳的腿毛……好啦，奧斯陸冷死了，我好想趕快回去，金姐兒，愛妳！」

大衛的遺言似乎充滿了愉悅和樂，彷彿周邊有蝴蝶飛舞，雪花輕飄，還有幾個踢踏舞舞者翩翩相隨。

珊卓拉闔起手機，「我也愛你，佛列德。」

每次聽留言，都會讓她心情激動，思念、悲傷、溫情，但也有苦楚，最後那幾句話裡有問題，珊卓拉無法解答，她也不想知道答案。

奧斯陸冷死了，我好想趕快回去。

大衛四處旅行，她早已習慣了，那是他的工作，他的生活，她一開始就很清楚，雖然珊卓拉私心想要留住他，但她知道自己終究還是該放手的。

想要確保他回到她的身邊，這是唯一的方法。

這份工作經常讓他得要深入世界上最可怕的地方，他走過了幾次鬼門關，也只有老天知道，不過，大衛就是這樣，那是他的天性，他必須眼見為真，手觸為憑，為了要描繪戰爭，他的鼻子必須聞到建物起火所發出的煙味，還要能夠分辨子彈擊中各類物體的不同聲響。雖然各大媒體都想要延攬他，但是他從來沒想過要特別為哪家賣命，他沒有辦法忍受別人控制他。珊卓拉已經學會要放下最沉重的恐懼，將自己的焦慮深埋心底，努力活得像是個正常人，佯裝自己所嫁的是個

❷ Italo Calvino, 1923—1985，義大利著名作家，作品奇特富想像，充滿寓言式風格。

一般的店員或工人。

她和大衛之間有種默契，也因而衍生出一套奇特的示好儀式，等於是他們的溝通方法。他會在米蘭待一段很長的日子，兩人開始過著安穩的婚姻生活，然後，某天傍晚，她回家的時候，會看到他正準備著擅長的蝦蟹海鮮，裡面至少放入五種蔬菜，此外，還有鹹味海綿蛋糕。這的確是他的拿手菜，但在他們的不成文規矩中，這也等於宣布他第二天就要離家。他們會照常用餐，談天說地，他總是能逗得她開懷大笑，兩人還會做愛，第二天早上，她卻是一個人孤單醒來。他通常一去就是好幾個禮拜，有時甚至是好幾個月。然後，有天他會打開家門，一切又恢復如常。

大衛從來不告訴她自己要去什麼地方，只有最後一次除外。

珊卓拉將杯裡的剩酒一飲而盡。她一直不願去猜大衛到底出了什麼事，他一直在冒險，如果他註定要送命，也應該是死在戰場上，或是被他所追查的某名罪犯所謀殺。說來也許愚蠢，他最後的死法如此平庸，竟讓她很難接受。

當珊卓拉手機響起的時候，她正在打瞌睡，她望著手機螢幕，但認不出來電者的號碼，時間已經接近十一點。

「請問大衛．里奧尼太太在嗎？」

男聲，有外國口音，很可能是德國人。

「哪位？」

「我是夏貝爾，在國際刑警組織工作，我們是同事。」

珊卓拉起身，揉著惺忪雙眼。

「抱歉這麼晚打擾，我才剛拿到妳的電話號碼。」

「不能等到明天再說嗎？」

電話那一頭傳來清脆笑聲，她不知道這個夏貝爾是何方神聖，但卻有獨特的男孩腔，「對不起，我就是沒辦法等，只要我有問題苦思不解，就一定要馬上想辦法，不然今晚就睡不著了，難道妳不會嗎？」

珊卓拉很難判斷他的語氣究竟是挑釁或輕佻，她決定冷淡以對，「需要我幫什麼忙？」

「我們正在調查妳丈夫的死因，有些事情需要妳幫忙釐清。」

珊卓拉臉色一沉，「那是意外。」

夏貝爾應該早已料到她會有這種反應，「對，我看過警方報告了，」他語氣鎮定，「請稍等……」

珊卓拉聽到對方在翻動紙張。

「報告裡提到妳先生從六樓摔下去，但當時沒死，幾個小時之後才因為多處骨折與內出血而身亡……」他沒有再唸下去，「我想妳一定很痛苦，想必很難接受這種事。」

「你不會懂的。」這幾個字森然逼人，她討厭自己說出這樣的話。

「根據警方資料，里奧尼先生為了取得絕佳攝影角度，所以爬上建築工地。」

「對。」

「妳去過現場嗎？」

「沒有。」她語氣惱怒。

「我去過了。」

「你到底要說什麼？」

夏貝爾停頓好久，才繼續開口說話，「妳先生的相機在他墜樓時摔壞了，可惜我們再也看不到照片了。」他的話裡有挖苦之意。

「國際刑警組織怎麼會管到意外死亡事件？」

「是沒有，但此案例外，我關切的不只是妳先生的死亡事件而已。」

「那所以呢？」

「本案還有諸多疑點，我發現里奧尼先生的行李應該已經交還給妳。」

「對，兩個袋子。」她真的生氣了，她懷疑這才是對方的真正動機。

「我曾經請求查閱證據，但顯然太遲了，」

「為什麼要看？是什麼東西讓你這麼有興趣？」

夏貝爾稍作停頓，「我從來沒有結過婚，但的確有好幾次差點進了結婚禮堂。」

「那又關我什麼事？」

「我不知道和妳有什麼關係，但我認為當你全然信任某人、連命都可以交到對方手上的時候——我說的是極特殊的對象，像是配偶……有些問題，你就不會深究了，比方說，兩人不在一起的時候，對方做了哪些事，有人稱其為信任，但有時候，那只是恐懼，擔心知道真相的恐懼。」

「就您的觀點看來，我應該要追問大衛什麼事情？」其實，珊卓拉已經知道了答案。

夏貝爾轉趨嚴肅，「維加警官，我們大家都有秘密。」

「我不知道大衛生活的所有細節，但我知道他是什麼樣的人，這對我來說就夠了。」

「話是沒錯，但妳可曾想過他未必會一一吐實？」

珊卓拉大為光火，「你給我聽好，甭想逼我去懷疑我先生，不可能的。」

「事實就是如此，妳已經在懷疑他了。」

「你根本不認識我吧。」她回嗆。

「那兩個袋子早在五個月前就發還給妳了，但現在依然放在總部的儲藏室裡，妳為什麼還不去拿？」

珊卓拉笑得淒然，「再次目睹遺物會有多痛，我不需要向別人多加解釋。我要是把東西領回來，就等於承認一切真的結束了，大衛再也不會回家，也沒有人能幫我。」

「鬼扯，妳自己最清楚。」

那男人如此失禮，讓她嚇了一大跳，半晌說不出話，她最後也只能勃然大怒，「你去死吧。」

她摔電話，立刻信手拿起空酒杯，猛力對牆扔過去，那男人憑什麼？她根本不該讓他繼續說下去的，早該掛他電話。她站起來，開始在房內緊張踱步，夏貝爾說得沒錯，她很害怕，但只是一直不敢承認。接到這通電話，她不意外，其實珊卓拉自己多少也有所期待，希望有人能夠點醒她。

她心想，太瘋狂了，那只是意外，一場意外。

她冷靜下來，打量著屋內，書架角落是大衛的藏書，書桌上堆放著大茴香口味的香菸盒，鬍後水早已過了使用期限，但依然貯放在浴室櫃裡，還有，他週日早晨在餐桌旁看報的固定位置。

珊卓拉・維加學到的第一堂課：房子絕對不會說謊。

但人會說謊。

奧斯陸冷死了，我好想趕快回去。
大衛的確撒謊，他明明死在羅馬。

11.36 p.m.

屍體醒來了。

四周一片漆黑，他好冷，心慌意亂，充滿了恐懼，五味雜陳，奇特的熟悉感。

他記得槍傷，那股氣味，然後是肉燒焦的味道，全身肌肉也立刻繳械，癱軟倒地，他發現自己還能把手伸出去，一陣探摸，他以為自己倒在血池裡，沒有，他以為自己死了，也沒有。

首先，是名字。

「我叫馬庫斯。」他自言自語。

記憶瞬時湧現攻心，他想起來自己還活著，而且人在羅馬，他住的地方，自己的床上，他的心跳加快，慢不下來，盜汗，呼吸困難。

不過，他再次從惡夢中全身而退。

他通常會留一盞光，以免造成自己驚慌無措，但今天他卻忘了，想必是不小心睡著了，因為他也沒更衣。他開燈看時間，其實只不過睡了二十五分鐘而已。

這樣的時間也夠了。

他拿起枕頭旁的簽字筆，在牆上寫下幾個字：碎玻璃。

行軍床旁邊的那道白牆，等於是他的日記本，這個房間裡幾乎一片空蕩蕩。當初他選擇賽彭提路的這間閣樓棲身，正是因為這地方沒有任何記憶，可以讓他好好回想過往。兩間廳室，除了床與燈之外，沒有任何家具，他的衣服全擱在地板上的行李箱裡。

每每當他從睡夢中驚醒，總會喚起一些記憶，影像、字句，或是聲音，這一次是玻璃破碎的聲響。

不過，是哪片玻璃？

某一場景的影像，頻頻出現，他在牆面寫下所有線索。過去一年之中，他確實找回了一些蛛絲馬跡，但若想要重建那間旅館房間的事件，顯然還是不夠的。

他確定自己當時人在現場，還有，他最要好的朋友，願意為他赴湯蹈火也在所不辭的德渥克，也和他在一起，好友當時看起來害怕又困惑，他無法解釋原因，但想必事態嚴重，他記得當時危機四伏，也許德渥克想要提前警告他。

但除了他們之外，還有另外一個人。

那人站在昏昧幽暗之處，敵意籠罩而來，馬庫斯知道對方是名男子，但他不知道來者究竟是誰？又是為何而來？他身上有帶槍，他突然拿出來，對他們開火。

德渥克中槍，以慢動作的方式倒了下去，落地前雖然還望著他，但眼神已空茫渙散，他的雙手緊壓胸口，指縫間淌出黑血。

隨即又是第二發，他看到火光，這次輪到他自己，子彈擊中頭骨的力道極其強烈，他聽到骨碎聲，異物如手指般直搗入腦，鮮血從傷口滲流，溫熱滑膩。

頭上的那個黑色窟窿，把他腦中所有的東西都吞吸不見了，他的過往、身分，還有他的好友，不過，最重要的，還是仇敵的那張臉。

他之所以飽受煎熬，是因為想不起開槍兇手的長相。

說來弔詭，如果他想要追查下去，當務之急就是要先把這件事擱在一旁，因為如果要伸張正義，他必須要先回到以往的那個馬庫斯，一心想著德渥克的遭遇是不夠的，他必須從頭開始，先知道自己是誰再說。

唯一的方法，先找出拉若的下落。

碎玻璃。先不管了，他再次想起克里蒙提最後提到的那幾句話，「自此刻開始，你只能靠自己。」他偶爾也不免懷疑，這個世界上除了他們兩人之外，是否還有其他人存在？當初克里蒙提找到躺在醫院病床上的他，奄奄一息，身無分文，克里蒙提報出馬庫斯的真正身分，他一開始還不相信，久而久之，他才慢慢接受。

「狗是色盲。」他自言自語，重複那句老話，想說服自己一切都是真的。他隨即拿起傑瑞米亞·史密斯的檔案，c.g. 97-95-6，開始閱讀內容，想要找出失蹤女學生的線索。

先從兇手的簡單背景資料開始。傑瑞米亞五十歲，未婚，出身富裕的中產階級家庭，媽媽是義大利人，父親則是英國人，兩人都已經過世，他們生前在羅馬開了五家布店，但是在八〇年代就已經歇業，傑瑞米亞是他們的獨子，並沒有什麼交情深厚的親戚，他的收入優渥，所以從來沒有外出工作過。檔案中所揭櫫的資訊也告一段落，他的人生有一大塊看不見的黑洞。最後兩行，簡單提到他一個人住在羅馬近郊的山區別墅裡。

馬庫斯心想，這個人實在毫無特色可言，不過，也正因為如此，才形塑出他最後的性格。傑瑞米亞雖然想找人為伴，但人不僅孤僻，而且情感幼稚，無法與同儕往來，自然事與願違。

你知道吸引女人目光的唯一方法，就是誘拐她，再將她五花大綁，對嗎？當然，你很清楚，但你想要得到什麼？真正的目的呢？你不是為了洩慾，也沒有強暴和施虐。

你想要有個家人。

你想要強迫別的女子與你同居，希望兩人可以好好相處，你想當個體貼小丈夫一樣愛她們，但是她們怕得要死，根本不可能給你任何回報。你努力要討好，但經過一個月之後，發現這終究是不可能的事，這是病態又扭曲的關係，只是你一廂情願。然後，我們就直說吧，你迫不及待拿刀劃開這些女人的喉嚨，最後你殺死她們，但依然一直在……尋愛。

雖然這種分析言之成理，但絕大多數的人都無法忍受，馬庫斯卻恰恰相反，他不只看得透徹，而且也能接受，他自問為何會如此，但卻找不出答案，這算是他的天賦嗎？有時候，連他自己也覺得害怕。

他開始分析傑瑞米亞的手法，六年來冷靜犯案，一共殺了四個人，他犯案之後會沉寂好一陣子，在這段時間當中，他靠著先前留下的暴行記憶、控制自己再次犯案的慾望，等到效力減退之後，他又開始產生新幻想，準備找新的綁架對象，這不是計畫，而是一種純粹的生理進程。

傑瑞米亞所殺害的全是年輕女性，年齡介於十七歲到二十八歲之間。他在光天化日之下，找藉口接近她們，請喝飲料，但他早已在杯裡加入迷姦藥，等到這些女子開始暈眩，哄騙她們一起隨他離開，可說是易如反掌。

不過，這些女孩為什麼會願意喝他送的飲料？

這一點讓馬庫斯想不透，像傑瑞米亞這樣的人，中年男子，完全稱不上英俊，這些受害人理應會懷疑他的真正意圖才是，但她們卻放心讓他近身。

因為信任。

也許他給了錢或是其他的機會，這是誘騙女人的技巧之一，變態犯之流的最愛，讓她們以為有機會可以輕鬆賺錢，或是參加選美，還有電影或電視節目的試鏡機會。但這種策略需要相當程度的社交能力，這和傑瑞米亞的性格並不相符，他是個反社會的遁世者。

你到底怎麼把她們騙上手？

還有，當你接近她們的時候，為什麼沒有任何人注意到異狀？早在拉若之前，已有四名女子在大庭廣眾下被擄走，但連一個目擊證人都沒有，何況，「追求」這些受害者得花一些時間。解答，可能就在這個問題裡，傑瑞米亞．史密斯實在太不起眼了，在旁觀者的眼中，這傢伙等於是隱形人。

你在眾人之間低調遊走，但你覺得自己好厲害，因為沒有人看得到你。

他再次想起傑瑞米亞胸前的字，殺了我，「他彷彿在告訴大家，一切不能只看表象。」他曾經這麼告訴克里蒙提，「事實刻寫在他的皮膚上，與眾人的距離如此接近，但卻藏得隱密，沒有人看得到。」

你就像是在派對裡滿地亂爬的小蟑螂，沒有人會注意到你，大家都對你沒興趣，只要小心不被踩死就好，你避人耳目的技巧越來越高超，到了拉若的時候，你決定要改變模式，直接把她從公寓的床上擄走。

一想到拉若，馬庫斯的心頭又出現了一連串令人心痛的問號，她在哪裡？還活著嗎？先假設答案是肯定的好了，她的身邊有水或食物嗎？她還能撐多久？她現在意識清醒還是被下藥昏迷？有沒有受傷？是不是被五花大綁？

這些情緒性的干擾，應該到此為止，馬庫斯要保持清明，態度超然。傑瑞米亞為什麼針對拉若改變了犯案手法，一定有其原因。克里蒙提曾經對他提出解釋，某些連續殺人犯會改變模式，為了增添快感而加入新的元素。所以這起女學生綁架案可算是某種主題變奏曲。但馬庫斯不相信這種理論，變化太大了，也太突然。

也許傑瑞米亞只是嫌麻煩，直接下手比較快，或者他發現欺人小把戲已經再也玩不下去了，搞不好有人聽過先前的案例，揭穿了他的真面目，他的知名度越來越高，風險也急遽攀升。

不，這理由不成立。為什麼拉若和別人不一樣？

整起事件的棘手之處，在於前四名受害者沒有共同特徵，年齡長相各異，他對女人似乎沒有特殊偏好，馬庫斯的腦海中，不禁浮現「隨機」這個形容詞。傑瑞米亞一定是憑運氣挑人，否則這些受害人應該會有相似之處才是。馬庫斯繼續深入研究這些受害女子的照片，更加認定兇手之所以挑中她們，只是因為所處的地點容易下手而已，他雖然不認識她們，但還是可以在光天化日之下擄人。

但是，拉若很特殊，傑瑞米亞絕對不能失手，所以他才會直接闖入她的公寓，特別挑夜晚下手。

馬庫斯放下檔案，離開行軍床，走到窗邊。夜幕低垂，羅馬的參差屋頂也成了一片洶湧的陰暗之海，這是他一天中最喜愛的時光，心底湧起一股詭異的靜和感，他通體舒暢，隨即發現自己犯下大錯，先前他在白天進入拉若的住處，但其實應該要等到晚上才是，因為，那才是綁架者的下手時間。

如果他想要了解傑瑞米亞的心理轉折，應該要在相同的狀況下重新模擬。

馬庫斯心已動念，隨即拿起風衣，急忙走出閣樓，準備回去克羅納里路的那間女學生公寓。

一年前

巴黎

追獵者懂得時間的價值，耐心，是他的一大天賦，他知道等待的節奏，同時也為迎接品嚐勝利滋味的那一刻、做好了萬全準備。

一陣疾風吹來，掀翻桌布，也讓鄰桌的玻璃杯撞得匡啷作響，追獵者舉起自己的茴香酒酒杯沾唇，享受著傍晚的陽光，他看著小酒館前的車輛來來往往，行人腳步匆匆，沒有人會多看他一眼。

他穿藍色西裝，搭配同色系的襯衫與領帶，他已經鬆開領口，宛如在下班返家途中先小酌一杯的上班族。他知道自己一個人入座會引來注目，所以他特別在一旁的座位上放了小紙袋，袋口露出棍子麵包、一把香芹，還有鮮豔的糖果罐，他看起來儼然像是個居家好男人，而且他手上還戴有婚戒。

其實，他孤家寡人。

多年來，他已經把自己的需求降到極限，過著儉苛的生活，他把自己當成了禁慾的修行者，與唯一目標無關的渴求，都應該被摒除在外，不能讓慾望分心，他只需要一個東西就夠了。

他的獵物。

多時追查無功，最後他終於接獲線報，對方應該是在巴黎。他還沒等到消息確認，自己就先搬過去了，他需要認識獵物的新領域，和對方看一樣的景物，走相同的街道，雖然獵物還不認識他，但他依然可以想像兩人偶遇時的奇特悸動，他要確定彼此仰望的是同一片天空。他興奮莫名，甚至有了期許，他遲早會把這傢伙揪出來。

為了保持行事低調，他每三個禮拜就會更換住處，他專挑小旅館或分租雅房，可以認識更多的地方，他同時也留下誘餌，引誘獵物自曝行蹤。

他現在住在第六區的聖父飯店，房間裡堆滿了這段時間所收集的報紙，到處都是劃線的痕跡，他想要找尋線索，就算可能只有些微關聯，也絕對不能放過，它可能會讓那堵幽暗沉默的牆出現裂痕。

他在巴黎待了九個月，至今依然沒有任何進展，信心也開始動搖。但他萬萬沒有想到，自己一直在等待的事件發生了，那是某種訊號，某種線索，只有他能夠解碼。他一直不放棄，嚴格自律，現在，他終於得到了回報。

二十四小時之前，巴黎近郊貧民窟的瑪爾梅森路上，工人在某一建築工地挖出屍體。男性，三十歲左右，身上沒穿衣服，也沒有個人物品，推估死亡時間已經超過一年以上，現在警方正等著驗屍報告出爐，沒有人多所懷疑，就案發時間推算，警方認為這將會是一場懸案，就算有任何證據，恐怕也早已滅失或礙難使用。

屍體被發現的地點在郊外，可能起因於販毒集團之間的糾紛，兇手不想驚動警方。

這種事對警察來說是家常便飯，他們也不會起疑，雖然這起命案有其令人髮指之處，足以讓人神經緊繃，但大家依然渾然無覺。

那具屍體的臉不見了。

這不是單純的暴行，也不是對敵人最後的凌辱，從屍體臉部的肌肉與骨骼被仔細破壞的程度看來，兇手一定有其理由。

這正是追獵者需要的細節。

打從他抵達巴黎的第一天開始，他一直在注意大型醫院停屍間的新屍，所以他才會知道有這具屍體。屍體到院一個小時之後，他偷了白袍，闖入聖安東尼醫院的停屍間，以印泥採指紋，趕緊回到飯店進行掃描，偷偷侵入政府資料庫網站。追獵者知道，每一筆網路上的活動資料，都會被保留下來，不可能被移除，它宛如人腦，只需要一個小細節，就能重新喚起神經突觸，我們誤以為已經忘記的事情，又會再次勾起回憶。

網路從不遺忘。

漆黑無光，追獵者等待網路查詢的回應，他心中默默祈禱，同時也回想起這段歷程，七年了，第一具殘屍出現在孟菲斯，然後是布宜諾斯艾利斯、多倫多、巴拿馬，接下來是歐洲：杜林、維也納、布達佩斯，最後是巴黎。

他努力尋索，也只發現到這些案子，但兇手其實可能犯下更多案件，但全都早已石沉大海。這些命案的地點天南地北，而且間隔時間又長，除了他之外，沒有人會猜到這是同一兇手犯案。

他的獵物，也在掠食別人。

追獵者一開始就認定對方是「浪跡天涯」型犯罪手法：連續殺人犯四處旅行，意圖遮掩，他只需要重新找尋新的落腳處即可。顯然這傢伙是西方人，住在大城市裡，這種浪行者具有良好的社會適應能力，有家庭有小孩，還有足夠的財力得以支付頻繁旅行的花費，他們聰明，行事小心，讓人誤以為他們在從事商務旅行。

他後來發現，這一連串犯罪有其特殊之處，起初他沒有多加注意，如今他觀看全局，卻已經產生了不同的切入角度。

受害者的年齡層不斷升高。

這時候他才驚覺，這名罪犯的心思其實相當複雜可怕，遠超過他的想像。

殺人之後，他不逃，反而留下來。

在巴黎逮人正是時候，良機稍縱即逝。他等了兩三個小時，政府資料庫有了回應，那具在貧民窟所發現的無臉屍，曾有過犯罪紀錄。

他不是什麼大毒販，只不過是年少輕狂犯錯的普通人，十六歲的時候，在玩家專賣店偷了一台布加迪的模型小汽車。當時警察已經開始對未成年犯採捺指紋，雖然最後被撤銷告訴，全案終結，警方也刪除了他的檔案，但是這筆資料卻出現在政府統計未成年犯罪的統計資料庫裡。

這一次，他的獵物犯下大錯，屍體雖然無臉，但卻有名有姓。

尚．杜耶。

有了這條線索，追查其他部分也就不難了。尚．杜耶三十三歲，未婚，雙親因車禍身亡，他沒有其他近親，只有一個罹患阿茲海默症的老阿姨，住在亞維農。他在家搞網路創業，賣模型小汽車給玩家，人際互動降到最低點，他沒有伴侶和朋友，只對賽車模型充滿熱情。

尚．杜耶是完美人選，沒有人會注意到他失蹤，大家也懶得理會這個人的下落。

追獵者認為先前的受害人應該也有類似背景，單調平凡，沒有顯著特徵，工作也不需要特殊專長，過著近乎厭世的孤單人生，沒有朋友，鮮少與人接觸，沒有密切往來的親戚，也沒有家人。

獵物如此狡獪，讓追獵者大感意外，他可能犯了虛榮的毛病，但能夠面對這種高難度的挑戰，他心中不免一陣竊喜。

他看手錶，快要七點鐘了，小酒館的熟客陸續報到，他伸手招喚女服務生，準備買單走人。有個小男生穿梭在座位走道間，兜售剛出爐的晚報，追獵者順手買了一份，雖然他知道尚．杜耶之死要明天才會見報，這是他佔上風之處。多年的等待即將結束，他好開心，追獵過程中最甜美的那一個部分，立刻就要揭開序幕，他只需要確定一件事就好，所以今天他才會坐在小酒館。街頭又開始起風，夾帶了街角花攤的繽紛花粉，他不知道巴黎春天的風情居然如此美麗動人。

他全身顫慄。他剛才在人群間看到自己的獵物，從地鐵站走出來。那男子穿著藍色帶帽夾克，灰紫色長褲，球鞋，頭上戴著鴨舌帽，他走在對面的人行道上，追獵者的目光也一路緊緊相隨。那個人看來心情不好，雙手插在口袋裡，顯然是沒料到有人在跟蹤他，所以也沒有多加提防。太好了，追獵者自言自語，獵物朝拉瑪克路的某道綠門而去。

女服務生遞上帳單，「茴香酒還可以嗎？」

「好喝。」他面露微笑。

追獵者的手伸入口袋中找皮夾，尚・杜耶渾然不覺被人在監看，逕自走入那間房子裡。

追獵者不斷提醒自己，受害者的年齡層越來越高。他可說是憑運氣找到了這個獵物：將不同時間、不同地點的無臉屍命案拼湊在一塊兒，發現這些受害者應是被同一人奪去性命，兇手年紀越來越大，受害者也一樣，彷彿他在為自己換裝。

他的獵物是變形人。

兇手行為背後的動機，他依然無解，不過，他很快——應該說立刻——就會找出真相。追獵者站定位置，距離綠門有幾公尺之遠，他的手裡拿著購物紙袋，等到別人進門的時候，他再趁機跟上去。

皇天不負苦心人，有個穿著笨重外套、戴著寬邊帽與大眼鏡的老先生出現在門口，他帶著可卡犬，狗兒猛拉鏈繩，迫不及待想要去附近的小公園玩耍。追獵者伸手抵住門，那老頭子根本沒多看他一眼。

階梯狹窄陰暗，他豎耳聆聽動靜，公寓裡的人聲與其他聲響匯織在一起，他察看信箱，尚．杜耶住在編號3Q的房子。

他把購物袋放在第一個台階上，拿出棍子麵包和香芹，最後又從袋底取出貝瑞塔M92F手槍，美國軍方將其改造成麻醉槍，這是他在耶路撒冷向傭兵所買的槍，如果想要讓麻醉劑立刻發揮作用，必須要對準頭部、心臟，或是鼠蹊處。彈匣退出與重新裝填需五秒的時間，太久了，換言之，第一發就必須要命中目標，他的獵物很可能也有槍，而且還是真的子彈。追獵者其實並不在意，對他來說，麻醉槍已經綽綽有餘。

他要留活口。

先前他沒有時間去研究獵物的習慣，但經過多年之後，他了解到對方的基本原則，一貫性，生活步調絕對不會偏移，如果你能夠每次都按部就班行動，就更能保持低調與掌握狀況，這也是追獵者從獵物身上學到的經驗，就某種程度來說，獵物算是他的模範，教導他紀律的重要性，環境就算再怎麼惡劣，他也會順勢而行，他彷彿具有在海底深層地帶的生活能力，就算在那光線無法穿達、低溫與水壓足以致死的漆黑之地，他也能夠挑戰極限，繼續活下去。追獵者其實多少算是欣賞這個人，基本上，這傢伙正在死生邊緣不斷掙扎。

他緊握著麻醉槍，慢慢走上四樓，他在尚．杜耶的房門外等了一會兒，隨後開鎖，除了老爺鐘發出的滴答聲之外，一片靜默，這間房子並不大，最多也只有八十五平方呎，一共有三間廳室，外加浴室，前方出現了短短的走廊。

某間緊閉的房門裡透出微光。

追獵者小心前進，不敢發出任何噪音，他先察看第一間，立刻站在門口，舉槍。裡面是廚房，沒有人，一切整齊光潔，放置瓷器的碗櫃，烤麵包機，擦碗布掛在烤箱把手上。他的心裡突然湧起一股詭異的悸動，他正在獵物的巢穴裡，摸索他的世界。追獵者繼續前進浴室，裡面也沒有人，地板是白綠色相間的棋盤式瓷磚。浴室裡只放有一支牙刷，還有仿玳瑁紋的梳子。隔壁房間是臥室，加大雙人床上鋪著棕色緞面床單，床邊桌上擱放著水杯，地上有皮拖鞋，壁櫃裡全部都是模型小汽車：尚．杜耶的最愛。

追獵者離開臥室，準備要進入那緊閉的房間。他豎耳傾聽，裡面沒有任何聲響，他低頭看著地面，門底下方露出一隙金黃色微光，但沒有出現陰影，顯然裡頭沒人，不過，地板上卻有他先前不曾注意的東西。

一團褐色的污痕。

血漬，但現在不是分心的時候。就算他再怎麼欣賞自己的獵物，但也不能忘記這傢伙的性格陰沉殘酷，對方毫無憐憫之情，他並不想與這頭兇暴狂獸正面交鋒。

唯一的方法是先聲奪人，讓他措手不及，該來的總是會來，追獵過程即將結束，跨越終點線之後，一切才有意義。

他退後一步，大腳踹門，手中的麻醉槍早已就緒，希望能立刻擊中目標，但沒看到人，他趕緊進去察看狀況。

沒有人。

裡面有燙衣板，櫃架上放著老舊收音機和發亮的檯燈，掛衣架上有好幾件衣服。

追獵者趨前察看，怎麼可能呢？這些衣服全是獵物剛才進來時的打扮，藍色帶帽夾克、灰紫色長褲、球鞋，還有鴨舌帽，追獵者也在此時發現角落放了個碗。碗邊還寫著名字，費多，他想起剛才帶狗出門的那個老先生。

他暗罵一聲幹，但發現對方欺敵技巧實在高明，不禁笑了出來，這一招足以騙過所有想要追捕他的人，他每天一回家，立刻換上偽裝，帶狗去公園，躲在那裡觀察房子的動靜。

換言之，尚・杜耶——或者，更精確的說法，那隻鳩佔鵲巢的禽獸——現在已經知道有他這個人了。

四天前

1.40 a.m.

風雨過後，流浪狗佔據古城小道，牠們成群結隊，安靜移駐牆邊。馬庫斯走在克羅納里路上，一群狗兒也向他走來，領頭的是隻單眼失明的紅色雜種狗，人狗目光短暫相接，打過招呼，隨即分道揚鑣。

幾分鐘之後，他再次進入拉若的屋內。

他置身一片漆黑之中，宛如傑瑞米亞．史密斯。

他本來想伸手開電燈，但卻臨時改變心意，綁架拉若的人應該有帶手電筒，所以他也如法炮製，在燈光的照射之下，屋裡的家具與擺設也在黑暗中逐一現形。

其實他也不知道自己要找些什麼，但他認為年輕女學生和傑瑞米亞之間一定有某種關聯，拉若不只是受害者而已，她還是慾望投射的對象，只有找出他們之間的連結點，才能知道女孩被囚禁的地點，這算是他個人的臆測，但也是他的希望，不過，在這種時候，他絕對不會排除任何的可能性。

遠方傳來流浪狗的叫聲。

犬吠悲淒，他開始逐一搜索，先從那間藏有地道的廁所開始。蓮蓬頭旁邊的架子上擺著沐浴乳、洗髮精，還有潤絲精，依照高度排得整整齊齊，洗衣機旁邊的清潔劑，看得出也花了相同的心思。洗手台上方的鏡後有個小櫃，裡面擺放化妝品與藥品，門上的月曆還停留在上個月。

外頭的野狗開始狂叫咆哮，似乎在打架。

馬庫斯回到小客廳與廚房。傑瑞米亞在上樓之前，曾經特別清空桌上的糖碗與櫥櫃裡的糖罐，企圖消滅毒品殘痕，他的一舉一動，從容不迫，他絕對不冒險，只要拉若入睡，全世界的時間都是他的了。

你很厲害，小心翼翼不犯錯，但一定會留下線索。馬庫斯知道連續殺人犯的心理，他們想向眾人展示自己的罪行，所以會刻意向追捕者下戰帖，以吸引媒體的目光。連續殺人犯其實也很享受犯罪過程，如果可能的話，當然希望一直犯案，他們志不在名，因為那只會帶來麻煩——但他們有時確實會留下痕跡，不是為了對話，而是想要分享。

你又會留下什麼給我？馬庫斯想要知道答案。

他開始研究廚房櫥櫃，其中一格擺滿食譜，他猜想拉若和父母住在一起的時候，她根本不需要下廚，但等到她搬到羅馬之後，馬上就得要學習照顧自己，當然也包括學習做菜。在這些五彩繽紛的書脊當中，有本黑色的書，相當醒目，馬庫斯趨前細看，是聖經。

他心想，有問題。

他把書拿下來，打開紅緞書籤帶夾壓的那一頁，帖撒羅尼迦前書。

主的日子來到，好像夜間的賊一樣。

令人不寒而慄的反諷，這絕非巧合，是不是有人刻意把書放在那裡？這兩句話意指最後的審判，但的確也是拉若遭遇的寫照，竊賊夜闖，將人偷偷擄走，這個年輕女學生根本就不知道傑瑞米亞如影相隨。馬庫斯繼續翻找各個地方：沙發、電視、桌上的雜誌、貼滿磁鐵的冰箱，還有破舊的拼花地板，這間小公寓是讓拉若覺得最放心的地方，但卻沒有辦法保護她的安全，她怎麼可能會知道呢？他心想，樂觀是人的天性，想要活得好好的，要注意的是眼前的危境，而不是未知的風險。

我們無法活在恐懼的陰影之中。

生活中充滿挫折與不幸，但正面的態度卻能讓我們繼續走下去，唯一的缺點在於它會製造盲點，讓我們看不到邪惡的存在。

野狗的狂吠聲終於停止，他覺得脖子後面一陣冰涼，有異狀，地板發出輕微吱嘎聲。主的日子來到，好像夜間的賊一樣，他知道自己犯了錯，應該先檢查樓上的夾層才是。

「關掉。」

聲音從背後的樓梯傳來，顯然對方指的是他的手電筒。他沒有回身，只是默默照做。想必這個人比他早來，馬庫斯凝神細聽，推測兩人之間的距離不過只有兩三公尺，這個人躲在暗處觀察他，不知道有多久了。

「轉過來。」對方再次下令。

馬庫斯慢慢回頭，庭院的微光從窗戶鐵條的間隙透進來，在牆上投射出如監牢般的圖案，裡面關著一個宛若野獸的恐怖幽影，對方至少比他高二十公分以上，魁梧有力。兩人都沒說話，對峙好一會兒，最後，黑暗中再次飄出對方的聲音。

「是你嗎？」

從音質判斷，應該只是個男孩。馬庫斯聽得出來，這孩子不只是憤怒，而且還很害怕。

「就是你，王八蛋。」

馬庫斯不知道那孩子身上是否有帶槍，他沒回話，繼續等對方說下去。

「昨天早上我看到你和另外一個男人過來，」馬庫斯猜他說的是克里蒙提，「我這兩天都在注意這裡，你們究竟要我怎樣？」

馬庫斯不明白這話是什麼意思，接下來會出現什麼狀況，也很難說。

「是不是想騙我？」

黑影向前逼近一步，馬庫斯看到對方的手，沒有任何武器。「我不知道你在說什麼。」

「他媽的少跟我開玩笑！」

「我們去別的地方，好好坐下來談吧。」

「有話這裡說。」

馬庫斯決定直接切入，「你是為了那失蹤女孩來這裡？」

「我不知道什麼女孩，跟我沒關係，你是不是要陷害我？幹！」

馬庫斯發現對方是真的不知情，如果真的是傑瑞米亞．史密斯的同夥，何苦要冒險回來？他還沒來得及回答，陌生人已經衝上來，一手揪住他的衣領、把他推向牆邊，另外一手則拿出信封，在馬庫斯的面前晃動，「媽的這封信是不是你寫的？」

「不是。」

「那你來這裡做什麼？」

現在這個狀況和拉若失蹤有何關聯，馬庫斯必須要先搞清楚才行，「就聽你的吧，我們先講這封信好了。」

那男孩依然咄咄逼人，「是不是勒尼艾里派你來的？你可以告訴那個王八蛋，我不想和他繼續牽扯下去！」

「相信我，我真的不認識這個人。」

馬庫斯想要掙脫，但對方沒有鬆手的意思，詰問還沒有結束。

「你是警察？」

「不是。」

「這個符號你又怎麼說？明明沒有人知道這東西。」

「什麼符號？」

「信裡出現的符號，白癡！」

信，還有符號，這兩條線索讓馬庫斯現在心裡多少有了底，雖然沒什麼太大幫助，但至少可以了解這年輕人的意圖，要不然這傢伙就是在胡言亂語。面對現在這個狀況，他必須要拿回主導權，「不要講信的事了，我什麼都不知道。」

「媽的你到底是誰？」

馬庫斯沒回答，他希望這個大男孩可以冷靜下來，不過，此刻他卻被壓在地板上動彈不得，雖然拚命想自衛，但對方卻抵住他的胸口，一陣痛打，他舉起雙手護頭，但拳拳驚心，嘴裡都是血味。正當他覺得自己快要失去意識的同時，攻擊也已然落幕，他躺在地上，看著對方打開公寓大門，關上，接著是匆忙離去的腳步聲。

馬庫斯又躺了一會兒之後才努力起身，眼冒金星加耳鳴，但不痛，應該說，時候未到，他知道該來的還是會來，但不是現在，屆時會全身上下疼痛不堪，就算是沒被毆打到的地方也一樣。他不記得這段回憶是什麼時候發生的，但他確實有印象。

他先坐下來，釐清思緒，他讓那男孩跑了，不過應該有辦法找到對方才是。他安慰自己，反正從那人身上也問不出什麼名堂，而且他至少算是小有收穫。

方才一陣扭打，他奪下了那封信。

他在地板上摸找手電筒，找到之後，猛敲兩三下，打開電源，對著那只信封。

沒有寄件人資料，但有收件人，拉費埃耶·阿提也利。寄件日期是三天前，裡面只有一張薄紙，載明了拉若的克羅納里路住處地址，但最怵目驚心的是那宛如簽名的符號。

三個小紅點所組成的三角形。

6 a.m.

她睡不著。接到夏貝爾打來的那通電話之後，她在床上輾轉反側了好幾個小時，終於等到鬧鐘設定的時間鬧鈴響起，凌晨五點，珊卓拉馬上起床。

她匆匆準備出門，趕忙打電話叫計程車去警區總部，她不希望有同事看到她的車。當然，他們不會多問，但有時候看到他們的眼光，不禁讓她十分惱怒，寡婦，他們會這樣叫她嗎？不知道，但心裡鐵定是這麼想的，當他們與她錯身而過的時候，臉上所流露出的憐憫之情，彷彿像是狠狠甩了她一巴掌，最可怕的是某些人自以為應該要說些什麼才是，她已經聽膩了，最常聽到的就是：「要勇敢，大衛一定希望妳要堅強活下去。」她很想要好好記住這些話，日後要告訴大家，對於別人的悲慘遭遇，漠不關心固然很糟糕，但其實還有更不堪的態度：以俗濫的方式告訴你要療傷止痛、要走出來。

也許她只是太敏感了，不過，她還是想趁大夜班換班之前、抵達儲藏間。

她花了二十分鐘才到達目的地，途中她還先去買了外帶的早餐，可頌麵包與卡布其諾。

她的同事正準備要離開，「嗨，維加，怎麼這個時候過來？」

珊卓拉努力露出燦爛微笑，「幫你帶了早餐。」

他眼睛為之一亮，「果然夠朋友，這個晚上忙死了，他們在地鐵站外面逮捕了哥倫比亞幫派份子。」

珊卓拉不想閒扯，所以她直接表明來意，「我想要領回袋子，五個月前留在這裡的東西。」

同事表情驚訝，但未見遲疑，「我馬上去拿。」

他消失在儲藏間裡面，珊卓拉聽到他一邊在找東西，嘴裡還喃喃自語，她很焦急，但依然力求鎮定。她最近變得非常易怒，她妹妹說，曾經看過書上這麼寫，摯愛離世之後，必須歷經四個階段，但她已經忘記了順序，所以也很難判斷珊卓拉現在處於哪一個階段、是否能夠盡快復原，珊卓拉很懷疑這種說法，但妹妹怎麼說就隨她了。其他的家人也和妹妹一樣，沒有人想去真正面對她的遭遇，倒不是他們遲鈍無覺，但說真的，在二十九歲寡婦的面前，也很難提供什麼中肯建議，所以他們只能分享雜誌上看到的內容，或是引述某位生疏朋友的經驗，他們覺得這樣算是盡到本分，而對珊卓拉來說，也夠了。

五分鐘之後，珊卓拉同事再度出現，手中提著大衛的那兩個大袋子。

他拿袋子的方式和大衛不一樣，大衛總是揹在肩上，左右各一個，所以他走路的時候總是東搖西晃。

「佛列德，你這樣好像馱騾。」

「金姐兒，但妳還是一樣很愛我。」

她先前擔憂的事，還是發生了，一看到那兩個袋子，彷彿有人對她胸口猛揮一拳。她的大衛躺在裡面，袋裡的東西是他全部的世界，如果她不領出來，這些東西會繼續放在儲藏間，總有一天會和其他的廢物放在一起、被人不小心給扔了。但昨晚夏貝爾卻提出關鍵一問，自她發現大衛說謊之後的揪心之痛，她不能讓人懷疑她的男人——就連她自己也不可以。

「都在這裡。」她同事把袋子擱在櫃台上。

也不需要簽單確認了，自意外發生之後，東西從羅馬的警區總部送過來，他們就一直好心為她保管東西，只是她一直沒領回。

「要不要檢查一下？有沒有什麼東西不見了？」

「謝謝你，不用了，沒問題。」

但同事依然看著她，表情立刻陷入哀傷。

她心想，拜託你，千萬別說出口。

但他還是說了，「要勇敢，維加，大衛一定希望妳要堅強活下去。」

這是怎樣？但她還是勉強擠出一絲微笑，謝過同事之後，帶著大衛的袋子離開。

半小時之後，她又回到家中，先把袋子放在門口的地板上，她刻意保持距離看著它，就像是野狗張望著食物、想找出是否有異狀，而她在尋索的卻是面對試煉的勇氣。她走到袋子旁邊，但又改變心意離開，隨後又為自己泡杯茶，坐在沙發上，她的雙手環抱著杯身，緊盯著袋子，她真的做到了。

把大衛帶回家了。

在這幾個月當中，她也曾經期待想像、甚至相信他遲早會回來，每每想到他們再也無法做愛，總令她惱狂。有時候她會忘記他已經死了，心裡突然想到什麼，然後自言自語，「這一定要告訴大衛。」一會兒之後，她才會被現實打醒，悲憤酸楚。

大衛再也不會回家了，一切已劃下句點。

接獲消息那天的情景，依然歷歷在目。那是個安靜的早晨，就和現在一樣，珊卓拉讓那兩名警員站在門口，她心想，只要他們還站在那裡，只要他們不踏過大門，那麼大衛的死訊就永遠不會成真，她也不需要面對那一場寧靜風暴，雖然表面看起來安好無恙，但它卻會將整個家摧毀殆盡，她知道自己無能為力。

要是夏貝爾對大衛的行李有興趣，一定有什麼原因。

她把茶杯擱在地板上，毅然決然走過去。她先拿起比較輕的那個袋子，裡面裝的全是衣物，她把東西全倒在地板上，襯衫、長褲，還有毛衣全滾了出來，大衛肌膚的味道也隨之飄散，但她不敢多想。

天，佛列德，我好想你。

她噙住淚水，瘋狂翻找衣物，她眼前浮現出大衛穿著這些衣服的模樣，兩人一起生活的短暫時光，現在的她，感傷與惱怒交雜。

這裡沒有東西，連所有的口袋都翻過了，就是沒有。

她筋疲力竭，但所幸最難熬的那一刻已經結束了，接下來該檢查他的工作裝備，這些物件等於宣告了大衛已不在人世，但畢竟不屬於她的記憶，所以處理起來比較不會那麼沉重。

她先取出大衛的備用相機，慣用的那一台在墜樓時已經摔壞。他愛用佳能，但珊卓拉卻偏愛尼康，兩人經常在家裡辯得不可開交。

她打開相機，裡面沒有記憶卡。

她繼續研究其他電子用品。她接上電源，畢竟已經有好幾個月沒有使用，電池早已失去電力。衛星電話的最後一通紀錄，已經是許久之前的事，不需理會。至於大衛的手機，在她去羅馬認屍的時候，也已經親自確認過，他除了叫計程車之外，就只有最後一通打給她的留言，奧斯陸冷死了。要是沒有這些通聯紀錄，彷彿他已與世隔絕。

她打開筆記型電腦，希望至少能找到一點蛛絲馬跡，但所有的資料都是舊檔案，沒有什麼重要性，就連電子郵件也看不出什麼端倪，大衛為什麼會去羅馬？在電腦裡找不到答案。何以如此撲朔迷離？她好疑惑，讓她整晚失眠的那個問題，再次侵擾上身。

她一直相信丈夫是個誠實的人，或者，他內心深處藏有其他故事？去你媽的，夏貝爾，她不斷咒罵，都是這個人的錯，害她現在也不禁起了疑心。

她回到袋子旁邊，整理那些看似無關緊要的東西，像是萬用刀和長鏡頭，還有一本真皮日誌，用了好久，邊緣已出現破損，大衛每年只會更換內頁的部分，這算是他永不離身的物品之一，其他還包括了鞋底被磨光的棕色涼鞋，還有使用電腦時穿的羊毛衫，珊卓拉總是千方百計想除之而後快，他起初會佯裝不知道，但幾天過後，這些東西不知怎麼就會再度出現。

回憶過往，讓她嘴角泛笑，大衛就是這樣，換作其他男人一定是鬼叫個不停，但面對她的小小逞威，他從不違抗，只是默默照自己的方式行事。

珊卓拉打開日誌，裡面有些內容與大衛的羅馬之行有關，他寫下了一些地址，同時還在地圖上標示出相對位置，總共約二十個左右。

她專心研究這些註記，卻意外發現袋子裡有一個陌生物件，清單上面沒列出的東西，民用頻段無線電對講機。出於本能，她立刻檢查頻率，八十一頻道，但也沒有吐露半點玄機。

大衛帶這個要幹嘛？

她繼續檢查其他物件，發現有東西不見了：大衛隨身攜帶的小型錄音機，他說那等於是他腦袋的備用記憶體，但他墜樓的時候，東西不在身上，當然，可能有諸多原因，珊卓拉決定先寫下來再說。

她打算先整理一下目前所發現的線索，然後再繼續下去。

日誌裡的地址，同時也標示在羅馬市區地圖上，無線電對講機，對準了神秘頻率，還有，大衛口述資料的錄音機不見了。

她在腦海裡反覆思索這幾件事之間的關聯，同時隱隱不安了起來。在意外發生之後，她曾經詢問過路透社與美聯社——也就是她先生經常配合的新聞單位——是否曾指派大衛去羅馬工作，但雙方都說沒有。當然，他也可能先自行採訪報導，之後再詢價賣出，但珊卓拉有不祥的預感，這次的狀況沒有那麼單純，她不知道自己是不是應該要繼續追查下去。

先不管這些煩惱了，她繼續悶頭找袋裡的物件。

她從袋底拿出了徠卡，那是一九二五年的古董相機，由奧斯卡・巴奈克發明、恩斯特・萊茲所研發的機種，它是第一代的可攜式相機，操作方便靈活，也為戰爭攝影帶來革命性的改變。

那是一台功能完美的相機，橫走式簾幕快門，速度從二十分之一秒到五百分之一秒，還有五十毫米的定焦鏡，藏家珍品。

那是珊卓拉送給大衛的第一個紀念日禮物，她還記得他打開禮物時的驚奇神情。依他們兩人的收入，絕對無法負擔此等貴重大禮，但這是珊卓拉祖父送她的禮物，對攝影的熱情，祖孫一脈相傳。

那是家族遺產，大衛絕對不讓它離開自己的視線，他說，那等於是他的幸運鍊。

但卻救不了你的命，珊卓拉輕嘆。

相機還放在原廠皮套裡，上頭刻有大衛名字的縮寫。她打開套子，想要召喚往日的回憶，大衛只要開始把玩這台相機，眼睛會馬上綻放出孩子般的神采。她正要把相機放回去的時候，卻發現快門撥桿被扣住了，裡面有底片。

這台相機裡有大衛拍過的照片。

7.10 a.m.

他們把那些地方稱之為「庇護所」：散落在這座城市各處的公寓，可以提供後勤支援、臨時的避難處，不然，作為吃點東西、放鬆一下的地方也可以。門鈴旁的門牌上經常會出現某些公司名稱，但其實全是虛設行號。

馬庫斯現在進入的這間公寓，克里蒙提先前曾帶他來過，他們在羅馬有很多這樣的地方。這間大門的鑰匙，正藏在附近的牆縫裡。

果然不出馬庫斯所料，拂曉時開始全身發疼，先前遭到攻擊的部位當然逃不了，在他呼氣的時候，肋骨上的瘀青不斷提醒著他昨晚所發生的事，而且他的嘴巴破皮，臉也被打腫了，再加上他太陽穴的傷疤，想必如果有別人看到，必定會嚇一大跳。

庇護所裡面通常提供了食物、床鋪、熱水、急救箱、偽造證件，還有無安全之虞的網路連線電腦。但馬庫斯挑的這間卻一片空蕩，沒有家具，也沒有百葉窗，只有其中一間廳室的地板上放置了電話。

這個地方的唯一功能，就是為了要保護這具設備而已。

克里蒙提一開始就告訴他，他們不適合帶手機，馬庫斯也小心翼翼，從來不會留下自己的行蹤。

我不存在。他提醒自己，隨即打電話給資料查詢服務中心。

幾分鐘之後，態度有禮的接線人員告訴他拉費埃耶．阿提也利的住址與電話號碼。馬庫斯掛了電話，隨即撥出那個號碼，他刻意讓它響了許久，確定無人在家，現在換他去拜訪這個年輕人，正是時候。

過沒多久，他已經站在大雨滂沱之中，高級的帕里歐里區、魯本斯路的街角，凝望某棟五層樓高的建築。

馬庫斯潛入停車層，他對住在四樓的住戶特別有興趣，他將耳朵緊貼著大門，想要再次確定沒人在家，沒有聲響，他決定冒險一試，總得要摸清楚攻擊者的底細。

他破壞門鎖，進去了。

這是間寬敞的公寓，家具不但顯示出好品味，也展現了驚人財力，屋內還有古董與昂貴畫作，光亮的大理石地板，房門全部都漆成白色，最令人好奇的是，這地方實在不像是一個瘋子的家。

馬庫斯開始在屋內四處走動，他一定要快，因為隨時可能會有人回來。

有個房間被當成了健身房，裡面有搭配槓鈴的健身椅、健身梯、跑步機，還有各式各樣的健身器材，這個年輕人顯然熱衷此道，馬庫斯已經領教過對方的爆發力了。

從廚房的狀況看來，他應該是獨居。冰箱裡只看得到脫脂牛奶和機能飲料，櫥櫃裡擺放著一罐罐的維他命與營養補充品。

這個大男孩的生活樣貌，在接下來的這個房間中更是展露無遺。亂七八糟的單人床，床單上印有電影《星際大戰》的圖案，床頭牆上貼著李小龍的海報，其他的牆面上也貼滿了海報，搖滾樂團，還有摩托賽車。櫃子上放著音響，房間角落擱著電吉他。

這是青少年的房間。

拉費埃耶究竟多大年紀？馬庫斯心生疑惑，而答案就在隔壁的房間裡。

倚牆的一套桌椅，是房內僅有的家具，對面的牆上貼滿剪報，雖然紙張因老舊而泛黃，但卻保存得相當完好。

時光回到十九年前。

馬庫斯近身細看，剪報依時間順序、自左至右貼成一排。

雙屍命案。受害人之一是瓦蕾莉亞．阿提也利，她是拉費埃耶的媽媽，而另一名死者則是她的情夫。

馬庫斯盯著牆上的報導圖片，除了報紙的來源之外，也有從八卦雜誌上剪下來的資料。八卦所需的素材，在這起謀殺案中顯然是應有盡有。

瓦蕾莉亞貌美優雅，養尊處優，性好奢華，她的先生奎多是知名商務律師，經常在國外出差：有錢有勢，交遊廣闊。馬庫斯看到其中一張他在妻子葬禮中所拍攝的照片，他面色凝重，雖然這起醜聞讓他悲痛逾恆，但他依然力持鎮定，緊握著稚子的手，目送靈棺，當時的拉費埃耶只有三歲。瓦蕾莉亞生前的情夫是知名遊艇選手，曾經贏得多項船賽的冠軍，他比女方小了幾歲，多少算是被女方包養。

這起案件喧騰一時，除了當事人有頭有臉之外，謀殺的手法也同樣令人震驚。這對男女正躺在床上，卻被侵入的歹徒給嚇醒，根據警方的重建資料看來，犯案人數至少有兩人以上，但截至目前為止尚未破案，兇手身分依然成謎。

馬庫斯繼續研讀資料，才發現兇案現場就在這間公寓，現在的拉費埃耶已經二十二歲了，依然住在裡面。

他媽媽當時被謀殺的時候，他正在自己的床上睡覺。

兇手可能沒有注意到還有這個小孩，或者決定要放過他也說不定。不過，第二天早上，當這小男孩醒來，去隔壁臥房找媽媽的時候，卻看到了兩具屍體，總共有七十多處的刀痕。馬庫斯彷彿可以看到那懵懂孩子驚見可怕現場、當場嚎啕大哭的模樣。

瓦蕾莉亞為了要與情夫偷歡，先支開了傭人，所以直到她先生從倫敦出差回來之後，才發現那兩人陳屍家中。

小男孩與屍體相伴了整整兩天。

馬庫斯沉思許久，想不出還有什麼比這更可怕的夢魘，而某種記憶也從他的內心深處汩湧而出：被拋棄的孤單感。

他不知道這是在什麼時候發生的，但他的確有所感應。馬庫斯的父母早已不在人世，自然無法告訴他這段記憶從何而來，他甚至連失怙之痛也淡忘了，但這也許是失憶症帶來的少數好處之一。

他的心思又回到了當下，開始研究書桌。

檔案堆積如山，馬庫斯很想要坐下來仔細閱讀，但沒有時間，待得越久越危險，所以他也只好信手隨意翻閱。

裡面是照片、警方報告的影本、證物清單，照理說，這些文件不應該出現在這種地方才是。此外，還有拉費埃耶·阿提也利的註記與心得，私家偵探的報告，馬庫斯還找到了一張徵信社的名片。

勒尼艾里。

拉費埃耶昨晚曾提過這個名字：「是不是勒尼艾里派你來的？你可以告訴那個王八蛋，我不想和他繼續牽扯下去！」

馬庫斯把名片塞入口袋裡，繼續看著牆上的文章，想要一口氣全部讀完，他心中暗忖，這狡猾的私家偵探、利用男孩的執念，不知道撈了多少錢。

找到弒母兇手。

這些剪報與文件，全都是執念的證據。拉費埃耶的童年，被那群怪獸給玷污了，他想要知道他們的面目。馬庫斯心想，小孩子們都有假想敵，它們來自於空氣、灰塵、陰影，或是黑衣人與大野狼，這些壞人只是住在故事裡，當小孩亂鬧脾氣的時候，父母才會搬出來嚇人，但它們終究會消失，回到原來的黑暗世界。

不過，拉費埃耶的怪獸卻一直徘徊不去。

還有最後一件事，信末的三角小紅點——就是這個符號，將拉費埃耶召喚到拉若的公寓裡。

「這個符號你又怎麼說？明明沒有人知道這東西。」

馬庫斯在檔案中找到一份檢察署的文件資料，裡面雖然有提到本案案情，但有些部分卻似乎刻意被刪除了。這種作法是有原因的：警方通常會隱藏案件的某些細節，不讓媒體大眾知道，以免有人作偽證、或是吸引說謊狂出來亂投案，另一方面，也可以讓犯罪者誤以為警方已掌握完整資料。而在瓦蕾莉亞．阿提也利的案子中，犯罪現場所出現的某一重大線索，警方基於某種理由、堅持不肯吐露。

他不知道那與傑瑞米亞．史密斯或拉若失蹤有無關聯，此案發生於十九年前，就算當時警方遺漏了什麼線索，現在也鐵定是無法復原了。

犯罪現場，永遠消失了。

馬庫斯低頭看錶：他在屋裡已待了二十分鐘，不想和拉費埃耶再來一次正面衝突。但他還是做出決定，至少要看一下當年女主人遇害的臥房。

一打開房門，他就發現自己錯了，犯罪現場並沒有消失。

他最先看到的是斑斑血跡。

雙人床的藍色床單被血浸染，死者的失血量驚人，還可以看出他們當初遇害時的姿勢，枕頭與床墊還看得出人形，兩人躺在一起，給彼此最後的絕望擁抱，對於兇狠虐殺毫無招架能力。鮮血從床單滴落，宛如火山岩漿般流遍整張雪白的地毯，滲入纖維之中，色澤紅豔鮮麗，與死亡的意象扞格不入。

牆上的噴濺血跡，是兇手揮刀刺人的運力速寫，見證了他的憤怒、速度，甚至是疲態。殺人犯還以血為墨、在床邊的牆上寫了一個英文字：惡。

一切凝止不動。這裡如此寫實逼真，彷彿兇案才剛剛發生而已，馬庫斯覺得自己彷彿走入了時空隧道。

不可能，他自言自語。

十九年前的兇案現場，怎麼可能保留到現在？

只有一種合理解釋，而牆角的油漆桶與刷子，以及驗屍照片，也證明了他的猜測，拉費埃耶重建了命案現場：在某個三月的寧靜早晨、奎多・阿提也利出差返家時所看到的景象。

自此之後，一切都變了。除了警方介入辦案之外，也有人想要立刻清理現場，將所有的可怕記憶除之而後快，讓這個地方盡快恢復原貌。

馬庫斯心想，恐怖命案發生之後，大家都有一樣的反應，屍體被移走了，血跡乾涸，生活再次回到常軌。

他心想，沒有人想要保留那種回憶，就連我也沒辦法。

但拉費埃耶．阿提也利卻決意要忠實呈現犯罪現場，執念緊緊夾纏，他必須為這起暴行建立專屬聖壇，而且，為了讓惡行無所遁逃，他把自己也囚禁在聖壇之中。

不過，這也讓馬庫斯有機會能研究現場，找出有無違常之處。所以他補劃了一個十字聖號，繼續找尋線索。

他走向那宛如祭壇的床邊，這才發現為什麼行兇者至少有兩名以上。

死者無路可逃。

馬庫斯想要還原當時的情景，瓦蕾莉亞和情夫被慘無人道的惡行嚇得不知所措，她有沒有尖叫？抑或是強忍著不出聲，以免驚醒隔壁房間的熟睡幼子、害他誤闖進來？

床尾的右端有一灘血池，而左邊卻吸引了馬庫斯的目光，三團圓點。

他彎腰，想看個仔細，完美對稱的三角形，邊長約五十公分。

就是這符號。

馬庫斯思索著那個三角形可能代表的各種含義，他抬頭，赫然發現剛才不曾注意到的東西。

地毯上有小孩的赤足印。

他心中浮現了當時的景象，三歲的拉費埃耶一大早在門口探頭探腦，看到了那幅駭人的畫面，但卻不知道那代表了什麼意思，他跑向床邊，小腳丫踩在血泊中，拚命想要搖醒媽媽。

還有，他那小小的身軀，躺在浸血的床單上：大哭了幾個小時之後，他好累，蜷在媽媽身邊睡著了。

這孩子就在公寓裡足足待了兩天，之後才被爸爸帶離現場。兩個白天，還有兩個漫長的夜晚，獨自面對潛伏在黑暗之中的各種可能。

孩子何需記憶，他們要學習的是遺忘。

就另一個角度看來，這四十八個小時，足以讓這孩子留下一輩子的印記。

馬庫斯無法動彈，他開始深呼吸，擔心自己會恐慌發作。這不就是他的天分嗎？體悟惡行在萬物裡所留下的寓意？聆聽死者的無言之聲？眼睜睜看著人類的敗德劇上演，卻無能為力？

狗是色盲。

所以，全世界對拉費埃耶百般不解，但只有他懂，那個三歲大的小男孩，還在等待救贖。

9.04 a.m.

「金姐兒，有些事必須眼見為憑。」

只要大衛一提到自己工作的危險性，必定會講出這一句話。對珊卓拉來說，相機是必要的慰藉，她每日記錄各式各樣的暴力行為，只有靠它才能降低心理衝擊，對大衛而言，相機就只是工具罷了。

珊卓拉思索著兩人的差異，同時忙著把家中廁所佈置成臨時暗房，她以前看大衛弄過好多次了。

她先把門窗封好，然後拿掉鏡上的小燈，換成不會讓相紙感光的紅燈，先前她已經從閣樓中取出了放大機、顯影與定影的專用罐，其他的東西她只好隨機應變。平日洗滌貼身衣物的小盆可以作為沖洗設備，廚房裡的鉗子、剪刀，還有杓子都可以派上用場，而相紙與化學藥劑都還沒有過期，仍然可以使用。

珊卓拉拿起那台三十五毫米底片的徠卡相機，開始捲片並退片。

接下來的步驟，需要在全黑的環境中進行，她戴手套，打開底片盒，抽片，她憑著腦海中的印象，以剪刀先修平片頭，然後上片軸，再把預先調配好的顯影劑倒進去，開始計算時間，定影劑也重複相同步驟，最後再打開水龍頭沖洗，珊卓拉沒有助洗劑，改將幾滴中性洗髮精滴入罐內，再將那捲底片晾在浴缸上。

她在自己的手錶上設定好時間之後，整個人靠在瓷磚牆面上，嘆了一口大氣。黑暗中的等待讓人煩躁不安，她不知道大衛為什麼要用這台老相機，她希望這些其實是無關緊要的照片，但她也有殷殷期待，因為大衛離奇死亡，她實在不甘。

大衛只是在試相機而已，她這麼告訴自己。

雖然夫妻兩人對攝影都有興趣，而且也是他們的工作，但是卻沒有兩人一起合拍的照片。她偶爾會惦念著這件事，當先生在世的時候，這似乎也不算太奇怪，就是覺得沒必要罷了，當下如此強烈真實，又何需過往？珊卓拉從來沒想到有這麼一天，她居然需要貯藏記憶才能活下去。隨著時間流逝，她的存量也變得越來越淡薄，與她的餘生相比，兩人共同生活的日子也未免太短暫了，接下來她該怎麼辦？對他的情感還能像以往一樣濃烈嗎？

計時器的鈴響聲將她拉回現實，現在她終於可以開紅燈了，她拿起膠卷，對著燈光看片。

這台徠卡相機，一共拍了五張照片。

珊卓拉現在還無法判斷照片裡有什麼東西，但好想趕快沖印出來。她開始準備那三個沖洗盆，第一個倒入相紙顯影液，第二個是清水加醋酸所調製的急制液，第三個是定影液，同樣也是加水稀釋。

她使用放大機，將負片投射在相紙上，進行曝光，然後將第一張相紙浸入顯影液裡，她輕輕搖晃，影像也在液體中慢慢浮現。

但太黑了。

也許大衛在拍這張照片時出了問題，不過，珊卓拉依然把它置入另外兩個沖洗盆裡，並以衣夾掛在浴缸上方，隨即繼續處理其他負片。

第二張照片是大衛裸胸的自拍鏡面照，他單手拿相機，另一隻則在揮手，但他臉上沒有笑意，而且神情還相當凝重，他的後方掛著月曆，剛好就是他死亡的那個月份，珊卓拉心想，這可能是他死前的最後影像。

鬼魅的陰冷道別。

第三張照片是某處建築工地，還可以看到裸露的柱子，沒有牆，整個區域一片空荒。珊卓拉心想，這應該是在大衛出事的建築物內所拍攝的照片，不過，當然是他生前。

他帶徠卡相機去那裡幹什麼？

大衛墜樓時間是在晚上，但這張照片是日景，也許他一直忙著在勘查那個地方。

第四張照片，極其詭異，她猜是十七世紀的畫，不過應該只是大幅油畫的局部而已。有個小孩大幅扭動身軀，彷彿準備拔腿就跑，但他轉頭看向後方，後面有個既可怕又漂亮的東西，讓他看得目不轉睛，小孩露出詫異表情，嘴巴還張得大大的。

珊卓拉有印象，但她忘了這是哪一幅畫。她想起督察迪．米契里斯喜好藝術，可以問他。

有件事倒是可以很確定：那幅畫作在羅馬，她應該要親自去一趟。

她今天是下午兩點的班，但她打算請假。自大衛發生意外之後，她還不曾請過喪假，如果她搭高鐵下去，不到三個小時就可以到羅馬。就像大衛說的一樣，她一定要親眼看到才算數，的確有必要深入了解，因為大衛拍這些照片一定有其理由。

她的腦袋在思考行程，手裡卻忙著沖洗最後一張照片，前四張不但找不出解答，反而帶來更多的疑問。

也許在最後一張照片裡能發現線索。

那張相紙慢慢顯像，她的動作更加小心翼翼，乾淨的背景出現暗塊，越來越清楚，宛如在海底幽暗世界沉睡多年的船骸，逐漸浮出水面。

一張臉。

特寫，顯然對方不知道被拍了。大衛的羅馬之行、甚或是意外身亡，與這個人有關係嗎？珊卓拉知道一定要找到他。

這個人是黑髮，衣服也一身黑，眼神憂鬱閃爍。

太陽穴上有傷疤。

9.56 a.m.

馬庫斯站在城堡露台上俯瞰羅馬，眼光迷茫，他的後方矗立著大天使米迦勒的雕像，雙翼開展，劍已出鞘，凝望著芸芸眾生與無盡的人生悲劇。青銅雕像的左方放著悲憫鐘，在聖天使城堡作為教宗監獄的黑暗時代，只要有人被宣布處死，鐘聲就會幽幽響起。

這個充滿虐刑與絕望的地方，已經成為遊客絡繹不絕的觀光要地。躲在雲後的太陽出來露臉、銀白色的光芒照耀著這個落雨不停的城市，大家趕緊趁現在開心拍照。

克里蒙提靠了過來，但馬庫斯的目光依然駐留在眼前的大片景色。「怎麼了？」他開口問道。

他們想要見面時，全靠電話答錄機。只要其中一人有需求，留下指定的時間地點即可，到目前為止，這方式都還未曾出過任何差錯。

「瓦蕾莉亞·阿提也利的謀殺案。」馬庫斯回道。

克里蒙提先不管這個，他擔心的是馬庫斯腫脹的臉，「誰把你打成這樣？」

「我昨天晚上遇到她的兒子，拉費埃耶。」

克里蒙提搖頭，「超級棘手的案子，一直破不了。」

他的語氣彷彿是知之甚詳，馬庫斯心中不免覺得有些詫異，往前推算時間，他朋友在當年案發時、最多也不過十歲罷了。想必只有一個原因：他們處理過這起謀殺案。

「有檔案資料嗎？」

克里蒙提不喜歡在大庭廣眾下討論這種事，「謹慎為上。」他叮嚀馬庫斯。

「這是重大案件，你還知道些什麼？」

「警方有兩個調查方向，奎多．阿提也利都脫不了關係。紅杏出牆的妻子被殺，大家第一個想到的嫌疑犯，永遠都是先生。而且奎多有專業知識與資源，如果他買兇殺人，當然知道該怎麼脫罪。」

但如果奎多．阿提也利是主謀，難道他故意把兒子留在屋裡、伴屍兩日，只為要讓自己的不在場證明更具有說服力？

「第二個方向是？」

「阿提也利在倫敦的時候，完成了一項重大購併案，事實上。這起交易疑雲重重——與石油和軍火有關，牽涉到諸多重大利益。臥房牆上的那個英文字，『惡』，也可能是故意寫給他看的。」

「一種警告。」

「但殺手卻放過了他的小孩。」

一群小孩從馬庫斯面前跑過去，他的目光緊緊相隨，好羨慕他們的自由自在。

「這兩個方向為什麼最後都不了了之？」

「先說第一個，這對夫妻本來就快離婚了，太太偷歡無度，這個遊艇選手只算是剛交的男友而已。這律師雖然喪妻，但似乎不怎麼傷心，幾個月之後，他立刻再婚，現在的他早已另組家庭，而且又生了小孩。還有，別忘了，像阿提也利這樣的人，就算想要殺妻，也不可能下這種殘忍毒手。」

「小兒子呢？」

「多年來都不曾與父親說話，就我所知，那小孩瘋了，頻頻進出精神病院，他覺得自己變成這個樣子，都是父親害的。」

「第二個方向呢？」

「警方追查了一陣子，但沒有任何證據。」

「犯罪現場有沒有留下指紋或其他線索？」

「雖然看起來像是瘋狂屠殺，但犯案手法卻乾淨俐落。」

馬庫斯心想，就算兇手留下了什麼蛛絲馬跡，但案子發生在十九年前，當時的刑事鑑識不像現在這麼進步，DNA分析也還不普遍，除此之外，小孩待在犯罪現場四十八小時之久，跡證已遭破壞，而且消失殆盡。他不禁又想到拉費埃耶為尋索真相所重建的兇案現場。

「還有第三個調查方向吧？」

馬庫斯心覺有異：為什麼「他們」對於這個陳年舊案興趣濃厚？他的朋友對此隻字不提，更讓他不解，而且，克里蒙提還立刻轉移話題，「這和傑瑞米亞・史密斯、拉若失蹤案又有什麼關聯？」

「還不知道。但昨晚拉費埃耶也在拉若的公寓裡面，有人寄信給他，叫他過去那裡。」

「誰？」

「我不知道，可是我在拉若廚房的食譜裡發現一本聖經，第一次過去的時候，我沒有注意到。有時在黑暗中反而能看得更清楚，所以我昨晚才會又回去公寓，希望可以在相同的條件下、重建傑瑞米亞的犯罪過程。」

「聖經？」克里蒙提不解。

「書籤帶壓住的那一頁是帖撒羅尼迦前書：『主的日子來到，好像夜間的賊一樣……』我覺得有人刻意要給我們看這句話，讓我們遇到拉費埃耶．阿提也利。」

克里蒙提臉色僵硬，「沒有人知道我們的事。」

「當然沒有。」馬庫斯回道。對，沒有人，他自言自語，滿腹酸楚。

「營救拉若的時間相當緊迫，你也知道。」

「你曾經告訴我，能找到她的人只有我，叫我要依照直覺行事，我都照做了，」馬庫斯不鬆口，「另一個調查方向的細節，我也要知道。犯罪現場除了那個『惡』字，還有以被害人鮮血畫出的三個小紅點、排成三角形。」

克里蒙提轉向青銅天使雕像，彷彿在祈求保護，「那是神秘學符號。」

馬庫斯心想，警方在檔案中隱藏這種細節，也沒什麼好意外的，他們實事求是，不喜歡這種與神秘學領域有關的案件，到了法庭之上，這種議題不但棘手，而且被告還能以精神失常為由、藉機脫罪，顯得警方辦案能力不彰。

但克里蒙提顯然是認真以待，「有人說，那臥室裡舉行過某種儀式。」

與巫術相關的罪行，的確是「他們」所處理的異常事件類型，馬庫斯正在等克里蒙提去找出阿提也利的檔案資料，卻等不及想知道那三角形符號的意義，他決定要去某個地方，也許能找出答案。

安傑利卡圖書館，位於聖奧古斯丁廣場的某一奧斯定會的前修道院，會士們自十七世紀開始收集書本，並加以編目保存，累積了將近二十萬冊的珍貴藏書量，這裡分有古書與當代書籍區，是歐洲公共圖書館的先驅之一。

馬庫斯坐在閱覽室裡的某張桌旁——這個地方名為薩隆尼．凡維帝里亞諾，因為在十八世紀時，這位建築師負責翻修，遂以其名作為紀念——閱覽室四周的木頭書架上擺滿書籍。穿過佈滿阿卡迪亞學院成員畫像的通廊，即可到達目錄區，再繼續往裡面走，可以看到某道防護門，裡頭儲存的是極為珍貴的微捲片。

數百年來，安傑利卡圖書館一直深陷於各種宗教爭議之中，因為這裡的館藏有大量禁書，馬庫斯對此深感興趣，他借閱的全是符號學主題的書籍。

他戴上白色棉質手套，因為皮膚的酸性物質會污損舊書。翻動紙頁，宛如蝴蝶在拍翅，這是閱讀室裡的唯一聲響。馬庫斯如果生在宗教法庭時代，看了這些資料，恐怕也得賠上自己的性命。經過了一個小時的研究，終於找到三角形符號的起源。

它被大家當成基督教十字架的對立物，所以很快便成為諸多魔派的代表標誌。其起源可追溯至君士坦丁大帝的改宗時期，基督教不再遭受迫害，教徒也脫離穴居生活，而這些地方反而成為異教徒的避難所。

馬庫斯萬萬沒想到，現代邪教居然承襲於古代異教。千百年之後，撒旦形象已經取代了其他惡神，因為它是反基督的主要勢力，這些邪教信眾被視為大逆不道之徒，他們在偏僻的地方會面，通常挑選在空曠之處，以拐杖在地面畫出神殿之牆，萬一被人發現的時候，可以立刻抹消痕跡。會盟歃血、殺害無辜，是為了要讓信徒之間緊緊相繫，這除了有儀式性意義之外，也能發揮實際的箝制力量。

馬庫斯心想，如果我叫你殺人，這輩子你就永遠和我脫不了關係，如果有人膽敢退出，很可能會被舉發為殺人犯。

他也找到了此類儀式的演進史資料，由於這些都是當代出版品，他便脫下手套，拿起一本犯罪學的書，開始埋首研究。

在許多謀殺案中，都可以發現邪教的元素，不過，在大多數的案件中，它都只是性變態行為的託辭罷了。某些心理變態殺人犯堅稱有某種強大的力量想與他們溝通，所以他們只好一再殺人、作為回應，而受害者的屍體也成為傳話的信使。

最知名的案例當屬大衛・理查德・波克維茲——外號為「山姆之子」——他所犯下的多起案件，震驚七〇年代末的紐約。當警方終於抓到人之後，他卻供稱鄰居的狗被邪靈附身、令他犯案殺人。

馬庫斯認為，瓦蕾莉亞・阿提也利的這起案件，應與變態犯罪無關，行兇者不止一人，換言之，他們精神狀況很正常，沒有問題。

不過，集體殺人的案子，在邪教中屢見不鮮。平常一個人不敢作惡，但加入團體之後，卻有了膽大妄為的勇氣，平日的壓抑，靠群體之力得到解放，而且責任均攤，罪惡感也相對減輕。

還有一種名為「迷幻邪教」的教派，讓成員大量使用毒品，便於操控。這類組織喜歡穿著黑色服飾，而且使用許多邪教符號，不過他們的靈感來源與褻神無關，而是重金屬音樂。

瓦蕾莉亞臥房上的那個「惡」字，也許與此有關，但很少聽說這些團體會動手殺人，通常他們下手的對象是可憐的小動物、將牠們當作模擬黑色彌撒時的獻祭品。

真正的邪教倒不會玩這麼戲劇化的手法，他們需要百分之百的隱密，才能維繫下去。很難發現它們存在的確切證據，只有撲朔迷離的線索而已，不過，有些殘暴兇手之所以犯案，並非出於精神異常，在義大利最為人熟知的例子，莫過於「佛羅倫斯之魔」。

馬庫斯看了一下事件梗概，自一九七四年至一九八五年之間，一共發生了八起雙屍命案，這並非是一人所為，而是好幾名兇手的聯合犯行。警方的確逮捕了數名罪犯，但卻就此止步，再也沒有繼續偵辦下去，不過大家懷疑背後其實有某一團體在教唆殺人，其目的是要取得人屍、作為儀式之用。

馬庫斯發現其中有個段落，頗值得一究，「佛羅倫斯之魔」的下手對象，全都是年輕情侶或夫妻檔，對這些惡徒來說，最美妙的殺人手法就是讓他們在性高潮中斷氣，據說人體在欲仙欲死的時刻，會釋放出某種能量，能夠增強邪魔儀式的效果。

某些謀殺案的日期剛好在基督教節日之前，而且兇手特別喜歡挑新月之夜。

馬庫斯特別查了一下瓦蕾莉亞與情夫的遇害日期，三月二十四日晚上，天使報喜節的前一天，而且也是新月。

邪教犯案的元素都一一出現，近二十年無法破解的懸案，現在該是重新調查的時候了，馬庫斯認為背後一定有知情人士，但卻一直選擇長期默不作聲，他摸了摸口袋，找到在拉費埃耶桌上偷來的名片。

先從勒尼艾里下手，那個私家偵探。

勒尼艾里的辦公室位於普拉提區，某間小房子的頂樓。馬庫斯在暗地裡觀察他，這個偵探剛下車，開的是綠色速霸陸，真實生活裡的他，看起來比偵探社網站上的照片老多了。從事這種工作的人，居然會把自己的面貌公諸於世，馬庫斯覺得匪夷所思，但也許勒尼艾里根本不在乎。

馬庫斯正準備要尾隨進去，但發現那台車沾滿了泥巴，雖然羅馬下了好幾個小時的雨，但也不可能如此狼狽，他猜偵探應該是從郊外剛進入城內。

大門警衛正在專心看報，馬庫斯偷溜進去，對方渾然不覺。勒尼艾里沒搭電梯，也許是因為不耐等候，他步履倉促，似乎是急著上樓。

勒尼艾里走進辦公室，而馬庫斯則藏身在二樓的隱蔽處，等待他再次現身，屆時就可以換他潛入，看看大偵探何以如此匆忙。

當他一早在圖書館研究資料的時候，克里蒙提也依約為他準備好案件資料，編號c.g. 796-74-8，裡面包含了所有關係人物的檔案，東西早已留在某個大社區的信箱裡，這是他們交換文件的專設地點，其他住戶一無所知。

先前在等待勒尼艾里出現的時候，馬庫斯早已看完對方的檔案資料。

名聲不佳，這也不令人意外，由於行為不檢，他早已被吊銷執照，而且，他從事的職業顯然相當多元，過去曾涉及多起詐騙案，甚至因為開假支票而坐牢。他最大的客戶就是拉費埃耶·阿提也利，這些年來，他在這年輕人身上撈了一大筆油水，不過最近兩人關係卻突然破裂。位於昂貴普拉提區的辦公室，其實只是吸引無知肥羊的門面罷了，這偵探連個秘書都請不起。

馬庫斯陷入沉思，此時卻突然有女子發出尖叫，聲音似乎是從頂樓傳下來。

他受過嚴格訓練：在這種狀況下，一定要盡速離開，到了安全的地方之後，才可以通知警方，最重要的就是要不計一切代價、保護自己的匿名性。

我不存在，他再次提醒自己。

他按兵不動，也許會有其他人聽到異狀而跑出來，但沒有，馬庫斯忍不下去，要是他眼見弱女子身陷危險而見死不救，他永遠不會原諒自己。正當他要衝上頂樓的時候，那間辦公室的門打開了，偵探準備下樓，馬庫斯又趕緊藏身，對方根本沒有多加注意，但他卻發現到勒尼艾里手裡提了一只皮箱。

等到確定勒尼艾里離開之後，他衝上樓梯，希望一切還來得及。

他用腳踹開辦公室大門，迎面而來的是狹小的等待區，走廊盡頭有個房間，馬庫斯跑過去，但卻停在門口，他聽到裡面傳來敲擊聲，小心翼翼靠過去，仔細一看，原來是窗戶大開，被風吹打得砰砰作響。

沒有女子蹤影。

但裡面還有一道緊密的門，他慢慢走過去，動作格外小心，手放在門把上，猛然打開，他已有了心理準備，眼前即將出現可怕場景，但那只是一間小小的浴室，什麼都沒有。

他明明聽到有女人在尖叫，人呢？

醫生曾經警告過，他會出現幻聽症狀，這是失憶症的副作用，他的確也出現過幻聽，有一次，他待在自己的閣樓，聽到電話聲響個不停，但屋內明明沒有裝電話，還有，他也曾經聽到德渥克在喊他的名字，其實他不確定那是不是好友的聲音，因為他不記得了，但是那聲音卻讓他聯想到德渥克的臉，他不禁開始懷抱希望，也許哪天能夠恢復記憶力。但醫生說，不可能，失憶症是不可逆的腦部損傷，而且，他的問題也並非是心理性因素。但馬庫斯仍然相信自己終能找回失落的過往。

他深呼吸，想要忘卻那女子的尖叫聲，當務之急，要搞清楚這裡出了什麼事。

馬庫斯走到窗戶旁，向下張望，那台綠色速霸陸不見了，既然勒尼艾里取車離開，表示他暫時不會回來，馬庫斯還有一點時間。

柏油路面上有一團油漬，再加上先前發現的車身濺泥，想必勒尼艾里早上必定行經崎嶇不平的路面，所以車子才沾污又受損。

他關上窗戶，繼續研究辦公室。

勒尼艾里停留的時間還不到十分鐘，他在這裡幹什麼？

有辦法找出真相。馬庫斯記得克里蒙提教過他的一件事，犯罪學家和側繪人員稱其為「密室之謎」，所有的事件，即便最微不足道的也不例外，都會留下痕跡，隨著時間分秒消逝，也會逐漸露出端倪，所以房間雖然看起來是空的，實則不然，裡面其實蘊藏了許多線索。但馬庫斯只能利用有限的時間、努力還原現場。

首先，要運用視覺。書架只用了一半的空間，擺放的是彈道學與法學書籍，已滿佈積灰，顯然是純作裝飾之用。破舊的沙發，書桌旁配了張轉椅，前頭還有兩張椅子。

他還注意到辦公室內出現時序錯亂的怪異組合，電漿電視，搭配老舊的錄放影機，他不知道這個年代還有人在用這東西，而屋內根本找不到錄影帶。

馬庫斯默記於心，繼續找尋線索，牆上歪掛著調查特訓課程的結業證明，還有過期的職業證書，他近身察看，發現牆後藏有保險櫃，門沒有闔緊，他趕緊打開，但裡面什麼也沒有。

他想到勒尼艾里離去時所攜帶的皮箱，裡面一定有東西，是錢嗎？他準備要逃之夭夭？要躲誰？躲避什麼事情？還有，他剛進來的時候，窗戶大開，為什麼勒尼艾里沒有關窗？

他心想，是為了要讓空氣流通，他猛吸鼻子，果然聞到一股淡淡的怪焦味，應該是葉綠素，他趕緊衝去字紙簍旁邊。

只有一張紙，已被火燒得皺爛。

勒尼艾里不只從辦公室取走物品，而且還在離開前銷毀了某個東西，馬庫斯拿起那張紙，小心翼翼攤在書桌上，然後又進去浴室，看了一下洗手乳的標籤，並把它拿到辦公室裡。他在指尖倒了一些皂液，盡可能把它攤平，在燒黑的手寫字痕處，仔細抹勻，然後，從火柴盒裡拿出火柴棒，先前勒尼艾里應該也做過相同的動作——馬庫斯準備要再燒一次。在劃火柴之前，他告訴自己，只有這麼一次機會，點燃之後，一切消失殆盡。

失憶症造成偏頭痛、幻聽，以及錯覺，但至少還是有一個好處：馬庫斯開始出現優異的記憶技巧，他猜一定是腦內出現空白地帶，讓他得以快速學習吸收，此外，他也擁有絕佳的圖像式記憶能力。

他暗自祈禱，希望這次沒問題。

點亮火柴，拿紙，以自左至右的方向，慢慢著火。

墨水因皂液中的甘油而發生反應，字跡再度顯現，馬庫斯迅速背記，不過幾秒的時間，紙片已經化成一縷灰煙。紙上寫的是地址：可梅提路十九號，而且，還有那紅點三角形符號。

除了地址不一樣之外，這張紙與拉費埃耶．阿提也利所收到的那封信，完全一模一樣。

2.00 p.m.

「我覺得不太好。」

迪・米契里斯在電話裡說得直接，珊卓拉不禁有些懊悔，沒事把這位警官捲進來。連綿的雨勢讓羅馬交通受阻，她在火車站招了計程車，但沿路走走停停。

這位督察當然樂意幫忙，但他不解的是，為什麼她要親自去一趟？

「妳知道自己在做什麼？這樣對嗎？」

珊卓拉的行囊裡準備了離家數日的必需品，她也把徠卡相機沖出的相片、標記陌生地址的日誌、雙向對講機都帶在身邊。

「大衛從事的是危險工作，我們雙方早有共識，他不會告訴我要去哪裡出差，所以他何必要在那一通留言裡對我撒謊？為什麼要說他在奧斯陸？我苦思許久之後，發現自己真是白癡，他不是在隱藏秘密，而是提醒我要注意。」

「好，就算他發現了什麼，想要保護妳，但妳現在卻讓自己步入險境。」

「我不這麼認為。大衛知道自己冒著生命危險，若有不測，他希望我可以繼續調查下去，所以他才留線索給我。」

「妳是說那老相機裡面的照片？」

「說到這個，那個小孩逃跑的照片是哪一幅畫？」

「光聽你的描述，我沒辦法知道，得要親眼看到才行。」

「我已經寄電子郵件給你了。」

「妳也知道我對電腦是門外漢，我會請部屬幫我下載，一有消息，我盡快讓妳知道。」珊卓拉知道可以信賴他，雖然大衛死了五個月之後、他才向她表達遺憾之意，但他真的是個好人。

「督察……」

「嗯？」

「你結婚多久了？」

迪．米契里斯大笑，「二十五年，怎麼了？」

珊卓拉又想起夏貝爾的話，「我知道這個問題涉及個人隱私，但……你曾經懷疑過自己的另一半嗎？」

督察清了清喉嚨，「有一天下午，芭芭拉告訴我她要和某個女性朋友見面，我知道她在說謊，我們警察有第六感，妳懂吧？」

「是，我懂，」珊卓拉不知道自己是否要把故事聽完，「但你不說也沒關係。」

迪．米契里斯沒理她，逕自說下去，「然後，我簡直把她當成了嫌犯，決定要偷偷跟蹤她，她當然不知道。但過了一會兒之後，我停下腳步，思考自己的所作所為，最後反悔，回頭。當然，妳可以說這是恐懼，但我很清楚自己在想什麼，其實，她就算騙我，我也不在意，不過，如果最後我看到她真的是和自己的女性朋友見面，我會覺得自己背叛了她，我有權要求太太忠誠，但芭芭拉的丈夫也應該信任她才是。」

珊卓拉心想，這位資深同事可能從來沒有告訴別人這件事，所以她也鼓起勇氣，想問另一件事，「督察，可以幫個忙嗎？」

「這次又是什麼問題？」他假裝生氣。

「有個國際刑警組織的探員夏貝爾，在昨天晚上打電話給我，他認為大衛的死有黑幕，這傢伙很討厭。」

「知道了，要叫我去查他的資料，就這樣？」

「對，謝了。」珊卓拉如釋重負。

不過迪·米契里斯的問題還沒有結束，「等一下，妳現在要去什麼地方？」

一切消亡的終點，珊卓拉很想這麼告訴他。

「大衛墜樓的地方。」

同居，其實是她的想法，但大衛也欣然同意，至少，她是這麼以為的。那時兩人不過才認識幾個月，能不能摸透大衛的心思，她沒有把握，這個男人有時候很深沉，感情不外顯，和她的風格截然不同。當他們意見相左的時候，提高聲量說話的人是她，而他卻淡然安撫，珊卓拉忍不住猜想，大衛並非毫無所動，這是他的既定策略：先讓她惱火，等到她怒不可遏的時候才出手。

他搬進她公寓的一個月之後所發生的事，足可為證。

大衛一整個禮拜都態度怪異，安靜不語，珊卓拉覺得他在閃避她，甚至兩人在屋內獨處的時候亦復如此，那時候他手上沒案子，但依然異常忙碌，如果不是躲在書房裡，就是忙著修插頭或是清理堵塞的水槽。她覺得不太對勁，但也不敢問，她告訴自己，必須要給他時間，大衛不習慣生活裡突然出現一個叫作家的地方，而且他也缺乏兩人生活的經驗。珊卓拉深怕會失去他，但他依然躲躲閃閃，她的怒氣也越來越高漲，爆發的一刻終於來臨。

時值深夜，他們正在熟睡，她突然感覺到他的手在猛搖她，喚她起床。還不到三點鐘，她睡眼惺忪，問大衛究竟要幹嘛，但他把大燈打開，逼著她一定得坐起來。大衛的目光在房間裡飄移，他努力找尋字詞、將他醞釀了好一段時日的想法和盤托出，兩個人這樣下去是不行的，他渾身不自在，簡直快喘不過氣。

珊卓拉努力要聽懂他這番話的含義，而她唯一想到的答案就是：這個大白癡想甩了我，她的自尊受創，而且他想分手，難道不能等到早上再說嗎？她氣沖沖起床，開始對他連番開罵，只要手上能抓到的東西，全部都扔到了地上，其中一個是電視遙控器，砸地時剛好觸到電源開關，螢幕上出現深夜時段的黑白老片《禮帽》，佛列德．雅思坦和金姐兒．羅傑絲正在對唱。

甜蜜的旋律，夾雜著珊卓拉的歇斯底里，構成一幅超現實場景。

場面越搞越僵，因為大衛低頭沉默，只是任由她罵。不過，等到她的怒火飆升到最高點的時候，她卻發現他把手伸入枕頭底下，取出一個藍絲絨小盒，又把她拉到床邊，露出詭詐笑容。她傻了，看著那小盒子，恍然大悟那裡頭裝的是什麼東西，她覺得自己有夠笨的了，張大嘴巴，驚訝得說不出話。

「我只是要告訴妳，」大衛說道，「過這種日子也不是辦法，依我個人淺見，我們應該要結婚才對，因為我愛妳，金姐兒。」

這是他的第一次——第一次對她表達情愛，第一次叫她金姐兒——當時，佛列德正唱著〈貼頰雙舞〉。

天堂，我身在天堂，

心跳加快，讓我幾乎無法言語；
在我們貼頰雙舞的時刻，
我找到了幸福。

珊卓拉還搞不清楚狀況，已經哭得唏哩嘩啦，她鑽進大衛的懷裡，她要一個熱情緊擁。她挨在他胸前啜泣，開始脫衣，想與他做愛的慾望何其激切，兩人纏綿直至天色破曉，言語無法形容她當晚的感受，純然的歡愉。

當那種時刻出現的時候，她也有所體悟，自己和大衛絕對不可能過著安靜平和的生活，兩人都以燃燒熱情的方式在過生活，而這也成為他們的隱憂，要是擦槍走火，一切將迅速消失殆盡。

果然發生了。

現在，距離那獨一無二的夜晚，已經過了三年五個月，再加上零星的幾天。珊卓拉站在某處空荒的工地，大衛，她親愛的大衛，就在這裡墜樓撞地。現場沒有血跡；時日已久，強風驟雨帶走污漬，她曾想帶鮮花過來，但又擔心會感情潰堤，此行的主要目的畢竟是為了查訪真相。

大衛落地之後，在這裡躺了一整個晚上，奄奄一息，後來有人騎單車經過發現，趕緊打電話報警，但太遲了，大衛死在醫院裡。

當羅馬的同事告訴珊卓拉這個消息的時候，她不敢問太多詳情，比方說，他的意識是否一直很清楚？其實，她比較希望他當場斷氣，而不是之後才因多處骨折與內出血而死去。但最重要的問題，她一直不敢問。

如果早點被人發現，是不是還有活命的機會？

垂死掙扎的痛苦過程，更證明大衛應是出於意外死亡，如果有人把他推下樓，一定會確定任務達成之後、才會離開現場。

珊卓拉發現右側有階梯，她放下背包，小心翼翼拾級而上，因為兩側完全沒有扶手，到了七樓的時候，四周完全沒有隔板牆，只看得到支撐樓板的樑柱。她走到臨空邊界，大衛失足的地方，天黑之後，他來到這裡，她想起前晚夏貝爾在電話裡所說過的話。

「根據警方資料，里奧尼先生為了取得絕佳攝影角度，所以爬上建築工地……妳去過現場嗎？」

「沒有。」

「我去過了。」

「你到底要說什麼？」

「妳先生的相機在他墜樓時摔壞了，可惜我們再也看不到照片了。」

珊卓拉放眼望去，正是大衛墜樓那晚所看到的景象，一片空地，四周全是公寓建築，她現在才懂得夏貝爾為何語帶譏諷，這有什麼好拍的？何況，還是黑漆漆的晚上。

她隨身攜帶那台徠卡所拍的照片，她沒有猜錯，照片裡的建築工地就是這裡，不過大衛拍攝的時間是白天。她當初把相片沖出來的時候，曾經以為大衛在勘查這個地方。

珊卓拉看著四周環境，大衛來這裡，一定有他的目的，這地方如此荒涼，看不出有何重要性，至少，表面上是沒有。

所以，他所為何來？

她必須要從其他面向思考，如同學校老師所說的一樣，轉移焦點。

真相藏在細節裡，她提醒自己。

在細節裡找尋答案，她平常的工作內容亦復如此，現在，她準備開始判讀現場，由下往上，先大局，其次是細節。她拿著大衛拍攝的照片，準備進行比較。

現在，該好好比對相片與現場的細微差異，宛如在玩比對圖片遊戲，從幾乎一模一樣的圖片中，找出相異之處。

她先從地板開始，一步又一步，仔細對著照片，然後，她開始抬頭看天花板，希望能夠在混凝土中找到蛛絲馬跡，但一無所獲。

接下來研究樑柱，一次一根。顯然在這五個月當中，有些柱身出現輕微毀損，主要是因為沒有上灰漿，所以更容易出現龜裂。

她走到了最左端，發現現場看起來與照片有些不同，是小地方，但卻引人注意，五個月前，大衛拍照的時候，樑柱基底有一處橫狀裂縫，但現在卻不見了。

珊卓拉彎身細看，它被一塊灰漿板刻意擋住。她將其移開，卻目瞪口呆。

那處裂痕還在，而且還夾放著大衛的那台小型錄音機，明明他每次都會帶出門、但在遺物袋裡卻找不到。

珊卓拉把它拿出來，拂去沾灰，細薄的機身，長度也只有四英寸，取代傳統卡帶錄音機的電子式產品。

望著掌心裡的那台小機器，她發現自己好害怕，天知道裡面有什麼秘密，大衛可能特意把它藏在這裡，並拍照記下位置，日後再回來拿，但卻沒想到會墜樓，又或者，他藏機器偷錄音，時間可能就是在出事那晚，她記得可以用遙控的方式啟動這台錄音機，只需要發出一聲噪音，立刻開始錄音。

要不要聽錄音？她得要做決定，不能再等下去了，但她依然心生猶豫，等一下聽到的內容，大衛死於意外的推論，很可能會就此翻盤，她也無法再找理由推辭，必須要追查真相——這是一場冒險，她可能永遠找不到答案。

她不再遲疑，按下了播放鍵，靜靜等待。

大衛咳嗽兩聲，可能只是為了要遙控啟動機器之用，他開始講話，模糊，遙遠，夾雜著環境噪聲，而且，斷斷續續。

「……只有一個人……我一直等……」

他的語氣冷靜，但珊卓拉卻很不安，隔了這麼久，居然又聽到他的聲音，太不習慣，因為她早就告訴自己，此生再也不可能聽到大衛對她說話。在這種需要冷靜的時刻，她擔心情感失控，珊卓拉提醒自己，這是在調查，必須要以專業方式處理。

「……不存在……必須靠想像……失望……」

句子實在太過破碎，難以判斷脈絡。

「……我知道……所有……這一次都要……不可能……」

珊卓拉根本聽不懂，但接下來的句子卻相當完整。

「……我找了好長一段時間，最後終於找到它……」

大衛在說什麼？對誰說話？她完全沒有頭緒。

也許她應該要把這段錄音拷貝下來，交給專業工程師處理，去除背景雜訊，當下她只能想到這個解決方法。正當她要準備關機的時候，她又聽到了另外一個聲音。

「……對，是我……」

珊卓拉背脊發涼，果然不是只有大衛一個人，難怪他要錄下那一段對話。接下來的連串話語異常激動，不知道為什麼，狀況急轉直下，現在，她先生的聲音充滿恐懼。

「……等一下……不可能……真的要相信……我沒有……我還能……不……不……不要！」

扭打聲響，兩個人的身體在地上滾動。

「……等等……等……等一下！」

最後一聲淒厲尖叫，逐漸消失在遠方，隨即戛然而止。

手中的錄音機掉落地面，她的雙手勉強支在水泥地上，頻頻激烈作嘔，最後吐了兩次。

大衛遭人謀殺，他是被推下去的。

珊卓拉想尖叫，她不該來這個地方，不該認識大衛之後，又愛上他。這種想法何其殘忍，但的確是事實。

她聽到腳步聲。

珊卓拉看著錄音機，它還在播音，逼她得繼續聽下去，兇手彷彿知道麥克風的藏匿地點。

腳步聲沒了。

過了幾秒鐘之後，又出現聲音，這次不是話語聲，而是有人在唱歌。

天堂，我身在天堂，
心跳加快，讓我幾乎無法言語；
在我們貼頰雙舞的時刻，
我找到了幸福。

3.00 p.m.

可梅提路位於羅馬市郊，馬庫斯搭乘大眾運輸工具，花了一些時間才順利抵達。公車站距離目的地不遠，再走個兩百公尺就到了。周邊全是荒蕪野田、工廠倉庫，還有一些公寓四散各地，宛如水泥群島，中央矗立一座醜陋的現代教堂，根本無法與市中心那些悠久的古老教堂相提並論，街道上的車輛來來往往，川流不息。

十九號是棟倉庫，看來已經廢棄不用，但這確實是馬庫斯潛入偵探辦公室之後、在那張三角標誌信紙上所發現的地址。他不想冒險，所以在進入之前，先仔細觀察四周動靜。街道對面有個加油站，旁邊有附設的洗車區和小吃店，顧客不斷進出，但似乎沒有人對那間倉庫有興趣。馬庫斯信步朝加油站走去，佯裝他正在等遲到的朋友。他站著不動，觀察了足足有半小時之久，總算確定倉庫無人看管。

倉庫前方有處空地，已被大雨淋成一片沼澤，他看到車胎痕，很可能是勒尼艾里的那台綠色速霸陸，而且，他的車身有大量的濺泥。

那個偵探來過這裡，然後又趕回辦公室，燒毀那張紙，最後，他帶著保險箱裡的某個東西，迅速離去。

馬庫斯正在努力拼湊完整原貌，但他最納悶的是，勒尼艾里怎麼會這麼匆忙？

因為恐懼，才會如此急促，但他究竟看到了什麼而陷入恐慌？

馬庫斯刻意避開倉庫大門，想要找邊門進去，這棟低矮的長方形建築有圓鼓狀的金屬屋頂，看起來很像是飛機棚，四周都是灌木叢，馬庫斯從中借道而過，果然看到防火門，勒尼艾里應該也是從這個入口進入，因為還留有小縫。馬庫斯雙手稍微使力，拉開了門，剛好讓身體可以鑽進去。

這是間大倉庫，裡面光線昏暗，除了一些堆高機、天花板懸垂而下的滑輪之外，沒有其他東西，雨滴從屋頂滲落而下，在地板上積成一灘灘的黑臭水窪。

馬庫斯四處走動，腳步聲也發出巨大回音，遠端有個通往夾層的鐵梯，裡頭是個小辦公室。他趨前細看，大吃一驚，鐵梯把手完全沒有灰塵，有人花功夫仔細擦拭乾淨，可能是要抹去自己的指紋。

上面一定藏有秘密，他得要上去。

馬庫斯爬樓梯，極其小心，走到一半的時候，味道已經撲鼻而來，錯不了，只要你曾經聞過那味道，無論到什麼地方，馬上聞得出來。第一次接觸的時間和地點，他完全沒有印象，但是內心深處的某個東西，卻永遠忘不了那股氣味。那像是假的阿摩尼亞，他寧可記得玫瑰的芬芳或是母親胸脯的味道，但存留在他記憶裡的卻是屍味。

他以風衣袖子掩住口鼻，走上最後幾階樓梯，剛走到辦公室門口，他已經看見屍體，兩具屍體位置相當接近，一個仰面，另一個趴地，兩人都是腦袋中槍，馬庫斯心想，這完全是行刑式手法。

有人放火燒屍，屍臭腐氣更加不堪，應該是倒了酒精或汽油，但烈焰摧殘的部分只有上半身，屍體的下半部依然完好，無論是誰下的手，顯然是為了要讓人無法辨識屍體身分。還有，這兩名死者一定曾經有過作姦犯科的紀錄，不然兇手何必大費周章、砍斷他們的雙手？

馬庫斯忍住嘔意，繼續向前看個仔細。

死者直接被截腕，肌腱已斷，但是骨面卻有整齊的刮痕，這通常是尖突利器所留下的痕跡，比方說，像是鋸子。

他拉起其中一個人的褲管，察看小腿部位，從皮膚的慘白顏色判斷，死亡時間應該將近有一個禮拜，還有，死者皮膚浮腫而鬆弛，年紀應該有五十歲以上。

他不認識死者，恐怕也永遠沒有機會知道他們是誰。但他強烈懷疑這兩人就是殺害瓦蕾莉亞與她情夫的兇手。

現在，他要知道是誰殺了他們，還有，為什麼要在事隔多年之後才出手。

一封匿名信，將拉費埃耶引入拉若的公寓裡，在勒尼艾里辦公室所發現的那張紙，也將偵探召喚到這間倉庫。

好，這個偵探看到這兩個人，他們可能也是因為類似的陰謀而來到這裡，於是，他動手殺人。

馬庫斯不信。

勒尼艾里幾小時之前才來過這裡，如果這兩個人已經死了一個禮拜，他為什麼還要再回來？也許是為了要燒屍或砍手，或者只是純粹要了解狀況，但何須要冒這種風險？還有，他又在怕什麼？躲避什麼人？

不，殺死他們的另有其人，而且，如果兇手沒有移屍，顯然他是希望屍體被人發現。

這兩個人可能不是什麼重要角色，只是聽命行事罷了。馬庫斯依然認為當年的命案應是有人在背後指使，或者下令的不只是一個人。雖然他不喜歡最後這個推論，但也不無可能，畢竟臥房裡的血案充滿了祭儀性。邪教團體一定要全力維護自己的隱密性，就算是殺死兩名成員也在所不惜。

馬庫斯發現此案有兩股勢力在較勁：一是發出匿名信、要讓秘密曝光；另一個則是要不計任何代價、矢志捍衛秘密到底。

這兩股力量的唯一交集，只有勒尼艾里。

這個偵探一定知道內情，馬庫斯很確定，他也有同樣的自信，他最後一定能找出傑瑞米亞・史密斯與拉若失蹤案之間的關聯。

詭譎的黑暗勢力不斷撕扯，馬庫斯覺得自己是戰局中的小卒，他必須界定自己的角色，換言之，必須要與勒尼艾里會上一面。

他已經受夠了這裡的屍臭。離開之前，他出於本能，抬手劃了一個十字聖號，但轉念一想，這兩個人恐怕是死有餘辜，不值得。

勒尼艾里因為匿名信而趕到倉庫，時間是今天早上，他看見屍體，然後，他回到辦公室，燒毀了那張紙，帶著保險箱裡的東西迅速離開。

馬庫斯反覆思索這一連串事件，他知道自己一定遺漏了重要的細節。

天空又開始下雨，他離開倉庫，穿越大門前的空地，盡量不要踩到爛泥，就在這個時候，他發現先前沒有發現的異狀。

地上有個暗色污漬，稍遠處還有另外一塊。他早上在勒尼艾里辦公室外頭、綠色速霸陸的停車處，也曾經看到類似的東西。

經過大雨的沖刷，卻依然可以看到這些污漬，顯然應該是某種油性物質，馬庫斯彎身察看，是機油。

顯然偵探的車曾經停在倉庫外頭，但這一點早就從他髒兮兮的車身可以猜測出來。馬庫斯一開始以為，車子沾泥與受損是同一時間發生的事，但他四下張望，沒看到有坑洞或突出的石頭，車損一定是發生在更早之前，而且是在別的地方。

勒尼艾里先前去了哪裡？

馬庫斯抬手，撫摸太陽穴的傷疤，他的頭鼓脹得厲害，偏頭痛來犯，他要吃止痛藥，還得找東西果腹。思路遇到重重關卡，他得想辦法解決。此時公車剛好到站，馬庫斯立刻跳上車，找了後頭的位子坐下來。旁邊是個揹著購物袋的老太太，望著他腫脹的臉和裂傷的嘴唇，滿臉狐疑，那是拉費埃耶攻擊之後所留下的紀念品。馬庫斯沒理她，雙手交疊胸前，兩隻腳伸入前方座位的下方，閉目養神，想要忘卻腦中的陣陣劇痛，他陷入半昏睡狀態，依稀能聽到四周的人語與其他聲響，在這樣的狀況下，他才不會作夢。馬庫斯經常搭這樣的公車或地鐵，半醒半睡，他沒有目的地，只是隨意亂搭，唯有如此才能逃離那不斷重複的夢境：他和德渥克都死了。車行顛簸如搖籃，宛若幽隱的撫慰力量，讓他安心無憂。

他睜開眼睛，因為那股靜和的搖晃感突然消失，四周的乘客突然情緒激動了起來。公車停住不動，某些乘客抱怨在浪費時間，馬庫斯望向窗外，想知道現在的位置，他認出圓環旁的建築物，起身走到前方，司機沒有熄火，但坐在位子上、雙手交叉環胸。

「怎麼了？」馬庫斯問道。

「車禍，」司機回答，「應該很快就可以動了。」

馬庫斯看著前方，車子一台接著一台，依序通過淨空的狹道，避免影響事故現場，這起意外似乎有好幾台車遭殃。

公車走走停停，終於要輪到他們過去了，交警示意司機加快速度，馬庫斯看到窗外出現變形燒焦的金屬車體，消防隊員正忙著滅火。

引擎蓋冒出的火焰剛被澆熄，馬庫斯立刻認出那是勒尼艾里的車，裡面的駕駛已被蓋上白布。

他終於明白，為什麼偵探停車的地方會留下油漬，他先前搞錯了方向，一切與勒尼艾里去了哪些地方、車子在哪裡受損無關，那是不斷逸漏而出的煞車油，有人偷偷對車子動了手腳。

這不是意外。

5.07 p.m.

那首歌是要唱給她聽的，等於是留言。別查了，為妳自己好。

或者，是另外一個意思，來找我啊。

蓮蓬頭的水沖激著珊卓拉的脖子與背脊，她動也不動，閉著眼睛，雙手抵著瓷磚牆面。她的腦海裡再次聽到〈貼頰雙舞〉的旋律，還混雜著大衛的最後幾個字。

「……等等……等……等一下！」

她下定決心，在整起事件結束之前，絕對不會再掉一滴淚。她害怕，但絕對不會回頭，現在她知道了。

她先生的死因，與某人有關。

人死不能復生，珊卓拉知道。但這阻止不了她的決心，她承受了詭譎而不公平的喪夫之痛，她可以做一點什麼，至少是一點彌補，想不到這個想法居然發揮了撫慰的作用。

她下榻的地點在羅馬火車站附近的某間一星小旅館，主要的住客都來自於朝聖觀光團。大衛只要到羅馬，一定都住在這裡。珊卓拉刻意訂了同一間房，幸好那間還沒有人入住。她既然要著手調查，自然需要模擬重建他當時的情境。

在發現錄音資料之後，她為什麼不立刻報警？她並非不相信同僚，同事的先生被謀殺，他們一定會優先辦案，這是默契，一種規矩，至少她可以告訴迪．米契里斯。但她不斷告訴自己，證據收集足夠之後，他們辦案才會更方便，但這當然不是理由，她知道真正的原因，只是不想面對罷了。

她離開淋浴間，包上浴巾，全身濕答答回到臥房，把行李箱放到床上，開始把裡面的東西全拿出來，最後，拿出藏在箱底的東西。

她的值勤警槍。

檢查了彈匣與保險栓之後，她把槍放在床頭邊桌上，自此時此刻起，手槍永不離身。

她穿上內褲，開始整理其他的東西，首先把小電視機從架上移開，改放那台雙向無線電對講機、載註陌生地址的日誌，還有小型錄音機。她又取出膠帶，將那五張照片貼在牆上，第一張是建築工地，她已經確認過了，還有一張全黑的照片，但她決定還是要帶出來。第三張是太陽穴帶疤的男子，然後是油畫的局部特寫，最後，她的先生一邊揮手、一邊對鏡自拍所留下的裸胸照片。

珊卓拉看著浴室，大衛的最後一張照片，就是在這裡拍的。

乍看之下，這只是他平常的搞笑照片而已，他曾經寄給她自己在婆羅洲吃烤森蚺❸，還有在澳洲沼澤被水蛭爬滿全身的照片。

但這張不一樣，大衛沒有笑容。

一開始的時候，她以為這是幽魂的悲傷告別，但也許裡面隱藏了其他訊息，或者珊卓拉應該要好好檢查這房間，大衛也許藏了什麼東西、等她找出來。

她搬動家具，找了床底下和衣櫥，也仔細摸過床墊和枕頭，甚至把電話與電視外殼都拆開，又檢查地板瓷磚與踢腳板，最後，她仔細搜了浴室。

❸森蚺為全世界體型最大的蛇，多棲息於南美熱帶雨林。

除了發現清潔人員平常疏於清掃之外，她一無所獲。已經過去五個月了，就算留有什麼痕跡，也早就不見了，她忍不住又罵了自己一聲，怎麼過了這麼久之後才檢查大衛的行李。

她坐在地板上，身上還是沒穿衣服，不禁開始發冷。她隨手拿起褪色床罩，包裹全身，內心雖然挫敗，但也不能影響理智，此時，手機響起。

「所以呢，維加警官，有沒有照我的話去做？」

她愣了一會兒，才認出那個討人厭的德國腔。

「夏貝爾，我正等著你打電話來。」

「妳先生的行李還在警局儲藏室嗎？要不要讓我看一下？」

「如果是調查中的案件，你可以向偵辦的檢察官提出申請。」

「妳也知道我是國際刑警，只能與各國的警察機關合作，我不想驚動妳的同事，怕會讓妳難堪。」

「我沒什麼好隱瞞的。」這傢伙把人惹毛的功夫一流。

「妳人在哪裡？珊卓拉？我直呼妳的名字可以吧？」

「不行。還有，我在哪裡關你屁事。」

「我現在人在米蘭，看要不要一起喝杯咖啡，或者看妳方便。」

珊卓拉當然不能讓對方發現她人在羅馬，「有何不可？明天下午怎麼樣？我們好好把事情搞清楚。」

夏貝爾開懷大笑，「相信我們兩人一定合得來。」

「別想太多，我不喜歡你的做事方法。」

「我知道妳找長官調查我的資料。」

珊卓拉沒說話。

「這麼做是對的，他會告訴妳，我不是那種會輕易退縮的人。」

這番話聽起來像是威脅，她才不怕，「夏貝爾，你怎麼會進國際刑警組織？」

「我本來在維也納警界服務，重案組，反恐反毒，各方面多少都有接觸。有一天我接獲通知，國際刑警組織打電話叫我過去。」

「你的工作內容是？」

夏貝爾刻意停頓，一貫的玩笑語氣不見了，「我專門對付騙子。」

珊卓拉搖頭，「你知道嗎？我應該狠狠摔你電話才對，但我還是很好奇，想聽聽看你還有什麼話要說。」

「我想講個故事給妳聽。」

「如果你覺得有必要，說吧。」

「我在維也納有個同事，當時我們正在調查某一東歐販毒組織，但這人有個壞習慣，因為拚命想升官，所以不喜歡分享線報。有天他說要請假一個禮拜，要和太太去坐遊輪度假，他其實是跑去臥底，最後卻穿幫，他被折磨了三天三夜，歹徒知道沒有人會來找他，乾脆把他殺了。如果他信任我的話，搞不好還能活到現在。」

「真有意思，」她語氣譏諷，「你在女孩子面前經常耍這招吧。」

「妳多考慮一下，我們都需要身邊有個人。我明天再打電話給妳，看怎麼約喝咖啡。」

他掛了電話，珊卓拉依然坐著不動，想著最後一句話的意思，她需要的那個人已經不在人世了，大衛呢？他需要的又是誰？他生前留下的諸多線索是給她的嗎？她確定嗎？

他從來不讓她介入自己的調查案件，需要冒險的時候，也絕對不會透露半點風聲，但不知道他在羅馬的時候，是否單槍匹馬？他的手機沒有任何陌生號碼的通聯紀錄，似乎沒有和別人聯絡，但也許有人在幫忙他也說不定。

她緊盯著那台無線電，不知道大衛拿來做什麼，可能是與某人的聯絡工具？

她起身，走到置物架旁邊拿起無線電，現在她又有了新的想法，先前定頻在八十一頻道，她應該繼續開著才是，搞不好會有人主動聯絡。

珊卓拉打開無線電，調高音量，她當然不覺得立刻會傳出動靜，所以她把它放回去，整理行李箱拿衣服。

就在這個時候，訊號聲出現了。

是個冷靜而平淡的女聲，諾曼塔納路有毒販在打鬥，該區巡邏警車請立刻前往處理。

珊卓拉轉頭，看著那台對講機，那是羅馬市警局與巡邏警車的聯絡頻道。

她恍然大悟，終於知道大衛日誌上的地址是怎麼來的了。

7.47 p.m.

馬庫斯回到自己的住所。他沒開燈，也沒脫去風衣，直接躺在床上，雙手抱著膝頭，失眠夜晚又要到來，另一波的偏頭痛也準備進襲。

勒尼艾里之死，讓馬庫斯的調查無法進行下去，一切的努力化為烏有。

偵探從保險箱裡帶走了什麼東西？

無論答案為何，那很可能是讓他死在車裡的關鍵。馬庫斯從口袋裡拿出案號為c.g. 796-74-8的檔案，現在不需要這個了，他隨手一扔，紙張也散落在地板上，月光映亮了那些面孔，他們全是近二十年前謀殺案的關鍵人物。馬庫斯心想，時間太久了，現在難以查明真相，如果他無法伸張正義，能得到這個結論也該心滿意足了。不過，現在他得要從頭再來，當務之急還是要找到拉若。

瓦蕾莉亞正抬頭看著他，露出微笑，那是張剪報上的照片，背景是除夕派對，她看來極其優雅，精緻衣裝更襯托出她的金髮與曼妙體態，她的雙眸綻放出獨特的吸引力。

此等的雍容華貴，害她丟了性命。

要是她沒有如此動人美貌，那麼她的死也不會引發大家的關注。

馬庫斯忍不住在想，不知道當初兇手為什麼要找上她，就像是拉若一樣，傑瑞米亞・史密斯一定也是基於某種幽微的原因、選擇了拉若。

看過了那間臥室雪白地毯上的血色小腳印之後，他一心只把瓦蕾莉亞當成拉費埃耶的媽媽，沒辦法專心研究這名女子，但現在不一樣。

馬庫斯心想，我們之所以會引人注目，一定有其原因，當然，這個說法並不適用在他自己身上，他是隱形人。但瓦蕾莉亞卻是讓社會大眾目不轉睛的人物。

床頭牆上寫了「惡」字，死者身上有多處刀傷，兇案發生在家裡，一切似乎都是為了要引起騷動。這起謀殺案之所以引發注目，除了死者是名流、情夫也具有同等知名度之外，殺人手法同樣令人瞠目結舌。

雖然狗仔隊並沒有拍到兇案現場，但那一切彷彿是專為八卦雜誌所安排的橋段。

一場恐怖秀。

馬庫斯起身，腦中有了新想法，*違常事件*。他打開燈，拾回瓦蕾莉亞．阿提也利的檔案資料。這個夫姓響噹噹，但在嫁人之前，她的娘家姓氏寇米提，顯然並不在上流社會圈之中。她出身於中產階級小家庭，父親是一般職員，她曾經就讀過師院，但她真正的天賦其實是美貌，能讓男人癡心發狂。二十歲的時候，她想當電影明星，但只能爭取到小角色。馬庫斯心想，不知道有多少男人為了想哄騙她上床、滿口答應要讓她當女主角，也許她馬上就屈服了，不知道她聽了多少的雙關語讚詞？被人吃了多少豆腐？還假裝高潮了幾次？委曲求全只為一圓自己的明星夢？

然後，奎多．阿提也利出現在她面前，面貌英俊，年紀略長，出身名門世家，是個前途光明可期的律師。瓦蕾莉亞知道自己不是專情的女人，奎多也明明知道這女子絕對不可能安分，她太自我中心，也太美了，怎麼可能甘心當個忠心的妻子？不過，他還是開口向她求婚。

馬庫斯告訴自己，故事的起點，就此開始，他下床去找紙筆，準備寫筆記。婚禮揭開了序幕，然而這狀似幸福的一連串情節，卻難逃臥室血案的悲慘收場。

他找到一本筆記本，第一頁畫下那三角符號，第二頁寫下英文的「惡」字，EVIL。

瓦蕾莉亞，等於是男人想望而不可及的珍品。慾望，尤其是在難以控制的狀況下，會讓我們做出連自己都無法想像的事，它會腐蝕我們的心靈，有時候，當慾望轉化為某種危險事物的時候，很可能會變成殺人動機。

偏執，拉費埃耶之所以飽受煎熬，也是受偏執所苦。

如果連一個對媽媽記憶模糊的小孩，都有如此深重的偏執，其他人可能也有此等情仇，在這種狀況下，只有一種解決之道，他低聲說出了那個字：毀滅。

只要消滅執戀的對象，我們就再也不會受到任何傷害，而且事物的美好狀態永遠不會變調。想要達成這樣的目標，死亡，是不夠的。

他撕下那張畫有符號與「惡」字的紙，放在手中反覆細看，希望能找到解謎之鑰。

馬庫斯覺得有人在背後死盯著他，他趕緊轉身，發現原來是自己映在窗玻璃上的倒影，雖然他不喜歡看到自己的鏡像，但這次他沒有閃避。

那個英文字，EVIL，也映在窗戶上，但卻是鏡反字。

「一場恐怖秀。」他喃喃自語，剎那間他恍然大悟，在勒尼艾里辦公室聽到的女子尖叫聲，不是幻覺，是真的。

這棟豪華紅磚別墅位於高級的奧賈塔區，四周有氣派的花園與英式草坪，還有游泳池，兩層樓高的建築，燈光透亮。

馬庫斯從車道走進去，住戶大門的進出權是少數特定人士的專利。不過，他長驅直入並不困難，沒有警報大響，也沒有警衛衝來質問，顯然，豪宅裡的人知道將有訪客到來。

玻璃大門開了，他走進去，裡面是典雅的客廳，沒有任何聲響，右側是階梯，他立刻走上去，二樓沒有開燈，但可以看到走廊盡頭房間有火光閃曳，他繼續向前，知道那裡正是自己的目的地。

那男人待在書房裡，安坐在皮質搖椅上，旁邊是溫暖的火爐，他背對著門，手中握著一杯甘邑白蘭地，而他的正前方——和勒尼艾里的辦公室一樣，出現怪異的組合——電漿電視加上錄放影機。

他知道門口站了人。

「我把所有人都支開了，現在屋裡沒有別人，」奎多．阿提也利面對接下來要發生的事，態度相當務實，「你要多少錢？」

「我不要錢。」

律師準備要轉身，「你是誰？」

馬庫斯制止他，「不要看我的臉，拜託。」

他努力迎合馬庫斯，「你不說自己是誰，也不要錢，那你來我家裡究竟要什麼？」

「我要搞清楚真相。」

「如果你都已經追到這裡，想必什麼都知道了。」

「不算，你要不要幫我忙？」

「為什麼要幫你？」

「因為，除了可以救你自己之外，你還可以拯救另外一個無辜女孩。」

「我洗耳恭聽。」

「你是不是接到了匿名信？勒尼艾里死了，兩個兇手也被槍決和焚屍，你一定以為寄信的人是我。」

「我的確收到了信，裡面提到今天傍晚會有訪客。」

「不是我寫的，而且我到這裡來，也沒有害人之意。」

阿提也利手裡的水晶杯，映閃著火爐的光焰。

馬庫斯停頓了一會兒，隨即切入重點，「紅杏出牆的妻子被殺，大家第一個想到的嫌疑犯，永遠都是先生，」他雖然引用克里蒙提的話作為開場，但用意可說是至為明顯，「謀殺案發生在宗教節日之前，新月之夜……太巧了。」馬庫斯心想，有時候人類會被迷信所牽引，為了填補內心迷惘的空缺，什麼都會相信。「其實，沒有儀式，也沒有邪教組織，床後所寫的那個字，『惡』（EVIL），不是威脅，而是許諾……如果你從另一個相反方向看這個字，它變成了『生』（LIVE）。這也許是個玩笑，但也許不是……一個必須直達倫敦、向你通報的訊息；交辦的任務已經完成，你可以回家了……地毯上的三角形，根本不是什麼邪教符號，放在血泊中的某個東西，挪移到其他位置後所沾留的血痕，就這麼簡單。三隻腳、一隻眼的怪物，架在三腳架上的攝影機。」

馬庫斯又想到勒尼艾里辦公室傳出的女子尖叫聲，那不是幻覺，而是瓦蕾莉亞的聲音，從錄影帶中傳出來。勒尼艾里一直把帶子藏在保險櫃裡，今天早晨，他先檢查播放了一次、才放入手提箱，離開辦公室。

「勒尼艾里負責殺人，你只是委託買兇。不過，在出現匿名信與倉庫屍體之後，勒尼艾里知道有人發現了真相，他知道自己被人盯上了，擔心帳都會算在他頭上，他陷入驚慌，匆忙趕回辦公室，燒了那封信。還有，如果有人能在近二十年後追查到兇手，那麼當然也很有可能將保險櫃裡的錄影帶掉包，所以他必須在帶走之前再次確定……好，勒尼艾里的帶子是原始拍攝帶還是拷貝帶？」

「你問這個做什麼？」

「因為他出車禍的時候，帶子也毀了，要是沒有這份證物，永遠無法伸張正義。」

「命真不好。」阿提也利語帶諷刺。

馬庫斯又望著電漿電視下方的錄放影機，「是你下令的，對嗎？妻子死了還不夠，你要親眼看到才滿意，就算可能被眾人嘲弄也無妨：戴綠帽的先生在出國工作的時候，太太找情夫在家裡臥室偷情。雖然最後你成了大家的笑柄，但你卻完成了復仇計畫。」

「你不懂。」

「不，等我說完，你會嚇一跳。對你來說，瓦蕾莉亞是一種執戀，就算是離婚，也沒有辦法忘記她。」

「她是那種會讓人失去理智的女子，有些男人就是無法招架，明明心裡有數，但還是會走上自我毀滅一途。她們貌似甜美可愛，但只會施捨給你一點情感，之後你總算有了領悟，其實還是有機會可以救自己一命，找個真正愛你的女人生小孩，好好經營一個家，但到了關鍵時刻，你必須做出選擇：有你，就沒有她。」

「你為什麼想看帶子？」

「看著畫面，彷彿是我自己動手殺了她，我就是要體驗這種感覺。」

「好，所以三不五時，當你一個人在家的時候，你就會坐在這個漂亮的搖椅裡，為自己斟上一杯酒，播放錄影帶。」

「執戀難戒。」

「你在看錄影帶的時候，有什麼感覺？開心？」

奎多眼睫低垂，「後悔……我怎麼沒有自己動手。」

馬庫斯搖頭，這句話讓他生氣了，他不喜歡自己動怒，「勒尼艾里找的應該不是專業殺手，牆上的血字是外行手法，但地毯上的符號卻是神來之筆。這個失誤，本來應該會讓攝影機的秘密曝光，但沒想到卻意外帶來好處，案情變得詭譎複雜。」馬庫斯想到自己當初誤以為是邪教動念犯案，不禁笑了，真相並沒有那麼曲折離奇。

「所有的細節，你都一清二楚。」

「你知道狗是色盲嗎？」

「當然，講這個做什麼？」

「狗看不見彩虹，也沒有人能教導狗兒什麼叫作顏色，但你我都知道紅黃藍這些顏色，這個道理不也可以適用於人類嗎？有些事我們雖然看不到，但它們確實存在，比方說，犯罪。惡行敗露之後，我們才知道有事發生，但那時都已經太遲了。」

「你又知道什麼是惡行？」

「我了解人，我看得到惡行的痕跡。」

「什麼痕跡？」

「小孩赤腳，走在血泊中……」

阿提也利揮手，甚為惱怒，「拉費埃耶那天晚上不該待在家裡，他本來要去外婆家才對，我不知道她生病了。」

「但他待在那間房子裡，整整兩天，孤零零一個人。」

對方沉默不語，馬庫斯知道真相讓這位父親傷心，但他卻鬆了一口氣，這個人起碼還有一點良知。

「這些年來，你兒子一直在追查母親之死的真相，但勒尼艾里卻不斷在誤導他。不過，拉費埃耶開始接到奇怪的匿名信，告訴他可以循線追查到真相。」馬庫斯心想，其中一條線索，就是我，但他真的不知道為什麼有人要把他捲入這個案子，「你兒子先開除勒尼艾里，一週前，他找到了殺母兇手的下落，把他們引到無人倉庫之後，拿槍斃了他們。他也對勒尼艾里的車子動手腳，害他車毀人亡，換言之，今天的訪客應該是他，我只是比他早一步罷了。」

「如果不是你，那究竟是誰設下的局？」

「我不知道，我只知道還不到二十四小時之前，名叫傑瑞米亞·史密斯的連續殺人犯幾乎快沒命了，這個人胸前有刺字，殺了我。其中一名醫療人員剛好是受害者的姊姊，她大可以趁機親自制裁歹徒，看來應該有人要送你兒子相同的復仇機會。」

「為何這麼想救我？」

「不是只有你。那個連續殺人犯綁架了女學生拉若，把她藏在某個地方，但他現在陷入昏迷，沒辦法講話。」

「她就是你剛才說的無辜女孩，對吧？」

「要是我能找出是誰在幕後策劃，也許還有機會救她一命。」

阿提也利喝了一口酒，「我不知道自己能幫什麼忙。」

「你兒子馬上就會來尋仇，請你趕快打電話給警方，自首。我去等你兒子，勸他和我聊一聊，也許他可以提供給我一些有用的線索。」

「要我向警察供出一切？」從他訕笑的語氣聽來，應該是不可能了，「你是誰？如果你連這也不說，憑什麼要我相信你？」

暴露身分，等於違反了規定，但如果這是唯一的辦法，他也只好說了。正當馬庫斯要開口的時候，槍聲響起，他趕緊回頭，後面站的是拉費埃耶，他手裡拿著槍，槍口對著爸爸的搖椅，子彈貫穿皮革與扶手，阿提也利向前倒下去，酒杯落地。

馬庫斯想質問這孩子，為什麼要開槍？但他自己知道，拉費埃耶選擇了報復，而不是正義。

「謝謝你，讓他全說出來了。」拉費埃耶說道。

馬庫斯現在終於懂得自己在整起事件中的角色，難怪有人刻意安排他們在拉若的公寓裡相會。

拉費埃耶的拼圖還欠了一塊，父親的自白，這，就由馬庫斯補上了。

馬庫斯好想問他，近二十年前的謀殺案，傑瑞米亞・史密斯與拉若失蹤案之間，究竟有何關聯，但沒有辦法，他已經聽到遠方的聲響，拉費埃耶對他微笑，是警車的響笛聲，是他自己報的警，而且他沒有要逃的意思。這一次，正義終得實現，雖然都是殺人行兇，但他不想和父親變成一樣的人。

他知道自己最多只剩下兩三分鐘的時間，縱然心中有諸多問號，但他一定得馬上離開，以免被人發現。

他的存在，是不能曝光的秘密。

8.35 p.m.

珊卓拉把必要物品放入袋內，在吉歐里提路附近搭上計程車。她把地址交給司機之後，整個人隨即靠在椅背上，開始推演自己剛才擬定的計畫，風險極高，萬一他們發現她的真正目的，她一定會被停職。

計程車經過共和廣場，隨即轉入國家路。她對羅馬不熟，對於像她這種在北義出生長大的人來說，這實在是座令人費解的城市，也許，太美了吧，它有點像是威尼斯，到處都是觀光客，很難想像這種地方會有真正的住戶——工作、購物、帶小孩上學，而不是忙著讚嘆身旁的美麗風景。

計程車開進聖維塔利路，珊卓拉在市警局下車。

不會有事的，她給自己打氣。

她在接待櫃台秀出自己的警徽，表示希望與檔案組的同僚會面，他們請她在會客室稍坐，並立刻打電話找人，過了好一會兒之後，穿著襯衫、一派輕鬆的紅髮男出現，他的嘴裡還塞滿食物。

「維加警官，有什麼地方需要我效勞？」他邊嚼邊講話，襯衫上到處都是麵包屑，顯然剛才在吃三明治。

珊卓拉擠出最和善的笑容，「我知道現在時間是晚了一點，但主管今天下午才派我到羅馬來，我應該先打電話知會才是，但一直抽不出時間。」

紅髮同事抓抓頭，心不在焉，「所以是什麼事？」

「我需要研究資料。」

「是某個案子還是……」

「社會重案發生率與警力有效介入之數據研究，以米蘭與羅馬兩市之方法差異為例。」她火速唸完，一氣呵成。

那男人皺著眉頭，她這種工作沒什麼好羨慕的，出這種差通常等於是處罰，不然就是主管對你極其不滿。還有，他不明白這份研究的用途，「誰對這種題目有興趣？」

「我不知道，可能局長過幾天要參加什麼會議吧。」

那男人面露懊喪，這工作顯然要花許多時間，原本平靜無波的夜班就這麼給毀了。

「維加警官，可否請妳出示出差令函？」他的語氣變得官僚權威，似乎是想要拒絕她的請求。

但珊卓拉也早有腹案，她神秘兮兮靠過去，壓低聲音，「這種話我知你知就好，我可不想為了討好我的笨蛋長官，督察迪．米契里斯，浪費整個晚上待在檔案室裡，」把長官講得這麼難聽，珊卓拉充滿罪惡感，但她沒有公文，也只好拿主管的名字來充數。「這樣好了，我把要找的資料留給你，一切就麻煩你盡快處理。」

珊卓拉交給他一張紙，其實，那只是飯店服務生塞給她的羅馬觀光景點名單而已，她知道這位同事只要看到名單這麼長，絕對不會再多說廢話。

他看都沒看，就把那張紙還給她，「我真的不知道該如何著手，聽妳剛才的說法，這研究滿麻煩的，我看還是妳自己來好了。」

「但我不懂你們的編目系統。」

「沒關係，我會向妳解釋，非常簡單。」

珊卓拉刻意做出不耐煩的模樣，搖頭，眉毛挑得老高，「哎，好啦，但我明天早上要回米蘭，最晚也不能拖過下午，可以的話，就請讓我趕快開始吧。」

「沒問題，」現在他突然變得超級熱心，「跟我來。」

寬敞的空間，四周都是壁畫，還有挑高的雕花天花板，裡面一共放了六張書桌，桌上都附有電腦。所有的檔案資料，都在這裡了，紙本文件已經被轉移為資料庫，伺服器放在下兩層的地下室。

這棟建築的歷史可追溯至十九世紀，珊卓拉抬頭，向上匆匆張望，在裡面工作，宛如置身藝術品之中，她心想，這應該算是在羅馬的好處之一吧。

她挑了張桌子坐下來，四周無人，她的檯燈是唯一的光源，散發出宜人的光暈。室內一片寂靜，稍有躁動，立刻發出回響，而外頭已傳來暴雨將至的隆隆聲。

珊卓拉專心研究電腦，她的紅髮同事解釋如何進入系統、又給了她一組暫用密碼，隨即離開檔案室。

她從袋中取出大衛的真皮日誌。他在羅馬待了三個禮拜，依日期陸續寫下了二十個地址，然後又在地圖上標示出相關位置，難怪他需要聽警用頻道，只要值勤人員一通知巡邏警車，大衛應該就會立刻趕赴現場。

他的目的？在追查什麼？

珊卓拉翻到第一個地址，她把地址連同日期、一起輸入資料庫的搜尋引擎，不消幾秒鐘，結果已經出現在螢幕上。

艾洛德阿提可路，某一女子遭男友殺害。

她打開檔案，閱讀案情摘要。因家庭紛爭而引發殺機，男方是義大利人，刺死秘魯籍的同居女友之後逃逸無蹤。珊卓拉不知道大衛怎麼對這種故事有興趣，她決定繼續查第二個地址，再次連同日期輸入搜尋引擎。

阿蘇齊歐內路，搶案與過失殺人。

搶匪闖入某位老太太的家，歹徒將她五花大綁，還在她嘴裡塞布條，害她因窒息而死亡。珊卓拉努力要找出這兩起案件之間的關聯，苦思不得其解，案件關係人、地點、死因都風馬牛不相及。她繼續輸入第三筆資料。

翠艾斯德大街，因憤行兇的殺人案。

此案發生時間在半夜的公車站，兩名陌生人因某一無聊事由而發生扭打，其中一人拔刀相向。

這又有什麼關聯？她沒有頭緒，越來越挫敗。

不只前三起案件毫不相關，就連之後的搜尋結果也一樣，都是兇殺案，受害者可能有一人以上，詭異的命案地圖，有的已經破案，其他仍在繼續偵查。

不過，這些案件都有刑事鑑識照片。

珊卓拉的職務內容是依據影像、了解犯罪現場，所以研究文字敘述並非她的專長，她習慣以視覺方式操作，而且這些案子剛好也都有照片，她決定要好好研究。

這項工作並不輕鬆：二十起謀殺案，表示一共有數百張照片，她開始盯著電腦，一一檢視，她不知道自己在找什麼，這樣看下去，可能要花好幾天的時間，但大衛也沒有留下其他線索。媽的，佛列德，為什麼把事情搞得這麼神秘？你就不能寫一封信交代清楚嗎？親愛的，你是不是覺得很麻煩？

她緊張不安，而且肚子好餓，她已經超過二十四小時沒睡覺了，而且，她到市警局之後，一直覺得尿急。昨天那個國際刑警組織探員的一通電話，摧毀了她對丈夫的信任，她又發現大衛並非死於意外，而是被人推下去，最後，兇手還對她發出威脅，將她人生中最美麗的回憶之歌，變成了恐怖的弔喪曲。

短短一天，也未免太沉重了。

外頭又開始下雨，珊卓拉決定先放手，低頭趴在桌子上，閉起雙眼，讓心神放空，重責大任把她壓得喘不過氣來。將歹徒繩之以法，從來就不是容易的工作，所以她才會選擇這份職業，以一己之力，對整套機制提供部分貢獻是一回事，但現在最後的結果全懸繫在她一人身上，兩者自然不能相提並論。

她告訴自己：我辦不到。

她的手機突然發出震動，回聲在屋內迴盪，她整個人被嚇得跳起來。

「我是迪．米契里斯，我都知道了。」

珊卓拉以為長官知道了她幹的好事，冒用主管名號，私闖檔案中心。

「先讓我解釋。」她急忙回道。

「什麼？不，我先說，我找到那是什麼畫了！」

督察發現答案的驚喜之情，讓她安了心。

「那個因害怕而做奔跑狀的小男孩，出於卡拉瓦喬❹的畫作，〈聖馬太殉難〉。」

珊卓拉當然希望這是有用的線索，但光知道畫名是沒有用的，不過她不忍心澆長官冷水。

「這幅畫是在一六〇〇年完成，最初委託者要求的規格是壁畫，但這位畫家卻選擇帆布油畫，它和〈聖馬太與天使〉、〈聖馬太蒙召〉成為一系列作品，三幅畫作都在聖路易教堂。」

這樣還是無濟於事，她決定打開瀏覽器，搜尋圖片。

出現了。

聖馬太之死的場景，行刑手的目光發出怒火，揮劍以對，聖者倒地，伸出一隻手想要阻擋，但另外一隻手卻已經無力支地，彷彿已默然接受即將殉難的命運，他的周圍有好幾個人，那個被嚇壞的小男孩，正是其中之一。

「這幅畫有相當特殊之處，」迪．米契里斯繼續說道，「卡拉瓦喬也把自己畫進去了，他也是現場的目擊者。」

珊卓拉認出他的自畫像位置，中央偏左的角落。

這幅畫描繪的是犯罪現場。

「督察，我得掛電話了。」

「什麼？我都還不知道妳的進度？」

「別擔心，沒事。」

督察嘴裡唸唸有詞。

❹ Michelangelo caravaggio, 1571—1610，開啟巴洛克時代的義大利著名畫家。

「明天我會打電話給你，謝了，你真是夠朋友。」

刑事鑑定照片，不只是犯罪現場本身，也要針對其他部分進行拍攝：周遭環境，尤其是在還沒有抓到嫌犯之前、那些聚集在警方封鎖線之外的圍觀者。其實，有時候犯罪者會躲在裡面，觀察警方的查案過程。

殺人犯會回到犯罪現場，此言不假，許多兇嫌都是因為這樣而落網。

珊卓拉聚精會神，開始研究大衛日誌中那二十處犯罪現場的照片，她在旁觀者當中、努力找尋某張面孔，如同藏於畫中的卡拉瓦喬，也讓自己隱身於群眾之中。

她盯著其中一個案子，有名妓女被殺，照片地點在博覽會區的某個小湖所拍攝，屍體剛被打撈上岸，她的衣裝暴露花俏，與她年輕肌膚的死白色成了強烈對比。受害者暴屍在無情的天光與眾目睽睽之下，珊卓拉似乎在她臉上看到一抹難堪羞愧的神情，難聽的閒言閒語可想而知：她活該，要是好好做點別的正經事，也不會淪落到這種下場。

珊卓拉看到他了。那男人站在後方的人行道，距離群眾有一小段距離，他凝望著葬儀社人員在搬移屍體，眼中倒是沒有批判責難的味道。

她馬上認出那張面孔，徠卡相機第五張照片裡的那個人，深色衣裝，太陽穴有疤。

混帳，你是誰？把大衛推下樓的人是不是你？

她又在其他照片中發現那男子的身影，還有另外三個地點，他總是冷眼旁觀，與群眾保持相當距離。

大衛想要在犯罪現場找到那個人，所以他才會收聽警用頻道，而且在日誌裡記下地址，並且在地圖上標記位置。

大衛為什麼要調查這個人？他是誰？他和這些恐怖兇案有何關聯？和大衛又有什麼關係？

珊卓拉知道自己的下一步該怎麼走了，要找到這個人才行，但要到哪裡去找？也許她應該要依循大衛的方法，等待無線電通報巡邏警車，然後趕赴犯罪現場。

現在她突然發現一個問題，先前完全沒想到，雖然與那名男子無關，但依然需要尋求解答。大衛沒有拍卡拉瓦喬畫作的全圖，反而只選擇局部，太不合理了：如果這是他刻意所為，何必要安排得如此複雜？

珊卓拉再次看著電腦螢幕上的那幅畫，大衛也可能是在網路上找到了圖片，直接翻拍，不過，他卻只拍出那個小男孩，他想告訴她，我的確去過那裡。

「金姐兒，有些事必須眼見為憑。」

她記得迪．米契里斯剛才說過的話，畫作在羅馬，聖路易教堂。

11.39 p.m.

克里蒙提第一次帶他到犯罪現場，就是在羅馬的博覽會區，死者是一名妓女，剛從某個小湖被打撈上來，自此之後，他又目睹了許多具屍體，他們的眼睛都有同樣的神情：質疑。

為什麼是我？

相同的詫異，相同的驚愕。除了不可置信之外，還有一種不切實際的期待，他們想要逆轉迴帶，渴求能有第二次的機會。

馬庫斯知道，那驚訝的表情不是因為死亡，而是猛然驚覺無力可回天，他們想的不是「天啊，我就要死了」，而是「天啊，我就要死了，居然完全束手無策。」

也許，那天在布拉格的飯店裡、有人朝他開槍的時候，他心裡也閃過一模一樣的念頭。他覺得害怕？還是坦然面對無可避免的命運？失憶症不僅抹消了最後一段記憶，連先前的也不見了，新記憶的第一個影像，是病床對面白牆上的木頭十字架，他躺在那裡，看著它好幾天，不知道自己究竟出了什麼事。控制語言與行動的腦部區域，並沒有被槍傷所影響，所以他還是能夠走動與說話，但該說些什麼、去哪裡，他卻一片茫然。後來，克里蒙提出現了：乾淨臉龐帶著微笑，深色頭髮、旁分的髮線，以及那雙和善的眼眸。

「找到你了，馬庫斯。」那段開場白帶來了一絲希望，還道出他的名字。

克里蒙提先前從來沒有看過他，只有德渥克知道他的身分，這是規矩。克里蒙提是循線追到了布拉格，事發當時，是他的好友兼導師德渥克拚死救了他，這卻是馬庫斯最艱難的功課，他失去記憶，也記不得德渥克這個人，但在知道這個人被殺害之後，他才發現人類的悲傷並不需要與記憶有所連結，遺腹子或幼童雖然還不懂死亡的意義，但依然能夠體會喪親之痛，拉費埃耶・阿提也利就是一個活生生的例子。

馬庫斯心想，我們之所以需要記憶，只是為了要快樂地活下去。

克里蒙提對他很有耐心，等他康復之後，帶他回羅馬。克里蒙提對馬庫斯的過往所知有限，在接下來的幾個月當中，陸續講述給他聽：他的原籍是阿根廷、父母雙亡、他到義大利的原因，還有，他的任務──克里蒙提從來不把它稱之為工作。

他接受克里蒙提的指導，一如德渥克多年前對他殷殷教誨，這倒是不難，某些事物早已存留在他的腦海裡，只需要被人再次喚醒。

「那是你的天賦。」克里蒙提這麼告訴他。

馬庫斯有時候也不想這樣，他比較想當正常人，但只要看著鏡中的自己，他就知道這是無法實現的願望，所以他一看到鏡子總是立刻迴避。無論當初是誰下的手，太陽穴上的傷疤已經成了瀕死的紀念品，他永遠忘不了，只要看到兇案死者，不免想到自己也曾有過相同處境，馬庫斯與這些受害者是同類，體會他們的孤獨，是他的宿命。

那具濕漉漉的妓女屍體，也是他想要躲開的鏡像。

一看到她，馬上讓他想到卡拉瓦喬的畫〈聖母之死〉，她軟垂臥床，已毫無生息，宛若躺在停屍板上。四周沒有任何的宗教符徵，而且也沒有光暈，與兼具神性和人性的傳統聖母形象大相逕庭。這幅畫中的聖母是具蒼白狼狽的屍體，腹部腫脹，據說卡拉瓦喬的靈感來自於河裡的妓女浮屍，導致出資者無法接受。

卡拉瓦喬喜歡在日常生活中找尋令人毛骨悚然的場景，加入神聖意涵，並賦予畫中人物不同的角色，讓他們化身成為聖者或垂死聖母。

克里蒙提第一次帶馬庫斯到聖路易教堂的時候，吩咐他仔細觀看〈聖馬太殉難〉，然後要求他摒除畫中人物的聖性色彩，彷彿這只是一群在犯罪現場的普通民眾。

「現在你看到了什麼？」克里蒙提問道。

「謀殺。」

這是他的第一課，對於像他這樣的人來說，訓練的起點，一定是從繪畫開始。

「狗是色盲，」新導師告訴他，「就另外一方面來看，我們人類看到的顏色也未免太多了，抽離顏色，只留下黑與白，善與惡。」

馬庫斯立刻發現自己還可以看到陰影，人狗都無法感知的部分，那才是他真正的天賦。想到這個，他的心頭突然泛起一陣思愁，也不知道在傷感什麼，但這種莫名的情緒卻經常出現。

時間已晚，但他不想回家，不想入睡，也不想看到那一再重複出現的夢境、逼他回到那生死一瞬間的布拉格。

他告訴自己，因為每夜入夢，必死一次。

待在這裡還比較舒服，教堂已成為馬庫斯的秘密避難所，經常可以看到他的身影。

今晚他並不寂寞，身邊有一群人正等著雨停。音樂會才剛結束，神職人員與警衛也沒有要立刻關門的意思，所以音樂家不停手，臨時起意，繼續加演夜晚的美妙樂音，風雨交加，但音符卻與隆隆雷聲對陣，歡樂氣氛感染了全場。

馬庫斯一如往常，站在牆邊。對他來說，聖路易教堂還有另一層意義，卡拉瓦喬的傑出畫作，〈聖馬太殉難〉。他曾經以普通人的角度欣賞畫作，在側廳的幽暗環境中，他發現畫作裡已經安排好了場景的主光，他好嫉妒卡拉瓦喬的本領：別人的眼中只見一片黑，他卻能看到光，剛好與馬庫斯成了極端對比。

不過，正當他展現天賦、欣賞作品之際，他眼角的餘光剛好瞄到了左方。中殿盡頭，站著一名年輕女子，全身被雨水淋得濕答答，正緊盯著他。

他心底的警鐘立刻響起，第一次有人突破了他的隱形防線。

馬庫斯轉身，快步走向聖器室，她也緊追在後。他應該可以甩掉她，因為他記得這一側還有其他出口，他的腳步越來越快，但那女子的橡膠鞋底也在大理石地板發出急切摩擦聲，巨雷隆隆，蓋過了其他聲響，這女人找他要做什麼？他鑽進教堂後方的通廊，門口就在前面，他趕緊衝過去開門，正準備要冒雨出去的時候，她開口了。

「不許動。」女子沒有大聲嚷嚷，但語調冷酷。

馬庫斯停下腳步。

「現在給我轉過來。」

他乖乖照做。現在只有街燈的微弱黃光，但依然能看得出她手上有槍。

「你認識我嗎？知不知道我是誰？」

馬庫斯不加思索，「不知道。」

「那我先生呢？你認不認識他？是不是你殺了他？」

她的聲音裡沒有憤怒，只有絕望，「如果你知道什麼事情，一定要坦白告訴我，否則我一定會殺了你。」她似乎是認真的。

馬庫斯沒說話，低垂雙手動也不動。他回望著她，面無懼色，但卻充滿了憐憫。

女子的眼眶淚濕，「你是誰？」

此時突然出現閃電，隨即是震耳欲聾的雷聲大作，街燈閃爍了一會兒之後，全熄滅了，街道與聖器室頓時陷入漆黑。

但馬庫斯並沒有立刻逃跑。

「我是神父。」

街燈再度亮起，他已經在珊卓拉的面前消失了。

一年前
墨西哥市

計程車在尖峰時間的壅塞車流裡緩慢前進。由於天氣炎熱，大家都早已搖下車窗，收音機傳出的拉丁樂曲，與其他車輛的音樂交雜在一起，混織成令人難以忍受的噪響。追獵者發現每個駕駛似乎都只沉醉在自己的音樂裡，對噪音充耳不聞。他雖然曾經請司機關窗，改開空調，但得到的回答卻是壞了。

墨西哥市現在是攝氏三十度，煙霧漫天，讓濕度更是向上攀升，此地不宜久留，待辦事項完成之後，馬上離開這裡。雖說天氣令人不適，但一想到自己到了這裡，依然興奮難耐。

他必須眼見為憑。

在巴黎的時候，他的獵物差一點就落網了，當然，可想而知，這傢伙也立刻湮滅自己的所有行跡。但墨西哥市象徵的是新希望，如果追獵者想要重新展開追緝行動，一定要更深入了解自己的對手。

計程車把他載到聖塔露西亞醫院大門口。追獵者抬頭看著那白色的五層樓建築，看來略顯破敗。雖然有殖民時代的美觀建築式樣，但窗外架設了鐵條，這地方的用途已不證自明。

他心想，這就是精神病院的宿命，進去之後，再也沒有辦法出來。

芙羅琳達．瓦德茲博士特地在櫃台迎接他。他們先前已經有過多次的電子郵件往來，追獵者一開始就捏造身分，佯稱自己是劍橋大學的鑑識心理學講師。

「嗨，佛斯特博士。」她面露微笑，主動伸手示意。

「嗨，芙羅琳達。」一看到這四十出頭的胖女人，追獵者立刻信心滿滿，溫文儒雅的佛斯特博士要打動此女芳心，絕非難事。在聯絡她之前，他已經做好研究功課，這是位未婚女博士。

「這趟旅程還順利嗎？」

「很好啊，我一直想來墨西哥。」

「那就好，週末的完美旅遊路線，我已經規劃好了。」

「太棒了，」他假裝興致勃勃，「那就盡快展開工作吧，我們可以有更充裕的時間自由活動。」

「是，當然，請跟我來。」

追獵者在網路上找尋精神病資料的時候，意外發現了芙羅琳達．瓦德茲的影片，看到她在邁阿密的精神病學者會議中發表演說。算他好運，看完之後，他有信心可以達成目標，多年來的辛苦付出，一定能得到回報。

女博士的講題：〈鏡中女孩之個案研究〉。

「當然，平常我們絕對是謝絕訪客。」她帶他走過醫院走廊，忙著向他解釋，她的話似乎別有用意，彷彿期待得到對等回報。

「妳知道，我腦子裡想的都是研究。我把行李放在飯店就直接過來了，等一下結束之後，如果妳不介意，我們一起回飯店，等我梳洗之後再好好請妳吃晚餐？」

「哦，沒關係。」她臉紅了，對於今晚，她心底湧現了各式各樣的綺想。不過，追獵者根本沒有什麼旅館房間，他要搭今晚八點的班機離開。

病房裡傳來此起彼落的呻吟，她的雀躍之情不免顯得突兀。他一有機會就探頭張望，住進這裡之後，他們就再也不是人了：被注射大量鎮定劑，面色蒼白如病服，頭髮全部被剃光、以免長蝨，這些病患赤腳亂走，不時互撞，宛若漂流水面的殘骸。還有人被約束帶綁在床上，整張床都早已被汗水浸濕，依然不斷扭動身軀，發出如魔鬼般的尖叫，或者，動也不動，等待遲遲不肯現身的無情死神。還有些老人做出如孩子般的舉措，或者，他們可能是提早老化的小孩。

追獵者走過地獄，這些病患睜大眼睛看著他，目光流露出困錮在他們內心的邪惡力量。

他們走到了女博士口中所說的特別病房，位於醫院邊側，與其他區域遠遠相隔，在這裡的病房，一間最多只安置兩個病人。

「這裡除了具有暴力傾向的病患，還包括各種令人極度好奇的臨床案例……安潔莉娜就是其中之一。」她的語氣中流露著一股驕傲。

兩人走到宛如監獄的鐵門前，芙羅琳達示意男護士開門，裡面一片昏暗，只有從牆頂小窗透入的微光。追獵者找了一會兒，才發現床與牆之間的角落躲著一個瘦小的人，活像是細弱的樹枝，那女孩應該不到二十歲，臉龐的確有飽受折磨的痕跡，但依然看得出清秀的模樣。

「這就是安潔莉娜。」芙羅琳達的語氣誇張炫示，彷彿在介紹馬戲團的畸形人。

追獵者向前走了幾步，他千里迢迢到此、與她正面相對，就是為了要找出答案，他早已迫不及待，但這名病患似乎根本沒有意識到這兩個人的存在。

「警方突襲蒂瓦納附近村落的妓院，本來要抓毒販，沒想到卻發現這女孩。她的父母都是酒鬼，當年她才不過五歲，已經被爸爸賣到妓院。」

追獵者心想，這女孩當初想必奇貨可居，專門保留給那些想要一逞惡慾、願意付出大把鈔票的客人。

「她逐漸長大，行情也隨之下滑，只要付個幾披索即可成交。妓院總把她推給醉醺醺的農夫和卡車司機，每天接客的數量恐怕有幾十個。」

「奴隸。」

「她從來沒有離開過那個地方，他們把她當成犯人，負責看管的人還虐待她。這女孩從來不說話，我猜她不太清楚自己出了什麼事，似乎一直處於緊張狀態。」

追獵者心想，這剛好是那些性變態逞慾的完美對象，但他必須要佯裝專業，所以忍住沒說出口，「妳什麼時候發現她的……天賦？」

「警察把她帶來之後，我們安排她與某個老人同房，因為她們都是與外界斷絕往來的人，事實上，她們也從來不對話。」

追獵者看著那女孩，然後又望著女博士，「然後呢？出了什麼事？」

「安潔莉娜出現奇怪的動作型症狀，關節僵直疼痛，而且行走有困難，我們起初以為她得了某種關節炎，但後來她開始掉牙齒。」

「牙齒？」

「不只是這樣，我們還做了其他檢查，發現她連內臟都出現嚴重衰敗。」

「最後怎麼發現癥結？」

芙羅琳達的臉閃過一抹陰霾，「她連頭髮都變成白色的了。」

追獵者再次望著那女孩，他努力端詳，女孩幾乎頂著個大平頭，但那層薄毛確實是黑色的。

「將老太太移房之後，她的症狀就立刻消失了。」

追獵者看著安潔莉娜，想在她無神的眼底深處，挖掘出一點人的氣味。

「變色龍症候群。」他說道。

長期以來，安潔莉娜一直被迫受人擺佈，她只是洩慾的工具而已，所以她也隨其改變，隨著時間點滴流逝，逐漸喪失自我，多年來任人蹂躪，早已抹消了她所有的認同，所以她必須向周邊的人借用身分。

「這個案例並非是多重人格，」女博士解釋，「也不是那種自稱為拿破崙或英國女皇的病人，患有變色龍症候群的病人，無論遇到了什麼樣的人，都會模仿得維妙維肖，看到醫生，他們也成了醫生，見到廚師，他們也說自己精通烹飪，如果你去質疑他們的專業，他們只能講出泛泛之論，但態度卻有模有樣。」

追獵者記得曾讀過某一變色龍症候群的個案，他遇到心臟科醫生，隨即開始模仿，本尊問他某一特殊的複雜案例該如何診治，而他是這麼回答的，如果沒有詳盡的檢查報告，他無法遽下判斷。

「但安潔莉娜不是只有模仿別人而已，在她與老太太共處一室的過程中，她的身體也開始老化，心理影響了身體。」

追獵者告訴自己，這就是變形人，他立刻接問，「還有沒有其他徵候？」

「還有一些，但都不重要，持續的時間也不過只有幾分鐘。會出現這種症狀的病患，多是因為顱腦損傷，或是像安潔莉娜一樣，因為過度驚嚇而出現了相同反應。」

這女孩天賦異稟，讓追獵者既困惑又著迷，他的理論是否為真，就看這一次了，對獵物的假設是對是錯，答案也即將揭曉。

追獵者知道，所有的連續殺人犯都有認同危機，但當他們大開殺戒的時候，卻能在受害者的身上看到自我，再也不需要隱藏，血濺八方之際，埋藏於他們心底的惡魔、也在他們的臉上現形。

但他的獵物卻沒這麼簡單，這男人沒有真正的自我意識，所以他總是在借用別人的身分，情節特殊，極為罕見的精神病個案。

這個連續殺人犯是變形人。

他不只學習別人的行為態度，其實根本就「變身」成了那一個人，所以，除了追獵者之外，根本沒有人發現他的蹤跡。

他的行動詭譎難測，變形人的學習技巧高超過人，尤其是語言與腔調。經過多年之後，他已漸臻完美之境，首先，挑一個合適人選，與自己相似的人：沒什麼個人特色，身高相等，其生活細節容易模仿，就像是巴黎的那個尚．杜耶，重點在於這個人沒有過去，獨來獨往，而且作息固定不變，喜歡在家裡工作。

這個變形人竊奪了他的人生。

犯罪手法如出一轍，先奪命，接著破壞臉部，彷彿要徹底消滅死者的特徵，然後自己再接替對方的身分。

安潔莉娜不只是一個確證，她是第二個例子。追獵者看著她，他知道這次錯不了，但他需要親眼看到，因為憑空想像一個兼具變色與殺人天賦的人，實在是莫大的挑戰。

女博士的手機在震動，她暫行離開，去外頭講電話了，這是追獵者等待多時的大好機會。

在來此之前，他已經做足了功課，這女孩有個弟弟，但她五歲就被賣到妓院，所以兩人共處的時間非常短暫，不過，她的心裡可能依然殘留部分記憶。

對追獵者來說，這正是解開她內心囚房的鑰匙。

現在他和安潔莉娜獨處一室，他蹲坐在她前面，讓女孩可以好好看著他的臉，他開始說話，刻意放慢速度。

「安潔莉娜，聽我說，我抓走妳的弟弟，小派德羅，記得他嗎？好可愛的小男孩，可是我準備要宰了他。」

女孩沒有反應。

「有沒有聽到我說的話？我要殺他，安潔莉娜，我要挖他的心，放在我手裡，等到它停止跳動，」追獵者張開掌心向上，對她示意，「妳聽到心臟在跳嗎？派德羅快死了，沒有人救得了他，痛死了，真的，他馬上就要斷氣了，不過，他在死前要承受莫大的痛苦。」

女孩突然朝追獵者撲過去，緊咬住他伸出來的那隻手，他一時沒注意，失去平衡，她整個人欺身上來，壓住他的胸口。她不重，他猛力掙脫，看女孩又縮回角落，嘴裡都是血，牙齦染成一片紅，雖然她已經沒有牙齒，但還是咬出一道深痕。

芙羅琳達回來，發現安潔莉娜安靜蜷在角落，而她的貴客卻忙著拉起襯衫的一角、擦拭手上冒出的血。

「怎麼回事？」她緊張大叫。

「她攻擊我，」追獵者急忙解釋，「不嚴重，但恐怕得縫個幾針。」

「她從來不會這樣。」

「這該怎麼說，我只是想努力和她說話而已。」

女博士暫且信了這套說辭，也許她只是不想壞了自己與佛斯特的大好機會。對追獵者來說，已經不需要留在這裡：挑釁女孩之後，他已經找到了自己尋索多時的答案。

「我覺得應該要趕快看醫生才行。」他刻意裝出痛苦表情。

女博士不知如何是好，她不想讓他離開，但也找不出理由挽留，她想陪他去急診，但卻被他婉拒，情急之下，她脫口而出，「我還想和你分享另一個案例……」

她的話發揮了預期效果，追獵者已經走到門口，卻停下腳步，「還有其他案例？」

「多年前發生在烏克蘭，」女博士回道，「有個小男孩，名叫迪馬……」

三天前

3.27 a.m.

屍體發出尖叫。

等到他喘得上氣不接下氣，才會從惡夢中驚醒，德渥克又被殺了，他還得要目睹多少次？這是他最初的記憶，只要闔眼入眠，這個夢境就會不斷出現。

馬庫斯的手伸進枕頭下方摸筆，找出來之後，隨即在床邊的牆上寫下：三聲槍響。

又是一段痛苦的過往，但這條新線索卻改變了事件輪廓，比方說，關於碎玻璃，這是關於聽覺的記憶，但他知道這次的夢相當關鍵。

他聽到了三聲槍響，但先前他一直以為只有兩聲，一槍對他，另一槍對德渥克，但是在剛才的惡夢中，他卻聽到了三響。

他的無意識狀態在對他開玩笑，布拉格飯店的場景偶爾會變得突兀，多出某些扞格不合的聲音或是物體：點唱機，飄送流行音樂，夢境詭譎多端，但馬庫斯對此無能為力。

不過，這次卻有一股熟悉感。

第三槍，融入了事發現場的其他細節，馬庫斯知道這線索有助於他還原現場，最重要的是，可以讓他想起那男人的臉，殺死他的導師、害他忘記自己是誰的兇手。

三聲槍響。

幾個小時之前，馬庫斯也曾面臨了槍口威脅，但那不一樣，他毫無懼色，聖路易教堂的那名女子很可能開槍，他知道，但她的眼中沒有恨，只有絕望。那一場為時短暫的大停電，救了他一命，其實馬庫斯可以立刻逃跑，但他沒有，反而繼續站在那裡，告訴她自己的身分。

我是神父。

他為什麼要這麼做？為什麼想告訴她實情？因為他想對她致意，對她所受的折磨表達一點同情。他的身分是最高機密，萬萬不可洩漏，這個世界永遠不懂，打從第一天開始，克里蒙提就對他不斷耳提面命，但他卻破功了，而且，還是在陌生人面前不打自招。無論這女子是誰，顯然是因為愛人被殺害，所以要置他於死地，儘管如此，馬庫斯還是實在很難把她當成仇敵。

她是誰？她和她的先生和自己的前半生有何關聯？能不能從她身上找出自己的過往？

他告訴自己，也許我應該要去找她才是，好好和她談一談。

但此舉太鹵莽了，而且人海茫茫，他也不知該從何著手。

馬庫斯絕對不會向克里蒙提透露半點口風，如此衝動的行為，想必他一定不以為然。他們兩人都謹守同一套誓詞，但行道方法卻大相逕庭，他的年輕朋友是忠貞虔敬的神父，但是馬庫斯躁動不安的心魂，卻連他自己也難以參透。

他看錶，克里蒙提先前留訊給他，要在黎明之前見面，幾個小時之前，警方已經暫時停止搜索、撤出傑瑞米亞．史密斯的豪宅。

現在，該輪到他們前去拜訪了。

道路順沿著羅馬西區的山坡起起伏伏，這裡距離台伯河的出海口，費米奇諾，只有幾公里的距離而已。老舊的飛雅特熊貓吃力爬坡，頭燈勉力照亮部分道路，他們周邊的鄉村聚落已陸續晨醒，破曉時分即將到來。

克里蒙提手握方向盤，身體前傾看路，換檔時一直發出巨大噪音。先前在米爾維爾古橋附近的時候，馬庫斯已經告訴他前晚在奎多．阿提也利家中所發生的事件，不過他的朋友其實比較擔心的是電視版本，所幸新聞並未提及律師兒子的弒父現場還出現了第三人，克里蒙提如釋重負，兩人的秘密身分不會因此曝光。

至於後來在聖路易教堂發生的事，馬庫斯倒是隻字未提，他把話題直接切入到拉若失蹤案，在剛才的幾個小時之中，他又有了一些新的想法。

「傑瑞米亞．史密斯沒有心臟病，他是遭人下毒。」

「根據血液檢測結果，並沒有任何的毒物反應。」克里蒙提提出駁斥。

「這樣說吧，我認為只有這個可能，除此之外，找不到其他解釋方法。」

「好，顯然一定有人把他胸前的刺字當真。」

殺了我，馬庫斯想起了那幾個字。一定有人在暗中運作，讓傑瑞米亞首名受害者的雙胞胎姊姊莫妮卡、還有拉費埃耶．阿提也利得到平反機會，慰償多年來的煎熬，「如果正義蕩然無存，你也無路可退：只能選擇寬恕或報復。」

「以牙還牙，以眼還眼。」克里蒙提接道。

「對，但不止於此，」馬庫斯頓了一會兒，他在整理思緒，經過昨晚的事件之後，他又有了體悟，「有人正等著我們介入，你記得我在拉若公寓裡發現的聖經嗎？還用紅緞書籤帶標頁？」

那一頁是帖撒羅尼迦前書：「主的日子來到，好像夜間的賊一樣。」

「克里蒙提，有人知道我們，」他的語氣益發肯定，「你回想一下，他寄給拉費埃耶匿名信，還針對我們神父的身分挑了一段經文，對方把我牽扯進去，一定有其目的，拉費埃耶會出現在拉若公寓，也是這個原因。到了最後，我成了讓他發現父親真相的引路人，奎多．阿提也利被殺，都是我的錯。」

克里蒙提望著馬庫斯好一會兒，「會是誰在幕後策劃？」

「我不知道，但無論這個幕後策動者是誰，他不僅想讓受害者的親屬接觸兇手，甚至想把我們捲入其中。」

克里蒙提知道這不只是假設而已，不禁面露愁容，現在他們即將造訪傑瑞米亞的豪宅，這將是重大關鍵，他們相信應該很有機會找到線索、進入迷宮的下一階段。他們一心想要救出拉若，要是沒有這個目標，他們就沒有那麼高昂的動力繼續調查下去，整起謎團的藏鏡人也明白此一道理，所以才會把這個女學生的性命當成獎品。

大門門口依然看得到警察在巡邏，不過這間豪宅幅員廣大，實在難以面面俱到。克里蒙提把車子停在一公里之遠的小道，兩人下車，徒步前行，仰賴夜色掩藏行蹤。

「動作要快。」路面崎嶇不平，克里蒙提急忙催促，「再過兩三個小時，刑事鑑定小組的人會回來繼續工作。」

他們移除後窗的封條，進入屋內。當然，假封條早已預先準備好，等到離開的時候會再貼回去，絕對不會有人起疑。兩人穿上鞋套，戴上乳膠手套，開啟手電筒的電源開關，而且還以手掌掩蓋部分光源，以免被外頭的警察發現屋內有人。

這間宅邸是復古的新藝術風格，但依然可以看到多處現代風格的佈置痕跡。他們進入書房，裡面擺放了桃花心木書桌以及大型書架，屋內家具是過去富裕生活的見證，傑瑞米亞出身中產階級家庭，父母在布業發跡致富，兩人辛勤工作，也難再生第二個小孩，他們應該殷殷期盼獨子能夠繼承衣缽，讓史密斯家族的名聲得以繼續發揚光大，但終究發現他不是那塊料。

馬庫斯將手電筒對著橡木桌，上頭整齊排放著一排相框，這個家庭的故事濃縮在那褪色的照片裡。草地上的野餐，小小的傑瑞米亞坐在媽媽的腿上，父親則抱著妻小，狀極呵護，還有，在豪宅的網球場裡面，一家人穿著光鮮運動服、手持木拍，聖誕節時分，全身鮮紅，在掛滿裝飾品的聖誕樹前合影留念。

這家人笑容僵硬、等待相機完成自動拍攝，他們總是排立成完美的三聯圖，彷彿是來自於另外一個時代的鬼魂。

不過，從某個時間點開始，這些照片裡少了一個主角，十多歲的傑瑞米亞和媽媽笑得悲傷又拘謹，一家之主突然罹病，撒手人寰，但孤兒寡母依然遵循傳統，作為治療死亡陰影的解毒劑。有張照片特別引發了馬庫斯的好奇心，他們等於與死者共同入鏡，令人不寒而慄，母子兩人站在砂岩大壁爐的兩側，中間的牆壁掛著一幅陰森的父親畫像。

克里蒙提站在他背後插話，「他們沒有找到與拉若相關的線索。」

警方在這房間裡搜索的痕跡處處可見，東西被翻動，家具也是。

「所以警察還是不知道傑瑞米亞帶走了拉若，根本也沒查案。」馬庫斯嘆道。

「夠了！」克里蒙提突然變得嚴厲。

馬庫斯嚇了一大跳；這不是他平日的作風。

「我真的不明白，你怎麼還是搞不懂？你不該介入偵查，做好份內工作就是了，如此而已，我還需要再向你解釋一次嗎？我告訴你，她危在旦夕，搞不好她現在已經是一具屍體，我們無論做什麼或沒做什麼，也改變不了事實，不要再心懷愧疚了。」

馬庫斯再次凝神看著那年方二十歲的傑瑞米亞，他站在父親肖像畫之下，神情肅穆。

「你打算從哪裡著手？」克里蒙提問道。

「他奄奄一息的地方。」

刑事鑑定小組顯然已經仔細研究過客廳，鹵素燈還放在腳架上，幾乎到處都是採集生物體液與指紋的化學試劑空瓶，以及標示拍照證物位置的編號牌。

藍色髮帶、珊瑚手環、粉紅色的編織圍巾、紅色溜冰鞋——傑瑞米亞．史密斯四名受害者的遺物——全在這間客廳裡被找到了。這些紀念品在在證實了他嫌疑重大。保留這些東西，等於要承擔風險，但馬庫斯可以想像兇手每次撫摸戰利品時、情緒波濤洶湧，這是他展現最佳能力的表徵：殺人。將遺物拿在手中把玩，彷彿能夠吸取死亡的能量，讓兇手精神為之一振。

傑瑞米亞希望能隨時看到這些東西，所以才選擇放在客廳，宛如那些心靈飽受折磨的女孩、成為這間屋子的囚徒，被迫與他共處一室。

但在這些物件中，沒有拉若的東西。

馬庫斯進去客廳，克里蒙提則守在門口。除了中央的沙發與老舊電視機之外，家具全都蓋上了白布，小桌子被打翻，地板上有破碗、凝乾的牛奶跡痕加麵包屑。

馬庫斯心想，傑瑞米亞一定是在發病的時候打翻了這些東西，事發傍晚，他喝牛奶配麵包，同時在看電視，好一幅孤單的景象，這個禽獸不須躲藏，別人的冷漠態度，成為他最好的保護色，要是這世界能多注意一下傑瑞米亞，也許能早點遏止他的惡行。

他的個性明明無法與人交際，但還是改變性格、騙誘受害者，而且，除了拉若之外，所有的受害者都是在白天被綁架，馬庫斯不禁覺得奇怪，他究竟是運用什麼方法贏得她們的信任？他一定很有辦法，因為這些女孩完全不怕他，那他為什麼不以相同手段結交朋友？他的唯一目標是殺人，作惡，有了犯案動機，反而讓他看起來像是個值得信賴的好人。但傑瑞米亞．史密斯卻忽略了一項重要事實：善惡終有報，每一個人，即使是選擇過隱士生活的人也一樣，最恐懼的不是死亡，而是瀕死時孤單無依，兩者之間畢竟還是存在著些微差異，不到最後關頭，難以體會箇中滋味。

沒有人會為我們哀悼，沒有人會記得我們，馬庫斯心想，遲早我也會有那麼一天。

他的目光停留在病患被急救的位置，消毒手套、紗布、注射器與插管；所有的東西都還擱放在那裡，時光彷彿凝凍在那一剎那。

馬庫斯現在將注意力放在傑瑞米亞．史密斯病發前的狀況，「下毒者必然相當了解他的生活習慣——傑瑞米亞對拉若下手，他也以其人之道還治其人之身，他想盡辦法進入屋內，觀察傑瑞米亞的一舉一動，他不會在糖裡藏毒，但卻可能在牛奶裡面動了手腳，這算是一種報復。」

克里蒙提看著自己的徒弟，已經完全進入另外一個人的心理狀態，「所以他開始覺得不舒服，打緊急電話求救。」

「最近的是傑梅里醫院，所以電話被轉到那裡也很正常。加害傑瑞米亞的人知道莫妮卡的身分，她是第一個受害者的姊姊，而且她當晚在醫院急診室當班，將會隨車出勤，」兇手善於精心安排巧合、製造復仇，似乎讓馬庫斯若有所感，「這個人並非隨意行動，而是小心謹慎，」他繼續抽絲剝繭，「對，你真高明，」他自言自語，彷彿對手也在現場，「好，讓我們看看你還藏了什麼東西。」

「有沒有機會找到營救拉若的線索？」

「不可能，他太狡猾了。就算有，也早就被他處理得乾乾淨淨，別忘了，那女孩是獎品，我們得要努力爭取。」

馬庫斯開始在客廳裡四處打轉，他認為自己一定有什麼遺漏。

「我們現在要找什麼？」克里蒙提問道。

「看起來毫無關聯，警察不會留意的東西，只有我們能洞察的線索。」

他必須先確定犯罪現場的循查起點，唯有如此，才能釐清真相，而最合理的地點就是這裡，傑瑞米亞垂死掙扎的客廳。

「那邊的窗戶。」他提醒克里蒙提去關上後方的兩扇大窗，隨即以手電筒四處找尋，物件的光影依序浮現，宛如乖巧的小兵，沙發、餐具櫃、餐桌、搖椅、擺著鬱金香畫作的火爐，馬庫斯突然覺得似曾相識，他回頭，手電筒的光再次對著那幅畫。

「不該在這。」

克里蒙提聽不懂，但馬庫斯記得很清楚，在書房裡的那一排照片中，有一張是傑瑞米亞和母親站在砂岩火爐的兩側，但中間是他過世父親的油畫。

「有人動過了。」

那幅肖像已經不見了，馬庫斯站上去，檢查那幅鬱金香的畫框，發現它確實與牆底的貼痕不符，他正要把它移回原位的時候，發現左下角有編號，一號。

「找到了！」克里蒙提在走廊叫喊。

馬庫斯聞聲過去，發現傑瑞米亞父親的肖像在門旁的牆上。

「這兩幅畫似乎是對調了位置。」

他移畫，察看後面，這次是二號。兩人開始四處張望，心裡想的是同一件事，他們分開行動，開始逐一檢查畫作，想要找出第三號。

「在這裡。」克里蒙提發現了，一幅風景畫，掛在走廊盡頭，接近通往上層的樓梯口，他們往上走，才到一半的位置，又發現了第四號，他們知道朝這個方向走，果然沒錯。

「這是他為我們設下的路標……」馬庫斯說道，但兩人都不知道最後會到哪裡去。

三樓的梯台處，他們找到了第五號，然後，在小小的走廊找到了第六號，而在通往臥室的走廊上，又看到了第七號。第八號的尺寸極小：孟加拉虎的蛋彩畫，應該是出於冒險小說家薩加里的故事。它放在某扇小門旁邊，那一定是傑瑞米亞·史密斯小時候的臥室，架櫃上排放一整隊的錫製小兵，此外，還看得到高級組合玩具、彈弓，以及搖搖馬。

馬庫斯心想，就算是禽獸，也曾經是個孩子，而我們常常忘了這一點，有些習性，我們自小到大都不會改變，但，殺人的惡慾從何而來，卻沒有人知道。

克里蒙提打開了一扇小門，看起來是通往閣樓的陡峭階梯。

「也許警察還沒看過上面。」

他們兩人心裡有底，第九號，將是這個系列的最後一張畫作。他們小心步上高低不平的梯階，過低的天花板逼得他們只能蹲下來，最後，他們進入一處寬敞空間，裡面堆滿了老舊家具、書籍，以及箱子，屋椽間已有許多鳥兒築巢，牠們驚覺有人闖入，紛紛四處竄飛，想要找尋出口，終於覓得一扇未關的老虎窗。

克里蒙提看了一眼手錶，「快天亮了，我們沒剩多少時間了。」

兩人隨即開始找畫，角落有一大疊油畫，克里蒙提快速翻找，「沒有。」話剛講完，他立刻開始撢拍衣上的沾灰。

馬庫斯看到五斗櫃後方出現金色閃光，他趨前一看，一只華麗的畫框掛在牆上，不需要翻到後面察看，也知道那必定是第九號畫作，裡面的圖案極其特殊，顯然他們已經到達了尋寶遊戲的終點站。

那是張小孩子的畫。

練習簿的色鉛筆習作，放在那麼金碧輝煌的畫框裡，太不協調了，很難不引起注目。畫的背景應該是春夏時節，陽光照耀美麗大地，樹木、燕子、花朵，還有小溪。畫中有兩個小孩，穿紅點洋裝的小女孩，還有手中緊抓了某個東西的小男孩，雖然用色繽紛歡樂，人物純真可愛，但馬庫斯卻有一股莫名的詭異感受。

這幅畫裡有邪惡的因子。

他往前細看，才發現女孩的衣服上不是紅點，而是濺血傷口，而小男孩手裡拿的是剪刀。

他看著邊角所註明的日期，二十年前的畫，傑瑞米亞．史密斯年紀太大了，不可能是作畫的小畫家，不，作者應該另有其人，這幅畫正是他的變態幻想之一。他又想到了卡拉瓦喬的畫，〈聖馬太殉難〉，現在他面前的這幅畫，也是活生生的犯罪現場，只是，當初畫完的時候，那還是一起尚未發生的兇案。

他又再次想到了那句話，就算是禽獸，也曾經是個孩子。那畫中的人物想必已經長大成人，馬庫斯知道，一定得要找出這個男人。

6.04 a.m.

上刑事鑑識課所學到的第一件事：犯罪現場，沒有所謂的巧合。要是你忘記的話，老師會不斷趁機耳提面命，他們說，巧合不只會誤導你，而且還可能會適得其反，他們還會舉出各種案例，告訴你這種假設對偵辦造成的致命傷害，完全無法彌補。

所以，珊卓拉也不太相信巧合這種事。但在真實生活中，這種說法或可解釋不同事件之間的意外關聯性，至少，我們會開始留意平常不會注意的事物。

她發現有些巧合微不足道，大家往往嗤之以鼻，「哦，不過就是巧合罷了。」但對於那些讓生活出現重大轉折的巧合，卻被賦予一個截然不同的名稱：「預兆」，我們自認收到了某種獨特的訊息，彷彿宇宙或某種高靈選擇了我們，換言之，這些「預兆」讓我們覺得自己與眾不同。

珊卓拉記得心理學家榮格把第二種巧合稱之為「共時性」，他還列舉它的三大要素，與其他事件沒有因果關聯，伴隨深刻的感情體驗，而且具有強烈的象徵意義。

榮格還認為，某些人總是竭盡所能，想要在每一樁不平凡的事件中、找尋更深層的意義。

珊卓拉不是這種人，但她不禁開始重新思考箇中三昧，因為今天這個變局，要從促成她與大衛結識的那一連串事件說起。

那是八月節的前兩天，他人在柏林，正準備和朋友在希臘的米克諾斯島相會，準備搭帆船暢遊諸島。不過，出發的那天早晨，他的鬧鐘沒響，他睡晚了，但還是趕在關櫃之前抵達機場，他那時心想，運氣真好！但卻沒料到接下來卻有重重阻難。

為了要到希臘，他必須先飛到羅馬轉機，不過，就在他準備要搭第二段航班、提領行李的時候，航空公司卻告訴他出現狀況，他的托運行李還留在柏林。

他不打算就此放棄，所以立刻在機場買了新的行李箱與衣服，準時出現在飛往雅典的航空公司櫃台——卻發現因為過多的旅遊度假人潮，發生超額訂位，他的機位沒了。

晚上八點，他本來應該坐在三桅船的船尾，和兩週前在米蘭認識的印度籍辣模在一起，共同啜飲冰涼的茴香酒，不過，他現在卻和一大群旅客擠在離境室，忙著填寫行李延誤的索賠表格。

照理說，他應該要等到第二天搭最早班飛機離開，但他覺得自己實在等不下去，所以他決定租車，想從羅馬直接殺去布林迪西港，再搭渡輪前往希臘。

開了一整晚的車、長途跋涉了五百多公里，朝陽已從普利亞區的海岸線緩緩升起，他瞄一眼路標，快要到目的地了，但就在此時，車子出狀況，不斷發出嘎嘎聲，最後還是拋錨了。

大衛跳下車，霉運連連，但他沒有破口大罵，反而開始欣賞四周的美景，右邊是高原上的白色小城，而向左邊再走個幾百公尺，即可到達海邊。

大衛走過去，清晨的海邊不見人跡，他站在前灘，掏出大茴香口味的香菸，點菸，迎接旭日東升。

他低頭一看，發現濕潤的沙地上有小巧的對稱足印，他一看就覺得是女子慢跑所留下的跡痕，這條海岸線處處都是曲折灣口，所以前頭已經看不到人，但對方確實離開沒有多久，否則足印一定早已被退浪沖蝕得無影無蹤。

之後每當大衛向人提起這段故事，總是難以言明當時的想法，他突然覺得一定要跟過去，而且立刻拔腿狂追。

珊卓拉只要聽到這個情節，就會忍不住追問大衛，為什麼篤定對方是名女子。

「不知道，我當然希望是女人最好，但也可能是小男孩或是矮個頭男子。」她對於這種說辭一直半信半疑，警察工作所培養的直覺，當然會讓她追根究柢，「你又怎麼知道她是在慢跑？」

大衛對此也早有準備，「沙灘上的腳印前端比較深，顯然是跑步留下的痕跡。」

「這倒是言之成理。」

故事繼續說下去，他說他跑了一百公尺左右，爬上沙丘，往下一看，果然有個女子的身影，短褲、緊身T恤、運動鞋，一頭金髮紮成馬尾，大衛看不到她的臉，頓時有股衝動想叫住她，這想法也未免太蠢了，因為他連對方的名字都不知道。

他加快速度衝過去。

等到追過去的時候，該說些什麼是好？距離越來越近，他知道自己一定得趕快編出個好理由，才不會看起來一臉呆相，但他實在想不出來。

大衛奮力追趕，總算到了女子身旁，她長得很漂亮——珊卓拉每次聽到這句話，總是面露微笑。他向那女子道歉，請她留步，她是停下來了，但看得出百般不願，直瞪著面前這名喘得上氣不接下氣的瘋狂男子。他給人的第一印象應該好不到哪裡去，整整二十四個小時都沒換過衣服，熬夜未眠，而且還因為跑步而滿頭大汗，全身味道恐怕很難清新怡人。

「妳好，我叫大衛，」他想要和她握手，但她滿臉嫌惡，沒有多加理會，彷彿那隻手是臭爛的死魚，但他毫不氣餒，繼續講下去，「妳知道榮格的巧合論嗎？」前一天從柏林離開之後所發生的種種事件，他一股腦全說出來，她不發一語，可能是搞不清楚對方講這些話究竟有什麼用意。

等大衛講完之後，女子終於開口，她說，他們兩人相遇不能算是巧合，因為，雖然一連串的偶發事件把他帶來了海邊，但他卻是因為自由意志而決定跟蹤她的足印，換言之，並不適用共時性的理論。

「誰說的？」

「榮格說的。」

大衛知道這番反駁無懈可擊，沒再接腔，他向女孩道別，黯然轉身離去。但他在回途上卻依然無法忘情，要是這女孩能變成摯愛，該有多好，以這樣的方式相遇、陷入愛河，一定讓人深刻難忘，成為讓人津津樂道的故事，小狀況接二連三，沒想到最後卻成為浪漫經典。

都是因為那只遺落的皮箱。

那女孩並沒有追過來、告訴他自己改變心意，他也沒有機會知道佳人芳名。不過，由於航空公司遲遲未送回行李，經過一個月之後，他只好去米蘭警區總部報案，就在那裡的咖啡機前面，他第一次遇到珊卓拉，兩人講了幾句話，彼此頗有好感，幾個禮拜之後，兩人就住在一起了。

現在，珊卓拉在羅馬的旅館幽幽醒來，心事重重——發現大衛之死另有隱情，而且自己必須要找出兇手——但她還是忍不住面露微笑。

每次大衛向不知情的朋友提到這故事，對方都以為那個海灘慢跑女子就是她，不過，這就是生活的奧妙，有時在平庸之中卻能找到無限寬廣的機會。世間男女不需要特別去尋找「預兆」。

眾裡尋她千百度，伊人卻在燈火闌珊處。

如果，要不是他們兩人同時剛好都準備要投幣買咖啡，要不是她只有五歐鈔票，剛好大衛口袋裡有銅板可以換零錢，否則他們也沒有機會可以說話，很可能只是站在那裡，等各自的飲料，隨即如陌生人一般轉身離開，根本不知道兩人能愛得如此轟轟烈烈，無怨無悔。

在一天之中，會遇到多少次這樣的機會，但我們卻渾然不知？有多少人偶遇卻錯身而過？不知道自己遇到了完美的另一半？

所以，大衛雖然已經不在人世，但她依然覺得自己是被上天眷顧的人。

那昨晚的事件呢？她好生疑惑，遇到太陽穴帶疤的那個男人，讓她嚇了一大跳，至今情緒還是無法平復，她以為自己遇到的是兇手，但卻發現對方是神父，她相信他說的是真話，因為他大可以利用停電的時候逃跑，而不需要留下來自曝身分，這完全出乎她意料之外，她也遲疑了，無法扣下扳機，她似乎聽到母親在一旁斥責：「珊卓拉，乖女兒，不可以殺神父，就是不可以。」何其荒謬。

巧合。

那男人和大衛之間有什麼關係？

珊卓拉起床，再次看著那個人的照片，為什麼神父會牽扯進這起案件？影中人沒有辦法給她答案，反而帶來更多的謎團。

她的胃好痛，好幾個小時沒吃東西了，而且覺得好疲倦，發燒了，昨晚她淋雨、全身濕透回到飯店。

在聖路易教堂的聖器室裡，她發現自己尋索的不只是正義而已，還有某種更晦暗的情緒，等待平撫。身心受創，會引發奇特的效應，我們變得更加虛軟無力，但同時又強化了我們某種壓抑的慾望，一種看到別人承受相同痛苦的慾望，彷彿復仇是唯一的慰藉之道。

珊卓拉從來不知道自己也有黑暗的一面，她心想，我也不想變成這樣，但她擔心自己已經徹底變了，再也無法回頭。

她把神父的照片先放在一旁，開始研究最後兩張照片。

其中一張是全黑的照片，另外一張是大衛憂傷揮手的對鏡自拍照。

她把兩張照片並置在一起，想要找出之間的關聯，但依然毫無線索，她正要收拾照片，卻愣住了，她的目光緊盯著地板。

門縫下有張小卡片。

她看了好一會兒，終於下定決心，速速拾起，動作甚是膽怯。一定是有人趁她半夜熟睡的時候，偷偷把它塞進來。她端詳卡片，是張道明會修士的聖像。

聖雷孟。

卡片後面印有名字，而且還附有一段求聖者助佑的拉丁文代禱詞，許多字詞已經模糊難辨，因為有人拿紅筆在上頭寫了幾個大字，雖然只是幾個字，卻讓她背脊發涼。

佛列德。

7.00 a.m.

他需要擁擠的地方。一大早，西班牙廣場附近的麥當勞再適合也不過了。裡面幾乎都是不適應義大利式甜麵包早餐的外國觀光客。

他看中這裡，是因為想要感受人間氣味。天天目睹各種慘劇，他想要確定這個世界仍然安好無恙，還有，在這場搏鬥中他並不孤單，因為圍繞在他身邊的那些家庭——以愛孕育下一代的眾生——在人類救贖的過程中扮演了重要角色。

馬庫斯把清淡如水的咖啡移向桌角，他根本沒喝，隨即把克里蒙提半小時前留在告解室的檔案拿出來、放在桌子中間，他們平常也會利用告解室來交換資料。

在傑瑞米亞．史密斯家中閣樓所發現的那張童畫，小男孩手持利剪的殺人圖，讓克里蒙提想起了三年前的往事。當他們還在屋內的時候，他已經先向馬庫斯簡單講述案情，兩人離開之後，他趕忙去找檔案，封面編號是c.g. 554-33-1，不過，大家都把它叫作費加洛案，這是媒體給兇手的封號——響亮好記，但卻不怎麼尊重受害者。

他開始翻閱資料。

星期五傍晚，警方到達新薩拉里歐區的某棟小屋，一打開門，就看到令人驚駭的畫面，二十七歲的年輕人意識不清、倒在自己的嘔吐物中，位置就在通往二樓的階梯處，而在他身旁不遠處，還有一架損壞的輪椅。

費德里克．諾尼是半身麻痺患者，警方剛開始以為他只是摔倒而受傷，但當他們登上二樓之後，才發現真正的慘劇。

某間臥室裡，躺著一具屍體，二十五歲的妹妹喬琪亞，全身赤裸，遍體鱗傷。可以看出有多處刺傷，致命傷是開膛剖肚的那一刀。

病理學家分析死者傷口，認定兇器為銳剪，這個結果讓警方提高警覺，因為先前已經有三起相同的攻擊案例，行兇的瘋子綽號為費加洛。前三位受害人所幸都保住了性命，但顯然兇手並不滿足，這一次，他索性把人殺死。

馬庫斯心想，兇手不只是個瘋子，在他病態而扭曲的幻想中，持剪傷人是快感來源的必需品，看到受害者的傷口汩汩流出鮮血還不夠，他還要體會她們的恐懼。

檔案裡的字字句句逼得他無法喘息，他必須轉移視線，呼吸一口正常的空氣。不遠處有個小女孩，小心翼翼打開快樂餐，她舔著嘴唇，眼睛裡閃爍著興奮的光芒。

他不禁自問，我們是哪裡變了？生活從何時開始產生不可逆的變化？但有時候它卻未必會發生，一切如常。

看到那小女孩的臉，終於讓他重拾對人性的信心。他再次進入字裡行間的煉獄。

現在，他仔細研究警方的調查報告。

兇手從大門直接進去，因為喬琪亞買完東西回家，忘記關門。費加洛喜歡在超市挑選行兇對象，並尾隨她們回家，不過其他人都是落單時被攻擊，但喬琪亞的家裡還有哥哥費德里克，他本來是前途不可限量的運動選手，但一場機車意外，就此終結了他的未來。根據這位年輕人的證詞，費加洛在他背後偷襲，翻倒輪椅，趁倒地時把他打昏，隨即把喬琪亞拖上二樓，下場與其他受害人一樣淒慘。

當費德里克清醒過來，發現輪椅已經嚴重毀損，他聽到妹妹的尖叫聲，知道樓上一定是出了事，他大聲呼救，隨即想要爬上二樓，但他多年來未曾鍛鍊身體，又加上頭部重創而昏沉，最後只能放棄。

他只能被迫留在那裡，聽著自己在這世界上最親愛的人拚命哭喊，但卻無能為力。妹妹一直照顧他的生活，而且可能終生都不會放下這個重擔，而他望著那該死的樓梯，破口大罵，暴怒，依然無能為力。

有個鄰居聽到他們屋內傳出尖叫，終於打電話報警，兇手聽到警車鳴笛，匆忙從通往花園的後門逃逸，花壇上也因此留下他的足印。

他看完資料，發現那個在享用快樂餐的小女孩，現在正與弟弟快樂分食巧克力馬芬，他們的父母看著小姊弟，一臉慈愛。不過，這幅天倫和樂圖卻依然讓馬庫斯眉頭深鎖，因為他的心裡有太多問號。

這次是不是輪到費德里克．諾尼執行復仇行動？某人已經幫他找到了逍遙法外的兇手？還有，馬庫斯不禁自忖，是不是該出手阻止？

馬庫斯瞄到檔案最後的註記，恐怕連克里蒙提自己都沒發現，因為他在傑瑞米亞．史密斯豪宅講述案情的時候，顯然遺漏了這一點。

復仇，似乎是沒有機會了，費加洛有名有姓，而且已經遭到逮捕，本案正式終結。

7.26 a.m.

她看著那張寫有「佛列德」的聖像，至少看了二十分鐘。一開始，在大衛出事工地所找到的錄音機中，除了兇手的聲音之外，她居然還聽到了象徵摯愛的那首歌在低切悲吟，現在，他們夫妻之間的閨房私密又再次曝光，大衛的甜蜜暱稱，已經不再是她一個人的專利。

一定是兇手把卡片塞進來，他知道我住在這裡，這個人想要幹什麼？

她坐在飯店房間裡苦尋答案，卡片上除了聖雷孟的圖像與禱文之外，還標註了一個紀念這位聖者的地方。

米諾瓦聖母堂的小禮拜堂。

珊卓拉決定打電話給長官迪．米契里斯詢問詳情。她拿起手機，但電池沒電了，她接上插座充電，接著拿起房間裡的室內電話，正當要撥號之前，她突然停下來，看著手中的話筒。

自從她知道大衛在羅馬秘密進行調查之後，一直有個問題讓她百思不解，他待在這裡的時候，不知道是否曾和其他人聯絡？他的筆記型電腦裡沒有這段時間的相關電郵，手機記憶卡裡也沒有任何通聯紀錄。

與世隔絕得如此徹底，未免有些詭異。

珊卓拉發現自己忘了查飯店房間的電話。

她在心裡感嘆，我們如此依賴這些高科技產品，卻萬萬沒想到那些最基本的設備。

按下九，接通櫃台，她直接找經理，要求列印大衛住房時的通話明細，當然，她再次利用自己的警官身分，謊稱自己正在調查亡夫的命案。她不知道對方相不相信這番說辭，不過經理還是乖乖照辦了，過了一會兒之後，經理派人把紀錄送上來，只有一組電話號碼。

0039 328 39 56 7 XXX

她猜得沒錯，大衛打這支手機打了好幾次，她很想知道這究竟是誰的電話號碼，但最後三碼卻被X蓋住了。

為了要保護住客隱私，飯店的交換機系統不會記錄完整的電話號碼，畢竟這只是要作為向住客收費的依據而已。

既然大衛從飯店房間撥打這支手機號碼，也就表示他根本不怕那個人，她又有什麼好畏懼的呢？

她再次看著那張卡片：佛列德。

把卡片塞入門縫的那個人，也許不是兇手？可能是想要幫助她的神秘人士？想必自從大衛出事之後，對方一定也覺得自己身陷危險，所以自然會謹慎行事。或者，那等於是邀她前去米諾瓦聖母堂的請柬，因為那裡有線索，而卡片上之所以出現佛列德的署名，只是要讓她安心，他也認識佛列德。仔細想想，如果這個人有意傷害她，攻其不備是何其容易，犯不著要多此一舉。

珊卓拉現在完全沒有任何把握，只有越來越多的問號，她發現自己正站在十字路口，是要搭清晨第一班列車回米蘭，就此忘卻一切？還是要不計代價追查下去？

她決定留下來，不過，首先必須先去聖雷孟小禮拜堂一趟，看看裡面究竟有什麼玄機。

米諾瓦聖母堂興建於西元一二八〇年，原址為紀念米諾瓦女神的古神殿，距離萬神殿不遠。珊卓拉的計程車停在教堂廣場門口。中間矗立著由貝尼尼[5]所設計的雕像，造型奇特，一隻小象揹著埃及方尖碑。據說這位建築師當初故意讓這頭象背對著附近的道明會修道院，嘲諷這些修士的保守心態。

她穿著牛仔褲和連帽運動衫，萬一遇雨，多少可以擋蔽。前晚的暴雨似乎已成了過去式，溫暖空氣帶走街道的濕意，計程車司機甚至為了連日大雨向她道歉，他拍胸脯保證羅馬一直是個陽光普照的城市，但此時黑雲已經彷如壞疽一般飄散開來，遮蔽了朗朗晴空。

珊卓拉進入羅馬式與文藝復興式的大門，內部是出人意表的哥德風，還有一些應是巴洛克的痕跡，她仰望那藍色的拱頂天花板，上面繪有許多使者先知與學者的畫像。

教堂才剛開門，準備迎接做禮拜的會眾，根據門口張貼的行事曆，晨間彌撒的時間是早上十點，所以現在除了主祭台上整花的修女之外，就只有珊卓拉一個人，看到這位修女，也讓她的心緒平靜多了。

珊卓拉拿出那張聖像，想要比對找出確切的位置，這間大教堂裡兩側有許多個小禮拜堂，大約有二十個，富麗堂皇，到處都是紅色紋理的碧石，氣勢驚人，而且還矗立了許多光澤閃耀的大理石雕像。

吸引她的是右側的最後一間，最樸實無華的一個禮拜堂。

---

[5] Gian Lorenzo Bernini, 1598—1680，義大利著名建築家、雕塑家。

它縮在幽暗角落，面積最多不超過十五平方米，光禿禿的牆面上，幾乎都是被煤灰燻黑的大理石，那全是墓碑。

珊卓拉拿出手機，準備要拍照，一如她在所有犯罪現場的標準動作，先大局，其次是細節，從下到上，拍攝教堂內的藝術作品，她更是全神貫注。

在中央祭壇上方的畫作裡，聖雷孟穿著道明會的服裝，與聖保羅在一起，左方是聖露西與聖亞加大的油畫，但右方的壁畫卻讓珊卓拉格外震撼。

上帝擔任審判者，天使各據兩側。

下方排列了許多祈願蠟燭，稍有風動，所有的弱焰也會隨之一起輕曳，為這個狹窄的空間增添了些許淡紅。

珊卓拉拍下這些照片，希望能從中找到答案，一如她在研究聖路易教堂的〈聖馬太殉難〉時、也挖掘出了秘密，她相信只要透過鏡頭，更能清楚逼現犯罪現場的一切細節。不過，她卻無法參透這裡的謎團，今天早上，已經是她第二次陷入死胡同，第一次是那少了最後三碼的神秘手機號碼，與真相如此接近，但就是欠了關鍵的臨門一腳。

難道大衛的照片與這間教堂毫無關聯？

她在想最後的那兩張照片，一張全黑，另一張是大衛在飯店房間的裸胸自拍，他一手持相機，另外一手對著鏡頭揮手，乍看之下是個開心的姿勢，但他的臉色極其嚴肅，絕非嬉戲笑鬧之照。

珊卓拉突然停下動作，看著手裡的那個東西，手機與照片，她從來沒想過兩者之間會有關聯，照片與手機，「不，」她喃喃自語，彷彿不知道自己怎麼如此愚笨，「怎麼可能？」答案就在眼前，但她先前居然完全沒想到。她趕緊拿出袋中的那張紙，飯店列印出的手機號碼。

0039 328 39 56 7 XXX

大衛不是在揮手，而是想以手勢告訴她一個數字，電話號碼的末三位，珊卓拉撥了那組號碼，最後那三個X，換成了連續三個五。

她在等。

外頭又開始烏雲密佈，灰暗的光線偷偷鑽入教堂窗戶、流瀉在中殿，盈滿了每一個角落，每一個隱蔽之處與裂隙。

電話那一頭響了。

一會兒之後，她聽到手機鈴聲在教堂裡迴盪。

不可能是巧合，他就在這裡，而且盯著她的一舉一動。

三響之後，電話聲消失，對方切線。珊卓拉回頭看著主祭台，想知道修女還在不在那裡，但人已經不見了，她四處張望，突然之間，有東西呼嘯一聲飛過她的頭頂、撞擊牆面，她這才發現自己身陷危險，那是子彈，對方的手槍裝了滅音器，她趕緊趴下來，拿出自己的佩槍，珊卓拉全面警戒，心臟卻不停狂跳，第二發子彈距離她不過兩三公尺，珊卓拉找不到狙擊手，她確定現在對方看不到她的確切位置，但想必那個人很快就能找到更好的制高點。

她要趕快離開才行。

緊握手槍，腳步快速旋移，她遵守老師的教誨，眼觀四方，發現幾公尺外有另一個出口，她必須以中殿廊柱作為掩護、才能順利逃出去。

珊卓拉完全錯估了那張卡片，殺死大衛的兇手依然逍遙法外，她怎麼如此粗心大意？

她給自己十秒鐘，計時開始，衝了。一秒鐘——沒有槍響，兩秒鐘——她向前推進了兩公尺，三秒鐘——她落在窗戶透入的微光之下，四秒鐘——她再次遁隱暗處，五秒鐘——再幾步就好，出口已在前方，六秒鐘七秒鐘——有人在抓她的肩膀，要把她拖進其中一間禮拜堂，八秒鐘九秒鐘十秒鐘——對方氣力驚人，她毫無招架之力，十一秒十二秒十三秒——她拚命抵抗，十四秒——她剛好掙脫，只是剛好而已，但槍掉了，她急著想逃走，卻不小心滑倒，十五秒——她知道自己的頭就要撞到大理石地板，還有，突如其來的第六感，讓她在倒地前已經感受到莫大的痛，她以雙手護頭，但完全沒有效果，她只能趕緊側頭，降低衝擊力道，臉頰碰觸到冰涼的地面之後，隨即又是一陣熱辣，珊卓拉全身急顫，宛如觸電一般，十六秒——她的眼睛還是張開的，但覺得已經意識不清，這感覺好離奇，彷彿看著自己消失不見，十七秒——她只知道有兩隻手拖住她的肩膀。

她沒有再繼續數下去，眼前突然一片漆黑。

9.00 a.m.

天國之母，建立於十七世紀中葉的修道院，自一八八一年之後改建為監獄，但這個當初為了向聖母瑪利亞致敬的原始名稱，依然保留至今。

這間監獄可容納九百名受刑人，依照犯罪類別分成了不同區域，第八區是所謂的「邊緣」案件，這些罪犯多年來都像正常人一般生活、工作、建立人際關係甚至結婚成家，但突然之間卻兇性大發，原因不明，令人不禁懷疑他們的精神狀態，但這些人沒有明顯的心理疾病徵狀，只有在他們的犯罪行為之中，才會看到他們的違常之處，唯一與變態的相關之處，只有犯罪事實本身而已。在等待法院宣判他們是否為精神異常罪犯之前，獄方會將這些人與其他罪犯隔離、給予特殊待遇。

一年多來，第八區已經成了尼可拉．寇斯塔的家，這個人，就是大家所熟知的費加洛。

通過例行性檢查之後，馬庫斯進入了監獄大門，進入漫長的走廊，走過一道又一道的門，逐漸深入監獄的中心地帶，宛如沉墜地獄。

為了配合今天的場合，馬庫斯特別穿戴神父的黑袍與白領，但他實在不習慣，喉嚨被勒得很不舒服，走動時袍身還會飄動，他從來沒有做過這種神職打扮，對他而言，這反而比較像是偽裝。

兩三個小時之前，馬庫斯發現費加洛人身無恙、已經入獄，所以他和克里蒙提想出方法，要進去見他一面。尼可拉．寇斯塔目前正在等候法官的裁決，可能會繼續服刑，或是轉送精神病院。值此同時，他也開始準備領洗和懺悔，每天早晨，在警衛的陪同下，他會固定到監獄裡的小教堂，除了告解之外，也會一個人望彌撒。但今天一早，主教團緊急召見監獄院牧，原因不明，不過，這位院牧恐怕得花好些時間、才會發現這是誤會一場。克里蒙提已經打點好一切，甚至還替馬庫斯弄來臨時院牧的許可證，讓他在天國之母監獄暢行無阻。

此舉顯然頗為冒險，可能會有人發現他們的秘密，但他們既然在傑瑞米亞・史密斯家中閣樓發現了那張畫，表示費加洛一案可能得繼續調查下去，而馬庫斯的任務就是要找出線索。

走了一段長長的石面通道之後，他進入了一個開闊的八角形空間，這棟囚樓共有四層樓高，陽台設有延伸至天花板的嚴密鐵網，以防犯人跳樓自殺。

警衛把他帶入教堂，留他一人獨自處理做禮拜的準備工作。神職的職責之一就是感恩聖事，神父每天都應該要做彌撒，但因為馬庫斯另有要務，所以獲得特許，不須負擔這些義務。不過，自從布拉格事件之後，他在克里蒙提的帶領下，做了許多次的彌撒，純粹只是想要在儀式中感受平和的氣息，所以他準備起來也相當熟練。

對於這個馬上就要見面的男子，他還沒有時間深入研究，更不知其心理狀態，不過，以「邊緣」來解釋善惡之間如薄紙般的那層隔膜，的確相當到位。有時候，那隔膜可靈活伸縮，偶爾作惡，也有機會回到光明面。但在某些案例中，防線崩潰，開了一個危險通道，他們就此在善惡之間來去自如。這些人看起來一切正常，但只要走出那一小步，他們就會變身成令人猜不透的恐怖惡怪。

根據心理學家的觀察，尼可拉・寇斯塔屬於後者。

馬庫斯正在準備祭壇，背對著那空無一人的會眾區，就在此時，他聽到了手銬的匡啷聲響，在警衛的護送下，尼可拉・寇斯塔進入教堂，他穿牛仔褲白襯衫，釦子一路扣到領口，頂上幾乎完全無毛，走路姿勢怪異，但最引人側目的是他的唇顎裂，讓他的嘴看起來總是在笑，而且還散發出一股邪氣。

他隨意挑了個位子，警衛扶著他的雙臂、讓他坐下來，隨即退到門口站崗，為了避免干擾神聖的彌撒，他們會一直站在那裡，等到儀式結束。

馬庫斯又等了幾分鐘，才轉身過去。

寇斯塔嚇了一大跳，而且相當驚慌，「院牧人呢？」

「他不舒服。」

寇斯塔點頭，不發一語，他手裡握著玫瑰經念珠，開始喃喃自語，口齒含糊不清，而且不時得從胸前的襯衫口袋取出手帕、擦去裂縫裡流出的口水。

「在我們開始做禮拜之前，要不要先告解？」

「在我的屬靈旅程之中，跟隨的是另外一位神父，我把自己的懷疑與不安都告訴了他，也是他對我傳揚福音，我想，還是等他回來好了。」

馬庫斯發現他宛如羔羊一般溫順，或者，他只是演得有模有樣。

「抱歉，我以為你喜歡。」馬庫斯話一說完，立刻又轉身背過去。

「什麼？」寇斯塔困惑不解。

「告解。」

這句話立刻激怒了他，「怎麼了？我不懂你在說什麼。」

「不重要，沒什麼好擔心的。」

寇斯塔平撫了怒氣，繼續開始禱告，馬庫斯則拿起聖帶，彷彿準備要開始主持彌撒。

「我也不覺得你這種人會為受害者哀泣，反正你的嘴巴長得那麼畸形，哭起來恐怕也很難看。」

這番話宛如一記重拳、打在寇斯塔身上，但他還是勉力強忍，「我一直以為神父很善良。」

馬庫斯走到他面前，兩人的臉幾乎要碰在一起，「我知道你做了什麼事。」馬庫斯輕聲低喃。

寇斯塔的臉宛如屍蠟面具，他的目光凌厲，證明了那永遠掛在嘴上的笑容其實是虛情假意。「我已經告解過了，也願意付出代價，我不奢求有人肯定，我的確做了壞事，但至少應該可以得到一點起碼的尊重。」

「哦，當然，」馬庫斯語氣譏刺，「對於那幾起傷害罪，還有喬琪亞・諾尼的殺人案，你的確交代得很詳細，不過，說也奇怪，那些還活著的受害人居然對你一無所知。」

「我每次都戴頭套，」寇斯塔已經上鉤，開始找理由證明自己是涉案人，「而且，喬琪亞・諾尼的哥哥也指認出是我了。」

「他只認出你的聲音。」馬庫斯立刻反駁。

「他說了，兇手講話有問題。」

「他嚇壞了。」

「沒有，因為我真的……」寇斯塔的話講到一半。

「你什麼？你嘴巴有裂縫？」

「對。」寇斯塔強抑情緒，眼前這男人態度挑釁、直搗痛處，顯然讓他無法招架。

「都沒變，對嗎？從小到大，一模一樣，你的同班同學怎麼叫你的？他們幫你取了綽號？對不對？」

寇斯塔在座位上不安扭動，還發出了如笑的聲音，「瘋瘋臉，沒什麼創意，他們腦筋不好。」

「沒錯，費加洛這名號響亮多了。」

他面色緊張，再次拿出手帕擦嘴，「你到底要對我怎樣？」

「寇斯塔，不是你犯的罪，我無從赦免。」

「我要走了。」他轉身去叫警衛。

但馬庫斯伸手拉住他肩頭，死盯著他的雙眼，「如果大家一直叫你禽獸，你也會習慣成自然，到了最後，你發現這種名號讓你與眾不同，你不再是無名小卒，報紙刊登你的照片，當你在法院現身，每一個人都看著你，對，大家不喜歡你，但大家也都怕你。以前你習慣別人對你不屑一顧，冷嘲熱諷，但他們現在卻不得不注意你，他們目不轉睛，因為想要了解自己最害怕的東西，別誤會，不是說你，而是與你相似的同類。他們越注意你，越覺得你非我族類，讓他們找到自以為優越的藉口，畢竟，這就是禽獸之所以存在的理由。」

馬庫斯把手伸入黑袍口袋、取出那張在閣樓裡找到的畫，他小心翼翼攤開，放在尼可拉．寇斯塔的座位旁，豐美綠地裡的男孩與女孩在微笑，女孩的小洋裝上都是血漬，而男孩手中緊握著利剪。

「誰畫的？」犯人問道。

「真正的費加洛。」

「我就是。」

「不，你是說謊狂，你出來頂罪，只是要為自己的無趣生命找尋一點價值，我說真的，你演得不錯，那一番虔誠的說辭不但講得漂亮，而且讓人誤以為你很真懇，我想警察也樂於趕緊結案，以免丟臉：三名女子遇襲受傷，一名死亡，但卻找不到人定罪。」

「不過，自從我被逮捕之後，就再也沒有出現受害者了，你又怎麼解釋？」

馬庫斯早已料到此一反應，「才過了一年，他再犯案也只是遲早之事。既然現在有你入獄，對他倒也方便，我猜，他也想收手，但恐怕忍不了太久。」

尼可拉．寇斯塔悶哼一聲，目光在教堂裡來回飄移，「我不知道你是誰，今天來這裡做什麼，但反正不會有人信你的鬼話。」

「你就認了吧，你沒那個種當禽獸，你只是撿現成的而已。」

寇斯塔幾乎按捺不住火氣，「誰說的？為什麼我不是那幅畫裡的小男孩？」

馬庫斯逼近過去，「看看他的笑容，你自然就懂了。」

尼可拉．寇斯塔低頭，畫中小男孩的嘴唇完美無瑕，「這又證明不了什麼。」

他的聲音細弱無力。

「我知道，」馬庫斯回他，「但對我來說，夠了。」

10.04 a.m.

珊卓拉因左頰劇痛而醒來。她慢慢睜開眼睛，幾乎是不敢看，但她好好躺在床上，還蓋著柔軟的紅毯。四周是IKEA的家具，深色百葉窗的窗戶，現在一定還是白天，因為可以看到外頭的陽光微透入內。

她以為自己會被綁住，沒有，而且身上還是穿著原來的牛仔褲與運動衫，但有人脫去了她的運動鞋。

門在房間後面，還留了一道小縫。她知道這個動作的含義，不希望關門的時候吵醒她。

珊卓拉伸手觸腰，想要找槍，但槍套裡什麼都沒有。

她想站起來，但卻頭暈目眩，她又倒回床上，兩眼看著天花板，因為家具都在旋轉，只能等自己慢慢恢復正常。

我要想辦法起床離開。

她先把腳移到床邊，一次一隻腳，慢慢著地，確定兩腳都站穩之後，她努力坐直身體，睜大眼睛，以免失去平衡。然後，她扶著牆壁，利用五斗櫃撐起身體，站是站起來了，但軟綿無力，她覺得兩條腿快不行了，彷彿有一陣看不到的海浪重襲而來，逼得她腳步踉蹌，她想努力站穩，卻還是體力不支，她閉上眼睛，正要倒下的時候，後頭有人接住她，將她扶回床上。

「還不行。」一個男人的聲音。

珊卓拉只知道自己緊抓著兩隻強壯的手臂，不知道這人是誰，但他的味道很好聞。她趴在床上，整張臉埋在枕頭裡，「讓我出去。」她喃喃低語。

「還不行，妳知道自己多久沒吃東西了？」

珊卓拉轉頭，雖然眼睛只能瞇成一條細線，但在昏暗不明的光線中，她還是認出那是個男人的身影，金白色頭髮，髮長及肩，輪廓纖細但仍充滿陽剛味，她確定對方是綠色眼珠，因為眼眸散發著光芒，如貓眼，她正想要開口問對方是不是天使，卻頓時驚覺剛才聽到的聲音有獨特的男孩腔，而且有德國口音。

「夏貝爾。」她好失望。

他面露溫和微笑，「抱歉，我抓不住妳，而且妳還摔倒了。」

「幹！在教堂裡的人是你！」

「我要拉妳，但妳一直在亂踢。」

「我亂踢？」她火冒三丈，忘了自己身體不適。

「要是我沒有出手，妳早就中彈了，妳剛好走過殺手前面，瞄準妳太簡單了。」

「那個人是誰？」

「我不知道，所幸我一直跟著妳。」

現在她是真的動怒了，「什麼？哪時候開始？」

「昨晚我剛過來，今天早上我去了大衛在羅馬投宿的飯店，我知道一定可以在那裡找到妳，果然看到妳從飯店門口出來，上了計程車。」

「所以在米蘭喝咖啡……」

「我騙妳的，我知道妳在羅馬。」

「急著打電話找我，要看大衛的旅行袋……都是你設下的圈套。」

夏貝爾嘆了一口氣，坐在床邊看著她，「我也只能出此下策。」

珊卓拉知道自己從頭到尾都被他利用，「到底有什麼陰謀？」

「我要先問妳幾個問題，才能繼續向妳解釋。」

「不，現在是你要告訴我這是怎麼一回事。」

「我保證，一定會告訴妳，但我得先確定我們現在是否安全。」

珊卓拉四處張望，發現椅背上掛著疑似胸罩的東西——當然，不是她的，「等一下，我在哪裡？這是什麼地方？」

夏貝爾順著她的目光看過去，趕緊收起那件內衣，「抱歉，亂七八糟，這裡是國際刑警組織的地方，我們把它當作客房公寓，一直有人來來去去，但別擔心，我們很安全。」

「我們怎麼過來的？」

「我開了好幾槍，不知道有沒有射中狙擊手，但我們全身而退，扛妳走在外頭實在很難不引人注意，幸好當時下大雨，把妳塞進我車裡的時候，根本沒有人注意，萬一路旁有巡邏警車經過，狀況就很複雜了。」

「哦，所以你只擔心這個啊？」但她突然想起剛才夏貝爾講的話，「等等，為什麼我們會有危險？」

「因為想殺妳的那個人，絕對不會放過妳。」

「有人從飯店房門底下塞了張卡片，我才找到那間教堂，為什麼聖雷孟小禮拜堂那麼重要？」

「一點都不重要，只是陷阱。」

「你怎麼知道？」

「要是真的事關緊要，在大衛留給妳的線索裡一定找得到。」

這番話不禁讓她語塞，「你知道大衛在調查的案子？」

「我知道得很清楚，但我還需要一點時間。」

他話一說完，隨即起身去隔壁房間了，珊卓拉聽到他在翻找盤子，過沒多久之後，他手裡端著餐盤回來，有炒蛋、吐司與果醬，還有一壺咖啡。

「如果妳想趕快好起來，還是得吃點東西。」

這倒是真的，她已經超過二十四小時未進食了，眼前的食物喚起她的食慾，夏貝爾扶她坐好，在她背後墊了幾個枕頭，然後把餐盤放在她的腿上。她在吃東西的時候，夏貝爾也坐在她旁邊，直接把腿擱在床上，雙手交疊。幾個小時之前，兩人還維持著拘謹關係，現在看起來卻很親密，這男人大剌剌的態度讓她很不舒服，但她依然未發一語。

「今天早上真的很危險，幸好妳打我的手機，驚動了殺手，不然妳早就沒命了。」

「所以那是你的……」她的嘴巴裡塞滿食物。

「妳怎麼會有那個電話號碼？我都是用另外一個號碼打給妳。」

「那是大衛從飯店打出的電話號碼。」

「妳老公個性很固執，我真的不喜歡這個人。」

他居然這樣講大衛，讓珊卓拉很火大，「你根本不知道他是什麼樣的人。」

「就是個討厭鬼，」他不肯退讓，「要是他肯聽我的話，現在一定還活得好好的。」

珊卓拉怒不可遏，把餐盤放到一旁，想要站起來。

「妳要去哪裡？」

「一個陌生人在我面前講這種話，我聽不下去。」她依然搖搖晃晃，在床邊找自己的運動鞋。

「好，要走請便，」他指著房門的方向，「不過大衛留下來的線索，給我交出來。」

珊卓拉的表情不可置信，「想都別想！」

「大衛在追查某人的下落，所以才會惹來殺身之禍。」

「我想我已經看過他了。」

夏貝爾站起來，走過去緊盯著她，「什麼意思？妳看過了？」

還在繫鞋帶的珊卓拉這時停下動作，「昨晚。」

「哪裡？」

「這算什麼問題！哪裡最可能遇到神父？教堂啊！」

「那個人不只是神父，」他的這句話讓她屏氣凝神，「他是聖赦神父。」

夏貝爾走到窗邊，打開百葉窗，望著那即將再度襲犯羅馬的重重烏雲，「全世界最大的犯罪資料檔案庫在哪裡？」他問珊卓拉。

她愣住了，「我不知道……我猜，國際刑警組織。」

「錯！」夏貝爾立即反駁，還露出得意微笑。

「美國聯邦調查局？」

「又錯了，在義大利，其實，正確的說法，應該是在梵蒂岡。」

珊卓拉依然困惑不解，但她覺得這是自己無知，「為什麼天主教需要犯罪檔案資料庫？」

夏貝爾示意她坐下，「天主教是唯一施行告解聖事的宗教，信徒在神父面前訴說自己所犯下的罪，進而得到寬恕。不過，有時候罪孽重大，光憑神父也無法給予赦免，這就是所謂的彌天大罪。」

「比方說，謀殺案。」

「沒錯。神父會把這類案件的告解內容抄錄下來，送交上級：他們是一群位階更高的神父，位居羅馬，由他們做出宣判。」

珊卓拉嚇一大跳，「審理人類罪行的法院。」

「靈魂法庭。」

光聽這個名稱，足以顯現其重要性，珊卓拉心想，不知道那裡蘊藏了什麼樣的秘密，也難怪大衛查案的幹勁十足。

「這個制度建立於十二世紀，」夏貝爾繼續解釋，「以聖赦法院之名成立，一開始的規模並不大。在那個時代有許多朝聖者湧入羅馬，不只是為了參觀大教堂，也為了要讓自己的罪行得到赦免。」

「贖罪券的年代。」

「沒錯，教宗可行特許與赦免權，但這工作實在太過繁重，所以他開始請幾位紅衣主教代理其職，他們就此成立了聖赦神父團。」

「那和今天的事又有什麼關聯……」

「一開始的時候，只要法庭宣布審判結果，告解文件就會立刻燒毀。不過，經過幾年之後，聖赦神父團的成員們決定要建立秘密檔案……自此之後，他們的任務從未中止。」

此等任務的重要性，她懂了。

「近千年以來，」夏貝爾滔滔不絕，「那裡保存了人類最醜惡的罪行，甚至還包括了從來不曾曝光的案件。妳要知道，告解是懺罪者的自願供詞，換言之，一定都是實話實說，所以聖赦法院不只是刑案資料庫而已，全世界的警察單位都有那東西，不稀奇。」

「所以呢？」

夏貝爾的綠色眼眸發亮，「這是全世界資料最新、最完整的邪魔檔案庫。」

珊卓拉面露疑色，「你是說與魔鬼有關？這些神父是做什麼的？驅魔嗎？」

「不，妳搞錯了，」他趕忙糾正她，「聖赦神父對此不感興趣，他們採科學辦案，比較像是罪犯側寫者，拜檔案之賜，他們的經驗也越來越豐富，後來，除了告解內容之外，他們也開始收集所有犯罪案件的細節資料，研讀、分析、努力解密，與現代犯罪學家的偵查手法毫無二致。」

「甚至破案？」

「有時候，確實如此。」

「而警方居然一無所知……」

「他們保密功夫爐火純青，畢竟已經累積了數百年的經驗。」

珊卓拉拿起餐盤上的咖啡壺，為自己倒了一大杯咖啡，「他們是怎麼運作的？」

「只要找出謎底，他們會以匿名方式通知當局，但有時候也會自行出手干預。」

夏貝爾打開牆角的手提箱，翻找東西，珊卓拉想起大衛日誌裡的地址，都是截聽警用頻道所抄下來的資料，想必是為了要找尋在犯罪現場出現的神父。

「找到了，」夏貝爾的手裡拿著一份檔案，「馬提歐．吉內斯特拉，杜林的小男孩失蹤案，他媽媽以為是被前夫帶走了，因為這個爸爸對於法官判給他的親權比重並不滿意。警察花了好一陣子才追查到他的下落，但是他否認自己綁架兒子。」

「所以到底是誰犯案？」

「警方繼續調查，但這小孩卻回來了，而且毫髮無傷。他被一群出身良好家庭的學長綁架，他們把他關在空屋裡，準備要殺人滅口，純粹是為了好奇或取樂。小男孩說，有人闖入那間屋子裡，把他救出來。」

「何以見得一定是神父？」

「距離事發地點不遠的地方，找到了一些文件，上面記載了詳細的事發經過。原來其中有名犯案者良心不安，所以向堂區神父告解，而紙上的文字全是告解內容，顯然是有人不小心丟失了資料，」夏貝爾把文件拿給她看，「妳看邊框寫了什麼。」

「好像是序號，c.g. 764-9-44，什麼意思？」

「聖赦神父的編碼方法，我覺得數字沒有什麼特殊意義，但是c.g. 代表的是*culpa gravis*，拉丁文的『嚴重過錯』。」

「我不懂，大衛怎麼會捲進去？」

「路透社派他去杜林報導這起綁架案，在拍照的時候，他發現了這些文件，一切，就此開始。」

「國際刑警組織又是在什麼時候介入？」

「妳可能會以為聖赦神父是在行善，但其實這完全不合法，他們的行為毫無規範，也沒有任何限制。」

珊卓拉又倒了一杯咖啡，慢慢小啜，她看著夏貝爾，這男人似乎等待她多說些話，「是大衛找你的，對嗎？」

「我們多年前在維也納結識，他當時在追某個案子，我給了他一些線索。大衛在開始調查聖赦神父之後，發現他們的活動範圍不只在義大利境內，所以國際刑警組織也許會有興趣。他在羅馬時打了兩三次電話給我，說明他的進展，隨即就傳來他意外身亡的消息。不過，如果他做出這樣的安排，讓妳拿到我的電話號碼，可見他希望我們兩人會面，我可以接續他的工作。好，他留下的線索在哪裡？」

珊卓拉知道夏貝爾趁她意識昏迷的時候、拿走了她的佩槍，所以他也一定搜過了，知道她沒有把東西帶在身邊。珊卓拉才不會輕言交出資料，「我們要聯合作戰。」

「想都別想，妳等一下就給我搭火車回米蘭，有人要取妳性命，待在羅馬太危險了。」

「如果你擔心的是我的安危，好，我是警察，當然可以照顧自己，也知道該如何著手調查。」

夏貝爾在房間裡焦躁走動，「我喜歡一個人行動。」

「哦，這次你恐怕要改變策略了。」

「妳知不知道？妳真是頑固！」他走到她面前，舉起食指，「有個條件。」

珊卓拉抬頭，「好，我知道，你是老大，一切你說了算。」

夏貝爾愣住了，「妳怎麼知——」

「我知道睪酮素會對男人自尊造成什麼影響。現在從哪裡開始？」

夏貝爾從抽屜中取出她的佩槍，交還給她。「他們對犯罪現場有興趣，對吧？昨天晚上我到羅馬的時候，我第一個去的地方是羅馬近郊的某處豪宅，警方正在那裡進行搜查。我在那裡裝了竊聽器，希望刑事鑑定小組一離開，聖赦神父就會到達現場。天亮之前，我錄到其中兩個的對話，不知道他們是誰，他們在討論某名兇手，名叫費加洛。」

「沒問題，我會給你看大衛留下的線索，還有，我們要找出這個兇手的資料。」

「計畫聽起來還不錯。」

珊卓拉的敵意全然消散，望著夏貝爾。

「有人害死我丈夫，今天早上又想殺我，我不知道是不是同一人所為，或者與聖赦神父有無關聯，也許，大衛知道得太多了。」

「只要能找到這些人，就能從他們口中知道答案。」

12.32 p.m.

皮耶特羅·齊尼定居在鬧中取靜的特拉斯特維雷區。身邊只有貓咪作伴，這六隻貓兒們平常喜歡躲在橘子樹下，不然就是在小花園裡的花壇與花盆之間來回漫步。

書房落地窗傳出老式留聲機所播放的音樂——德弗札克的弦樂小夜曲——讓窗簾隨之輕舞。不過，齊尼卻體會不到視覺的美妙靈動，他坐在躺椅上，享受音樂，並沐浴在陽光之下，那彷彿是特別為他穿越雲層而落的溫暖好意。六十歲的他，體格強健，擁有二十世紀初男人才有的結實腹部。用以探索世界的雙手，擱在大腿上，白色的拐杖則放在腳旁。臉上的墨鏡所反射出的真實世界，對他而言已成多餘。

自失明之後，他也就此棄絕了人際關係，日常生活只有屋內與小花園，快樂浸淫在自己所收藏的唱片裡。寂靜，比黑暗更惱人。

有隻貓跳上躺椅，趴在他腿間，齊尼伸手撫摸牠的厚毛，貓兒也發出呼嚕呼嚕的聲音，對主人表達感謝。

「這音樂真棒啊，你說是不是？蘇格拉底？我知道你跟我一樣，喜歡甜美的音樂，像你弟弟就喜歡矯揉做作的莫札特。」

那隻貓灰棕相間，鼻子上有白點，一定是有什麼事情引發牠的注意，因為牠猛然抬頭，隨即拋下主人、追蒼蠅去。過了幾分鐘之後，牠失去玩興，又再次回到主人的懷抱。

「有事就問吧。」

齊尼態度冷靜，拿起旁邊小桌上的檸檬水，喝了一小口。

「我知道你在這裡，你才剛到，我就發現了，但只是不知道你什麼時候會講話，準備好了沒？」

有隻貓正磨蹭著這位不速之客。其實，馬庫斯站了至少有二十分鐘之久，他從側門進來之後，一直看著齊尼，苦思不知該如何開場。了解人心，是他的專長，但他卻不知該如何與人溝通。他原以為和這位失明的退休警官講話，應該會比較容易，齊尼看不到他的臉，不必擔心身分曝光，但是這男人卻比一般人厲害，更能看透他。

「你別被騙了，我沒有瞎，只是這個世界變黑而已。」

這番話給了馬庫斯勇氣與信心，「尼可拉．寇斯塔的事。」

齊尼點點頭，笑了，「你也是其中一員，對嗎？不用編答案騙我了，我知道你是不會說的。」

真令人無法置信，沒想到這名老警官居然知道他們的存在。

「圈內流傳著一些故事，有些人認為只是故事，聽聽就好，但我認為是真的，多年前，我辦過一個案子，某位已婚婦女被綁架撕票，行兇手法殘酷，死狀令人不忍卒睹。某天傍晚，我接到一通電話，對方告訴我兇手並非臨時起意，而且還提供了具體偵辦方向，這不是一般的匿名電話，內容聽來相當可信，我們最後循線抓到兇手，他因求愛不成而怒恨殺人。」

「費加洛依然逍遙法外。」

但他繼續繞圈子，「你知道嗎？殺人犯認識死者的比例，高達九成四，兇手是親朋好友的機率，遠高於陌生人。」

「齊尼，為什麼不回答我？難道你不希望和過去做個了斷？」

德弗札克的音樂停了，唱針在最後一道溝紋上頻頻跳針，齊尼身體前傾，緊握雙手，蘇格拉底被這個動作給逼開，牠跳到地上，找其他同伴去了。「醫生很早就告訴我會失明的事，所以我有充分的時間預做準備：我告訴自己，只要一影響到工作，我就立刻辭職，同時我也開始自我訓練，學習盲人點字閱讀法，有時候我還會刻意閉上眼睛、在家裡隨意走動，練習以觸覺辨認物體或是運用拐杖，我不想依賴別人。有一天，我的視線開始失焦，有些細節消失了，但其他部分卻異常清晰，幾乎是光亮眩目，讓人招架不住。自此之後，我拚命祈禱，希望黑暗世界能夠迅速到來，一年前，我的願望終於得以實現，」齊尼摘下太陽眼鏡，光耀下可以看到他呆滯不動的瞳孔，「我以為自此之後，就走入自己一個人的世界，但你知道嗎？我錯了，在一片漆黑之中，身旁到處都是那些我無法拯救的人，他們瞪著我，倒臥在血泊或屎尿中，場景可能是在家裡、在街頭、在荒無人跡的田野，或是停屍板上，大家都在等著我，現在，他們宛如幽魂，與我住在一起。」

「我想喬琪亞．諾尼也在裡面，她對你做了什麼？說了什麼？或者她只是默默看著你？讓你羞愧？」

齊尼把檸檬水杯扔到地上，「你不懂。」

「我知道你草率結案。」

齊尼搖頭，「這是我手上的最後一個案子，時間不多，一定得快，他哥哥費德里克需要一個交代。」

「所以你讓無辜者去坐牢？」

齊尼望向馬庫斯，彷彿他可以看見眼前這個人，「你錯了，寇斯塔不是清白之人，他先前曾因為跟蹤與性騷擾婦女而被定罪，我們在他的公寓裡發現了鹹濕雜誌，還有從網路下載的違法資料，主題千篇一律：殺女人。」

「僅憑這一點，也不足以將人定罪。」

「他已經準備要犯案了。你知道他是怎麼被逮捕的嗎？他是費加洛案的可疑嫌犯之一，我們一直在注意他，有天傍晚，我們看到他在超市外跟蹤一名女子，他手裡還提著健身袋，我們沒有任何證據，但得要當機立斷，如果我們不阻止他，他可能會傷害那女子，我們還是出手了，而且證明我是對的。」

「袋子裡有剪刀？」

「沒有，只有一套衣服，」齊尼坦承，「但那和他身上穿的衣物一模一樣，你知道為什麼嗎？」

「要是身上沾血，可以立即更換，計畫很周詳。」

「而且，他自己也認罪，這對我來說已經夠了。」

「之前的受害人都無法提供足以指認嫌犯的具體描述，她們只是在嫌犯被逮捕之後才確定嫌犯身分。女性受害者通常在指證的時候，情緒低落，很快就會點頭，對，就是他。她們不是在說謊，事實上，她們自己也深信不疑，如果知道傷害自己的禽獸依然逍遙法外，又教她們該如何生活下去？她們害怕的是慘劇再度重演，這比伸張正義還要重要，只要有人入獄就好。」

「費德里克．諾尼認出寇斯塔的聲音。」

「是嗎？」馬庫斯怒道，「他指認的時候神智正常？你知道他一生中有多少創傷？」

皮耶特羅．齊尼沒有回答，這個老警察仍看得出英氣，但內心卻有了傷口，他曾經是打擊犯罪的勇將，但現在的他看起來似乎格外脆弱，這不只是因為他失明，其實，失去視力反而讓他增添了不少智慧，馬庫斯有把握，齊尼一定知道內情，但要想辦法讓他繼續說下去才行。

「自從醫生告訴我失明的事情之後，我下定決心，絕對不要錯過每天的夕陽。有時候我會到賈尼克洛山頂，一直等到天色全黑之後才下山。我們常把某些事情視作理所當然，也忘了要好好欣賞，比方說，星辰，我記得在我小時候，總喜歡躺在草地裡，想像那遙遠的世界。在我失明之前，我又開始仰望星空，但一切都變了，我的雙眼已經看過太多可怕的事物，喬琪亞·諾尼的屍體，正是最後的畫面之一，」他伸手作勢呼喚貓咪，「如果說，某人安排我們降臨人世，只是要看我們受苦受難，想必大家一定很難接受。上帝如果溫善，那麼祂一定力有未逮，反之，如果上帝是全能的，那麼祂一定性非本善。善良的上帝絕對不會讓祂的子民飽受折磨，換言之，祂一定是無力挽救。從另外一個角度來看，如果祂早預見一切人間悲苦卻忍心坐視不管，那麼，顯然祂並不如我們所想像中的那麼善美。」

「我很想告訴你，這是一種我們無法參透的安排，沒有人能夠理解。老實說，我自己沒有答案。」

「至少你很誠實，我欣賞你。」齊尼站起來，「來，我要給你看個東西。」

他拿起拐杖，走入書房，馬庫斯跟了過去。裡面相當整齊清潔，顯見這位退休警官自己打理一切是綽綽有餘，他走到留聲機旁，再次播放德弗札克的音樂，馬庫斯卻發現書房角落有條繩索，長約兩公尺，不知道齊尼有多少次想拿起它、就此一了百了。

「我犯了一個錯誤，放棄槍枝執照。」齊尼彷彿有讀心術。

他走到電腦桌前坐下來，這不是一台普通的電腦，而是盲人專用電腦，「接下來播放的這段話，想必你聽了一定不舒服。」

馬庫斯在想，不知道會聽到什麼內容。

「首先，我想先要讓你知道，費德里克・諾尼所受的苦，實在太沉重了，」這似乎是齊尼的肺腑之言，「數年前，他的腿失去了功能。對我這個年紀的人來說，失去視力雖然是一大打擊，但還可以學習接受，不過，如果你是個年輕運動員卻廢了腿，情何以堪？然後，妹妹被人殺害，而且死狀淒慘，更可怕的是，一切就發生在他的面前，你能想像嗎？這男孩覺得自己無能為力，雖然自己沒有做任何壞事，但至今卻依然無法消除罪惡感。」

「這和你接下來要說的事有何關聯？」

「他有權要求正義，無論那是什麼樣的正義。」

齊尼安靜下來，等待馬庫斯的反應，想知道他是否聽懂了。「身體殘障，可以活得下去，」馬庫斯開口，「但心有疑慮，卻活不下去。」

這兩句話對齊尼來說，已經足夠，他開始敲鍵盤，科技是視障者的一大恩賜，可以讓齊尼上網找資料、聊天，還可以收發電子郵件。

「幾天前，我收到一封電子郵件，」齊尼說道，「讓我放給你聽……」

齊尼的電腦有朗讀電子郵件的軟體，他打開之後，整個人靠在椅背上，等待播放，電腦的人工語音系統先唸出了一個匿名的雅虎帳號，本封郵件無主旨，接下來是內文。

「他——和——你——不一樣……查看——格洛里——別墅——公園。」

齊尼按下停止鍵，馬庫斯目瞪口呆：那位在暗地裡誘導他查案的神秘人士，想必正是這封神秘電郵的寄件人，但對方為什麼要寫信給這位失明的退役警官？

「『他和你不一樣』？這句話是什麼意思？」

「其實，我覺得比較有意思的是第二句話：『查看格洛里別墅』。」

齊尼站起來，走到馬庫斯的面前，緊抓著他的雙手，簡直像是一種乞求的姿態，「當然，我沒辦法過去，但你知道自己現在該做什麼，快去公園裡查看究竟。」

2.14 p.m.

在大衛離世之後，孤單，已經成為她的殼，那不是狀態，而是一個地方，讓珊卓拉可以繼續和他說話、也不覺得自己是瘋子的地方。她一個人躲在隱形的悲傷泡泡裡，不理會外在的世界，只要她待在裡頭，沒有任何人、任何事物能碰觸到她，悲傷成了她的保護膜，何其詭譎。

聖雷孟小禮拜堂的清晨槍響，卻改變了一切。

珊卓拉一直很怕死，槍聲刺破泡泡的那一刻，她真的好想活下去，所以她對大衛充滿愧疚感，這五個月以來，生活停滯不前，時間分秒推移，她卻毫無所動。但她現在真的不知道，夫妻死生相許，到什麼樣的程度才算仁至義盡？丈夫已不在人世，她卻想要活下去，這樣對嗎？是否算是一種背叛？她知道，這個想法很蠢，不過，這等於是她第一次棄離了大衛。

「有意思。」

夏貝爾的聲音，讓她頓時從沉思中驚醒。他們早已回到珊卓拉的旅館房間，他坐在床上，手裡拿著大衛的徠卡照片，反覆玩味。

「確定只有四張？沒別的？」

珊卓拉有些心虛，她是搞了一點小花樣，不知道夏貝爾是不是猜到了：她沒有交出那張神父的照片。但夏貝爾自己也是警察，她知道警察的想法，永遠要對一切存疑。

「妳可能會以為聖赦神父是在行善，但其實這完全不合法，他們的行為毫無規範，也沒有任何限制。」夏貝爾在一開始就這麼告訴她，換言之，他把那神父當成了罪犯，這個想法不會有任何動搖。

老師在學校裡告訴她，在被證明為清白之身之前，人人都可能是有罪的，絕對沒有反之亦然的道理，而且，不能相信任何人。比方說，一個優秀的警官在問案的時候，每一個字都不能放過。她記得自己曾經強烈詰問某一發現壕溝女屍的登山客，這名男子顯然與命案毫無關係，他只是好心報案罷了，但珊卓拉卻以小問題連番砲轟，佯裝她聽不懂，逼他一再重複答案，希望他自露馬腳。這可憐的傢伙果然抵擋不住珊卓拉的凌厲攻勢，他誤以為自己可以順利脫身，殊不知只要稍有遲疑不定，就會把自己送入監牢。

我知道你的盤算，夏貝爾，你別想得逞，至少，要等到我完全信任你再說。

「只有四張。」珊卓拉很篤定。

夏貝爾瞪著她好一會兒，他如果不是在評估這句話的真實性，就是在等她不打自招，她神態自若，夏貝爾別過頭去，繼續看照片，珊卓拉以為自己順利過關，錯了。

「妳說昨晚遇到其中一個神父，但如果妳先前從來沒有看過他，又如何認得出來？」

珊卓拉發現自己鑄下大錯，先前在客房公寓時說了太多話，不過她急中生智。

「我根據大衛的照片，特地到聖路易教堂去看卡拉瓦喬的畫。」

「妳講過了。」

「有個男人出現在我面前，我不知道他是誰，但他認得我，一看到我之後立刻轉身離開，我隨即跟過去，拔槍對準他，他說自己是神父。」

「妳是說，他知道妳是誰？」

「不知道他為什麼認得我，但我的感覺就是如此，應該是知道吧。」

夏貝爾點點頭，「了解。」

珊卓拉看得出來，他不相信這番說辭，但他一時也沒說什麼。這樣也好，如果他要繼續調查下去，一定得需要她的幫忙。珊卓拉趕緊轉換話題，「那張全黑的照片呢？你怎麼看？」

他沒注意聽她說話，但立刻回神過來，「不知道，就目前看來，不具任何意義。」

珊卓拉站起來，「好，現在呢？」

夏貝爾將照片還給她，「費加洛，」他回道，「警察已經抓到了人，但如果聖赦神父依然在關注這個案子，想必一定有他們的理由。」

「怎麼著手？」

「兇手原本只是傷人，但最後一起卻是殺人案。」

「從這個被害人開始？」

「她哥哥，他也在事發現場。」

「醫生說，我應該很快就可以走路了。」

費德里克・諾尼的雙手平放在大腿上，眼睫低斂，他好一陣子沒刮鬍子了，頭髮也很長，他穿著綠色T恤，仍可看出昔日運動員的肌肉體格，但運動褲裡的那兩隻腿細瘦僵硬。他把雙腳擱在輪椅的腳踏板上，耐吉球鞋的鞋底相當乾淨。

這一切的細節，珊卓拉都看在眼裡，那雙球鞋，道盡了他所有的悲劇，看起來像是新鞋，但可能已經穿了好幾年。

幾分鐘之前，她和夏貝爾到達新薩拉里歐區，找到了這間小房子，他們按了好幾次門鈴，最後終於有人開門。費德里克・諾尼過著隱居避世的生活，不想見任何人，為了要說服他，他們還得在影像對講機前面秀出義大利警徽，夏貝爾也佯裝成警察，她雖然百般不願，也還是陪他一起撒謊。她討厭這個人的做事方法，傲慢無禮，而且他為了遂行目標、一直在利用別人。

房內凌亂不堪，發散著一股霉味，百葉窗已經許久未曾打開。家具的擺放位置特殊，應是為了配合輪椅的行進路線，地板上還可以看到輪椅的滾痕。

珊卓拉與夏貝爾坐在沙發上，正對著費德里克。他的後方是通往二樓的階梯，樓上正是當年的命案現場，但顯然死者的哥哥從來沒有到過樓上，客廳裡擺放著他的行軍床。

「手術很成功，只要再做一些復健，我就可以慢慢恢復，想必是條艱辛的路，我是不怕，畢竟以前我常做體能訓練，嚇唬不了我的，但……」

夏貝爾開門見山，直接問他下肢癱瘓的事，這位國際刑警組織的幹員，刻意以這個最沉痛的話題開場，珊卓拉了解這種技巧，有些同事在詢問被害人的時候，也會採取相同策略，同情心通常只會讓他們三緘其口，但如果你想找出有利案情的線索，就該擺出冷酷無情的姿態。

「發生車禍的時候，你是不是超速？」

「沒有，只是一個笨摔，我記得很清楚，雖然有骨折，但腿還可以動，不過幾個小時之後，我已經完全沒有知覺。」

櫃子上有張照片，費德里克．諾尼站在鮮紅色杜卡迪重機旁邊，手裡拿著全罩式頭盔，對著鏡頭微笑，好一個俊朗開心的年輕人，珊卓拉猜想，一定是個少女殺手。

「你以前是運動員，專長項目是什麼？」

「跳遠。」

「厲害嗎？」

費德里克伸手一比，指著堆滿獎牌的展示櫃，「你說呢？」

其實他們剛進屋的時候就看到了，但夏貝爾只是以閒聊爭取時間而已，他想要刺一刺這男孩，珊卓拉看得出他早有盤算，但不知道他究竟想套出什麼。

「喬琪亞一定很以你為傲。」

光是聽到妹妹的名字，他就愣住了，「我只有她而已。」

「你的父母呢？」

他不想多提，草草回答：「我媽在我們小時候就離家出走，爸爸一手把我們帶大，但是他太愛我媽了，一直走不出來，我十五歲的時候，他也過世了。」

「你妹妹是怎樣的人？」

「無可救藥的樂觀派，絕對不會低落感傷，而且她的快樂還會傳染給別人。自從意外發生之後，一直是她照顧我，我知道自己會拖累她，這不是她的責任，但她一直很堅持，為了我，她放棄了一切。」

「她是獸醫？」

「對，先前還交過一個男朋友，他發現我妹妹想要一肩扛起重任，就把她甩了，我知道妳一定聽過很多次了，但喬琪亞真的死得好冤。」

珊卓拉心想，這一連串的悲劇、摧毀了兩個善良的年輕人，這背後究竟蘊含了什麼天意？母親拋家棄子，父親獨力撫養小兄妹，哥哥坐輪椅，妹妹被殺，死狀淒慘。不知道為什麼，她突然想到大衛在海灘邂逅的那個女孩。先是一連串的災禍——行李遺失、超額訂位、租車長途跋涉，但車子卻在快要到目的地的時候拋錨，然後，他們相遇了——其實，故事結局很可能不一樣，要是那女孩稍微注意到大衛的迷人可愛之處，那麼，他可能就不會認識珊卓拉，現在承受喪夫之痛的可能是另外一個女子。有時候，命運似乎的確是在冥冥之中自有安排，有其特殊意義，但是在這對兄妹的故事之中，意義卻模糊難辨。

費德里克不想再繼續講傷心事，「我不知道兩位過來的用意？」

「殺死你妹妹的兇手，尼可拉．寇斯塔，很可能會被大幅縮減刑期。」

這個消息顯然讓他很生氣，「他不是早就認罪了？！」

「對，但他現在宣稱自己犯案時精神異常，」夏貝爾撒謊，「所以我們必須要證明他犯案時神智完全正常。」

費德里克猛搖頭，緊握雙拳，珊卓拉覺得很抱歉，而且對於這種欺瞞的方式也很氣惱，她沒有說話，但眼睜睜看著夏貝爾撒謊，她覺得自己也是共犯。

費德里克的眼裡充滿怒火，「我要怎麼幫你們？」

「告訴我們事發經過。」

「再講一次？好久以前的事了，我的記憶可能會有出入。」

「諾尼先生，我們知道，但也別無選擇。寇斯塔那個王八蛋想要扭曲事實，我們絕對不能坐視不管。當初，指認他的是你。」

「他戴了頭套，我只認得聲音。」

「你知道嗎？你是唯一的證人。」夏貝爾拿出紙筆，假裝自己在認真抄寫。

費德里克撫摸著自己的短鬚，又做了幾次深呼吸，胸口激烈起伏，彷彿出現了過度換氣症，他開始回憶當時場景，「傍晚七點鐘，喬琪亞都是在這個時候回家，她還帶了蛋糕材料，因為我喜歡吃甜點，」他的聲音裡似乎有愧意，彷彿是這個原因害死了妹妹，「我戴著耳機聽音樂，沒搭理她，她總說我像懶鬼，她會給我一點時間，但遲早會想盡辦法逼我振作……因為我一直拒絕做復健，這樣下去，此生一定是無望再站起來了。」

「然後呢？」

「我只記得自己倒在地上暈過去，那個混蛋從背後偷襲我，把我從輪椅推下去。」

「沒有發現陌生人闖進來？」

「沒有。」

現在進入關鍵階段，接下來的情節會越來越沉重。

「請繼續說下去。」

「當我恢復意識之後，我頭暈目眩，眼睛根本張不開，而且背好痛，當下我還不知道出了什麼事，但隨即聽到樓上傳來的尖叫聲……」他湧出淚滴，從臉頰滑落唇鬚，「我倒在地上，輪椅距離我約兩公尺遠，不過已經壞了，我想找人求救，但室內電話放在櫃子上頭，我搆不到，」他低頭看著自己的腿，「像我這樣的一個人，就連最簡單的事也做不好。」

夏貝爾不為所動，「你的手機呢？」

「我不知道放在哪裡，而且我整個人都慌了，」費德里克轉頭看樓梯，「喬琪亞一直尖叫，叫個不停……她不斷求救，求那畜牲放過她。」

「你有想其他方法嗎？」

「我使勁拖著身子，終於到了樓梯口，想利用手臂的力量撐上去，但力氣不夠。」

「真的嗎？」夏貝爾咄咄逼人，「你以前是專業運動員，居然爬不上去，我是不太相信。」

珊卓拉轉過去瞪他，但夏貝爾不為所動。

「你不知道我頭撞地之後有多痛！」費德里克．諾尼厲聲反駁，他的態度轉趨強硬。

「也對，真抱歉。」夏貝爾的語氣一點也不誠懇，分明就是把自己的懷疑寫在臉上，他低頭做筆記，其實是在等著費德里克上鉤。

「你說那話是什麼意思？」

「沒有，你繼續說吧。」他擺出不耐的手勢。

「兇手一聽到警察趕過來，就從後門跑了。」

「你是從聲音認出兇手的，對嗎？」

「是。」

「你說兇手口齒不清，剛好符合他嘴巴有缺陷的特徵。」

「對，怎樣？」

「不過，你一開始的時候把他的唇顎裂當成了東歐口音。」

「那是你們警察搞錯了，和我有什麼關係？」費德里克擺出防備姿態。

「那好，再見。」夏貝爾伸手，作狀和這男孩道別，不只是費德里克，就連珊卓拉也嚇了一大跳。

「等一下。」

「諾尼先生，我不想浪費時間，如果你堅不吐實，我們待在這裡也沒有意義。」

「什麼真相？」

珊卓拉發現那男孩全身發抖，她不知道夏貝爾在玩什麼把戲，但她還是冒險出手，「我看我們還是走吧。」

夏貝爾沒理她，他直接站起來，走到費德里克面前，「真相就是你只聽到喬琪亞在尖叫，根本沒有兇手的聲音，哪來的東歐口音還是什麼口齒不清！」

「不是！」

「真相就是當你醒過來之後，大可以爬上去救她，你是運動員，這對你來說不成問題。」

「不是！」

「真相就是當那禽獸為所欲為的時候，你卻躲在樓下。」

「不是！」男孩大哭，淚已潰堤。

珊卓拉站起來，抓住夏貝爾的手臂，想趕快把他拉走，「夠了，走吧！」

但夏貝爾依然不肯鬆口，「為什麼不告訴我們實情？為什麼不願意救你妹妹？」

「我，我……」

「什麼？拜託，這次能不能像個男子漢？」

「我……」費德里克不斷抽泣，語氣結巴，「我不是故……我也想……」

夏貝爾繼續相逼，「你是不是還要像那天晚上一樣孬種？」

「拜託，夏貝爾。」珊卓拉想制止他。

「我……我那時候……嚇壞了。」

整間屋子頓時安靜下來，偶爾出現費德里克的啜泣。夏貝爾終於不再折磨那孩子，轉身向大門走去。珊卓拉沒有立刻跟過去，繼續望著費德里克，他哭聲未歇，全身顫抖，目光落在那無用的大腿上。她很想過去安慰他，但卻不知該說些什麼是好。

「諾尼先生，你發生的這些遭遇，我只能說，遺憾。」夏貝爾臨走前丟下最後一句，「祝你順心。」

夏貝爾趕著要去開車，珊卓拉追在後頭，硬是把他攔下來。

「你究竟在想什麼？怎麼可以那樣對待他？」

「如果妳不認同我的作法，那讓我自己來就好。」

他也瞧不起她，珊卓拉對此萬萬不能接受，「你怎麼可以這樣對我！」

「我之前就告訴過妳，我的專長是對付騙子，我受不了他們，看了就討厭。」

「我們又哪裡誠實了？」她指著後面的屋子，「你剛才撒了幾次謊？還是你來不及算有多少次？」

「妳有沒有看到最後的結果？證明了我的手段有其必要！」夏貝爾的手伸入口袋，拿出口香糖，丟了一片到自己的口中。

「證明羞辱殘障人士的正當性？」

他無謂聳肩，「妳給我聽好，費德里克一生命運坎坷，我也覺得遺憾，但每一個人都會遇到不幸，而且這也不能成為自己逃離責任的藉口，我相信妳比任何人都清楚這一點。」

「你指的是大衛的事？」

「對，妳沒有拿他的死當藉口。」

他大口嚼著口香糖，看在珊卓拉眼裡實在刺目，「你又知道什麼？」

「我知道妳大可以整日以淚洗面，也沒有人會責怪妳，但妳選擇的是對抗，他們殺死妳丈夫，還對妳開槍，但是妳依然不放棄。」他轉身，逕自往車子那裡走過去，天空又開始落雨。

珊卓拉站著不動，就算被淋濕也不管了，「你真的很可惡。」

夏貝爾停下腳步，又走回她的面前，「那個小王八蛋作偽證，不敢承認自己是懦夫，反而害一個無辜的男人去坐牢，那樣可不可惡？」

「我懂了，無罪有罪都由你決定，夏貝爾，你是什麼時候開始當判官的？」

他冷哼一聲，猛揮雙手，「喂，我沒興趣在大馬路上吵架，如果妳覺得我態度嚴厲，抱歉，我天生這樣。難道我對大衛之死不難過？不內疚？」

珊卓拉沉默了，她從來沒有想到這一點，也許她不該草草下結論。

「我和大衛算不上朋友，」他繼續解釋，「但他信任我，光是這一點，已經讓我充滿罪惡感。」

珊卓拉冷靜下來，隨即也恢復理性聲調，「諾尼的事怎麼辦？是不是應該要通知什麼人？」

「不是現在，我們還有得忙，我想聖赦神父也在找真正的費加洛，我們動作要快，一定得搶先一步。」

3.53 p.m.

羅馬交通因綿綿細雨而受阻。他終於到達公園，但卻在門口站了好一會兒，馬庫斯不禁又想到齊尼收到的那封信。

他——和——你——不一樣……查看——格洛里——別墅——公園。

誰是真正的費加洛？這次又輪到誰扮演復仇者？也許，可以在這裡找出答案。

這裡雖然不是羅馬最大的公園，但佔地也有二十五公頃，幅員如此遼闊，想要在日落之前走遍全處，自然是不可能的事，何況，他也不知道自己究竟該找些什麼。

他心想，那封電子郵件既然是寄給盲人，想必一定有個明顯的提示，也許是聲音，但他轉念一想：錯了，這封信是要寄給聖赦神父，寄給齊尼純屬意外。

顯然是針對我們而來。

他穿越黑色大門，開始往上走，這個公園涵蓋了一整個山坡，前面有個穿短褲與防水外套的慢跑者，後頭還緊跟著一條拳師犬，顯然這傢伙不知天高地厚，天氣已逐漸變冷，馬庫斯豎起風衣領口，他四下張望，希望能找到令人眼睛一亮的目標。

違常事件。

這裡的植物比羅馬的其他公園都來得茂盛，樹木參天，光影詭異交疊，樹底有許多小型的灌木樹叢，地面鋪滿著枯枝落葉。

有位金髮女子坐在涼椅上，一手撐傘，另一手拿著打開的書本，拉布拉多犬在她身旁不停兜圈子，顯然是想玩耍，但女主人不理牠，繼續沉浸在閱讀的世界裡。馬庫斯走過去的時候，特意迴避她的目光，但那女子依然抬頭看著他，可能擔心這陌生人是否別有企圖，他沒有減緩腳步，而狗兒居然跟上來，不斷搖著尾巴，牠想要交朋友，馬庫斯停下來，輕摸狗頭。

「乖，趕快回去。」

拉布拉多犬似乎聽懂了，轉身離開。

他必須要趕緊找出搜尋方向，在這個充滿大自然氣息的地方，一定藏有什麼秘密。

這裡的樹林比羅馬的其他公園蒼翠濃密，不太適合野餐，但想要慢跑或是騎單車卻很適合……更是讓狗兒自由奔馳的絕佳地點。

狗兒，找到答案了。馬庫斯心想，如果這裡真的藏有什麼東西，牠們一定聞得出來。

他向山頂方向前進，仔細查看路旁的泥土，走了約一百公尺之後，果然在泥地上看到腳蹤。許多狗掌印，踩出了一條小徑。

不是只有一隻，而是好幾隻，不約而同都跑向了樹林深處。

馬庫斯鑽入灌木叢，耳邊只聽到細雨滴落，還有踩在鬆軟落葉的踏步聲，他走了一百多公尺，很擔心狗印會消失，不過，雖然近日大雨不斷，但足跡依然相當清晰，換言之，這些日子狗兒頻頻造訪此地，腳印互相交疊，但他還是看不出有何蹊蹺。

這條小徑突然斷了。腳印開始散落四處，彷彿狗兒到了此處已聞不到氣味，或者，味道太過濃烈，牠們也無法追蹤來源。

天色陰蔽，市區的喧囂與光線被層層濃葉阻絕於外，好個幽暗又原始的地方，馬庫斯覺得自己距離文明世界好遙遠。他拿出口袋裡的手電筒，打開電源四處探照，但一無所獲，他只能循原路回去，明天早上再過來一趟，不過，那時候在公園裡活動的人比較多，恐怕也難以完成任務。

他正準備要放棄的時候，手電筒卻在兩公尺外的地方照到異物，他本來以為是掉落的樹枝，但那形狀太過筆直，他仔細一照，心中已經有了答案。

是根鐵鏟，倚放在樹林間。

他把手電筒放在地上，照亮整個區域，然後，戴上隨身攜帶的橡膠手套，開始挖土。

幽暗之中，森林裡的噪音更顯得刺耳，每一次的聲響都陰森逼人，宛如鬼魅一般飄過身邊，又隨著枝頭風動而消逝，他挖掘的速度飛快，迫不及待想要知道土裡藏了什麼東西，雖然，他的心裡已經多少有底。揮鏟深掘的耗力程度，遠超過他的想像，馬庫斯汗流浹背，上氣不接下氣，但他不肯停手，他希望證明自己猜錯了。

天啊，千萬不要。

但他聞到了，每當他一吸氣，那股刺鼻噁心的氣味立刻盈滿鼻腔與肺部，它彷如某種液體，逼迫他一定得喝下去。那氣味一接觸到胃液，就害他想吐，馬庫斯必須暫停下來，以風衣袖口掩鼻、好吸入一點新鮮空氣。他繼續悶頭工作，腳下已經出現了小洞，寬約五十公分、深一公尺，他繼續揮鏟，又挖了五十公分左右，時間已悄悄過了二十分鐘。

馬庫斯終於看到黑色的液狀物，猶如石油一般黏稠，腐爛的殘體。他跪下來，開始徒手挖掘，黑油噴髒了衣服，但他也不管了，手指觸摸到堅硬的物件，光滑，還摸得出纖維組織，骨頭。他撥開沾附的泥土，果然發現骨上有白肉。

毋庸置疑，人屍。

他再次拿起鏟子，想要盡可能挖出全屍，先是一條腿，然後是骨盆，是女屍，全身赤裸，屍身雖然開始腐爛，但仍然相當完整。馬庫斯無法精確判斷死者年齡，但看得出來相當年輕。她的胸口與下體滿佈刺傷，顯然是被尖銳的刀器所害。

剪刀。

馬庫斯終於停下手中的動作，他大口喘氣，趴在地上，凝望著這幅結合暴力與死亡的不堪畫面。

他劃了一個聖十字號，合起雙掌，為這名無名女屍祈禱。他可以想像這女孩一定懷抱年輕的夢想、對生命的熱情，對她這個年紀的人來說，死亡，遙遠又模糊，應該是別人才該傷感的事吧。馬庫斯企求上帝接納死者的魂魄，但他不知道是否真有人聽到他的呼喊，或者他只是在自言自語。失憶症帶走的不只是馬庫斯的記憶，更可怕的是，還有他的信仰。他不知道身為神職人員在這種狀況下、應該要如何自處，不過，能為這可憐亡魂唸一段禱詞，卻安撫了他自己的心，因為，在這種時候，面對各種邪惡勢力來犯，上帝的存在是唯一的慰藉。

馬庫斯很難判斷這起命案的發生時間，但根據棄屍現場的情形，以及屍體尚稱完整的狀況研判，應該是不久之前的事。而眼前這具屍體證明了尼可拉．寇斯塔並非是真正的費加洛，因為當這女孩被殺的時候，那個唇顎裂的男人已經進了監牢。

費加洛另有其人。

有些人意外嚐到了殺戮的滋味，掠食的古老天性也因而甦醒，那是為生存而戰的基因，在人類進化過程中已經逐漸喪失的殘暴原慾，正發出了聲聲召喚。那個連續犯在殺死喬琪亞．諾尼之後，體會到從所未有的快感，一種潛伏在他體內、但他先前卻渾然不覺的愉悅。

馬庫斯知道，他一定會再度犯案。

電話另外一頭還在響，遲遲沒有人接，他待在某間距離公園不遠的庇護所，心情焦急。終於，馬庫斯聽到齊尼的聲音，「喂？」

「和我猜的一樣。」他劈頭直說。

齊尼喃喃自語了一會兒，隨即問道：「多久以前的事？」

「至少有一個月了。我不是病理學家，沒辦法告訴你確切時間。」

齊尼沉吟，「如果他開始殺人，可能馬上就會再次犯案，我應該要趕緊通報才是。」

「我們先釐清狀況，」馬庫斯希望齊尼能夠吐露更多內幕，說出心事。他自己現在所找到的線索，還不足以實現正義。寄電子郵件給齊尼，還把鏟子放在公園埋屍處的神秘人，一定會為費德里克．諾尼製造復仇機會，就算不是他，也可能是喬琪亞先前的其他三名受傷女子。馬庫斯知道自己時間無多，他們是否應該要報警？讓他們趕緊通知其他受害人、避免發生慘劇？他知道有人已經盯上真正的費加洛，「齊尼，我想知道一件事，你收到的那封電郵裡的第一句話，『他和你不一樣』，是什麼意思？」

「我不知道。」

「別耍我。」

齊尼沉默了一會兒，「好，晚上的時候，你來一趟。」

「不行，我現在就過去。」

「現在不方便。」齊尼突然轉而對屋內另外一個人說話，「妳自己先喝個茶，我馬上來。」

「你家裡有人？」

齊尼壓低聲音，「一個女警，她說要問我尼可拉．寇斯塔的案子，不過我想是另有目的。」

情勢演變得相當複雜，這女人是誰？為什麼警方會突然想要研究已經結案的案件？她究竟在找什麼？

「請她離開。」

「我覺得她知道不少內情。」

「那就想辦法把她留住，探她究竟為什麼要過去拜訪。」

「我有個不情之請，可否聽我一點建議？」

「好，我洗耳恭聽。」

5.07 p.m.

她為自己倒了一杯茶，握在手心，享受杯身的溫熱。她坐在廚房裡，可以看到皮耶特羅・齊尼的背影，他正在走廊上講電話，但無法聽到他的對話內容。

珊卓拉好不容易才說服夏貝爾，請他留在客房公寓裡等她，由她獨自與齊尼會面比較妥當。對方畢竟也曾經當過警察，不可能像費德里克一樣那麼好騙。她會謹慎提問，不會讓對方感受到官方調查式的壓力，而且，警察一向不喜歡國際刑警組織的人。珊卓拉一到了齊尼家的門口，立刻表明來意，她是米蘭的警察，正在處理一件與費加洛類似的案例，齊尼也相信了她的說辭。

趁齊尼在講電話的時候，她快速瀏覽他先前交給她的檔案，尼可拉・寇斯塔官方資料的複本。他怎麼會有這種資料？珊卓拉沒有多問，但齊尼還是努力向她解釋，他在警界服務的時候，已經養成了習慣，只要與自己案件相關的資料，一定會複印存檔。

「誰知道哪天可能會派上用場？幫助你破案？」他在為自己找理由，「所以資料一定要隨時找得到。」

珊卓拉翻閱文件，發現齊尼是個一絲不苟的人，許多地方都還特地加註，不過，最後卻看起來有些倉促，他彷彿知道自己快要失明，只好被迫加緊速度，尤其是寇斯塔的自白，看得出他相當草率，欠缺相關證據，要不是因為有自白，偵辦結果的可信度恐怕是不堪一擊。

她開始研究各個犯罪現場所拍攝到的鑑識照片，兇殺案之前有三起攻擊案，被害者都是獨自一人在家，時間都是在傍晚。變態兇手以利剪刺傷被害女子，攻擊部位多出現在胸部、大腿，以及私處，但傷口的深度倒是不至於致命。

根據精神分析報告，這些攻擊案的源頭，起於性的不滿足。但費加洛的目的並非是為了要達到高潮，他和那些透過施暴而得到快感的虐待狂不一樣，他另有意圖：要讓這些女子喪失性魅力、從此再也無法吸引男人。

如果我得不到妳，別人也休想擁有。

那正是傷口所傳達的意涵，而這種行為與尼可拉．寇斯塔的性格也極為吻合，他有唇顎裂的問題，異性總是拒他於千里之外，所以，他不會性侵受害者，就算他霸王硬上弓，也一定會感受到她們的嫌惡，只會讓他再度回想起被女性拒絕的經驗。但是剪刀卻成為理想的折衷品，不但能讓他享受愉悅，同時也得以和那些對他敬而遠之的女性保持安全距離，眼見受害女子痛苦煎熬所產生的滿足感，已然取代了男性的性高潮。

不過，夏貝爾堅持尼可拉．寇斯塔並非是真正的費加洛，那麼，兇手的心理狀態側寫也應該被徹底推翻才是。

她翻到喬琪亞．諾尼的照片，屍體的創傷特徵與其他受害女性雷同，但這次兇嫌出手卻是致命傷。

在先前的案例中，他闖入受害者的家中，但最後一次卻還多了第三人在場：喬琪亞的哥哥，費德里克。根據他的證詞，兇手一聽到警車鳴笛的聲響，迅速從後門逃逸。

在花園的泥巴地裡，留下費加洛的腳印。

刑事鑑識小組拍了好幾張鞋印的特寫。不知道為什麼，珊卓拉想到大衛與海灘慢跑女子的那一場邂逅。

巧合。

她先生出於本能，開始追蹤沙灘上的足跡，想要找尋鞋印的主人。她靈光閃現，雖然還不是很清楚，但這些動作似乎產生了某種啟示，正當她想要好好釐清的時候，齊尼卻結束電話、回到廚房。

「如果想要的話，就帶走吧，」他意指那份檔案，「我也不需要了。」

「謝謝，我該告辭了。」

齊尼坐在她對面，雙手擱在桌面，「再待一會兒吧，平常這裡沒什麼客人，我還滿想和人聊一聊。」

在齊尼還沒接電話之前，似乎很想趕快把她打發走，但現在他卻誠心請她留下，似乎並非出於客套，所以珊卓拉也就乾脆順他的意，摸清對方究竟在搞什麼名堂。

至於那個混蛋夏貝爾，就讓他等吧。「那我就再坐一會兒好了。」看到齊尼，忍不住讓她想到自己的督察迪．米契里斯，她相信面前這個人，他有一雙大手，身材魁梧如巨樹。

「茶怎麼樣？」

「好喝。」

雖然壺裡的茶水已經變涼，但齊尼還是為自己倒了一杯，「我和內人經常一起喝茶。星期天，我們望彌撒之後回家，她會泡一壺茶，我們兩人就坐著閒聊，像是約會一樣，」他笑了，「我們結婚二十年，從來沒有錯過任何一次午茶約會。」

「你們都聊些什麼？」

「天南地北，無所不談，沒有什麼特定話題，這樣很好，可以分享一切，有時候難免會爭執，但我們總是開懷大笑，回憶過往，我們沒有生兒育女的福分，知道自己必須對抗生活裡的可怕仇敵：沉默，如果你不知道該如何排解，它會躲在兩人關係的隙縫裡，而且會讓裂痕越來越嚴重，隨著時間的累積，夫妻之間會漸行漸遠，但你卻渾然不覺。」

「我先生不久之前才過世，」她不假思索，立刻說出自己的故事，「我們才結婚三年。」

「很遺憾，我知道那一定非常痛苦。雖然蘇西走了，但我覺得自己很幸運，蘇西告別人間的方法正如她所願：驟然離世。」

「他們告訴我大衛死掉的那一剎那，我依然記得好清楚，」珊卓拉不想多談自己的事，「你怎麼發現她過世的？」

「那天早上，我想要叫她起床。」齊尼沒有繼續說下去，但言盡於此，也夠了，「這樣說也許有點自私，但如果是罹病，生者可以做好心理準備，但這種方式……」

珊卓拉知道，突然而來的空虛、無力可回天的挫敗、至少能在臨終前好好說說話的渴求，還有，佯裝一切都不曾發生的想望。「齊尼，你相信上帝嗎？」

「為什麼要問這個？」

「你剛提到自己會去望彌撒，所以我猜你一定是天主教徒，對於這些遭遇，難道你不會對上帝生氣嗎？」

「信仰上帝，並不表示一定要愛祂。」

「我不懂。」珊卓拉回道。

「我們之所以與祂產生關係，只是因為希望死後重生，但如果這是不可能的事呢？你還會敬愛那個創造人類的上帝嗎？如果你得不到應許的報償，你還會跪地讚美天主？」

「所以你究竟怎麼想？」

「我相信有造物者，但我不相信有來世，所以我恨祂也沒什麼大不了吧，」齊尼突然笑了，爽朗又尖酸，「這座城市到處都是教堂，它們代表了人類努力避死的渴望，但同時也象徵了他們的失敗。不過，每一座教堂都有自己的秘密和傳奇，我最喜歡的是選舉聖心堂，沒什麼人知道，其實那裡還有靈魂煉獄博物館，」齊尼的聲音轉為陰沉，他靠向珊卓拉，彷彿要吐露什麼大事，「一八九七年，教堂才剛蓋好沒幾年，發生了一場大火。等到火勢熄滅之後，許多虔誠信徒在祭壇後方的燻黑牆面上、發現了人臉的痕跡，謠言很快就傳開了，大家說那是靈魂煉獄的圖案。有位名叫維多列．朱耶的神父深受震撼，所以開始四處尋找其他死者痛苦徘徊、渴求升天的證據，那些東西全保存在博物館裡，妳是刑事鑑識拍照人員，應該要過去那裡好好研究一下，妳知道他有什麼重大發現？」

「是什麼？」

「如果亡靈想要與我們對話，不是透過聲音，而是光。」

珊卓拉突然想起大衛留給她的照片，她全身顫慄。

齊尼沒有聽到她的回應，趕緊道歉，「沒有要嚇妳的意思，對不起。」

「別擔心。你說得對，我該過去一趟。」

齊尼的臉色突然變得嚴肅，「那妳動作要快，博物館一天只開放一小時，就在晚禱結束之後。」

珊卓拉聽得出來，這句話絕非只是他的隨口建議而已。

排水溝裡的水不斷冒著泡泡，彷彿這座城市的胃納已經飽脹到了極限，連續三日的豪雨，已讓排水系統無法負擔，但雨終究停了。

現在輪到狂風。

大風起，毫無預警，它橫掃羅馬的大街小巷，呼聲嘯嘯，變化莫測。珊卓拉走得辛苦，彷彿鑽進了隱形的人群裡，與鬼軍交戰。強烈風勢逼得她頻頻轉向，但她依然無畏前行。她感覺到包包裡的手機一直在震動，讓她好火大，她趕緊找手機，同時在想該編什麼理由告訴夏貝爾，一定是他沒錯，他才不會甘心待在客房公寓裡，他要是聽到她不馬上回去報告結果，一定是大力反對，不過，她已經想出藉口了。

她終於在一堆雜物中挖出手機，但一看到螢幕，才發現自己猜錯了，是督察迪．米契里斯。

「維加警官，怎麼那麼吵？」

「請稍候，」珊卓拉躲進門廊擋風，「現在聽得清楚嗎？」

「好多了，謝謝。一切都還好嗎？」

「有些不錯的進展，」珊卓拉回道，但她不打算透露自己早上遇襲的事，「這個時候還沒辦法說太多，我正在想辦法拼湊案情原貌，大衛在羅馬有重大發現。」

「不要吊我胃口，妳什麼時候回來米蘭？」

「再兩三天吧，搞不好還得待更久。」

「我想辦法幫妳延假。」

「謝謝督察，你真是夠朋友。你呢？有沒有什麼新消息要告訴我？」

「湯馬斯．夏貝爾。」

「所以你找到他的資料了？」

「當然。我找到在國際刑警組織退休的一位老友。妳也知道他們的風格，一開始打聽他們的同事，這些人就會開始起疑，我不能太直接，一定要迂迴行事，所以我請他吃午餐，閒聊了好久，然後……」

迪．米契里斯說話喜歡兜圈子，「所以結果是？」珊卓拉趕忙提醒他。

「我朋友不認識他本人，但他還在職的時候聽說過這傢伙，很難搞。夏貝爾沒什麼朋友，喜歡獨自行動，他的長官對此也頗不以為然，但他辦案績效真的不錯。這個人固執好辯，不過大家都說他很清廉。兩年前，他負責調查一起內部貪瀆案，顯然把大家搞得不是很開心，最後他真的抓到一群收受毒販賄賂的幹員，他的正直無人能敵。」

迪．米契里斯的描述雖然譏諷誇張，但卻讓她陷入沉思，像夏貝爾這樣的一個幹員，為什麼想介入聖赦神父這種案子？他似乎對於揭發不義比較感興趣，為什麼卻一心要追捕那些行善又不傷人的聖赦神父？

「好，督察，所以你對這個人的看法是什麼？」

「就我所知，這傢伙真的很難搞，但我想是可以信賴的人。」

珊卓拉終於放心，「謝謝，知道了。」

「如果還需要我幫忙，隨時打電話給我。」

她收起手機，心情舒暢，再次衝入那看不見的風河之中。

齊尼在她離開之前，曾經透露了一個重要訊息，煉獄博物館之行絕對不能延誤，其實珊卓拉不知道自己會看到什麼，但她明白那位退休警官的弦外之音，那裡一定有些什麼，她必須親眼看到，而且，越快越好。

過了一會兒之後，珊卓拉已經到達選舉聖心堂的大門口，新哥德風格的立面式樣，立刻讓她聯想到米蘭大教堂，不過，眼前這座教堂興建於十九世紀末，並非是什麼歷史悠久的建築。教堂的晚禱即將結束，會眾人數並不多，強風灌入大門隙縫，在中殿裡颯颯作響。

她看到煉獄博物館的指示牌，立刻走過去。

其實，那只是通往聖器室走道的一個展示櫃，裡面掛滿多件詭異的聖物，應該至少有十件以上，全部都有火吻跡痕。其中有本打開的老舊經文本，頁面上出現掌印，據說是某名死者的手，還有，一八六四年的枕頭套，上面有老修女不安亡魂的記號，以及一七三一年時神父幽靈拜訪女修道院時、在院長修女服所留下的痕跡。

就在這個時候，她感覺到自己的肩頭上多了一隻手，但她不怕，現在她知道齊尼為什麼叮嚀她要過來，一轉身，珊卓拉看到了人。

「為什麼要找我？」那個太陽穴帶疤的男子先開口。

「我是警察。」她立刻回道。

「這不是真正的原因，官方並沒有出面調查，這是妳的個人行為。那天晚上，我們在聖路易教堂見面，妳的目的不是要逮捕我，而是想殺我。」

珊卓拉沒有回答，他說的千真萬確，「你真的是神父？」她開口問道。

「對，我是。」

「我先生是大衛・里奧尼，你聽到這個名字，有沒有什麼特別的感覺？」

他似乎陷入沉思，「沒有。」

「他是攝影記者，幾個月前死了，被人從高樓推下去。」

「這件事和我有何關聯？」

「他在調查聖赦神父，他拍到你在犯罪現場的照片。」

一聽到聖赦神父，他面色驚懾，「只因為這樣就被殺了？」

「我不知道，」珊卓拉沉默了一會兒，「剛才和齊尼講電話的人是你，對嗎？你為什麼還想和我見面？」

「希望妳不要再追查下去了。」

「不行，我要知道大衛的死因，還要找出兇手，你可不可以幫我？」

那男子望著她的藍色眼眸極其憂傷，他默默移開視線，望向那個展示櫃裡的小木桌，上面印有十字架。「好，可是妳要銷毀我的照片，以及所有聖赦神父團的資料。」

「只要我找到我要的答案，沒問題。」

「有別人知道嗎？」

「沒有。」珊卓拉說謊，她不敢告訴他夏貝爾與國際刑警組織也已經牽涉其中，萬一讓神父知道自己有曝光之虞，他很可能會永遠消失不見。

「妳怎麼發現我在查費加洛的案子？」

「警方知道，因為他們截聽到你們的對話，」她希望這答案能讓他滿意，「別擔心，他們不知道你們是誰。」

「但妳知道。」

「我知道要怎麼找你，大衛有教我。」

他點點頭，「就這樣吧。」

誰，也不清楚你在做什麼，我能相信你嗎？」

「如果我想要找你呢？」

「我會主動找妳。」

他正要轉身離去，但珊卓拉卻攔下他，「我怎麼知道你是不是在騙我？如果我不知道你是誰，也不清楚你在做什麼，我能相信你嗎？」

「妳只是好奇罷了，而好奇是人類的傲慢之罪。」

「我願聞其詳。」

神父把臉湊近展示櫃，裡面聖物的可信度令人存疑，「這些東西，剛好是迷信的證據，我們想要探究不屬於人類的領域，每個人都想知道死後會發生什麼事，但他們卻不知道每個答案之中又蘊含了新的問題。所以，就算我向妳解釋我的所作所為，妳也永遠不會滿意。」

「那，至少讓我知道你為什麼會從事這工作吧……」

聖赦神父沉默許久，「在光明與黑暗的交界之處，一切都可能發生：那片幽暗之地，萬物模糊迷離，一片混亂，我們被指派成為邊界的守護者，不過，偶爾會有越界情事，」他又望著珊卓拉，「我必須要將其驅回黑暗世界。」

「關於費加洛的事，也許我可以助你一臂之力，」她立刻脫口而出，而且看到神父眼中充滿期待。珊卓拉從袋中取出齊尼給她的檔案，「不知道這條線索有沒有用，喬琪亞．諾尼的案子有個疑點，但大家都忽略了。」

「請繼續。」他的眼神溫善，倒是令她頗感意外。

「費德里克．諾尼是事發當時唯一的目擊者，根據他的證詞，兇手不斷攻擊他妹妹，聽到警車聲音才倉皇逃逸，」珊卓拉打開檔案，給他看照片，「這是費加洛從後門逃走時在花園留下的腳印。」

神父傾身細看，「問題出在哪裡？」

「這對兄妹受了許多苦，媽媽離家出走，爸爸早逝，哥哥出車禍，能不能繼續走路還很難說，最後，妹妹被殺，太悲慘了。」

「和腳印有什麼關係？」

「大衛很愛講一個故事。他對巧合深信不疑，或者說是榮格說的共時性也好，某天，在歷經了一連串不可思議的倒楣事件之後，他走入海灘，跟蹤一個慢跑女孩的足跡。他深信這一連串的厄運，只是為了成就最後的邂逅，其實，他覺得自己會遇到今生的摯愛。」

「好浪漫的故事。」

他不是在挖苦，珊卓拉看得出來，因為他的眼神極其嚴肅，所以，她繼續把故事講下去，「大衛搞錯了最後一個環節，但其他部分倒是沒有問題。」

「所以妳想告訴我的是？」

「如果我最近沒有想起這個故事，可能也沒辦法想到這個破案線索……我和所有的警察一樣，對於巧合之說總是充滿懷疑，所以只要大衛又開始講起這個故事，我總是想要抽絲剝繭，頻頻逼問他，『為什麼確定那是女孩的腳印？』或是『怎麼知道她在慢跑？』他告訴我，足印太小了，不可能是男人的腳，或者，至少他心中期待對方是女性，還有，腳印前端比較深，顯然是在跑步。」

珊卓拉知道最後這句話產生決定性的效果，神父又再次研究那張在花園所拍攝的照片。腳後跟似乎比較深。

「他不是在跑……而是在走路。」

他也懂了，珊卓拉知道自己的推測沒有錯，「只有兩個可能，第一，費德里克提到兇手聽到警察來就跑了，他在說謊……」

「……或者，某人在行兇之後、好整以暇佈置犯罪現場，等警察到來，」

「那些足印是刻意被製造的假證據，換言之，只有一種可能。」

「費加洛根本沒有離開那間房子。」

8.38 p.m.

他得盡快趕過去，搭乘大眾交通工具太浪費時間，所以他叫了計程車，最後請司機將車停在那間新薩拉里歐小屋的附近，他再走一小段路過去。

他腳步急快，心中再次想起那女警的話，直覺，讓她想到了破解謎團的方法。他多麼希望是自己搞錯了，但案情顯然是被她句句命中。

街上依然颳著強風，塑膠袋和紙屑在馬庫斯身旁漫天亂飛、一路隨他到了那間房子的門口。費德里克的家裡沒人，也沒看到亮燈，他等了好一會兒之後，以風衣裹住身體，摸進屋內。

好安靜，簡直太安靜了。

不要打開手電筒比較好。

無聲無息。

馬庫斯進入客廳，百葉窗緊閉，他點亮沙發旁的小燈，第一個映入眼簾的是輪椅，被人丟棄在正中央。

現在，事態一目了然，他的專長是看透各種物件，感受它們的沉默之魂，透過它們看不見的眼眸、凝視過往，齊尼那封匿名電子郵件的謎底，終於在這個場景中揭曉。

他和你不一樣。

信中的他，指的是費德里克，你有視障，但他的腳沒有問題，那男孩是裝的。

但費加洛去哪裡了？

如果費加洛過著隱遁的生活，一定不可能從前門離開，因為很可能會被鄰居發現，他如何掩人耳目、出門行兇？

馬庫斯繼續找尋線索，他正準備要上二樓的時候，發現樓梯下方有道小門，而且還微開。他開門進去，頭卻撞到低層天花板懸垂而下的東西，附著短拉繩的燈，他拉了一下控繩，室內頓時大亮。

狹小的置物櫃，充滿樟腦丸的臭味，裡面擺放的是舊衣服，分成兩排，男裝置左，女裝置右，馬庫斯猜想，應該是他們父母的衣物，此外，還有鞋架，牆邊還堆滿了箱子。

他看到地上有兩件洋裝，一件藍色，另一件是紅花圖案，很可能是從衣架上滑落下來，或者，有人把它們扔到地上，馬庫斯伸手翻動衣架，將衣服撥至兩側，發現櫃裡藏有暗門。

這個置物櫃原本是暗道。

他打開暗門，拿出手電筒探照前方，他看到一道短廊，牆面剝落，而且水漬斑斑。馬庫斯走到底處，到處塞滿了大箱子與廢棄家具，光源，最後停留在某張桌子上。

繪畫練習簿。

他仔細翻閱，練習簿前面的畫作顯然是出於小朋友之手，同樣的元素一再出現。女性的身體、傷口、鮮血，還有剪刀。

有一頁不見了，被撕開的痕跡相當明顯，應該是他們先前在傑瑞米亞·史密斯家中閣樓找到的裱框畫，一切又回到原點。

而接下來的草圖，證明了這孩子在步入青春期之後、繼續不斷在紙上演練殺人遊戲，但隨著時間累積，筆觸益發精確成熟，畫中女子的身體曲線也更加明顯，甚至連傷口也越來越逼真，惡魔長大成人，他的變態狂想也隨之發芽茁壯。

費德里克．諾尼的心裡雖然一直存有暴力邪念，但從來沒有付諸行動，也許是因為心生恐懼而讓他卻步，擔心坐牢，怕被千夫所指，他偽裝成一個優秀的運動員、鄰家的善良男孩、好哥哥，他演得入戲，連自己都深信不疑。

接下來是騎機車出了意外。

這起事件，讓他的惡慾傾洩而出。馬庫斯想起那女警曾經告訴過他，醫生認為費德里克康復有望，但是他卻不肯接受復健治療。

癱瘓是最完美的偽裝，最後，他還是原形畢露。

馬庫斯翻到繪畫練習簿的最後一頁，裡面附了一張剪報，時間在一年多前，費加洛第三起攻擊案的新聞報導。不過，那篇剪報卻被人以黑色簽字筆大剌剌寫了好幾個字：我全都知道。

喬琪亞。他心裡立刻有了答案，所以費德里克才起念殺死妹妹，自此之後，他也發現殺人的滋味更勝一籌。

自從出了意外之後，攻擊於焉展開，前三起案件等於是暖身，宛如練習，不過，費德里克在當下並不知道這件事，接下來還有另外一個層次的愉悅，更令人血脈賁張：殺人。

殺死親生妹妹，不在他的計畫之列，但卻有其必要。喬琪亞知道一切，不但會成為他的阻礙，而且還會徒增風險，費德里克不能讓她毀了自己的清白形象，好不容易建立起來的偽裝，也容不得他人懷疑，所以他得動手，但也因此有了全新的體驗。

殺人，比傷人更有快感。

他再也無法克制衝動，格洛里別墅公園的女屍即為明證，但他更加小心翼翼，有了先前的經驗，他這次還特地動手埋屍。

費德里克．諾尼欺騙了大家。一開始是那位即將失明的老警察受騙，說謊犯提供的假自白，他也予以採信，最後，根據這個薄弱的假設，他匆忙完成了漏洞百出的偵查報告。

馬庫斯放下繪圖練習本，因為他瞄到邊櫃旁露出半邊鐵門，他立刻過去開門，一探究竟。

強風突然灌進來，他往外望去，外頭是偏僻小巷，從這裡出入，絕對不會被人發現，看起來這個門已經多年不用，但卻成為費德里克．諾尼的犯案秘道。

他人呢？去了哪裡？馬庫斯心頭疑問縈繞不去。

關上鐵門之後，他趕緊回到客廳，開始東翻西找，就算是留下指紋，他也不在乎，他現在只擔心自己來不及。

馬庫斯注意到輪椅側邊有個置物袋，他伸手進去，果然發現手機。

這傢伙很聰明，他知道就算是關機，警察還是有機會藉由手機找到他的所在位置。

換言之，費德里克．諾尼又出去犯案了。

馬庫斯檢查通聯，只有一通撥入的紀錄，大約是一個半小時之前。他認得這組號碼，因為今天下午他才打過這個電話。

齊尼。

他立刻按下回撥鍵，等待老警察接電話。雖然鈴聲一直在響，但卻沒有人回應，馬庫斯掛了電話，出現不祥預感，他立刻衝出屋外。

9.34 p.m.

她回到國際刑警組織的客房公寓，待在浴室裡，望著鏡中的自己，又再度想起下午與聖赦神父見面的細節。

珊卓拉方才徘徊在羅馬街頭，將近一個小時，她完全不管早上遇襲的威脅，任由狂風與思緒帶著她隨意亂走，只要待在人群裡，珊卓拉就覺得心安，等到心情穩定下來之後，她才回到這裡。但敲門之前，她還是在梯台上猶豫了一會兒，他知道馬上就會聽到夏貝爾的責罵，怪她出去太久，能拖延一點時間總是好的。不過，當他開門的時候，珊卓拉卻發現他出現釋然的表情，她嚇一跳，不知道夏貝爾居然會擔心她。

「真是謝天謝地，妳沒事。」他只說了這句話。

她愣住了，本以為會聽到連番質問，而且她簡述了自己與齊尼的會面內容，夏貝爾很滿意，珊卓拉隨即把費加洛的檔案交過去，他趕緊翻閱，找尋是否有聖赦神父的線索。

但他一直沒問她怎麼拖這麼久才回來。

夏貝爾請她去洗手，因為晚餐快要準備好了，他隨即轉身回廚房取紅酒。

珊卓拉打開水龍頭，怔忪看著鏡裡映影，眼袋浮腫，雙唇龜裂，因為她習慣在緊張的時候咬嘴唇。她以手指理了理凌亂的頭髮，決定還是在櫃子裡找梳子，果然找到一把髮刷，上頭還纏著褐色的長髮，珊卓拉心想，這是女人的髮絲，她想起今晨在客房臥室椅把上的胸罩，夏貝爾已經向她解釋過，這間公寓的住客來來去去，但他臉上的確出現一抹尷尬。珊卓拉猜他一定知道內衣的主人是誰，其實，那張床上先前睡了別的女人、甚至在她醒來的前幾個小時才離開，這都不關她的事，令她生氣的是夏貝爾居然想要為自己辯解，彷彿這件事跟她有什麼關係。

那一刻，她覺得自己像白癡。

她在嫉妒，這是唯一的理由，她沒辦法忍受有人發生性關係，性這個字實在太放肆了，就算只是在自己的腦袋裡出現也一樣。性，她又在玩味這個字，也許是因為她已經沒機會了，其實，並沒有什麼人阻止她，但她心裡有底，死了丈夫之後就是這樣了。珊卓拉彷彿又聽到母親在耳畔低語，「親愛的，有誰會想和寡婦上床？」那聽起來簡直像是某種變態性行為。

不不，她又開始覺得自己是白癡，居然浪費時間在想這些事。要有點現實感，已經在浴室待太久了，夏貝爾可能會起疑，她動作要快。

既然已經答應了神父，那麼她一定要好好保存照片，如果他能協助她找到殺死大衛的兇手，她一定會銷毀所有的證據。

無論如何，該把照片放在安全的地方才是。

珊卓拉在進廁所之前，已經把包包帶進來、放在馬桶水槽上。她拿出手機，檢查記憶體容量，她本想刪去聖雷孟小禮拜堂的照片，但還是改變心意。

有人躲在那裡開槍、要取她性命，也許照片裡可以找到什麼蛛絲馬跡。

她隨即拿出徠卡所拍攝的相片，其中也包括那張夏貝爾沒看過的神父照。為了以防萬一，珊卓拉把照片逐一擺在架上，以手機拍照作為副本存證。她把那五張照片放入塑膠密封袋之中，打開馬桶水槽蓋，然後把袋子丟進去。

珊卓拉在小廚房裡坐了十分鐘，呆望餐桌，而夏貝爾則在瓦斯爐前忙得團團轉，襯衫袖子捲至手肘，腰間繫著圍裙，肩膀上還掛著洗碗布，他開心吹口哨，轉身一看，發現珊卓拉一臉失神，「巴薩米克酒醋配燉飯、烤鯡魚、紫菊苣加青蘋果沙拉，」他宣布晚餐的菜單，「希望妳會喜歡。」

「哦，當然。」她好驚訝，今天早上她也吃了他準備的早餐，但炒蛋還看不出廚藝高下，不過這幾道菜證明了他確實熱愛美食，令人讚嘆。

「今天晚上妳睡這裡，」他的語氣是在陳述事實，而非提供建議，「妳回去旅館太危險了。」

「我不會有事，而且我的行李都放在那裡。」

「我們可以明天早上過去拿，另外一個房間也有舒服的沙發，」他笑了，態度毫不拒讓，「當然，我自願犧牲。」

夏貝爾隨即將燉飯盛盤，兩人悶頭用餐，幾乎沒什麼交談，烤魚鮮美，小酌也讓她心情放鬆不少。大衛死後的每個夜晚，她只能靠一杯接著一杯的紅酒、讓自己醉得不省人事，但今晚很不一樣，原來，她還是可以與人開心共進晚餐。

「誰教你煮菜？」

夏貝爾嚥下滿嘴的食物，喝了一口酒，「一個人過日子，很快就會學會十八般武藝。」

「沒想過要結婚？我們第一次通電話的時候，你說過自己好幾次差點就步入結婚禮堂……」

他猛搖頭，「我不適合婚姻，個人觀點問題。」

「什麼意思？」

「每個人看待生活，都有不同的視角，這就好像畫畫，有些重點會出現在前景，但有的會落在後景，後景元素的重要性，絕對不亞於前景，要是忽略了這一點，也就無法突顯透視法的真義，一切都會變得扁平無味，毫無真實感。好，女人對我來說就是背景元素，雖然不可或缺，但不需要放在我的人生前景。」

「所以你的前景裡有什麼?當然，除了你自己之外。」

「我女兒。」

這個答案出乎她意料之外，夏貝爾看到她的反應，甚是開心。

「要不要看照片?」他興沖沖掏出皮夾。

「拜託，你不是那種爸爸吧?四處奔波，還隨身攜帶小女兒的照片?」珊卓拉雖然語帶諷刺，但其實深受感動。

他手中拿著一張皺巴巴的照片，裡面的小女孩有金白色的頭髮，和夏貝爾一模一樣，就連那綠色眼眸也是。

「幾歲了?」

「八歲，好漂亮，妳說是不是?她叫瑪麗亞，喜歡跳舞，還去學芭蕾舞，每逢聖誕節或生日，她總是吵著要養寵物，搞不好今年我就會答應她了。」

「你常去看她?」

夏貝爾臉色一沉，「瑪麗亞住在維也納。我和她媽媽關係不好，因為我不肯娶她而懷恨在心，」他語氣恢復高亢，「只要抽得出時間，我一定會去看她，教她騎腳踏車，我爸爸當年也是在這個時候教我騎車。」

「你真是個好爸爸。」

「每次我去看她的時候，都很擔心我們父女變得生疏，也許她現在還小，但以後可能會想和朋友一起出去玩吧?我不想讓她覺得有負擔。」

「我覺得你過慮了，」珊卓拉安慰他，「女兒對媽媽才會有那樣的反應。我爸爸雖然經常出差，但我和我妹妹好愛他，其實可能是因為他不常在家，我們才這麼黏他，只要知道他快回來了，家裡的氣氛會變得好開心。」

夏貝爾點點頭，對她的話表示謝意。珊卓拉起身收盤子，準備放入洗碗機裡，但他出聲制止，「怎麼不回臥室休息？我來整理就好。」

「兩個人一起動手，超快。」

「拜託，讓我來。」

珊卓拉乖乖放下碗盤。這樣的體貼讓她很不自在，這段日子以來，她已經忘記什麼是被人照顧的滋味。「你第一次打電話給我的時候，我覺得你這個人真討厭，想不到兩天之後我們居然一起吃晚餐，而且還是你為我下廚。」

「所以妳不討厭我了？」

珊卓拉不好意思，臉紅了，惹得他哈哈大笑。

「你不要惹我。」

他舉起雙手做出投降貌，「抱歉，不是故意的。」

此刻的他看起來情切真懇，實在不像她印象中那個討厭鬼，「為什麼你會這麼大力反對聖赦神父？」

夏貝爾臉色轉趨嚴肅，「妳不要也犯下相同的錯誤！」

「什麼意思？『也』？」

他似乎對自己一時失言很懊悔，想要趕緊彌補回來，「我之前解釋過了，他們的所作所為是違法的。」

「抱歉，我不信，一定還有別的原因對不對？」

他的臉色猶豫不決，顯然他早上的說法有所保留。

「好……我不能說太多，但接下來我要講的事情，也許可以讓妳了解大衛的死因。」

珊卓拉整個人僵住了，「說吧。」

「其實，聖赦神父根本不應該存在。自第二次梵蒂岡大公會議之後，教廷將他們予以解散，而在一九六〇年代，在全新的規章與人事安排之下，重新組織成立聖赦法院，但犯罪檔案就此被列為機密資料，而從事犯罪調查的神父也不得繼續活動，有些繼續從事神職，部分反對者遭停職罰，至於那些公然違抗者則遭到絕罰。」

「那怎麼還會——」

「等等，讓我說完，」夏貝爾打斷她，「正當歷史似乎正要遺忘他們的時候，聖赦神父又再度出現，這不過只是幾年前的事情而已，部分教廷人士認為當初有些人陽奉陰違，依然在背地裡活動。的確，這個秘密團體的首腦正是一名克羅埃西亞籍的神父：盧卡．德渥克，他視聖新的聖赦神父，並親身教導，也有人認為，其實是教廷的某高層人士想要恢復聖赦神父制度，德渥克只是聽命行事。無論如何，諸多秘密都繫於他一人之身，比方說，以往他是唯一知道所有聖赦神父身分的人，每一個人都直接對德渥克負責，所以他們也不認識彼此。」

「為什麼要說以往？」

「因為他已經死了。大約一年之前，他在布拉格的某家旅館房間遭人槍殺身亡，消息就是從那個時候開始走漏，教廷立刻出面收拾善後，以免顏面掃地。」

「不意外，這是教廷的慣用手法，家醜不可外揚。」

「其實並非只有這個原因，光想到有教廷高層一直在掩護德渥克，已經讓許多人膽顫心驚，違反教宗命令，等於製造出無可挽救的分裂教會問題，妳懂嗎？」

「所以他們如何控制局面？」

「問得好，」夏貝爾說道，「我看妳已經慢慢了解狀況了。他們立即找到信賴的人選、替代德渥克，一位葡萄牙籍神父，奧古斯都．克里蒙提，他很年輕，但非常優秀。聖赦神父全都是道明會成員，但克里蒙提卻屬於耶穌會，耶穌會比較務實，比較不會那麼容易受到感情牽絆。」

「所以克里蒙提神父是聖赦神父的新領導人？」

「其實他真正的任務是要找回被德渥克神父所祝聖的每一個聖赦神父，並且帶引他們回歸教廷，目前他只找到一個：就是妳在聖路易教堂遇到的那個男人。」

「所以，梵蒂岡的最終目的，就是要裝作沒有發生違規情事？」

「的確，他們一直在修補裂痕，妳看路菲爾總主教的信徒近年來不是一直想回歸教廷嗎？聖赦神父的狀況亦復如此。」

「要是有羊兒走失了，善良的牧羊人會把牠帶回羊圈，絕對不會置之不理，」珊卓拉語氣酸溜溜，「不過，你怎麼知道這些事？」

「大衛和我知道的一樣多，但我們有不同看法，這就是我們爭執不休的地方。所以我才叫妳不要犯相同的錯誤，別把聖赦神父當好人，別和大衛一樣搞不清楚狀況。」

「何以證明你是對的？大衛是錯的？」

夏貝爾搔頭，吐一口大氣，緩緩說道：「他因為自己的調查結果而被殺害，但我還活得好好的。」

夏貝爾對她的亡夫出言不敬，也不是第一次了，但珊卓拉必須承認他是對的，他的觀點更具有說服力，現在她不禁覺得好愧疚，這個愉快的夜晚讓她終於放鬆下來，這一切都要歸功於夏貝爾，他不僅大方分享自己的私人生活，而且也讓她一直提問，卻沒有回問她任何問題，但珊卓拉卻騙了他，她刻意隱瞞自己再次遇到神父的事。

「為什麼沒問我晚歸的事？」

「我告訴過妳，我不喜歡聽到謊話。」

「你擔心我不說實話？」

「問問題，只會成為撒謊的藉口，如果妳有事情要告訴我，希望是妳自己說出口，我不喜歡強迫別人，我希望妳信任我。」

珊卓拉別過頭去，隨即走到洗碗機旁，開水龍頭，整間廚房只有嘩啦啦的流水聲，她很想把事情全都說出來。夏貝爾原本在她背後，距離還有幾步之遠，但等她開始清洗盤污的時候，發現他已經越靠越近，關切的身影籠罩而來，他將雙手放在她的身體兩側，胸膛已經貼住她的背脊。珊卓拉沒有拒絕，她心跳好快，好想閉上眼睛，但她告訴自己，如果閉眼，一切就完了，她好怕，但是她卻不想使力推開他，他低頭，輕輕撥開她脖子上的髮絲，她的皮膚立刻感受到他的溫暖氣息，她出於本能，仰頭，彷彿在迎接他的擁抱。她的雙手動也不動，任由水繼續沖流，她不知不覺，微踮腳尖，眼睫緩緩低垂，當她閉上雙眼的那一剎那，身體激烈發顫，她傾身靠過去，尋索他的唇。

過去五個月，她只能靠記憶而活。
此時此刻，她第一次忘了自己是個寡婦。

11.24 p.m.

大門敞開，被風吹得砰砰作響，不祥之兆。

他戴上橡膠手套，推開大門，齊尼的貓咪們立刻出來迎接新訪客，馬庫斯現在知道這個老警察為什麼要養貓為伴了。

牠們是唯一能與他在黑暗中共同生活的動物。

馬庫斯關上大門。阻絕風聲之後，他原本以為會立刻恢復寧靜，錯了，他聽到電子式鳴響，刺耳，斷斷續續，而且就在附近。

他循音源前進，走幾步之後，發現安放在基座上的無線電話，旁邊是冰箱，聲音是從這裡發出來的沒錯，看起來是電池沒電了。

他在費德里克．諾尼家中打電話找齊尼的時候，一直響鈴卻沒有人接，但也不至於會讓電池耗光電力，一定是有人切斷電流。

為什麼費加洛闖入一個盲人的家，還要關掉所有的燈？

「齊尼！」馬庫斯大叫，但沒有人回應。

他衝到走廊，這裡可以連通到其他房間，現在他一定得使用手電筒才行，當燈光亮起，他發現多件家具亂擺在通道上，彷彿像是有人想逃跑所設下的路障。

這裡發生了追逐戰？

馬庫斯想要還原現場。失去視力，反而打開了齊尼的眼睛，這位老警官心裡有數，而那封匿名電子郵件讓他找到了正確方向，也許讓他想起了當年的懷疑。

他和你不一樣。

格洛里別墅公園的那具女屍，證明了齊尼的推測，他打電話給費德里克．諾尼，也許起了爭執，然後齊尼出言威脅，要把真相公諸於世。

他為什麼沒有這麼做？反而讓對方到家裡來、殺死自己？

齊尼想逃，但顯然費德里克——曾經是專業運動員的年輕人，不只身強力壯，而且，最重要的是，他還是個明眼人——不想讓齊尼有活命的機會。

馬庫斯知道有人死在這裡。

貓咪引路，他準備要進入書房，但正要踏進去的時候，卻發現貓兒們在門口特別飛跳了一下，他拿起手電筒對準地面，發現距離地面幾公分高的地方、有亮晶晶的東西。

書房門口纏著尼龍線，一片漆黑之中，只有貓咪看得見。

馬庫斯不知道為什麼會有這個機關，他跨過去，進入書房。

外頭的強風凌厲，拚命在找隙縫鑽入屋內。馬庫斯的手電筒四處探照，所有的黑影也隨之消散，不過，有一團東西卻不動如山。

那不是影子，而是一個臥地不起的男人，他手裡還握著剪刀，但脖子上也插了一把，側臉貼地、浸在暗紅色的血泊中。馬庫斯蹲身細看費德里克．諾尼，那一雙死眼睜得大大的，瞪著人，嘴巴扭曲，狀似一抹詭笑。這間屋子裡出了什麼事？馬庫斯突然全懂了。

齊尼——執法之人——選擇了復仇。

是這個老警察堅持要他與女警見面，當他們在煉獄博物館相會的時候，他剛好可以趁機執行計畫，先打電話給費德里克，告訴對方自己已知道真相。但這招其實是請君入甕，而費德里克也上鉤了。

在等費德里克進屋之前，齊尼已經事先準備好各個機關，其中也包括了尼龍線，把電力切斷之後，兩人等於勢均力敵，彼此都看不見對方。

齊尼靈動如貓，而費德里克則是老鼠。

在全黑的環境之中，齊尼反而更強悍敏捷，他熟知每一個地方，知道要如何穿梭自如，最後，優勢站到了他這一方，費德里克被尼龍線絆倒，齊尼將剪刀插入他的喉嚨裡，這是真正的報復。

行刑。

馬庫斯起身，依然望著屍體的呆直雙眼。他又犯了同樣的錯，補齊了復仇計畫所缺落的那一角。

他轉身，看到貓兒聚集在通往小花園的落地窗前面。

外頭還有東西。

他打開落地窗，強風進襲，貓咪全跑出去，圍在齊尼的躺椅邊，宛如他們初見面時的那一幕。

馬庫斯拿手電筒照齊尼的臉，他這次沒有戴太陽眼鏡，一隻手擱在腿上，手裡還緊握著槍，已經飲彈自盡了。

他應該要生氣才是，齊尼利用他，最可惡的是，還誤導他的方向。

費德里克．諾尼所受的苦，實在太沉重了，數年前，他的腿失去了功能。對我這個年紀的人來說，失去視力雖然是一大打擊，但還可以學習接受，不過，如果你是個年輕運動員卻廢了腿，情何以堪？然後，妹妹被人殺害，而且死狀淒慘，更可怕的是，一切就發生在他的面前，你能想像嗎？這男孩覺得自己無能為力，雖然自己沒有做任何壞事，但至今卻依然無法消除罪惡感。

齊尼其實可以把費德里克．諾尼送交警方，釐清真相之後，可以讓那個被關在天國之母監獄的無辜男子重獲自由。但齊尼堅持他們在逮捕尼可拉．寇斯塔的時候、他正準備要行兇，這個人不只是說謊狂，而且還是危險的精神病患，自他被逮捕之後，吸引了大眾的關注目光，也讓他的本性收斂不少，但這畢竟只是暫時的緩解劑，這個人有諸多病態面向，現在所展現的只是暫時的自戀，不久之後，他的嗜血性格必定原形畢露。

對齊尼來說，這也攸關他的個人榮辱，費德里克．諾尼耍他，攻擊他的痛處，因為他即將失明，齊尼對這個年輕人充滿同情，也正因為這樣的憐憫而讓他誤判情勢，他忘了警察最重要的守則：絕對不能相信任何人。

而且，費德里克也犯下了令人髮指的罪行，謀殺自己的親妹妹。什麼樣的禽獸會攻擊自己最親愛的家人？他的作為如此無法無天，根據齊尼自己的律法，這個年輕人，罪該萬死。

馬庫斯關上落地窗，彷彿在為這一幕慘劇拉起布簾。雖然屋內已被切斷電源，但他注意到齊尼的那台盲人電腦顯示器，依然亮著，想必是不斷電系統維持供電。

線索。

今天下午，靠著語音軟體的協助，他聽到了那封匿名郵件的內容，不過，馬庫斯知道齊尼有所隱瞞，後面一定還有其他段落，但被他提早切掉了。

所以馬庫斯想要再聽一次，他找到播放鍵，那冰冷的電子人工語音系統又開始播放那詭謎的話語，現在，他必須一一解碼。

「他——和——你——不一樣……查看——格洛里——別墅——公園。」

他已經知道了這一段，但果然不出他所料，這封信不只這兩句話。

「……那男孩——騙了——你……馬上——有——客人——過來……」

第二句話，表面上似乎在說費德里克．諾尼，但其實暗指的是馬庫斯，齊尼早就知道他會來。

但這段人工輓歌的最後一句話，卻讓他震驚得久久不能自已。

「以前——發生過……未來會——再次——上演……c.g. 925-31-073。」

它所預示的內容令人震驚——以前發生過，未來會再次上演，還有，懸案的編號——但最可怕的是前面那兩個字母，c.g.。

culpa gravis，拉丁文的『嚴重過錯』。

馬庫斯終於懂了。

在光明與黑暗的交界之處，一切都可能發生：那片幽暗之地，萬物模糊迷離，一片混亂，我們被指派成為邊界的守護者，不過，偶爾會有越界情事……我必須要將其驅回黑暗世界。

讓受害者與兇手緊緊牽連在一起的那個人，和他一樣，都是聖赦神父。

一年前

基輔

「當我們放棄原有的團結、卻換來薄弱共識，偉大的夢想也宣告結束了，我們滿懷希望入眠，但醒來的時候卻發現身邊睡了一個妓女，連她叫什麼名字都不知道。」

諾申科博士的感嘆，不只是針對戈巴契夫經改政策、柏林圍牆倒塌、東歐解體、石油天然氣業的大亨崛起，這根本就是他對於蘇維埃二十年歷史的總結。

「你看看……」他的食指猛戳當地報紙的頭版新聞版面，「一切都化為烏有了，他們有什麼表示嗎？沒有！所以自由究竟帶給我們什麼好處？」

尼可拉．諾申科博士冷眼斜瞄這位訪客，雖然看起來不是十分認同他的講話風格，但還是頻頻點頭。然後，他發現這男人手上纏著繃帶，「佛斯特博士，你剛才提到你是美國人？」

「其實我是英國人。」追獵者趕緊接話，希望能轉移諾申科的好奇心。繃帶底下是他拜訪墨西哥市精神病院的時候、被年輕女病患安潔莉娜所咬傷的傷口。

這裡是位於基輔西區的烏克蘭兒童協育中心，他們兩人正坐在行政大樓的二樓辦公室，透過大面窗戶向下望，初秋樺樹的燦爛風景也映入眼簾。這個房間裡到處都是塑膠貼板，從書桌到牆壁，無一倖免。有面牆上可以看到三個明顯的掛痕，位置相當接近，想必以前掛的一定是俄共創辦人列寧與史達林的照片，再加上時任俄共秘書長的某某人。諾申科面前的菸灰缸堆滿菸屁股，這位心理學家的年紀可能只有五十出頭，但是邋遢外表加上講話時病咳不斷，讓他看起來比實際年齡蒼老，痰液裡似乎還混雜了他的恨意與恥感。邊桌上看不到家人的相框，皮沙發上放著疊好的毛毯，顯然他的婚姻是以悲劇收場。想必他在蘇聯時代一定是受人敬重之士，不過現在卻只是一個淪為悲慘笑柄的國家公務員，而且，領的還是清道夫級的薪水。

追獵者在登門拜訪時，曾經交給諾申科一份偽造的個人背景資料，他現在又再次拿起來仔細端詳。

「佛斯特博士，你是劍橋大學鑑識心理學期刊的編輯，這個年紀能有此等優異表現，真是令人刮目相看，了不起。」

追獵者知道，這種細節會特別引起諾申科的注意，他想要針對這位心理學家受傷的自尊心下功夫，顯然他的策略已經成功，諾申科放下資料，露出滿意的表情，「你知道嗎，說也奇怪，從來沒有人問過我迪馬的事，你是有史以來第一個。」

追獵者之所以能一路追查到這裡，全靠墨西哥市精神病院那位女醫生的協助，她拿出諾申科一九八九年時在小型心理學期刊所發表的論文，某一男童的個案研究：迪米特利．克洛維辛——也就是他口中的「迪馬」。當時諾申科所處的大環境正風雲變色，也許他期待在公開這篇文章之後，能為他開啟另一扇門、找到新工作。但事與願違，他的期待與雄心壯志，隨著那篇論文一起被淹沒了，但現在卻露出一線曙光。

該是重新浮出水面的時候了。

「諾申科博士，我想請問你是否見過迪馬？」

「當然，」諾申科的雙手拱成了三角錐狀，目光上揚，彷彿在搜尋往日記憶，「一開始的時候，他看起來和普通小男孩沒兩樣，應該說，更聰慧吧，但沉默寡言。」

「他是哪一年過來的？」

「一九八六年春天。那時候，這裡是全烏克蘭、也可能算是全蘇聯最先進的兒童照護中心，」諾申科的語氣得意，「這和西方國家的孤兒院不一樣，我們不只是照顧那些失怙的孩子，我們還為他們設想未來。」

「你們的方法世界聞名，足為典範。」

諾申科對此番奉承之詞也欣然接受，「在車諾比爾核災之後，許多人因輻射線污染而死亡，基輔當局要求我們接收他們所留下來的孤兒，這些孩子可能會產生後遺症，在找到願意收容他們的親戚之前，就由我們負責照顧。」

「迪馬也是其中之一？」

「如果我沒記錯的話，災後六個月之後，他被送到這裡來。迪馬的家鄉在普利皮亞茲，這個小鎮座落於反應爐附近，全部的人都被疏散。那年，他八歲。」

「你和這孩子相處了多久？」

「二十一個月。」諾申科突然停頓下來，皺著眉頭，起身走到檔案櫃旁找資料，不久之後，他又回到書桌前，手裡多了一份淡褐色封面的檔案夾，開始翻閱裡面的內容，「迪米特利．克洛維辛，和其他來自普利皮亞茲的小孩一樣，都有尿床和情緒波動的問題，泰半是因為驚嚇與強迫分離所造成的結果。心理學家小組持續追蹤此一個案，他在訪談時也吐露了自己的家庭狀況：母親安雅是家庭主婦，父親康斯坦丁則是在車諾比爾核電廠工作的技工，他還描述了一家人生活的細節……全部正確無誤。」諾申科特別強調了最後那幾個字。

「出了什麼狀況？」

諾申科沒有立刻回答他，反而從襯衫胸前口袋拿出菸盒，取菸點火。

「迪馬只有一個親戚還在世，他的大伯，歐勒格．克洛維辛。我們花了好長一段時間才追查到他的下落，歐勒格住在加拿大，能有機會撫養侄子長大，他樂意之至，他沒有親眼看過迪馬，但康斯坦丁寄過照片給他。所以，當我們把迪馬的近照寄給他、做最後確認的時候，萬萬沒想到會出這種事，對我們而言，這只不過是一般程序罷了。」

「歐勒格說那不是他侄子。」

「沒錯……不過，雖然迪馬從來沒有看過他，但卻能對大伯的事如數家珍，甚至還包括了他爸爸告訴他的大伯童年趣事，而且，他還記得大伯每年送的生日禮物。」

「你有什麼看法？」

「一開始的時候，我們以為歐勒格改變心意，再也不想收養迪馬。但當他把這小孩的舊照片寄給我們的時候，我們都嚇得目瞪口呆……我們照顧的根本是另外一個孩子。」

辦公室裡出現了一陣詭異的沉默，諾申科盯著追獵者的臉，彷彿想知道這位訪客是否覺得他瘋了。

「之前都沒有發現異狀？」

「我們沒有迪馬的舊照，普利皮亞茲的居民被迫疏散，事態緊急，只能攜帶最重要的物品隨身。這小男孩到這裡來的時候，除了身上穿的衣服之外，什麼都沒有。」

「後來呢？」

諾申科深吸一口菸，「只有一種解釋：這個不知道從哪裡來的小孩，取代了真正的迪馬，但不只如此……不是假冒身分那麼簡單而已。」

追獵者的目光發亮，此時諾申科的眼神也隱隱閃動，十足的恐懼。

「這兩個孩子的『相似』程度，超乎你的想像，」諾申科繼續說道，「真正的迪馬有近視，這孩子也是，而且他們都有乳糖不耐症。歐勒格說，他侄子小時候因右耳發炎沒治好，因而喪失聽力。我們把自己的迪馬送去做聽力測試，當然，我們沒有告訴他為什麼要這麼做，他居然也有相同的聽障問題。」

「他可能是裝的，受試者所提供的答案，可以左右聽力測試的結果，也許你的迪馬事先知情。」

「也許……」諾申科的話在唇間消失，面色赧然，「一個月之後，那小男孩不見了。」

「逃跑？」

「不能算是逃跑……應該是消失，」諾申科的表情轉趨嚴肅，「我們找他找了好幾個禮拜，而且還請警方幫忙協尋，但就是找不到人。」

「真正的迪馬呢？」

「我們沒有他的下落，也不清楚他父母的狀況：我們只知道他們都死了，但這也是從我們的迪馬口中聽來的消息。當時狀況一片混亂，無法查出真相，與車諾比爾事件有關的一切都被封鎖，就連最一般性的資料也不例外。」

「不久之後，你就寫出那篇論文。」

「但根本沒有人關心，」諾申科沉痛搖頭，目光轉向它處，彷彿覺得自己很丟臉，不過他隨即恢復鎮定，再次定睛望著追獵者，「相信我，那個小男孩不是在冒充，八、九歲的大腦無法建構出如此複雜的謊言，不，他打從心底就認定自己是迪馬。」

「他消失的時候，有沒有帶走什麼？」

「沒有，但他留下了一些東西……」

諾申科彎腰，打開書桌抽屜找東西，他拿出一個填充玩具、放在追獵者的面前。

兔寶寶。

又破又髒的藍色小兔。尾巴有縫補過的痕跡，只剩下一隻眼睛，臉上的笑意既歡樂又淫邪。

追獵者盯著它，「我看不出有什麼名堂。」

「佛斯特博士，我也這麼覺得，」諾申科的眼睛發亮，彷彿另有玄機，「不過，你一定不知道我們在哪裡找到的。」

天色漸暗，諾申科帶他穿越庭園，進入中心的另外一棟建物裡。

「這裡以前是大宿舍。」

他們沒有上樓，反而走入地下室。諾申科打開日光燈的開關，照亮了這一大片空曠區域，牆壁潮濕生霉，天花板上鋪設了大大小小的水管，許多已年久失修。

「在那男孩失蹤之後，有個清潔工發現了這個隱蔽的地方，」諾申科繼續往前走，似乎很期待這位訪客之後的反應，想必他一定會大吃一驚，「我一直努力保持原貌，不要問我為什麼，我只是覺得有一天會派上用場，幫助我們釐清真相，反正，平常也沒有人會來地下室。」

他們走過挑高的狹窄走道，旁邊是一整排的鋼門，隱約聽得到鍋爐的聲響。隨即又進入倉庫，裡面堆放著舊床和爛床墊，諾申科找路前進，而且還示意他繼續跟進。

「快到了。」

轉彎之後，是階梯下方的儲藏間，狹小又通風不良。這裡昏暗無光，諾申科立刻拿出打火機，讓他的訪客能好好看個清楚。

在弱焰微光中，他趨前一步，眼前的景象令人不敢置信。

那簡直是個巨大的蟲穴。

噁心感油然而生，但追獵者還是仔細近看，裡面有許多碎木拼集成的木塊，上面可以看到五顏六色的布條、繩子、衣夾，以及圖釘，還有濕報紙，一切堆疊得井然有序。

這是小孩的臨時避難所。

他小時候也玩過類似的遊戲，但這個實在太特殊了。

「小兔子就是在這裡發現的。」諾中科才剛開口，卻發現這位訪客已經鑽進去，撫摸著地面，盯著一小塊深暗色的污漬。

追獵者的重大發現。

乾涸的血跡。他之前也曾經發現過相同的跡證，巴黎，尚．杜耶的家裡。

假迪馬就是變形人。

不過，他必須壓抑自己的興奮之情，「怎麼會有這些血污？」

「不知道。」

「可以採樣嗎？」

「請便。」

「我還想帶走那隻兔子，也許可以發現假迪馬的身世。」

諾中科有些猶豫，不知道這位訪客是否真心有興趣，這可能是他最後一個挽救自己未來的機會。

「依我看，此一個案依然具有學術價值，」追獵者希望能夠說服諾中科，「值得進一步研究。」

一聽到這些話，這位心理學家的雙眼閃爍著天真的希望，但他也囁嚅提出自己的請求，「那麼，我們一起重寫另外一篇論文？掛雙作者？」

要在這個機構度過自己的餘生？諾中科不敢再想下去。

追獵者對他微笑，「諾中科博士，當然沒問題，我今晚要飛回英國，我會盡快與你聯絡。」

其實他要趕去別的地方，一切起始的原點，普利皮亞茲，找尋迪馬的線索。

兩天前

6.33 a.m.

屍體大喝，「不要！」

叫喊在夢境與清醒之間徘徊，在連接這兩個世界的大門關閉之前，它從記憶底層俯衝而出、進入現實裡，馬庫斯又陷入警戒狀態。

他的「不要」雖然喊得大聲，但卻充滿驚懼，因為無情的槍管正指著他的臉，他知道這句話救不了自己，這是死前的最後遺言，對宿命的無力違抗，是無路可退者的祈願。

馬庫斯在行軍床旁邊總會放著一支簽字筆，讓他可以立刻在牆上寫下夢境的細節，但此時此刻，他不急著找筆，只是繼續躺著不動，他心跳得好快，氣喘吁吁，這一次，他不會忘記了。

那個射殺他和德渥克的無臉人，他看得很清楚。在先前的夢境中，那個殺手只是模糊的黑影，只要他想聚神細看，對方就立刻消失不見。不過，這次他卻掌握了具體線索，看到兇手持槍的那一隻手。

那個人是左撇子。

不算什麼大發現，但對馬庫斯來說，卻等於是一線希望，也許有一天他能看到的不只是那隻舉槍的手臂，而是兇手的雙眼。他想知道究竟是誰逼他不斷在尋索自己的身分，因為，他除了知道自己還活著之外，其他一無所知。

他想到了費德里克・洛尼，還有那男孩的繪畫練習簿，忠實記錄了殺人魔的起源過程。最令人不安的是，他居然自小就開始醞釀這些暴力幻想，他想要抽絲剝繭，找出問題的核心，如果世間有好人與壞人，有人作惡多端，有人慈悲為懷，這究竟是天性如此？還是後天造就的結果？為什麼在小孩的心中會有這麼明確的邪念萌芽？而且還任其茁壯？

有些人可能會認為，費德里克遇到一連串的打擊，留下心理創傷，像是媽媽離家出走，爸爸早逝等等，不過，這種解釋也未免太簡單了，許多小孩的人生遭遇更為悲慘，但他們長大成人之後，也沒有變成殺人兇手。

馬庫斯很清楚，這個問題對他個人而言意義重大。他的過往因失憶症而消失無蹤，但其實一定還隱藏在某個角落，他以前是什麼樣的人？這個問題的答案，或許在費德里克的練習簿中，可以窺見一斑。每個人心中都有某種與生俱來的特質，凌駕於成長過程中所累積的自我意識之上，那是一種獨特的火光，超越了姓名與外表。

馬庫斯當初在受訓的時候，克里蒙提曾經再三叮嚀，千萬不要受到外表的愚弄，他還請馬庫斯好好研究泰德．邦迪，這個年輕又外表迷人的連續殺人犯。他一共犯下二十八起謀殺案，但泰德有交往穩定的女友，朋友們也說他友善溫和，在被人撕開惡魔面具之前，他還曾經因為救起在湖中溺水的小女孩而受到表彰。

馬庫斯心想，我們一直在天人交戰，不知道該選哪一邊才好？到了最後，自己才是唯一的仲裁者，必須做出定奪：無論那屬於自己的獨特火光是好是壞，你可以順從天性，或者，你也可以選擇不予理會。

這是犯罪者所必須面對的處境，但對受害者來說，何嘗不是如此。

過去這三天的確充滿了啟發。莫妮卡、拉費埃耶．阿提也利、皮耶特羅．齊尼，他們都站在十字路口，某人為他們揭發了事實，也為他們製造機會，在寬恕與復仇之間做出關鍵抉擇。莫妮卡選擇了寬恕，但另外兩個人卻走上復仇之路。

還有，那個正在調查丈夫死因的女警，不知道她在找的是什麼，能讓她解脫的真相？抑或是動用私懲的機會？馬庫斯從來沒有聽過大衛・里奧尼這個人，但根據他太太的說法，他因為在調查聖赦神父而慘遭謀殺。馬庫斯答應她要解決謎團，為什麼？雖然目前看不出來，但他擔心遲早也會有人給她復仇的機會，馬庫斯有預感，她和其他人之間一定有什麼關聯。

這些人都遭逢了人生巨變，惡行不僅對他們造成傷害，還播下了惡種，甚至在某些人的身上生根，進而侵染了他們的生活。它們像是靜伏的寄生蟲，化成仇恨與憤慨的膿瘡，完全改變了宿體的樣貌。那些悲痛逾恆的人，從來不曾想過要奪人性命，但隨著時間流逝，也讓自己變成死亡的散布者。

但對於那些放不下、而選擇報復的人，馬庫斯倒是沒有譴責之意，因為他自己與這些人有許多共通之處。

他面向行軍床旁邊的牆，再次細看他最近寫下的兩句話。

碎玻璃。三聲槍響。現在，他多加了一個：左撇子。

如果他與這個殺死德渥克、又奪去自己記憶的男人正面交鋒，又會做出什麼決定？他相信自己不會選擇正道，你要如何原諒那些不曾付出任何代價的罪犯？所以對於那些想要以牙還牙的受害者，他真的無法痛加譴責，這些人的手上都有生殺大權，賦權者，是某個聖赦神父。

發現這個秘密之後，馬庫斯百感交集。這種行為當然是背叛，但發現自己不是唯一具有這種陰鬱資質的人，他也不禁如釋重負。他不知道這位神秘聖赦神父的真正動機為何，但每起事件的幕後，都看得到神父運作的點滴痕跡，他不禁懷抱希望，也許還有機會救出拉若。

不能讓她死。

馬庫斯手中的調查線索千絲萬縷，優先順序當然是拉若，但他幾乎已經快忘了，他一直相信，先前的多起事件與失蹤女孩案息息相關，不過，他現在腦中迴盪不去的卻是那一句話，神秘聖赦神父寄給齊尼的電郵結語。

以前發生過，未來會再次上演。

這個佈局者的目的為何？這所有的鋪陳，是不是要故意設計他？眼看就要營救成功，卻在最後一刻功敗垂成？如果真是如此，他的餘生將會充滿痛悔自責，新的人生記憶，又該如何承擔此一重擔？

我一定要追查下去，別無選擇，但必須在一切結束之前，否則，女孩的一線生機，馬上會葬送在我的手裡。

馬庫斯暫且放下這些不祥預感，眼前有更急迫的危機。

c.g. 925-31-073。

電子郵件末尾的案號，是另外一起正義尚未伸張的重案，鮮血四濺，卻無人付出代價，某人，正在某個地方面臨二擇一的選擇，要繼續當受害者，或是，變成劊子手。

在馬庫斯接受訓練了兩個月之後，忍不住向克里蒙提問起檔案的事，他先前曾多有聽聞，很好奇自己是否有機會能親眼目睹。某個深夜，他的這位年輕朋友到了他的住處，只講了一句話，「時候到了。」

馬庫斯沒有多問，只是默默跟隨克里蒙提進入羅馬市區，他們先開車，隨後開始步行，走了好一會兒之後，克里蒙提示意他一起進入地下室，隨即出現一條壁畫走廊，他們終於到了某扇小木門前面，停了下來。馬庫斯看著克里蒙提拿出鑰匙開門，心情忐忑不安，現在他即將要突破最後一道防線，但還沒有做好足夠的心理準備，他不知道居然這麼容易。自從他聽說有這個檔案室之後，內心裡一直誠惶誠恐，經過數百年之後，這個地方已經多了許多稱號，有些令人聽了很不舒服，罪惡圖書館、惡魔之記憶等等。馬庫斯以為這裡應該是陰暗的重重迴廊，兩側整齊擺放著書冊，宛若一座令人迷路的迷宮，甚至會因為裡面所收藏的資料而迷離狂亂。不過，當克里蒙提一打開門之後，卻讓馬庫斯瞠目結舌。

一個小房間，光禿禿的無窗牆壁，正中央放了一套桌椅，某一檔案已經擱在桌上。

克里蒙提示意他坐下，好好閱讀資料，這是某人的告解內容，他一共殺害了十一條人命，受害者全部都是小女孩。此人是在二十歲時第一次犯案，之後再也無法停手，指引他雙手犯下血案的邪惡力道究竟為何，其實他也說不出來，他的內心深處有股莫名的衝動，迫使他不斷犯案。

馬庫斯馬上想到這是連續殺人犯的行徑，他趕緊問克里蒙提，是否已經成功阻止對方繼續犯案。

「是的。」這句話讓他終於放心，不過，這些慘案其實是近千年之前的故事了。

馬庫斯一直以為連續殺人犯是現代的產物。在過去這一百年間，人類的道德倫理出現許多巨大的變化，就他看來，連續殺人犯也等於是必然的代價。不過，在看過這篇告解之後，他必須要重新審思才行。

接下來，克里蒙提每天晚上都把他帶入小房間，交給他新的檔案。不久之後，他不免開始懷疑，這未免多此一舉，克里蒙提大可以把檔案交給他、讓他帶回自己的閣樓好好研究。不過，答案很簡單，這樣的隔離方式，是為了要讓馬庫斯學到重要的一課。

有一天，他正色告訴克里蒙提，「我就是檔案。」

克里蒙提點點頭，的確，除了保存資料的秘地之外，聖赦神父自己也等於是檔案的一部分，每一個人會有不同的專精領域，累積了相關經驗，在世間發揮所長。

不過，馬庫斯一直到昨晚打開齊尼的電子郵件，才發現自己不是唯一還在執行任務的聖赦神父。

他穿梭在猶太區的狹小街道裡，一想到這個就心神不安，他正準備前往座落於猶太教堂後的奧大維門廊，在古羅馬時代，那裡曾經是朱諾與丘比特的神殿。廢墟附近有座以鋼和木所搭建的現代小橋台，能讓人眺望佛朗米尼歐競技場。

克里蒙提站在那裡，雙手扶著欄杆，他全都知道了。

「他叫什麼名字？」馬庫斯問道。

「不知道。」克里蒙提雖然出聲，但根本沒轉頭。

這一次，馬庫斯不會那麼容易被擺佈，「你怎麼可能不認識聖赦神父？」

「我早就告訴過你，只有德渥克神父知道所有聖赦神父的名字與面孔，這個部分我沒說謊。」

「所以真正的謊言是什麼？」馬庫斯繼續施壓，克里蒙提表情心虛。「早在傑瑞米亞．史密斯綁架拉若之前，就已經出問題對吧？」

「有人在竊用檔案，你早就知情了，是不是？」馬庫斯必須自己問個清楚。

「『已行的事後必再行』，你想知道這句話是什麼意思嗎？它出於傳道書，第一章第九節。」

「多久以前發現的？」

「好幾個月了，太多死亡事件了，馬庫斯，這對教廷不好。」

克里蒙提的話讓他很不舒服，他一直以為他們兩人的努力是為了拉若，其實卻另有隱情，

「所以這才是你關心的重點，」馬庫斯大怒，「防堵檔案繼續失血，阻止受害者私下尋仇報復，所以拉若算什麼？只算是意外事件？萬一她死了，只能算作間接受害？」

「所以才要找你救她。」

「我不相信。」

「聖赦神父的所作所為，違背了教廷高層的旨意，他們早已被解散，但有人卻想要繼續維持下去。」

「德渥克。」

「他認為聖赦神父扮演了極其重要的角色，廢止是錯誤之舉，這個資料庫是研究罪行的寶庫，這個世界可以繼續好好運用，他認為這是他的使命，而你與其他神父也繼續追隨，投入瘋狂志業。」

「他為什麼要去布拉格找我？我在那裡做什麼？」

「我真的不知道，我發誓。」

馬庫斯的目光在羅馬帝國的遺跡之間漫移，他想要知道自己究竟扮演什麼角色。

「每當這個聖赦神父揭發罪行秘密之後，就會留下線索給其他同仁，他希望可以有人阻止他，所以你才再度訓練我，希望我可以找到這個人，你在利用我，拉若失蹤，成了逼我出任務的好藉口，我不會起疑心。其實，你根本不在乎她……又哪可能在乎我？」

「什麼？你怎麼能說這種話？」

馬庫斯節節逼近，克里蒙提不得不看著他的雙眼，「要不是資料庫有外洩風險，你也不會理我，我只能當個失憶的人，繼續躺在病床上。」

「不是這樣，無論如何，我們一定會幫助你恢復記憶，好好生活下去。當初我是因為德渥克死了才趕去布拉格。我發現他中槍時旁邊還有一個人，但我不清楚是誰，只知道那個人負傷被送入醫院，完全喪失記憶。」

一開始的時候，馬庫斯為了要確定自己的身分，已經央求克里蒙提多次講述事情經過。這位年輕神父在旅館房間仔細搜索，找到偽造的梵蒂岡外交護照，還有一份馬庫斯陳述自己基本資料的日誌，看起來似乎是擔心死後自己成了無名屍。克里蒙提就是靠這份資料、推論出馬庫斯的身分，不過，最後的確認卻是在出院之後，克里蒙提把馬庫斯帶去某一犯罪現場，觀察他的述案能力，準確度相當驚人，證明他確實是聖赦神父。

「出現異常狀況之後，我向上級稟報，」克里蒙提繼續解釋，「他們不想處理，但我態度堅持，而且認為你是唯一的合適人選，所以我好不容易才努力說服他們。我們不是在利用你，但我們的確有機會能靠你找出真相。」

「等我找到了這個背叛者之後，那我呢？」

「你就自由了，難道你不懂嗎？這並非由別人所裁奪，而是你自己，如果你想現在離開，也沒關係，你可以自己決定，反正這也不是你的義務。不過我知道在你內心深處，一直渴望知道自己是誰。雖然你不想承認，但其實你現在努力查案，也有助於你更了解自己，不是嗎？」

「而且，等到一切結束之後，聖赦神父將再度走入歷史，永遠也不會出現了。」

「當初廢除必然有其原因。」

「為什麼？」馬庫斯語氣挑釁，「拜託你明講吧。」

「有些事物不是你我可以明瞭，決策來自高層，我們當神父的人，職責就是好好遵從，不要多問，只要謹念著上位都是為了我們好。」

鳥兒在古柱間盤旋，傳來冷冽清晨的啁啾囀唱，一日之初陽光乍現，不過馬庫斯的心卻無法感染這燦爛氣息。聽到有機會能過不一樣的生活，的確令人心動，自從他發現了自己的特殊天賦之後，一直覺得有重擔在身，彷彿解開惡行之謎的責任全落在他身上。但現在克里蒙提卻為他開啟了一道出口，他說得沒錯，這個任務也等於是為了他自己，只有找到拉若，阻止那個神秘的聖赦神父，他才能坦然離開，過自己的生活。

「我現在要做什麼？」

「找到女孩的下落，把她救出來。」

馬庫斯很清楚，唯一的方法就是繼續追查那神父所留下的線索，「他破了許多檔案裡的懸案，功力高強。」

「你們不相上下，否則你也不會發現相同的線索，你和他一樣。」

馬庫斯聽到這種比喻，不知該開心還是生氣才好，但他告訴自己，一定得撐到最後，「這次的案號是 c.g. 925-31-073。」

「這個案子一定會讓你覺得很棘手，」克里蒙提事先提出警告，隨即從風衣口袋取出信封，「某人死了，但我們不知道是誰，他的兇手已經認罪，但我們也不知道他的姓名。」

馬庫斯接過檔案，異常輕薄，裡面只有一張手寫紙條。

「這是什麼？」

「某人畏罪自殺的告解書。」

7.40 a.m.

有人輕撫臉頰，她醒來了，睜開雙眼，滿心以為會看到夏貝爾，不過，床上只有她一個人，但剛才的輕觸卻深刻如真。

她的同伴起床了，浴室已經傳出流水聲響，也好，現在看到他可能不是時候，她需要一點時間，讓自己靜一靜。現在映入眼簾的是無情而直接的白晝日光，與夜半床笫之歡所帶來的感受截然不同，陽光從百葉窗裡透進來，無視於她的羞慚不安，大剌剌照著地板上散落的衣服與內衣褲、床尾皺巴巴的毛毯，還有她光溜溜的身體。

「我沒穿衣服。」她喃喃自語，彷彿在逼自己相信眼前的事實。

起初，她覺得是酒精作祟，但她發現這理由也未免太過牽強，她想騙誰？她告訴自己，女人上床做愛，從來不是出於機運偶然，但男人是這樣沒錯：他們只要一逮到機會就緊抓不放，但女人需要好好準備，她們希望自己的肌膚光滑好摸，氣味芳香怡人，就算看起來只是一夜情，其實也是早有計畫。她當初雖然不知道會有這一場邂逅，但這幾個月以來，她卻不曾鬆懈，依然仔細呵護自己的體貌，她不想屈服於悲傷之下，還有，她媽媽下的那一步指導棋。在大衛葬禮就要開始之前，她媽媽把她拉進臥房，幫她梳頭髮，「女人哪，一定找得到兩分鐘的時間整理頭髮。」雖然她悲傷難抑，幾乎快喘不過氣來，但她對這句話也有另一番自我補充，這與愛美無關，而是自我認同，這是一種令男人嗤之以鼻的姿態，他們可能會認為在這種時刻還注重儀表、未免顯得太瑣碎又矯揉做作。

不過，珊卓拉現在卻覺得難堪，夏貝爾是否覺得她浪蕩？不知道他會怎麼想，她擔心的原因不是因為自己，而是大衛，他會不會覺得這男人很可憐？新寡的太太早就準備和別的男人上床？

她突然發現自己拚命在找討厭他的理由，但夏貝爾昨晚溫柔多情，他展現的不是瞬時爆發的狂野激情，而是令人幾近發狂的溫柔，她記得他不發一語，只是緊緊擁著她，她感受到他的溫暖氣息，知道他的吻不時落在她的髮絲上。

第一眼看到他的時候，她就覺得這男人魅力非凡，也許正是這個原因才讓她惱火，真老套，一開始的時候彼此討厭，但卻無可避免墜入情網，簡直是十五歲少女的故事，現在只差一份新男友與大衛的評比表而已了，她趕忙搖頭，不該再想下去，隨即立刻起床。她撿起地上的內褲，迅速穿上，珊卓拉不希望夏貝爾從浴室出來的時候、發現她赤裸無助的模樣。

她坐在床邊，等裡面的人出來之後，就可以換她進去洗澡。當然，穿著內褲走過他身邊，的確奇怪，他可能誤以為她後悔了。其實珊卓拉壓根沒有這種想法，她似乎應該要痛哭才是，但她沒有，反而流露一股隱然的喜悅。

她依然愛著大衛。

有了「依然」，情境已大不相同，這個字眼隱藏了陷阱，時間的陷阱，它不知道在什麼時候，插入這句話的正中央，珊卓拉根本沒有發現，但它卻發揮了「實質」的切割功能，正等著靜觀其變，萬物無常，那樣的深情遲早會變調，二十年或是三十年之後，如果，她能活那麼久的話，她還會對大衛懷抱同樣的感情嗎？現在的她二十九歲，雖然丈夫早逝，但她還是得繼續過生活，每每當她回頭顧盼，丈夫的身影也越來越渺小，總有一天，他會完全消失在地平線之外。他們的確相守了好幾年，但根本無法與她的漫漫未來相提並論。

她好怕自己會忘了他，所以才緊緊抓住記憶，不肯放手。

她望著衣櫥旁的鏡子映影，裡面的人不是寡婦，而是一個依然能在某個男人身上投注能量與熱情的年輕女子。她想起自己與大衛無數次的男女歡愛，其中有兩次，格外深刻難忘。

當然，一定有他們的第一次，也是最不浪漫的一次。第三次約會完之後，他們開車回家，那裡有舒適的床和溫存時刻所需要的隱私，但他們卻等不及，乾脆把車停在路邊，兩個人鑽進後座，嘴唇黏在一起片刻不離，急急忙忙脫去對方的衣服，彷彿他們已經預知了未來，不久之後將失去彼此。

不過，難忘的第二次，倒是沒有那麼強烈的紀念性，總之，並非是他們的最後一次。珊卓拉對於最後一次的記憶反而很模糊，她通常眷戀的是讓人開心微笑的事，而非悲傷的過往：對生者來說，在摯愛過世之前、與他們的最後互動，總是成為折磨人的利器，早知道我該說什麼，該做什麼才是。她和大衛沒有這種怨結，他們兩人都知道對方深愛自己，珊卓拉沒有遺憾，但歉疚，有的，就是那一次做愛之後，縈繞不去。時間大約是在大衛慘遭謀殺的幾個月前，那一夜其實和其他的夜晚沒什麼不同，他們依然在玩自己的求愛儀式，他得要講一整個晚上的甜言蜜語，她才會讓他慢慢靠近，百般抗拒他的示好，等到最後一刻才讓他得逞。他們每次做愛前都會搞這個把戲，但依然樂此不疲，這不只是增添他們閨房之樂的遊戲而已，而是一種溫習承諾的方法，千萬不要把對方的愛當成理所當然。

那天，在他們做愛之前，出了一點狀況。大衛出差了兩三個月，他當然不知道在這段自己不在的時間內，發生了什麼事，她也沒有讓他知道，她不會說謊，但她會假裝不曾發生，簡單的折衷之道。你只需要照老規矩走就是了，彷彿一切如常，就連做愛的習慣也一樣。

她從來沒有告訴任何人，其實，她覺得連自己都不該胡思亂想。大衛毫不知情，萬一有一天她自己招供，她知道大衛鐵定會離她遠去，有一個字，可以具體詮釋她的歉疚感，但她始終沒有說出口。

「我犯了罪。」她對著鏡中的女子輕語。

不知道那位聖赦神父會不會原諒她？這句話明明是在對自己開玩笑，但依然無法減緩她心中的沉重。

她望著那緊密的浴室門，不禁暗暗思忖接下來的發展，她和夏貝爾是做愛？還是純粹上床？接下來該怎麼互動？她先前壓根沒想到這些，但現在似乎有點太遲了。她不希望是由他主動提起這件事，其實，她想要繼續交往下去。她突然一陣忸怩，萬一夏貝爾態度冷淡，希望他不要發現自己的失望之情才好。她想轉移注意力，低頭看手錶，她已經醒來二十分鐘了，但夏貝爾卻還沒有從浴室出來，她依然聽到水流，但現在才注意到水聲毫無變化，不像是有人在洗澡，這個水聲太規律了，似乎根本沒有激打在身體上面的響聲。

她跳起來衝過去，浴室門一推就開了，滿室蒸氣立刻撲面而來，她大力猛揮，望著淋浴間，毛玻璃裡看不到任何人影，她趕緊推開淋浴間隔門。

水嘩啦啦流個不停，但沒有人在裡面。

夏貝爾會搞這種把戲，只有一個理由。珊卓拉立刻打開馬桶蓋，那個防水袋還在，但裡面的照片全都不見了，只剩下一張到米蘭的火車票。

她坐在濕漉漉的地板上，雙手掩面，現在她真的好想哭，甚至尖聲大叫，這樣至少會舒坦一點，但她沒有。她不去回想昨晚的溫存，或者去猜測他的溫柔體貼是否是欺瞞戰術的一部分，那次她心裡藏著秘密卻與大衛做愛的記憶，在此時湧上心頭，她一直想要忘卻這一段過往，但如今卻再也壓抑不住，她無法再繼續保持沉默下去了。

對，我犯了罪，她承認，而大衛之死是我的懲罰。

她打了好幾次夏貝爾的手機，但全轉到語音信箱，告訴她無法接通，看來他是決意躲她了。好，現在沒有時間把責任怪到別人頭上，或是檢討自己是否犯錯，她要繼續調查下去。

她和那位太陽穴帶疤的神父早已有了約定，但現在夏貝爾卻拿走照片，他要追查神父的下落也就更加容易。萬一他被逮捕，她也完了，追查大衛死因的線索只剩下那張黑漆漆的照片，神父，是她的最後一線希望。

事不宜遲，她得趕快提醒他。

珊卓拉不知該從何找起，她也沒有時間等神父自己再度現身，現在只能靠自己想辦法。她在屋裡來回踱步，想要釐清這幾天發生的事件，她雖然十分氣惱，但也知道憤怒無濟於事。對於這個國際刑警組織的刑警，她愛恨交雜，但她絕對不會讓怒氣沖昏了頭。

得重新回到費加洛的案子。

昨天傍晚在煉獄博物館的時候，她曾經向神父獻策，他聽從建議，而且匆忙離去，臨行前只說他得要加快行動，不然一切就太遲了，她也沒時間多留他。

經過一夜之後，不知事況是否有新的變化，在電視裡可能找得到答案。她走進廚房，打開櫃子上的小電視機，她亂轉頻道之間，終於發現某台正在播新聞，主播正在播社會新聞，格洛里別墅公園發現一具女屍，下一條則是在特拉斯特維雷區所發生的兇殺與自殺案，主播提到了兩個人的名字：費德里克．諾尼和皮耶特羅．齊尼。

珊卓拉不敢置信，結果以悲劇收場，她在裡面扮演了什麼角色？會不會多少是因為她而引發命案？不過，在比對時間順序之後，她發現沒有任何關聯，血濺之際，她正在與神父說話，換言之，他還沒來得及趕過去，慘案已經發生。

費加洛的案子似乎告一段落，就算從這裡下手，也無法找到聖赦神父的下落。

真令人挫敗，她不知從何開始。

等等，她有了新發現，夏貝爾怎麼知道聖赦神父在查費加洛？

她開始回憶細節，終於找到了答案：夏貝爾靠著竊聽器、因而知悉聖赦神父所關注的案件，他把竊聽器安裝在羅馬近郊的某處別墅，警方已經在那裡拉起封鎖線，進行搜查。

哪間別墅？還有，神父為什麼會出現在那裡？

她從包包裡取出手機，回撥昨天的最後一通來電，響到第六聲的時候，迪．米契里斯接起電話。

「維加警官，需要我效勞嗎？」

「督察，又得找你幫忙了。」

「我洗耳恭聽。」他心情似乎不錯。

「你知道羅馬警方這幾天在搜一間別墅？應該與某個重大刑案有關。」既然夏貝爾會去那裡安裝竊聽器，想必一定非同小可。

「妳最近沒看報啊？」

她突然愣住，「我漏了什麼嗎？」

「前幾天有個連續殺人犯被抓到，妳也知道大家最瘋這種案子了。」

電視上一定有播，但她沒看到，「所以現在的狀況是？」

「我時間不多，」她聽到迪．米契里斯周邊有許多人在講話，現在他走到比較安靜的地方，「好，傑瑞米亞．史密斯，六年來殺了四個人。三天前心臟病發，救護車趕到他家，發現這傢伙過去的犯案跡證，現在他人待在醫院裡，幾乎是垂死狀態，全案已進入終結階段。」

珊卓拉又想了一會兒才開口，「幫我一個忙好嗎？」

「又要幫妳忙？」

「這一次真的需要你幫大忙。」

迪．米契里斯不知道嘴裡喃喃唸了什麼話，「說吧。」

「調查這個案子的派令。」

「妳在開什麼玩笑。」

「不然你是想看到我單槍匹馬去查案？你也知道這種事我一定幹得出來。」

督察幾乎是不加思索就答應了，「過幾天妳好好給我解釋清楚，聽到沒有，不然我覺得自己真像個白癡，妳說什麼我就信什麼。」

「一言為定。」

「好，一個小時之內，我就會把派令傳真到羅馬的警區總部，我得想一個合情合理的原因，但我想像力非常豐富。」

「我是不是要開口好好謝你？」

督察哈哈大笑，「當然不用。」

珊卓拉掛了電話。她覺得自己彷彿又回到了戰場。真希望能忘記夏貝爾所對她做的事，不過她現在依然有怒氣，只能全發洩在那張火車票上，撕得爛碎之後，任其飄散四處。夏貝爾八成是不會回來看到這幅景象，其實，兩個人應該自此之後再也不會相見。一想到這件事，不禁令她有些神傷，還是別想了，珊卓拉下定決心，一定要先放下，她還有其他要事在身。先去警區總部拿派令傳真，然後索取一份傑瑞米亞．史密斯的檔案資料，追溯案情，她有預感，只要這個案子與聖赦神父有關聯，那麼，這個案子絕對還沒有結束。

8.01 a.m.

馬庫斯坐在膳房的長桌一角，這裡是由明愛會所經營的慈善食堂，牆上處處可見十字架和聖經金句的海報。空氣中瀰漫著肉湯與油炸物的氣味。在早晨的這個時間，街友常客已經吃完早餐離開，廚房的工作人員已經開始準備午餐。為了要能吃到早餐，大家通常在凌晨五點就開始排隊，到了七點鐘的時候，他們又會陸續回到街上，不過，要是遇到天冷或下雨，有些人會在室內多待一會兒。馬庫斯知道有許多街友——雖然不是佔了絕大多數——已經完全無法久待室內，所以他們拒絕安定下來，就連在宿舍住一晚也不可能，某些長期坐牢或待在精神病院的街友，特別容易發生這種狀況。曾經失去過自由，讓他們變得困惑迷惘，不知自己是從哪裡來的，也不清楚家在何方。

唐．米蓋勒．傅安特總是面露微笑，歡迎這些街友，他散播出去的不只是熱食，還有人性的溫暖。他正在指導同仁、為幾個小時之後安靜湧入的人潮做準備，馬庫斯看著這位神父、及其所流露的使命感，不禁自嘆弗如，他覺得自己是個不及格的神父，許多東西都消失不見了，不只是他的記憶層，還有他的內心。

唐．米蓋勒結束之後，隨即走過來，坐在他的對面，「克里蒙提神父告訴我你今天會過來，他只說你是神父，還叫我不要問你姓名。」

「希望您別介意。」

「沒關係。」

唐．米蓋勒年約五十多歲，胖嘟嘟的身材，豐滿雙頰紅光滿面，一雙小手，再加上亂七八糟的頭髮。身上的黑袍沾滿了麵包屑和油漬。他戴著黑色圓框眼鏡，塑膠手錶看起來從來沒換過，腳上的耐吉球鞋已經走樣變形。

「三年前，有人來找你告解。」馬庫斯的這句話是在陳述事實，絕非疑問。

「我聽了很多。」

「但這個你一定記得很清楚，應該不會天天有人因為想自殺而找你告解吧。」

唐．米蓋勒似乎未覺詫異，但臉上的懇切之情立刻消失，「一如往常，我將懺罪者的告解內容寫下來之後，呈交出去，我沒有辦法赦免他，這個罪太嚴重了。」

「我已經看過內容，但我想當面聽你的說法。」

「為什麼？」顯然唐．米蓋勒不想重提往事。

「你的第一印象對我來說很重要，我需要掌握對話內容裡的一切細節。」

唐．米蓋勒終於被說服了，「那天晚上十一點，我們正準備要關門休息，我注意到對街的那個男人，他整晚都站在那裡，我想他應該是在醞釀勇氣吧。等到最後一位客人離開之後，他終於下定決心走進來，直接找我，請我聽他告解。我以前從來沒有看過這個人，他穿著厚重外套，戴著帽子，始終沒有脫下來，彷彿他急著要離開。其實我們沒有講多久的話，他不是在尋求安慰或諒解，只是希望能夠減輕心頭負擔。」

「他到底跟你說了什麼？」

神父搔著凌亂的灰白鬍鬚，「我發現他想要做出激烈舉動，可以感覺到他的手勢和聲音有股煎熬，顯然他不是在開玩笑。他知道自己接下來的行為無法獲得寬恕，但他此行的目的並非是為了這個，」唐．米蓋勒停頓了一會兒，「他祈求原諒的不是他的自殺行為，而是先前所犯下的某起殺人罪行。」

這位神父長期接觸生活陰暗面，經驗老到，他語多保留，馬庫斯也不能怪他：畢竟他當晚聽到的是彌天大罪的告解內容。「他殺了誰？為何殺人？」

唐．米蓋勒摘下眼鏡，直接以黑袍當拭鏡布，拚命擦眼鏡，「他沒有說。我有問，但是他態度閃避，他說，我最好還是不要知道比較好，以免自己遭逢不測，他不過想求得一個赦免而已。我告訴他，此罪情節重大，像我這樣的神父無法赦免他，他立刻蹙眉，但還是謝過我，隨即不發一語，轉身離開。」

那張告解不過薄紙一張，裡面也沒有任何證據，但這是馬庫斯手中唯一掌握的資料。在他們的檔案室中，有一區專門放置殺人案件的告解內容，馬庫斯第一次駐足近覽的時候，克里蒙提曾經給了他忠告，「不要忘了，你在看的資料，不是警方資料庫裡的筆錄，他們執筆時的客觀性，等於設下了某種保護的柵欄。但是在這些告解內容中，對於殺人事件的描述卻全採主觀觀點，因為主述者永遠是兇手本人，有時候你可能覺得自己站在他的立場，不要讓邪惡欺騙你，要記得，那是幻象，可能充滿了危險。」這些紀錄經常會出現一些突兀的細節，讓馬庫斯印象深刻。比方說，有個殺人犯記得自己殺害的對象喜歡穿紅鞋，神父也忠實抄寫下來，這種事情無關緊要，不會影響最後的判斷，不過，這彷彿是在他們記錄一連串恐怖犯罪事件的時候、為自己所留下的一道緊急逃生口。紅鞋：乍然出現的一抹顏色，打斷了敘事內容，也讓閱讀者得以暫時喘口氣。但是在唐．米蓋勒的筆下，卻看不到這種細節，馬庫斯懷疑他留了一手。

「你認識這個懺罪者？對吧？」

唐．米蓋勒沒說話，這個沉默也未免太久了，馬庫斯知道自己猜得沒錯。「幾天之後，我發現報紙上出現了這個人的新聞。」

「但當你把告解呈交出去的時候，卻故意漏了真名。」

「我請教過主教，他建議我不要揭露這個人的姓名。」

「為什麼？」

「因為大家都認為他是好人，」他的回答直接了當，「他在安哥拉蓋了一間大醫院，主教認為不需破壞眾人對這位大慈善家的印象，應該繼續讓他當大家的完美典範，我也同意，要對他做出什麼評價，並不是我們的事。」

「他叫什麼名字？」馬庫斯緊追不捨。

唐．米蓋勒嘆了一口氣，「艾伯托．卡內斯塔利。」

馬庫斯知道其中另有隱情，但他不想強迫別人，他只是靜靜看著這位神父，等他自己再度開口。

「還有一件事，」唐．米蓋勒驚惶不安，「報上寫他是自然死亡。」

艾伯托．卡內斯塔利不只是全球知名的外科醫生、醫學界的奇葩、在專業上不斷努力創新，最重要的是，他是位大慈善家。

醫生位於露多維西路的書房牆面，可為明證，上頭掛滿了獎牌，以及各種剪報裱框，包括了他在外科領域的創新變革，還有他將自身所學、慷慨貢獻開發中國家的善舉。

他最偉大的事蹟，莫過於在安哥拉創建了一所大型醫院，他經常前往探訪，而且還親自操刀動手術。

這些對他歌功頌德的報紙，後來也刊登了他因自然原因而猝死的消息。

馬庫斯又偷偷摸進醫生以前的診所，威尼托路附近某棟知名建築的四樓，他的目光仔細瀏覽屋內的遺物，裡面有五十多張照片，醫生滿臉微笑，與各方名流合影留念，但也有與一般病患的合照——許多人看起來都是貧戶——醫師妙手回春，不僅挽救了他們的健康，甚至是寶貴性命。他們是他的家人，卡內斯塔利全心投入志業，終生未娶。

如果單以那牆上所掛的豐功偉績來做判斷，馬庫斯可能會毫不猶豫稱讚他是個優秀教徒，但過往的經驗提醒他要小心為上，這一切可能只是假象，何況艾伯托在死前幾天還向神父說過那些話。

就這個世界的認知來看，艾伯托絕非自殺身亡。

但他在表達自殺意圖之後沒多久就自然死亡，馬庫斯實在難以置信，其間一定還有更多的秘密。

這間診所附有寬敞的等候區、秘書辦公室，還有醫生自己的私人辦公室，裡面放有桃花心木的大型書桌，四周全是醫學書籍，許多都是精裝書。屋裡還有一道滑門，裡面是小間診療室，沙發、各式各樣的設備，還有迷你藥櫃。不過，馬庫斯的焦點全放在艾伯托的辦公室，裡頭擺放了幾張皮沙發充作接待區域，此外，還有一張他專用的旋轉椅，也是皮製品——根據媒體的報導——就是在這張皮椅裡發現醫生的屍體。

我為什麼會到這裡來？

就算這男子真的是自殺好了，現在也已經結案，馬庫斯毫無用武之地。兇手已死，神秘聖赦神父也沒有機會讓任何人報復尋仇。不過，他卻把馬庫斯引到這裡來，顯然案情沒那麼簡單。

他告訴自己，按部就班慢慢來，首先，要確認真相，第一個要處理的異常事件，就是這起自殺案。

卡內斯塔利沒有結婚，也沒有兒女，侄甥晚輩在他死後開始爭產，所以這間診所在過去三年來依然維持原貌，窗戶緊閉，屋內的所有東西都積了一層厚厚的灰塵，陽光透過百葉窗隙縫而入，飛灰宛如發光霧氣一般飄舞。時光漠然，保留了這個房間的原貌，但這裡一點也不像是犯罪現場，馬庫斯甚至暗暗惋惜，要是當初這裡發生的是兇殺案就好了，這種狀況反而能留下線索，讓他得以推導出真相，在邪魔所製造的一片亂局之中，更容易發現異常事件，不過，在這間狀似寧和的辦公室裡，可就沒那麼容易了。面對這一次的挑戰，他的方法必須大幅調整，他必須要站在艾伯托．卡內斯塔利的角度來思考。

他開始問自己，對我來說，最重要的價值是什麼？出名，我有興趣，但也不是那麼重要：可惜，救人性命或行善也無法讓大家都認識你，好，再來是我的專業，但我的天賦對別人來說比較重要，所以我也不是那麼在乎。

馬庫斯再次瀏覽這位醫生掛在牆上的豐功偉績，答案立刻浮現：我的名字，這才是最重要的事，聲望，才是我最重要的資產。

因為我相信自己是個好人。

馬庫斯走到卡內斯塔利的皮椅旁，坐了下來，他雙手托腮，要問自己一個關鍵問題。

要如何隱藏自殺的真相？讓大家都誤以為我是自然死亡？

卡內斯塔利最擔心的就是醜聞，他絕對無法忍受後人想起他的時候、出現負面評價，所以他一定得要想個好方法，馬庫斯知道答案近在咫尺。

「就在這裡。」他喃喃自語，把椅子轉過去，面對著書架。

對於一個精通生死奧秘的人來說，想要偽裝自然死亡的場景，絕對不成問題，一定有不會讓人起疑的簡單方法，不會有人想要調查，挖掘真相，畢竟死者為人正直良善。

馬庫斯站起來，開始逐一檢視書架上的書名，過了好一會兒之後，終於找到他要找的書。自然與人工毒素的摘要集錄。

他開始快速翻閱書中所臚列的各種物質及其毒素、礦物酸與植物酸、強鹼，無所不包，從砷到銻，從顛茄到硝基苯、非那西汀、三氯甲烷，書裡還標示出致命劑量、有效成分、使用方法與副作用，最後他終於找到解答。

琥珀膽鹼。

它是一種用於麻醉的肌肉鬆弛劑，卡內斯塔利身為外科醫生，想必相當了解。在這本書中，還將其比喻為人工的馬錢子，因為它具有手術麻醉的功能，避免病人發生痙攣或肌肉不自主抽動的風險。

馬庫斯詳讀了這種藥物的特色之後，發現卡內斯塔利只需要為自己注射一毫克的劑量，即可讓呼吸肌停止運作，幾分鐘之後就會發生窒息，時間漫漫，彷彿無止無盡，但隨即就會暴斃。很少人採用這種方式自殺，但這招必死無疑，因為注射完成之後，全身立刻麻痺，就算想要反悔也不可能了。

不過，卡內斯塔利選擇這個方式，還有另外一個原因。

馬庫斯意外發現，毒物反應檢驗無法測出琥珀膽鹼，因為它的主要成分是丁二酸與膽鹼，人體內出現這兩種物質實屬正常，所以最後看起來會像是自然死亡，當然病理學家也不會去找死者身上有無針痕，比方說，在腳趾頭之間的注射小洞。

他可以留住自己的好名聲。

「但……針筒呢？」如果有人在屍體旁邊發現這個東西，那麼偽裝自然死亡的計畫也會因而破局，與後來的發展並不相符。

馬庫斯反覆思索，他在來此之前曾看過網路資料，護士一早開門時發現了卡內斯塔利陳屍屋內，也許是她偷偷拿走了這礙事的證據。

太危險了，馬庫斯心想，萬一護士沒有拿走呢？卡內斯塔利一定有絕對把握才會下手，為什麼這麼篤定？

馬庫斯環顧四周，這裡正是名醫決定自我了斷的地方，診所，等於是他的宇宙之中心，但這並非是真正的原因，他一定很清楚有人會目睹整個過程，而且對方也有拿走針筒的強烈動機。

他在這裡自殺，因為知道有人在監看他的一舉一動。

馬庫斯立刻跳起來，這個房間裡一定有監視器，裝在哪裡？電燈開關，正是答案。

他端詳牆上的電燈開關，走過去，果然發現上面有個小洞，他拿起桌上的拆信刀，先鬆開螺絲，然後慢慢撬開牆上的開關蓋。

發射器的線，夾纏在一堆電線裡。

安裝隱藏式攝影機的人，手法相當高明。

但如果卡內斯塔利自殺時有人在監看，為什麼器材還在這裡？馬庫斯驚覺自己深陷危險之中，一定有人知道他出現在診所裡。

他們先觀察我的身分，現在一定正準備趕過來。

要趕快離開這裡。馬庫斯正準備要開門的時候，聽到走廊上傳來聲響，他小心探頭出去，看到一個穿著西裝領帶、面容兇狠的壯漢，正小心翼翼把自己的巨大身軀擠過狹廊，避免發出噪音。馬庫斯退身屋內，唯一的出口被那座人肉大山擋住了。

他看著滑門後的診療間，倒是可以躲在那裡，如果那男人闖入辦公室，他還有機會逃跑，畢竟他的身手比對方靈活，應該有機會可以從容逃離。

那名男子停在門口，肥頸上的頭開始東張西望，細瞇瞇的賊眼窺探著昏暗的房間，一無所獲，然後，他發現那道診療室的滑門，立刻用粗肥手指扣住門隙、迅速拉開，隨即闖了進去，他萬萬沒想到裡面根本沒有人，還來不及做任何反應，滑門已突然砰一聲關上。

馬庫斯慶幸自己在最後一秒鐘改變計畫。他躲在卡內斯塔利的書桌下方，當壯漢誤入陷阱之後，他立刻衝出來，把對方關在裡面。正當他為自己的足智多謀而得意洋洋之際，卻發現手中的鑰匙無法轉動門鎖。那名男子開始拚命捶門，整道門也隨之激烈震動，馬庫斯丟下鑰匙，立刻開始往外跑，他剛到走廊，已經聽到壯漢出現在後頭的聲響，他把醫生辦公室的門重重一甩，希望多少拖延一點時間，現在，他已經衝到梯台，正準備要逃向一樓大門的時候，卻發現不但後有追兵，前頭還有他的黨羽埋伏在出口。馬庫斯發現有緊急逃生口，臨時決定改道，逃生通道狹窄，階梯短小，他必須三步併作兩步跳下去，以免被背後的惡漢追上，那傢伙比他想像的還要輕巧，幾乎已經快要抓到他了，距離街道不過只有短短四層樓的距離，感覺卻像是天涯海角。最後一道門，他馬上就要解脫了，但他把門一推開，卻發現眼前不是大街，而是地下室停車場，一片空曠。他看得到遠方的電梯門正緩緩開啟，但那不是救命的出口，因為另一個穿西裝打領帶的男人出現在電梯門口、認出馬庫斯，正朝他直奔而來，現在有兩個人在追他，插翅也難飛，他幾乎快喘不過氣來了，擔心自己隨時會昏厥。他開始爬坡奔向停車場坡道的出口，好些車子迎面撲來，有幾台車幾乎要擦撞上來，駕駛狂按喇叭在抗議。他逃到街上的時候，那兩名惡徒依然繼續緊追不捨，但他們卻突然停下腳步。

這兩個人前方有一堆中國觀光客，剛好形成一堵人牆。

馬庫斯趁亂溜走，不久之後，他已經躲在安全的街角，看著那兩名壯漢驚慌失措，但卻已累得直不起腰，拚命喘氣。

他們是誰？背後主使者又是誰？艾伯托．卡內斯塔利之所以自殺，是否與某人有關？

11.00 a.m.

她把警徽掛在脖子上，向在豪宅外頭看守的警官出示督察派令。那兩位男同事在核對她的身分資料的時候，還特別交換了眼神，意味深長。珊卓拉知道雄性動物們突然又開始注意她了，她知道為什麼，與夏貝爾共處一夜之後，已經將她的哀鬱氣息一掃而空。那兩個人刻意拖拖拉拉，珊卓拉也只能耐心等待。他們終於放行，還為自己所造成的不便道歉。

她沿著車道前行，走向傑瑞米亞·史密斯的豪宅。花園荒棄多時，野草蔓生，石面大花盆全遭掩沒。到處都是女神與維納斯的雕像，有些已成斷臂，迎臨的姿態雖然殘缺，但依然優雅動人。噴泉池裡長滿常春藤，邊緣全是綠沉沉的死水。這間房子宛若矗然陡立的巨石，因時間流逝而變得蒼灰，進入大門前有一段階梯，越往上走，梯面也越來越窄，這種設計，本來是為了要讓建築立面顯得更加纖長，但現在反而看起來像是支撐豪宅的小台座。

珊卓拉拾級而上，有些台階已經垮爛得不像話，而當她進入屋內之後，白晝光線立刻消失不見，完全被長廊的暗牆所侵吞，感覺好詭異，這裡像是個強吸一切的黑洞。

刑事鑑識人員依然在忙，不過他們的工作已經快要進入尾聲。現在他們正在清查家具，拉出所有的抽屜，東西全部都倒在地板上，逐一篩檢，連沙發與靠墊的襯裡也不放過。還有人拿聽診器對牆找空洞，因為兇手可能會在裡面暗藏物品。

有個瘦高男子正對著警犬小組下達指令，請他們到花園去搜索。他看到了珊卓拉，並示意請她稍等，她點點頭，站在門廳，看著狗兒拉著警察離開房子，直衝花園而去。現在，那男子向她走過來。

「我是局長卡穆索。」他伸手向珊卓拉打招呼，這個人穿的是紫色西裝，還搭配同色條紋襯衫，又加上一條具畫龍點睛之效的黃色領帶，好一個花花公子。

在這樣的迷暗空間裡，看到這樣的怪異打扮，也算是賞心悅目，不過，珊卓拉實在不想因為這位同事而分心，「我是維加。」

「他們已經告訴我了，歡迎。」

「希望不會給你添麻煩。」

「千萬別這麼說，我們這裡的工作已經快要告一段落，今天下午大家就要拆營收工了，我反倒是擔心妳來得太晚了。」

「既然已經找到了傑瑞米亞．史密斯和四起謀殺案的相關證據，那你們為什麼還要繼續搜查？」

「我們還沒找到他的『遊戲室』，這些女子遇害的地方不在這裡。他先囚禁她們一個月，沒有性侵，雖然有捆綁，但也沒有虐待，三十天一到，立刻割喉。不過，他一定得找一個隱秘的地點偷偷下手，我們希望可以找到相關線索，但現在依然毫無頭緒。對了，那妳來此是為了？」

「我的督察長官迪．米契里斯希望我撰寫一份兇手的研究報告，這種案例並不多見，對於像我這樣的刑事鑑識工作人員來說，這是獲取寶貴經驗的絕佳機會。」

「了解。」卡穆索隨便應了一聲，顯然對她是否吐實並不在意。

「為什麼警犬小組還在這裡？」

「他們準備要再走一次花園，搞不好會多發現一具屍體，這種事以前也不是沒發生過。最近這幾天一直下雨，我們一直找不出機會。但我也懷疑這些狗兒是否能聞到屍味，地面潮濕，味道太多了，牠們會搞不清楚。」局長向某位下屬招手，對方立刻帶了檔案夾過來，「好，妳需要的資料都在裡面，案情報告，兇手和四名受害人的背景，當然，還有全部的照片。如果妳需要複本，必須向負責偵辦的檢察官提出申請。這份資料等妳看完之後，一定要歸還給我們。」

「沒問題，我不會佔用太久時間。」珊卓拉接過檔案。

「就這樣吧，妳自己四處看看吧，我想妳應該不需要有人帶了。」

「我自己來，謝謝。」

卡穆索給了她鞋套與乳膠手套，「好，祝妳玩得開心。」

「看起來每個人心情都不錯。」

「沒錯，我們就像小孩子一樣，在墓園裡玩捉迷藏。」

珊卓拉等卡穆索走開之後，隨即拿出手機，拍了些屋內的照片，隨後又打開她剛才拿到的檔案夾、閱讀案情資料，她一口氣看完兇手如何被找到的過程，簡直無法置信。

她走到事發現場，當初救護人員在這間客廳裡發現了傑瑞米亞·史密斯。

鑑識小組已經完成任務，裡面只有珊卓拉一個人，她四處張望，努力還原當時狀況。救護人員抵達，發現這名男子倒在地上，立刻打算為他做心肺復甦術，但發現他狀況危急，他們想讓他先穩定下來，再把病患送到醫院去，就在這個時候，救護人員發現屋內有東西。

一隻金色環扣的紅色溜冰鞋。

醫生名叫莫妮卡，是其中一名受害者的雙胞胎姊姊，那隻溜冰鞋是她妹妹的遺物，另外一隻則留在屍體的腳上。莫妮卡發現面前奄奄一息的這個人正是兇手。

醫院裡的所有同仁都知道她的悲慘遭遇，同行的醫務員也不例外。這種情誼，珊卓拉自能體會：警察也一樣，工作伙伴儼然成為你另外的家人，因為只有同儕能幫助你面對每日所遇到的苦痛與不公不義。在這種緊密關係之下，也衍生出新的互動原則與某種神聖的盟約。

好，在這種關鍵時刻，莫妮卡與醫務員大可以讓傑瑞米亞．史密斯死去，他罪有應得，而且他性命垂危，絕對不會有人責怪他們失職。不過，他們決定要救他，或者，應該這麼說，是莫妮卡決定要救人一命。

太不可思議了，但珊卓拉深信確是如此，否則這間豪宅裡也不會有警察出現。命運之神在這裡佈下詭異陣局，巧合發生得天衣無縫，珊卓拉心想，這種事也沒辦法以人為方式操弄，但卻有個讓她難以參透的癥結點。

傑瑞米亞．史密斯胸前的字：殺了我。

根據筆相學專家的鑑定結果，證實這些字是他自己刻上去的。當然，這可以解釋為兇嫌具有自虐傾向，但與莫妮卡在當下所面臨的情境如此吻合，也不免太離奇了。

珊卓拉繼續拍起居室的照片，包括傑瑞米亞．史密斯的搖椅、地上的碎碗、老舊電視機。等到告一段落之後，她覺得自己已經待不下去了，對她來說，犯罪場景已經司空見慣，但是在這些家常物件之中，死亡彷彿變得更清晰可觸、更加不堪。

她受不了，得趕緊離開這間屋子。

有些東西，能讓幽魂與生靈世界緊密相連，你要找到它們，並且解放它們。

髮帶、珊瑚手環、圍巾……還有一隻溜冰鞋。

這些東西，全是警方在兇嫌房子裡找到的紀念品，分屬四名受害者所有，從某方面來說，這些東西也成了那幾個女孩的代名詞。

她在眾目睽睽之下走出屋外，在花園的隱蔽角落找了張石椅，坐下來之後，慢慢調整呼吸。能待在這裡真的很舒服，有晨光輕撫，枝頭隨風搖曳，樹葉也沙沙作響，宛如發出輕笑。

六年，四名受害者，全部都被割喉，宛如是有人拿刀在她們的脖子上、刻下一個微笑的記號。

莫妮卡的妹妹名叫泰瑞莎，時年二十一歲，熱愛溜冰。某個週日下午，她失蹤了。其實，溜冰只是個幌子：溜冰場裡有個她暗戀的男生。那天下午她一直在等他，但那男孩始終沒有出現。也許就是在她一個人坐在飲料亭座位的時候，被傑瑞米亞盯上，點了一杯橘子汁請她喝，驗屍結果顯示她體內有GHB反應——俗稱G水的迷姦藥。一個月之後，傑瑞米亞將她棄屍於河岸邊，身上穿的正是失蹤那天的打扮。

在那間速食店的每一個員工，都記得二十三歲的梅拉妮亞那頭金髮上的藍緞帶，女服務生的制服實在沒有什麼可觀之處，所以她決定要打扮亮眼一點，走五〇年代風格的復古風。某天下午，她在上班途中被綁架了，最後被人看到的身影是在等公車。一個月之後，在停車場找到了屍體，全身衣裝完整，但是頭上的髮帶卻不見了。

凡妮莎芳齡十七，熱愛健身運動，每天都要去上飛輪，就算身體不舒服也從不缺課。失蹤那天她感冒了，媽媽力勸她別去了，但是她卻態度堅決，最後媽媽只好塞一條粉紅色的羊毛圍巾給她，至少穿得厚實一點。凡妮莎為了順母親的意，乖乖圍上去了。但她媽媽萬萬沒想到，這條圍巾無法保護女兒脫險，這一次兇嫌是在運動飲料裡下藥。

克里絲蒂娜討厭那只珊瑚手環，但這個秘密只有妹妹知道，也是她在殯儀館認屍時發現手環不見了。克里絲蒂娜之所以會一直戴著那手環，只是因為那是男友送的禮物。這對情侶都是二十八歲，已經論及婚嫁，也許正是因為這樣，她變得有些緊張兮兮，太多事情要準備，但時間卻何其倉促。所以她找到簡單快速的方法讓自己放鬆，酒精的確有效。她一大早就開始喝，一整天都不間斷，但每次都是淺嚐，不算真的喝醉。沒有人發現她已經開始酗酒，但傑瑞米亞．史密斯顯然是發現了她的問題，只需要尾隨她進入酒吧即可，這一次更容易下手。

克里絲蒂娜是最後一名受害者。

這些背景資料全是從她們的親友與男朋友的口中輯錄而來，每一個人都添加了自己所熟知的若干細節，這一連串的殘忍事件經過重述之後，也變得更豐富生動，呈現出這些女孩的真實樣貌。

珊卓拉心裡低喃，他們想念的是人，不是物件。但在她們意外身亡之後，髮帶、珊瑚手環、圍巾，還有溜冰鞋，都成了大家睹物思人的紀念品。

不過，她卻注意到一個有違常理的疑點，受害者都不是涉世未深的女孩，她們有家人，有朋友，行事規矩有節，周邊也有堪為典範的女性長輩，為什麼願意讓傑瑞米亞．史密斯這麼一個猥瑣之人靠近她們？這傢伙五十出頭，一點也不帥，請喝飲料示好的時候，為什麼每個人都接受了？而且，他是在光天化日之下行事，還順利博取了受害人的信任，他是怎麼辦到的？

珊卓拉知道在這些物件之中、無法找到答案。她收起檔案，仰頭面天，讓微風輕拂臉龐，她突然想起了一件也等同於大衛的東西。

恐怖的綠色領帶。

她一想到就笑了，那比局長的黃色領帶還嚇人，大衛總是穿得亂七八糟，他不是個愛打扮的男人。「佛列德，你該買燕尾服才對，」她老是取笑他，「每個跳踢踏舞的男人都有一套吻。」

反正，他也只有那麼一條領帶。當葬儀社人員請珊卓拉挑選入棺衣物的時候，她驚呆了，從來沒想到自己得要在二十九歲的時候決定這種事情，她必須要找出代表大衛的衣服。她翻箱倒櫃，最後選了獵裝夾克、藍色襯衫、卡其褲，還有球鞋，這就是大家心目中的大衛。不過，就在那一剎那，他發現綠色領帶不見了，怎麼找就是找不到，但她不肯放棄，幾乎把整個家都翻過來了，這是一種偏執，其實可能是憤怒，她已經失去了大衛，怎麼還能讓其他的東西消失不見？就算是恐怖的綠色領帶也一樣。

某天，她突然想起來了，當時怎麼會忘記呢？

那條領帶是她欺瞞丈夫的唯一證據。

珊卓拉坐在豪宅外的花園裡，溫煦陽光與微風實在是太奢侈了，讓她受寵若驚。她突然定神，睜大眼睛，發現一座石雕天使像正默默俯視著她。她不禁想起自己先前曾經犯錯、等待寬恕，但時間未必能給我們機會彌補過失。

如果當初沒逃過聖雷孟小禮拜堂狙擊手的追殺，那麼，她將會心懷歉疚而死去，她的家人和朋友又會選擇什麼物件傳達思念？無論答案為何，他們都不會發現真相，她不值得大衛這麼愛她，因為她對他不忠。

她心想，那些被傑瑞米亞．史密斯綁架的女孩，跟我在進去教堂之前一樣，都誤以為自己很安全，所以，她們才會意外身亡，眼中只看到燦爛生機，反而讓她們覺察不到危險近在眼前，也讓他得以逞兇。

警犬小組的人馬正在石像後方進行搜索，卡穆索說得沒錯，牠們的確被泥土所散發的各種氣味搞得無所適從，局長說過，這次行動只是要確保沒有遺漏之處，「搞不好會多發現一具屍體，這種事以前也不是沒發生過。」不過，她也絕非菜鳥，隱約感覺這位同仁態度有些奇怪，警方在擔心重蹈覆轍時，就會擺出這種小心翼翼的態度。

就在這個時候，卡穆索出現在她的背後，「都還好吧？」他開口問道，「我看到妳跑到屋外，所以——」

「只是想呼吸一點新鮮空氣。」珊卓拉打斷他的話。

「有沒有什麼重大發現？我不會讓妳空手而返，難以對長官交代。」

局長顯然在釋放善意，珊卓拉決定要趁機把握機會，「的確是有點，有點蹊蹺，也許得麻煩您幫忙解惑……」

局長看著她，神情意外，「請說。」

珊卓拉發現他的眼底閃過一抹陰影，她隨即打開檔案，讓他看這四名受害人的背景資料，「我發現兇嫌平均每十八個月就會犯案一次，最近一次犯案也已經是十八個月之前的事了，而且他會把這些女孩帶到他處行兇，所以我在想，不知道他是否正準備要再次犯案，」她的表情轉趨嚴肅，「想必你也知道連續殺人犯的時間週期相當重要，犯案可以區分為三個階段：醞釀、計畫、行動，只要傑瑞米亞．史密斯仍有犯意，想必他現在正處於第三個階段。」

局長不發一語。

「好，所以我在想，」珊卓拉繼續進逼，「是不是有個女孩，被拘禁在某個地方，正等待我們救她出來？」

她希望這最後一句話能給他台階，讓局長說出實話，他的確在皺著眉頭。

「是有這個可能。」卡穆索回道，他好不容易才擠出這幾個字。

珊卓拉心想，應該也有別人作如是想，「還有另外一個女孩也失蹤了？」

卡穆索臉色僵硬，「維加警官，妳自己也很清楚，機密資訊外洩的風險，很可能會影響到調查結果。」

「你在怕什麼？媒體壓力？輿論？還是上級？」

這位局長知道她不會善罷甘休，終於鬆口，「大約在一個月前，有個建築系女學生失蹤，起初大家都以為她是自己出走。」

「我的天哪。」珊卓拉驚呼，她沒想到真的被自己料中了。

「和妳推測的一樣，時間很吻合，但目前沒有證據，只有假設。不過，妳也知道，我們要是錯估形勢，最後反而是由傑瑞米亞．史密斯自己供出來的話，會引起多大的風波。」

珊卓拉很難責怪這些同事，警察在龐大壓力下辦案，也會偶有失誤，但不會有人原諒他們，這是人之常情：大家都希望知道答案，渴望安全與正義。

「我們正在尋找她的下落。」卡穆索回道。

她心想，不是只有你們在找她而已，現在她終於了解聖赦神父在此一事件中所扮演的角色。石雕天使的陰影，幽幽籠罩在局長的身上。

「那女學生叫什麼名字？」

「拉若。」

11.26 a.m.

內米湖，位於羅馬南部的科林艾巴尼，湖表面積還不到一平方公里。

它原本是火山口，多年前在湖底發現兩艘巨大的古船遺骸而名噪一時，這兩艘船是在卡利古拉皇帝的諭令之下建造完成，富麗堂皇，等於是水上皇宮。當地的漁夫打撈了許多古物上岸，但直到二十世紀初，抽水降低水位之後，古船才得以重見天日，並且設置了博物館，不過，二次世界大戰時卻慘遭祝融之災，據說是德國軍隊放的火，但迄今依然沒有明確證據。

克里蒙提在交換資料的信箱裡，留下這麼一份旅遊資料給馬庫斯。這份手冊除了說明內米湖的歷史之外，還暗夾了艾伯托．卡內斯塔利醫生的小檔案，其實裡面的內容沒有什麼特殊之處，但卻讓馬庫斯得走這麼一趟、親訪內米湖。他坐在巴士裡，鳥瞰湖面，思索這個地方與火災之間的微妙關係。

卡內斯塔利位於內米湖區的診所，彷彿呼應著那些古船的悲劇，它的下場也是遭人縱火，而且罪魁禍首到現在都還沒有找到。

巴士在狹窄而風景秀麗的山路蜿蜒而上，留下車尾一股黑煙。他從窗戶看出去，已經認出那一棟被燻黑的房子，它盤據絕佳地點，坐擁大片美景。等到巴士停妥之後，他走到門口，還可以看到診所招牌，但幾乎全被常春藤蓋住了字。他進入大門，順著樹叢裡的小道往前走，草木雜生，空曠之地無一倖免。診所共有兩層樓高，想必這房子最早是私人度假豪宅，後來才改作醫診之用。

馬庫斯心想，這裡曾是卡內斯塔利醫生的小小王國，但如今卻被黑煙燻得殘破難辨，想當年這位自詡為大善人的一生，也曾在這裡懸壺濟世。

他跨過被燒焦的鐵門殘骸，進入走道，屋內與屋外一樣陰森可怖，門廳四周的柱子已被大火摧殘、變得弱細不堪，不禁讓人懷疑它們是否還能支撐天花板的重量。地板也出現多處隆起，裂縫之間已長出雜草。天花板破了一個大洞，甚至可以看透樓上的房間地板。現在，面前矗立的是一道對稱雙梯。

馬庫斯從二樓開始查看，這裡的房間格局讓他想到了飯店，單人房，裝潢一應俱全，從家具殘骸看來，屋內裝潢豪奢，想必診所的利潤相當驚人。三間手術室的火勢最為慘烈：氧氣設備發揮了助燃效果，烈焰熔毀了一切，地上全是散落的手術器材和抵抗未果的金屬製品。一樓的狀況與二樓相仿，牆上依然可以看到火勢燒曳的黑色殘跡。

自大火發生之後，這間診所已成廢墟，而早在卡內斯塔利死後，病人也全都跑光了，畢竟他們全都是為了他的精湛醫術而前來求診。

馬庫斯的心中開始有了想法，有人特地在醫生自殺之後、燒毀診所，顯然是因為這裡藏有不可告人之秘密，也難怪他在市區的診間有隱藏式攝影機，還有那兩名惡漢一路逼追，他們絕非一般盜匪：身著剪裁合宜的深色西裝，看起來像是商界人士，應該是受僱於人。

這裡雖然曾遭大火肆虐，但至少會留下些許蛛絲馬跡，馬庫斯的直覺是一定有證據，否則那個神秘聖赦神父也無法繼續調查下去。

如果他能夠挖掘真相，我一定也可以。

馬庫斯在地下室找到一個房間，根據門上的標示，這裡是診所暫放廢棄物的地方，他猜這些垃圾本來該送去專門處理廠才是。放眼到處都是鐵桶，部分已遭高溫熔毀。地面鋪滿了淡藍色的小型馬約利卡瓷磚❻，許多都已經鬆脫，當然，也是因為火勢的關係，而且，這些瓷磚的表面全被燻黑了。

只有一塊不一樣。

馬庫斯蹲下去看個究竟，他覺得有人動過它，擦乾淨之後又塞回原來的房間角落。他知道那塊瓷磚與地板並未接合在一起，果然，移開它不費吹灰之力。

底下是個延伸至牆底的淺洞，他伸手進去，摸索了好一會兒之後，找出一個鐵盒，約有三十公分長。

盒子沒鎖，他打開鐵蓋，定睛細看，才發現裡面的白色長狀物是塊骨頭。

馬庫斯取出骨頭，雙手捧著它，仔細端詳，從形狀與大小看來，應該是人的肱骨。不知道為什麼，他覺得自己對這種東西非常熟悉，也不知道過去是怎麼學到這麼多相關知識，但當下他無法細想這個問題，因為他發現這塊人骨還另有玄機。

從鈣化程度研判，受害者只不過是個兒童。

艾伯托．卡內斯塔利是否因為這個孩子才畏罪自殺？馬庫斯全身顫慄，幾乎無法呼吸，而且雙手抖個不停，他不知道自己是否有能力面對真相，上帝給他這種試煉，他沒有把握。正當馬庫斯正準備要劃十字聖號的時候，他又發現骨面上還有別的東西。

以銳器刻的小字，某人的名字：阿斯特．哥雅詩。

「抱歉，這個請交給我。」

❻ Majolica Tile，源自於西班牙建築裝飾彩瓷。

馬庫斯回頭，看到一名帶槍男子：他認出來了，幾個小時之前，他們才交手過，這傢伙是卡內斯塔利市區診所的二人組之一。

他萬萬沒想到自己又會與敵手狹路相逢，但現在這裡是一片廢墟，周遭又是樹林，距離市區有數十公里之遠，馬庫斯的狀況相當不利，他知道自己死定了。

但他不想再死一次。

眼前這個場景似曾相識，德渥克被殺的那一天，布拉格旅館的槍管下，他有過相同的恐懼，突然之間，某些回憶與恐懼同時湧上心頭。

他與他的恩師不只是坐以待斃的觀眾而已，他與那個人，也就是左撇子殺手，曾經扭打成一團。

馬庫斯順手以那塊肱骨發動攻擊，隨即立刻站起來撲過去，那名男子沒想到他的動作這麼猛烈，基於本能往後一退，撞到鐵桶，一屁股跌坐在地上，手中的槍也掉了。

馬庫斯立刻撿起手槍，他的體內出現一股從所未有的感受，難以壓抑的悸動，那是恨意。他把槍口瞄準對方的腦袋，他快認不得自己了，因為他只想要扣下扳機，此時卻傳出另外一個男人的喝令聲。

「不准動！」

聲音從上頭傳來，一定是早上的另外一名惡漢，馬庫斯看著通往一樓的階梯，知道自己最多只有幾秒鐘的時間，那塊人骨的位置比較靠近倒地的男子，如果他想撿回來，風險未免太高了，那男人搞不好想反過來制伏他，而且，馬庫斯剛才那股開槍的衝動已經消失無蹤，他決定先逃再說。

他朝樓梯衝去，順利往屋後方向逃逸，他看了看自己手中的槍，決定扔了。翻越山脊，是唯一的路線，他開始往上爬，希望樹林能夠發揮掩蔽的功能，他只聽到自己的吁吁喘氣聲，幸好，沒有人繼續跟過來，他也沒有時間多想原因為何，不過，子彈劃擦樹梢，只差個幾公分就打中他的頭。

他已經成了標靶。

他繼續開始狂奔，希望能夠在灌木叢裡找掩護，泥地難行，他幾乎差點摔倒。再逃個幾公尺，就是馬路了，他幾乎是以四肢在爬行，越來越多的子彈，快到了，他抓住樹根引體向上，終於趴倒在柏油路面上，他心想，只要維持低姿，應該就不會被發現。他知道自己右側腹在流血，但沒有中槍，沒有燒灼痕跡。要不是他動作敏捷，早就已經被他們打中。

一道強光，逼得他立刻閉眼閃避，汽車擋風玻璃的反射光，直接照過來，駕駛座上的面孔好熟悉。

是克里蒙提，開著他那台老熊貓來救人，他停下車子，「快上來！」

馬庫斯趕緊上車，「你怎麼會到這裡來？」

「你告訴我早上的那起攻擊事件之後，」克里蒙提忙著加速，但不忘繼續回道，「我決定親自過來一趟，想確定你安全無虞，結果我在診所外頭發現有台可疑車輛，差點就要打電話報警了。」就在這個時候，他發現馬庫斯身上有傷。

「別擔心，」馬庫斯安慰他，「我沒問題。」

「確定嗎？」

「真的沒事。」他說謊，其實，他現在心亂如麻，但與自己的傷勢無關，剛才他又躲過了第二次的死劫，但這次為什麼不能像上次一樣喪失記憶呢？他發現了某部分的自我，但他不喜歡：原來，他也可以殺人。馬庫斯立刻轉移話題，「我在這間診所裡發現一塊人骨，應該是小孩的肱骨。」

克里蒙提似乎嚇了一跳，但沒有接腔。

「我急著逃跑，骨頭沒來得及帶出來。」

「沒關係，救你比較要緊。」

「骨面上刻有名字，」馬庫斯回道，「阿斯特·哥雅詩，我們要找出這孩子的身分。」

克里蒙提望著他，「你要問的是，這個人是誰對吧？他還活著，而且早就不是小孩了。」

1.39 p.m.

珊卓拉・維加學到的第一堂課：房子絕對不會說謊。

所以，她打算要親自走訪一趟拉若的公寓。珊卓拉希望能夠與那個太陽穴帶疤的聖赦神父再見一面，她想要確定拉若是否為傑瑞米亞・史密斯的第五名受害者。

珊卓拉心想，那女孩可能還活著，但她實在無法鼓起勇氣去猜測拉若的狀況，現在還是不要胡思亂想比較好。

她沒有帶專業相機來羅馬，實在太失策，所以她只好再次拿出手機，拍照不只是一種需要，而是習慣。

我的相機，是我的眼睛。

她本來想要刪除先前在聖雷孟小禮拜堂的照片，增加記憶體的空間，留著也沒意思，那個地方與案情無關，但她隨即又改變想法，這些照片可以作為死裡逃生的紀念品，應該是要謹記在心的寶貴教訓，提醒自己不要再重蹈覆轍。

她走進克羅納里路的那間公寓，一股潮霉味撲鼻而來，這地方真的需要通風。她沒拿鑰匙就進去了，女孩家人報警之後，警方破門而入，門鏈早已斷裂。這裡算是拉若人間蒸發之前、所待的最後一個地方，至少，與她最後見面的朋友們是這麼說的，而她的手機通聯紀錄也印證無誤，晚上十一點之前，她在公寓裡打了兩通電話出去，不過，警方在這裡卻沒有發現任何異狀。

珊卓拉回溯細節，如果她真的是遭人綁架，那麼應該是發生在這兩通電話之後，換言之，當時一片漆黑，這違反了傑瑞米亞・史密斯在光天化日之下犯案的慣例，她心想，可能因為拉若而改變了犯罪模式，想必一定有其原因。

珊卓拉把包包放在地上，取出手機，開始觸控螢幕，準備拍照。她遵守標準工作流程，先報出姓名職級，加上時間地點，宛如她旁邊剛好有麥克風與錄音機一樣，她準備在拍下照片的同時，也同時口述相關細節。

「這是夾層公寓，一樓是客廳與廚房，家具簡單而典雅，典型的大學生宿舍，不過，這裡整理得非常乾淨。」她心想，其實也未免太乾淨了。

珊卓拉開始拍照，當她在拍大門的時候，不禁心中一驚。

「公寓大門有兩道鎖，其中一個是只能從屋內控制的門鏈鎖，但斷了。」

她的同事怎麼會沒注意到這件事？拉若是在這間公寓裡失蹤的，太不合理了。

珊卓拉想要立刻解開謎團，但現在栽進去反而會讓她誤了正事，她先擱在心裡，檢查完樓上再說。

珊卓拉學到的第二堂課：房子與人一樣，終有大限之日。

但她要努力保持樂觀，拉若還沒死。

她立刻發現事有蹊蹺，如果傑瑞米亞是趁拉若熟睡時下手綁架，還得要把床鋪整理好，把她的衣服和手機塞進帆布背包裡，偽裝成自願離家的假象。不過，屋裡的門鏈條卻推翻了這個假設，就算他有充分的時間可以佈置現場，但在鏈條由內反鎖的狀況下、要如何自由進出？這個問題讓她傷透腦筋。

珊卓拉快速拍攝了枕頭上的泰迪熊、拉若父母的照片、書桌上未完成的橋樑草圖，以及書架上的建築用書。

她的臥室裡實在太整齊了，她心想，這一定是典型的建築師風格吧。我知道妳一定藏了什麼東西，如果那個禽獸會挑上妳，一定是因為知道妳有秘密，告訴我線索在哪裡，讓我可以找到它，證明我是對的，好嗎？我發誓，一定會翻遍世界的每一個角落，把妳救出來。

她在內心企求能找到拉若留下的線索，但也不忘繼續大聲描述自己看到的所有細節，除了無可救藥的潔癖之外，珊卓拉實在找不出有何異常之處。她決定先仔細觀察剛才拍下的照片，也許可以有驚人發現。

書桌下有個垃圾桶，堆滿了用過的衛生紙。

拉若花這麼多心力打理公寓，珊卓拉猜她應該是相當吹毛求疵的人，其實，她想到的是強迫症，她妹妹也是這樣，瑣碎小事就能讓她氣得半死。比方說，妹妹車子裡的點菸器的香菸標誌，一定要剛好垂直，她家中裝飾品的排列順序一定是由高至低，任何人看到她這種無比偏執的態度，一定都會懷疑人類的未來是不是出現了什麼危機。拉若也一樣，這間公寓異常整潔，絕非偶然，但她居然沒有清理滿出來的垃圾桶，對珊卓拉來說實在太奇怪了。她放下手機，彎身翻垃圾，在一大堆用過的面紙與廢紙裡頭，她發現一個被揉得皺巴巴的紙團，是張藥局收據。

「十五點九歐元。」收據上未顯示購買項目，但可以看到購買日期，拉若消失前的兩三個禮拜。

珊卓拉暫時不管照片了，她翻遍所有的抽屜，希望能夠找到與收據相符的藥品，但一無所獲。她手裡緊抓著那張紙，下樓，走進洗手間。

這間浴室小歸小，但還是有個迷你雜物櫃。珊卓拉打開洗手台上的鏡櫃，裡面都是藥品與化妝品，她逐一查看標價，檢查過的東西，就先擱在洗手台裡，不過，還是沒看到十五點九歐的用品。

但珊卓拉知道這條線索何其寶貴，她加快速度，還多了緊張不安的情緒。鏡櫃裡的東西全拿出來了，她雙手支在洗手台上，要冷靜。她深呼吸，但這裡的潮味比屋內的其他地方更可怕，逼得她只好立刻吐氣，馬桶看起來很乾淨，但她還是沖了一下，去除死水味，然後轉身準備回到樓上。而就在這個時候，她發現門後掛著月曆。

為什麼要在浴室裡掛月曆，這是女人自己才懂的心事。

她把掛鉤上的月曆取下來，從第一頁開始翻起，每一頁都有連續好幾天、特別以紅圈標示出來。

但最後一頁卻沒有任何的紅圈。

「幹。」她忍不住驚叫出來。

珊卓拉終於明白，現在她已經不需要那份證據了。拉若把藥房收據丟進垃圾桶，再也沒有力氣清理，因為在那團收據與面紙裡，還夾雜了某個物品，對拉若來說，它具有特殊意義，無法任意丟棄。

驗孕試劑。

珊卓拉心想，傑瑞米亞在綁架拉若的時候，一定也把它一起帶走了。繼藍色髮帶、珊瑚手環、粉紅色圍巾、溜冰鞋之後，這個禽獸是不是又收集到新的紀念品？

她走進客廳，準備要打電話通知卡穆索局長，拉若懷孕的消息，也許能讓警方查案出現新動力。不過，她轉念一想，覺得自己忘了一件事。

由屋內反鎖的門。

如果想要確定拉若被綁架，必須先解決這個疑點，要是她能發現一些蛛絲馬跡，證明拉若並非出於自由意志而離開公寓，那麼，即可確定她是傑瑞米亞．史密斯的第五名受害者。

我遺漏了什麼？

因為她學到的第三課，就是每間屋子都散發著一股住客的獨特味道。

這間公寓的氣味是什麼？潮濕，珊卓拉第一個想到的就是這個，打從她一進到屋內，潮氣就立刻撲鼻而來。不過，如果再仔細分辨，最潮濕的地方莫過於洗手間了，可能是污水的味道，浴室裡沒看到裂縫，但氣味卻相當強烈。她又回到洗手間，打開燈，四處張望，先查看淋浴區的水管，還有洗手台下方，最後又沖了一次馬桶，但一切似乎都很正常。

珊卓拉蹲下去，因為氣味顯然是從下方傳出。她盯著地磚，發現其中一塊有缺口，似乎先前曾經被人撬開。她抬頭找工具，櫃架上剛好有把剪刀，她把尖頭插入縫口內，居然真的扳開了。下面藏有一道石製的地板門，被人打開之後，留下了一道小縫。

這就是潮氣的來源。順著石灰華階梯往下走，通接到另外一段地下秘道。不過，光憑這個新發現，依然無法證實傑瑞米亞由此潛入屋內，她要找到更多的證據，唯一的方法就是自己走一趟。

珊卓拉鼓足勇氣，才踏出了第一步。

她到了地底，趕緊拿出口袋裡的手機，藉螢幕微光來導路。秘道分為左右兩側，但她隱約感覺右方有氣動，而且遠處還傳來轟隆隆的聲響。

她決定前往一探究竟。地面濕滑，珊卓拉很擔心自己會摔倒，她不斷提醒自己，要小心，萬一在這裡受傷了也不會被人發現。這算是一種迷信吧，既然說破了，厄運就不會上身。

走了約二十公尺之後，前頭出現一道幽光，她發現這個出口其實是通往台伯河，它被連日大雨所吞沒，滾滾泥水混雜了各式各樣的垃圾。她沒有辦法繼續往前走，因為有道粗厚的鐵柵欄封住了路。她心想，傑瑞米亞想要從這裡出入，也未免太難了，所以，一定是另外一個方向。在手機螢幕淡光的照引下，她開始回頭，經過了通往拉若浴室的那一段石灰華階梯，繼續往前走，另一頭是宛如迷宮的重重地道。

珊卓拉發現手機還有訊號，立刻打電話聯絡總局，幾分鐘之後，她與卡穆索通上電話。

「我在拉若的公寓裡，恐怕真的和我們猜測的結果一樣，她被傑瑞米亞綁架了。」

「找到什麼證據了嗎？」

「我發現他擄人的秘道，藏在洗手間的地板門下面。」

「他這次真的是太狡猾了，」不過，從珊卓拉的語氣聽起來，應該是還有其他重大發現，「還有呢？」

「拉若懷孕了。」

卡穆索安靜下來，沒說話。珊卓拉知道他在想什麼，警方現在面臨更大的壓力：現在是兩條人命危在旦夕。

「局長，請你馬上派人過來。」

「我自己會過去，馬上就到。」

珊卓拉掛了電話，準備循原路回去，她將手機螢幕照著濕黏的地面，不過，她先前太過大意，現在才發現泥地裡還有另外一組腳印。

這裡還有別人。

這個神秘人一定躲在前面的地道裡。珊卓拉嚇得動也不敢動，呼吸凝結在秘道的冰冷空氣裡，她的手已經抓住佩槍，但立刻察覺狀況不對，她現在所站的位置相當不利，要是對方有槍，成其狙殺目標何其容易。

他一定有槍，她很確定，尤其在那次教堂槍擊事件之後，對，又是他。

她有兩個選擇，轉身並立刻衝向階梯，或者，賭賭運氣，對著黑漆漆的地道亂開槍，希望能先擊中對方。但無論是哪種方案，都充滿了風險。她知道有一雙眼睛正死盯著她，但感覺不出對方有任何情緒，她不禁全身發麻，就像是上次聽到殺大衛的兇手在唱著〈貼頰雙舞〉一樣的感覺。

完蛋了。

「維加警官？妳還在下面嗎？」她的背後傳來聲響。

「對，我在這裡。」珊卓拉大聲回應，她的聲音因恐懼而變成可怕的高頻尖叫。

「我們是警察，」對方繼續解釋，「我們正在本區巡邏，剛才接到卡穆索局長的電話。」

「拜託，請你們下來接我好嗎？」她不知道自己的語氣已經變成了苦苦哀求。

「我們還在浴室，馬上就下去。」

就在這個時候，珊卓拉聽到地道裡出現了腳步聲，有人朝相反方向離去。

躲在黑暗之中的可怕雙眼，終於逃走了。

2.03 p.m.

他們進入聖赦神父的某間庇護所，羅馬到處都有梵蒂岡當局的地產，這裡也是其中之一，屋內有急救箱，還有可以連上網路的電腦。

克里蒙提已經弄來一套乾淨衣服，還有幾個三明治。馬庫斯裸胸站在浴室的鏡子前面，拿著針線縫傷口——這又是另外一項他自己不知的技能，他和以往一樣，專心看著自己手中的動作，眼光始終在迴避鏡中的自己。

他臉上已經有太陽穴的疤，但這次的新傷，不算是他的第二道傷疤，他的身上還有其他的印記。失憶症讓他無法尋索腦海中的記憶，所以他只好摸索自己的身體。過往的小傷確實留下線索，比方說，小腿骨上如硬幣大小的桃紅色傷疤，或是肘窩裡的那道傷口，也許是小時候騎單車摔傷過，或者是青少年時期出了小小的居家意外，但雖然有傷口，他卻什麼都想不起來。沒有過往，多麼令人傷感。而那塊人骨的小主人，卻看不到未來。無論是小孩屍骨，還是他自己，他們都死了，但馬庫斯的死法詭異，以逆行的方式竭亡。

在前往庇護所的路上，克里蒙提已經告訴他阿斯特．哥雅詩是何許人也。

七十一歲的保加利亞人，過去二十年來都住在羅馬，他的事業版圖廣大，合法非法都有，包工程，也養妓女賣淫，而且與犯罪集團關係深厚。

聽完克里蒙提的解釋之後，馬庫斯依然想不透，到了庇護所繼續追問：「這種人怎麼會和卡內斯塔利醫生牽扯在一起？」

克里蒙提把棉花球和消毒藥水交給他之後，隨即回道，「我們應該要先查出藏人骨的人是誰，你說對嗎？」

「一定是那個神秘的聖赦神父，」馬庫斯斬釘截鐵，「他早就看過卡內斯塔利的告解內容，開始調查這個案子，隨後在儲藏室找到小孩的骸骨，也許這個醫生心懷愧疚，所以一直不敢丟棄，所幸這位聖赦神父把那塊肱骨藏起來，還刻上阿斯特．哥雅詩的名字。這是他佈下的線索，希望我們能找到。要不是他當初藏匿了證據，恐怕那塊骨頭早就毀於大火之中。」

「先依時間順序來整理一下吧。」克里蒙提建議。

「好……卡內斯塔利殺了一個小孩，有個叫作阿斯特．哥雅詩的惡犯也牽涉其中，但我們還不知道原因為何。」

「哥雅詩不相信卡內斯塔利：這個醫生萬一良心發現，很可能會搞出大問題，所以哥雅詩必須要隨時監視他，也難怪診所裡會出現隱藏式攝影機。」

「當卡內斯塔利自殺之後，哥雅詩驚覺狀況不對。」

「所以他的人馬立刻放火燒了郊區的那個診所，希望能夠一次銷毀所有與孩童謀殺案有關的證據。還有，他們也拿走醫生自殺時所使用的針筒，以免啟人疑竇，引發警方介入調查真正的死因。」

「沒錯，」馬庫斯也同意克里蒙提的推論，「但還有一個最根本的問題沒有解決：這位備受肯定的慈善家，與哥雅詩這樣的犯罪份子究竟有何關聯？」

「老實說，」克里蒙提回道，「我看不出來，他們根本是不同世界的人。」

「想必有條看不見的線，將他們兩人牢牢綁在一起。」

「馬庫斯，拉若的時間真的不多，別管卡內斯塔利的案子了，先找到拉若再說。」

馬庫斯聽到這番話，深覺有異，他繼續假裝在處理傷口，但其實正透過鏡子、觀察克里蒙提的反應，「你說得沒錯，我今天也很有感觸，所幸有你及時趕到診所，要不是你，我早就被那兩個人殺死了。」

他的朋友目光低垂。

「你在監視我，對嗎？」

「你在胡說八道什麼？」克里蒙提假裝在生氣。

馬庫斯回頭看他，「怎麼了？有什麼事瞞著我？」

「沒有。」克里蒙提顯然很心虛。

「唐．米蓋勒．傅安特神父曾經向上級提報這起案件，交出卡內斯塔利醫生的自殺告解，但是在主教的要求之下，刪去懺罪者的姓名。為什麼大家都這麼小心？到底是哪個高層希望我們要三緘其口？」

克里蒙提沒說話。

「我知道，」馬庫斯回答，「他們兩個人之間有金錢關係，對嗎？」

「卡內斯塔利應該不缺錢。」克里蒙提立即反駁，但他的聲音聽起來軟綿無力。

馬庫斯對準他的痛處，「這個醫生最在乎的就是自己的一世英名，而且，他一直相信自己是好人。」

克里蒙提知道紙包不住火，「他在安哥拉所創建的醫院，確實是了不起的成就，我們無法承擔失敗的風險。」

馬庫斯點頭，「所以他是拿誰的錢蓋醫院？阿斯特．哥雅詩？」

「不知道。」

「但是很有可能，對嗎？」馬庫斯生氣了，「殺死一個小孩，換來成千上萬的人可以活命。」

克里蒙提在這種時候，也無法繼續扮演導師，這位學生已經知道一切了。

「所以我們選擇小惡，這和醫生簽下邪惡合約的邏輯不是一樣嗎？」

「那個邏輯與我們無關，而是與蒼生有關。」

「所以那小孩呢？他的命就不重要嗎？」馬庫斯停頓了一會兒，平抑怒氣，「我們所服事的上帝，又會怎麼審判這一切？」他緊盯著克里蒙提的雙眼，「馬上就會有人為這個孩子復仇，那位聖赦神父一向都是這麼設局，我們可以選擇袖手旁觀，或者趕緊出手、預防悲劇重演。如果我們什麼都不做，就等於是殺人犯的幫兇。」

克里蒙提知道馬庫斯說的有道理，但是他的態度依然有些猶豫不決。最後，他終於打破沉默，「醫生自殺已經是三年前的事了，但如果阿斯特・哥雅詩仍然覺得需要監控他的辦公室，顯然他很害怕罪行曝光，換言之，那裡一定還有與謀殺案有關的證據。」

馬庫斯露出微笑，他的朋友還是站在他這一邊，沒有拋棄他。「我們要找出被害小孩的身分，」他立刻補上一句，「我已經找到辦法了。」

他們兩人進入隔壁房間，裡面是電腦設備，連上網路之後，馬庫斯開始進入警方的網站。

「你要怎麼找？」克里蒙提在他背後問道。

「既然神秘聖赦神父提供的尋仇機會在羅馬，想必當初受害的小孩一定也住在這裡。」

他打開失蹤人口網頁，點入未成年的分類項，孩童與青少年的面孔立刻出現在電腦螢幕上。許多案件都是因為父母有監護權紛爭、其中一方帶走小孩，這類狀況不難破案，所以他們的名字很快就會消失在協尋名單上，此外，離家出走的案例也相當頻繁，通常幾天之後就會演出全家團圓、再加上一頓斥罵的戲碼。不過，有些孩子卻失蹤了好幾年之久，他們的面孔會一直出現在網頁上，查出確切結果之後，才會移除網頁資料。他們的笑容，浮現在那些老舊模糊的照片裡，天真的眼神也矇矓了。在某些案例中，警方可以運用人像模擬圖的方式、繪出小孩年齡增長之後的面貌，不過，他們的存活希望，十分渺茫。網站上的這些照片，往往變成墓碑的替代品，讓人憑弔。

經過一連串的過濾之後，他們找出三年前發生在羅馬地區的未成年失蹤案例，只有兩個，一男一女。

菲利普．洛卡，在某天放學回家的時候不見了，但和他在一起的同學都沒有發現異狀。他十二歲，總是笑得燦爛，大家都看得到他上排缺了一顆門牙。那天他穿著主日學校的罩衫、牛仔褲、橘色毛衣、藍色馬球衫，還有球鞋，他的書包上掛滿了童子軍徽章和他喜愛的足球隊標誌。

愛麗絲．馬丁尼十歲，有一頭金色長髮，戴著粉紅色的鏡框。她是和家人一起去公園時失蹤的，當時還有她的父母以及弟弟相伴。愛麗絲穿的是白色的兔寶寶運動衣，短褲加帆布鞋。最後一個看到她的人是賣氣球的小販：他看到她在廁所附近與一名中年男子說話，不過，那只是匆匆一瞥，所以也無法提供警方任何具體描述。

馬庫斯還收集了網路上的媒體報導，愛麗絲與菲利普的家人都曾經現身媒體，參加談話性節目，接受訪談，希望大家能夠對這兩個案子保持關注，不過案情卻依然沒有任何進展。

「你覺得我們在找的那個孩子，會不會剛好是其中之一？」克里蒙提問道。

「很有可能，但希望只有一名受害者就好。時間對我們不利，那個神秘聖赦神父精心算計一切，目前每天都會出現一起復仇謀殺案。首先，是傑瑞米亞．史密斯，其中一名受害者姊姊發現他倒臥家中，性命垂危，而且還發現他的行兇證據。第二天傍晚，拉費埃耶．阿提也利殺死了爸爸，因為二十年前父親買兇殺死了母親與她的男友。昨天，退休警察皮耶特羅．齊尼殺死費德里克．諾尼，因為這個人不但多次襲擊婦女，而且還殺死親生妹妹、防止她洩密，隨後他又殺害一名女子，並將其埋屍於格洛里別墅公園。你注意到了嗎？在最後兩起案件中，那個神秘聖赦神父將訊息告知報仇者的時間，算得剛剛好？他只給我們數小時的時間查案、防阻他一手安排的復仇悲劇。我認為這個案子也不例外，所以，我們要加快腳步，就在今天晚上，有人準備要謀殺阿斯特．哥雅詩。」

「要靠近他沒那麼容易，你不知道他的保鏢陣仗，他所到之處都有人護駕。」

「克里蒙提，這個案子需要你的協助。」

「我？」他嚇一大跳。

「我沒有辦法一個人兼顧兩個失蹤兒童家庭，所以我們必須要分頭進行。只要有任何新發現，就立刻透過答錄機、留言給對方。」

「你要我做什麼？」

「你到小女孩家，我去找小男孩的父母。」

艾托勒與卡蜜拉夫婦，住在歐斯提亞的面海小平房，整個家整理得很漂亮，想必動用了多年積蓄。

一個普通家庭。

馬庫斯經常在想，普通這個形容詞的真正意涵是什麼？許多小小的夢想與期待，在歷經時間的洗鍊之後，已逐漸成形，並構築成為一道堅強的堡壘，對抗生活中可能出現的各種磨難。對於某些人來說，最大的渴望莫過於能過著安穩無憂的生活，那是一種與命運締結的合約，雙方已有默契，每天，都必須重新換約。

艾托勒．洛卡從事業務工作，所以經常不在家，他太太卡蜜拉是社工人員，專門協助弱勢家庭與問題青少年，不過，她現在卻自身難保，也成為一個亟待幫助的人。

這對夫婦之選擇靠海而居，是因為歐斯提亞不但安靜，而且房價比較便宜，換言之，雖然得過著通勤生活，但這種犧牲卻很值得。

當馬庫斯進入這間屋子的時候，突然覺得自己好像是個入侵者，這是從所未有的感受。這戶人家的門窗都加裝鐵柵欄，但他打開大門依然不費吹灰之力。首先映入眼簾的是結合客廳與廚房的複合式空間，主色為白色與藍色，家具不多，全部都是海洋風。餐桌似乎是由船板改造而成，上頭還懸掛著集魚燈，牆上掛著內鑲時鐘的舵柄，層架上擺放著一整排的貝殼。

他的鞋底隙縫裡塞滿了輕風夾送而來的細沙。馬庫斯四處走動，希望能夠找到與神秘聖赦神父有關的線索。首先，他注意到的是冰箱，有塊螃蟹磁鐵壓住了一張紙，顯然是艾托勒留給太太的字條。

十天後回來。我愛妳。

所以男主人出差去了，不過這也可能是為妻子著想所編出的謊言，搞不好他正準備要刺殺哥雅詩，但衡諸風險之後，決定要保密，以免波及另一半。然後，偷偷待在郊區的汽車旅館裡，閉關一個禮拜，好好準備殺人計畫。不過，馬庫斯不能再這樣胡亂猜測下去，他需要證據。他正準備要繼續搜查，突然覺得屋內似乎少了什麼東西。

這裡沒有悲傷的氣息。

也許他太天真了，他本來以為菲利普失蹤之後，會在這對父母的生活裡留下裂痕，那像是一道傷口，但它的位置不是在皮肉，而是在物品，只要輕輕碰觸，就會看到鮮血汩汩流出。沒有，那個男孩似乎已經徹底消失了，看不到照片，也沒有紀念物。不過，也許只有在這樣的空乏之中，才能表露他們的痛苦，馬庫斯感覺不到，因為只有小男孩的爸爸媽媽看得見。他突然懂了。先前他在警方網站上看著小菲利普，以及其他未成年失蹤人口的面孔，他不知道這些孩子的家人要如何生活下去。這和小孩死掉是不一樣的，萬一家裡有人失蹤，你必須要學習如何與疑慮共存，它會滲透到每一個地方，由內開始侵蝕一切，但你卻渾然不覺。幾小時過去了，然後是幾天，甚至再等個幾年也沒有答案。他忍不住心想，兩相比較，也許確定自己的小孩遭人殺害，更能讓人解脫吧。

死亡，緊緊控制你的記憶，就連最美好的部分也不放過，然後，一點一滴的悲傷，漸次滲入，終讓記憶變得難以承受，死亡，於焉成為記憶的主宰者。但懷疑更可怕，因為它會奪走你的未來。

他進入這對夫婦的臥室，兩人的睡衣疊放在各自的枕頭上，毯子平整無皺痕，拖鞋也排列成雙，一切條理分明，彷彿這種井然的秩序能消弭傷痛，還有悲劇所引發的激烈波動。你必須要馴服我們周邊的所有物件，訓練它們演出萬物如常的荒謬劇，讓它們不斷釋放出令人心安的訊息，一切靜好。

他終於在這幅恬然的畫面中，找到了菲利普。

小男孩滿臉笑容，和爸媽一起出現在相框裡，他沒有被遺忘，也還有自己的專屬角落：五斗櫃上方，鏡子下面。馬庫斯正要離開臥室的時候，卻突然發現某個東西，顯然他有所誤會。

卡蜜拉的床邊桌旁，放了一個嬰兒監視器。

會出現這種東西只有一種原因，要掌控小孩睡眠時的狀況。

馬庫斯大吃一驚，繼續檢查隔壁房間，裡面原來是菲利普的房間，但小男孩的床旁邊多了張嬰兒床。整個房間一分為二，其中一邊是菲利普支持球隊的海報，還有他寫功課的書桌，另一側是尿布桌，高腳椅，一堆嬰兒玩具，甚至還有一個小小的蜜蜂音樂鈴。

菲利普有個小弟弟或小妹妹了，只是他自己還不知道。

馬庫斯心想，新生命是悲傷的解藥，他知道洛卡這一家人重新找回了未來，懷疑的迷霧也一掃而空。不過他還是覺得隱隱不安，這家人尋回內心平靜、消除復仇之心的努力，會不會破滅成空？如果他們知道自己的長子死了呢？馬庫斯一直提醒自己，不要忘記假設，卡內斯塔利所殺害的小孩就是菲利普。

他準備要離開這裡，盡快趕回市區、到卡蜜拉的辦公室，利用剩下的時間繼續跟蹤她，但此時馬庫斯卻聽到汽車引擎聲，他躲到窗簾後面，看到一台小車停在車道上，那位社工太太進來了。

馬庫斯嚇一大跳，他現在無路可逃，瘋狂找地方躲藏，他找到洗衣房兼儲藏室，躲在門後角落，準備隨時伺機而動。他聽到大門打開又關起，鑰匙放在櫃子上，高跟鞋叩叩敲著地板，隨即甩鞋。馬庫斯透過門縫偷看，她抱著兩三個紙箱，赤腳走路，剛才應該是去買東西，回家的時間比他預期的還早。不過，她的小兒子，或是小女兒，並沒有在她身邊。她走進來掛衣服，沒有轉身，馬庫斯和她之間只隔了一道薄薄的木門，只要她稍微碰觸到門，一定就會發現有人躲在後面。所幸她直接進入浴室，關上了門。

馬庫斯聽到蓮蓬頭水聲大作，立刻離開臨時避難室，他經過浴室，回到客廳，看到餐桌上有個禮盒。

不知道為什麼，這間屋子又恢復了生氣。

他沒有感動，反而心神不寧，簡直是恐慌極了，「啊，克里蒙提！」他喃喃自語：他們要找尋的那個家庭，似乎是屬於他朋友的管轄範圍。

趁卡蜜拉還在洗澡，他拿起廚房牆壁上的電話，撥打答錄機，果然聽到克里蒙提的留言，他的語調聽起來很興奮。

「趕快過來，愛麗絲．馬丁尼的爸爸正忙著把行李搬到車上，我猜他正準備要離開羅馬，而且，我還有個重大發現：這傢伙有黑槍。」

5.14 p.m.

雖然在拉若公寓下方秘道演出了驚魂記，但她不想告訴卡穆索局長，她心想，這和失蹤女孩無關，只是我和大衛的私事而已。

而且，她再也不怕了，她發現那個人的動機隱晦不明，對方沒有取她性命的意思，至少，現在還沒有。在她打電話給局長之前，那個人明明有機會可以下手，他不是錯失良機，而是故意不動聲色。

他在掌控她的一舉一動。

不過，卡穆索局長似乎知道她不太對勁，珊卓拉謊稱自己睡眠不足，沒吃東西。局長邀她到菲可廣場的羅馬當地傳統小吃餐廳的時候，她也只好答應了。時間已經是下午，他們坐在露天座位區吃著披薩，享受美食的氣味與周遭的氣氛，放眼望去，盡是羅馬的石街，建築物的古舊立面，還有佈滿常春藤的陽台。

隨後他們直接回到總局，卡穆索還特地向她介紹這座漂亮的建築物，他真是何其有幸能待在這裡工作。珊卓拉當然沒有告訴他，這不是她第一次到訪，先前檔案室的某位同仁已經讓她好好見識過這間美麗的辦公室。

珊卓拉進入局長辦公室，這裡也有挑高天花板，但是裝潢風格卻與局長的怪異服裝品味天差地遠，穩重，簡練，根本不像卡穆索，他簡直像是在屋裡晃來晃去的一團油彩。卡穆索把紫色外套脫下來，擱在書桌後面的椅子上，珊卓拉這才發現他的袖釦顏色是土耳其藍，她實在忍俊不禁。

「妳確定拉若懷孕了？」卡穆索問道。

他們在餐廳時已經討論過這個問題。雖然珊卓拉有充分證據支持她的理論，但是女人對於某些事情的第六感，依然讓這位局長難以置信。

「為什麼會懷疑？」

卡穆索聳肩，「我們問過她的朋友和大學同學，沒有人提到她有男朋友，就連曖昧對象也沒有，從她的電話通聯紀錄和電子郵件來看，似乎是沒有在和別人交往。」

「誰說一定要有男朋友才會懷孕啊。」她一臉理所當然，彷彿這是無人不知無人不曉的事，但她也知道局長為什麼仍持保留態度，拉若看起來不像是那種會隨便和人上床的女孩。「我在想傑瑞米亞．史密斯的事。除了拉若之外，他都是在光天化日之下把人騙走，而且也不知道為什麼他有這個本領，能讓被害人喝下他給的飲料，那種男人有什麼吸引力？」

「我已經追了六年，但現在也還是找不出原因，」卡穆索搖頭，眼光低垂，「無論他耍什麼花招，鐵定是很管用。故事總是一再重演，有個女孩失蹤了，我們傾盡全力要找尋她的下落，因為我們知道自己只有一個月的時間，在這三十天裡，我們對她的家人和媒體講述同一套謊言，同樣輕描淡寫，同樣的假台詞，時限一到，屍體就出現了。」他沉默了許久，「那天晚上，當我知道昏迷不醒的那個人是兇手的時候，我鬆了一口氣，很開心，妳知道這代表了什麼意思嗎？」

「不知道。」

「有個人在與死神拔河，我居然這麼高興，天啊，我是怎麼了？這個男人固然作惡多端，但是他卻讓我們變得和他一樣邪惡，因為只有禽獸聞到死亡的氣味時才會興奮不已。我想要安慰自己，其實，他的生命步入終點，其他女孩就安全了，這等於是救人。但我們呢？誰又來救贖我們的邪念快感？」

「你是要告訴我，當你發現他又綁架了另外一個女孩的時候，你心裡好過多了？顯然這傢伙罪有應得？」

「當然，不過我當然希望拉若還活著，」卡穆索露出苦笑，「雖然聽起來很變態，但事實就是如此，妳說對吧？」

「是，不過現在似乎得等傑瑞米亞．史密斯甦醒，才能把她救出來。」

「那傢伙很可能會變成植物人。」

「醫生怎麼說？」

「很奇怪，他們現在依然沒有頭緒。起初大家以為是心臟病，但為他做過許多檢查之後，已經排除這個原因。他們又懷疑是神經損傷，但到現在依然無法確定。」

「可能是毒物反應，也許是毒藥。」

「他們正在做血液分析，希望能找到殘留成分。」卡穆索認了，但心不甘情不願。

「如果真的是這樣的話，那麼表示一定還有別人涉案，有人想殺他。」

「或者，讓他死在被害者的姊姊手中……」

珊卓拉想到了費加洛的案子。費德里克．諾尼之所以被殺，與傑瑞米亞．史密斯的狀況有異曲同工之處，都是行刑式殺人法，兩人都是罪有應得，她心想，或許，應該說他們犯下的是宗教上的重罪。

「等一下，我要給妳看個東西。」

珊卓拉想得入神，沒聽到卡穆索在對她說話。

局長從電腦包裡拿出筆記型電腦，打開電源之後，讓她一起看螢幕，「在她失蹤的前一週，建築系舉行了畢業茶會，某位畢業生的家長剛好把全程都拍攝下來，」他打開影片檔，「拉若失蹤前的最後影像。」

珊卓拉傾身向前，眼睛緊盯著畫面，攝影機在演講廳裡來回移動，現場約有三十個人，大家隨意走動，三三兩兩在聊天，有些人開懷大笑。桌上擺放了許多飲料，杯觥交錯，桌上有大蛋糕，但只剩下一半而已。拍攝者不停穿梭，找人對攝影機說幾句話，有些人揮手致意，有的則在開玩笑，攝影機在某個年輕人身上停留了許久，他在對學校近來發生的一連串事件發表看法，話中有話，惹得四周朋友哈哈大笑。他背後有個女孩，躲得遠遠的，似乎與這個場合格格不入。她靠在桌邊，雙手交疊胸前，目光望著遠方，完全無法融入四周的歡樂氣氛。

「就是她。」卡穆索特別提醒，彷彿擔心珊卓拉不知道。

珊卓拉仔細看著那女孩，她侷促不安，緊咬著下唇。只有痛苦的人，才有那樣的神情。

「很奇怪，對吧？我不禁想到媒體公布的那些受害者照片，看起來總是在與慘劇不相干的某些場合所拍攝，婚禮啦、郊遊，或是生日派對。也許當事人根本不喜歡這些照片，他們在擺出姿勢拍照的那一刻，壓根都沒想到這些影像居然會出現在報紙或電視上。」

舊照裡的臨死微笑：珊卓拉再清楚不過了。

「在他們的一生當中，可能從來沒想到自己會變得這麼出名，人突然死了，一切也變得眾所周知，詭異吧？」

卡穆索若有所感，但珊卓拉卻已經開始發揮刑事鑑識人員的直覺，她注意到拉若的臉上出現了細微變化，「可以往前倒帶嗎？」

局長看著她，沒有多問，但立刻照做了。

「現在，改成慢速播放。」珊卓拉貼得好近，等待問題畫面再次出現。

拉若的嘴唇在動。

「她在講話。」卡穆索嚇一大跳。

「沒錯。」

「她在說什麼？」

「讓我再看一次。」

卡穆索連續播放了好幾次，珊卓拉正努力讀唇，確認每一個音節。

「她說的是，『王八蛋』。」

局長面露疑色，「確定嗎？」

珊卓拉轉頭看著他，「對，就是這三個字。」

「她在罵誰？」

「一定是哪個男人吧。我們繼續看帶子，也許可以找到答案。」

他再次按下播放鍵，這位攝影者的鏡頭有點太隨興了，在每個人身上停留的時間都不長，突然，攝影機彷彿隨著拉若的目光，急速偏向右方，珊卓拉一開始的時候，以為拉若看著遠方，現在她才發現自己弄錯了，其實，她一直在看著某個人。

「這裡暫停一下好嗎？」

卡穆索停住畫面，「怎麼了？」

珊卓拉注意到某個笑盈盈的男人，年約四十左右，被一群女學生團團包圍，他穿藍色襯衫，領帶早已鬆開，玩世不恭的調調，棕髮，眼神清澈：典型的萬人迷，他還把手放在某個女孩的肩膀上。

「這傢伙就是王八蛋？」卡穆索問道。

「那張臉很有本錢。」

「妳覺得他是小孩的爸爸？」

珊卓拉看著局長，「有些事情，不能光看影帶做判斷。」

局長發現自己失言，趕緊哈哈帶過，「我以為妳的第六感又有明示了。」

「這東西哪能相信，」她假裝後悔自己先前講過的話，「不過，找這傢伙談一談，的確可能有助釐清案情。」

「等一下，我告訴妳他是誰，」卡穆索起身拿檔案，「那天參加茶會的人，我們已經清查造冊，這種東西，很難說什麼時候會派上用場。」

珊卓拉萬萬沒想到，在羅馬的警界同仁居然這麼有效率。

「克里斯提安．羅里愛禮，」局長查核過名單之後，確定身分，「他是藝術史講師。」

「有找他問案嗎？」

「沒有這個需要，因為他和拉若沒有往來，」卡穆索似乎猜到了她的心思，「就算他知道自己是小孩的爸爸好了，我猜他也不想多談，因為他早有家室。」

珊卓拉早已有了腹案，「有時候要給對方一點刺激才行吧？」她的眼神裡閃過一抹狡黠。

「妳打算怎麼著手？」卡穆索很好奇。

「首先，我得要把照片印出來。」

建築系的走廊上，學生們來來去去，珊卓拉一直覺得匪夷所思，大學生的專攻領域各有不同，也呈現出各式各樣的系所氣質，他們彷彿在配合自我族類的某種基因密碼，每個人看起來都極為相似。比方說，法學院學生桀驁不馴、性好鬥爭，醫學院學生嚴謹而缺乏幽默感，哲學系學生滿面憂容，衣服鬆鬆垮垮，而建築系的學生則是外表邋遢，心不在焉。

工友已經告訴她辦公室的方向，現在她只需要依辦公室門口貼的名牌找人即可。先前她已經在總部列印出手機裡的照片，其中包括了傑瑞米亞．史密斯的豪宅，還有先前在國際刑警組織客房公寓的浴室裡、以手機拍攝徠卡照片的備份檔案，拉若公寓的照片，最重要的是，還有聖雷孟小禮拜堂的照片。想當初她覺得這些照片沒有用，一度想要刪除，沒想到現在居然會派上用場。

羅里愛禮的辦公室門沒鎖，他把雙腿擱在書桌上，正在看雜誌。影帶沒有騙人，這傢伙的確長得瀟灑，四十歲，流露些許放浪的味道，讓女學生為之瘋狂的教授典型。那雙康威士星星運動鞋，釋放出某種寧靜革命的訊息，正好勾勒出他的左派氣質。

珊卓拉微笑，敲門。

這位講師抬頭看她，「考試延到下禮拜了。」

既然這間辦公室的氣氛如此輕鬆，她也就毫不客氣進去，直接坐下來，「我來這裡，不是為了考試的事。」

「如果是要課後討論，麻煩妳等到單數日再過來。」

「我不是學生，」她拿出警徽，「珊卓拉．維加，我是警察。」

羅里愛禮似乎並不意外，也沒有打算握手致意，只是把腳放下來以示基本禮貌而已，「好，那我該改口了。警官，有什麼需要我效勞的地方？」

珊卓拉一看到他耍帥的模樣就生氣，她不禁想到了夏貝爾，這個可憐的講師一定沒想到長得好看也會害了自己。「我正在調查某個案子，有些問題需要藝術史專家解惑，有人建議我可以來找你幫忙。」

他嚇一跳，手肘立刻擱在桌上，「這個嘛，好，哪個案子？也許我最近剛好在報紙上看過？」

「機密案件。」

「了解。好，我聽候您的吩咐。」又是一個迷死人的笑容。

珊卓拉心想，再給我笑一次，我就把槍塞進你的臉，「麻煩請你看一下這幾個地方，然後告訴我是哪裡好嗎？」她交給他一疊聖雷孟小禮拜堂的照片，「我們在某名嫌犯的口袋裡發現這些照片，但不知道拍攝地點在哪裡。」

羅里愛禮戴上眼鏡，仔細研究照片，他一次拿起一張，然後舉高端詳，「有墓碑，一定是小禮拜堂，看起來似乎是在教堂裡。」

珊卓拉盯著他，等待那一刻的到來。

「建築風格多元，所以很難確定究竟在哪裡，」他看了十多張照片之後，拿到了拉若公寓的第一張照片，「這個地方似乎……」他又看了第二與第三張，臉上的笑意全沒了，「到底要問我什麼？」他已經沒有勇氣看她的臉。

「你去過那間公寓，對嗎？」

他把照片放在桌上，雙手交疊胸前，開始面露警覺之色，「只去過一次，也可能是兩次吧。」

「那你乾脆說三次好了，絕不超過三次，這樣總可以吧？」珊卓拉挑釁。

羅里愛禮點點頭。

「拉若失蹤的那個晚上，你是不是在那裡？」

「不，沒有，」他斬釘截鐵，「那時候甩掉她都已超過兩個禮拜了。」

「甩掉她？」珊卓拉嚇一大跳。

「我是說……這個，妳知道我的意思吧，我是有家室的人。」

「你是要提醒我？還是應該要提醒你自己？」

羅里愛禮起身，走到窗邊，開始拚命抓頭，「當我知道她失蹤的時候，我很想去警察局，但一想到他們會問我的各種問題，還有我的妻子、長官、學校……如此一來，我再也沒有辦法繼續隱瞞下去，我的學術生涯與家庭將毀於一旦。我猜這只是拉若臨時起意，不告而別是為了要引發我的注意，她遲早會回來。」

「難道你沒想過這女孩可能會因為你而做出傻事？」

羅里愛禮轉身，他承認，「當然。」

「快一個月過去了，你居然還是悶不吭聲。」珊卓拉根本不打算掩藏怒火。

這男人現在顯然很有壓力，「我說過會幫忙她。」

「墮胎，對嗎？」

他知道自己麻煩大了，「我還能怎麼辦？不過就是玩玩罷了，拉若自己也知道。我們從來沒有約會過，也不打電話聊天，我連她手機號碼都沒有。」

「她失蹤之後，你刻意保持沉默，現在，你成了謀殺案的嫌犯。」

「妳說什麼？謀殺？」他十分激動，「你們發現屍體了？」

「不需要。你有動機，有時候光這個理由就可以抓人了。」

「媽的，我沒殺人！」他已經快哭出來了。

說也奇怪，珊卓拉居然覺得這個人好可憐，以往她總是遵守優秀警察的重要守則：絕對不要相信任何人，但她現在覺得他說的是真的：是傑瑞米亞．史密斯帶走了拉若；這種擄人手法太周密了，如果這位講師想殺了女學生，大可以把她直接誘騙到荒郊野外，她也絕對不會起疑。就算他們在公寓裡吵架，他在盛怒之下殺了她，現場也一定留有犯案痕跡才是。

她記得，死亡藏在細節裡，何況也沒有證據顯示她已經離開人世。

「拜託你冷靜一下，坐好。」

他紅著眼眶，看著珊卓拉，乖乖回到座位上，鼻子抽抽搭搭。

珊卓拉的確有正當理由同情這個懦弱的外遇男子，她想到了那條綠領帶，我和這個人有什麼不一樣，我也欺騙了大衛。

但她不想把這個故事告訴他。

珊卓拉反而好聲相勸，「拉若不只是要告訴你她懷孕了而已，她告訴你這件事，是為了要給你一個機會，如果她能夠活著回來，請好好聽她的心裡話。」

這男人現在連一句話都說不出來。珊卓拉迅速收起照片，準備離開，當她正要放回包包裡的時候，卻不小心手滑，照片散落一地。

羅里愛禮趕緊彎下腰，一起幫她撿照片。

「我來幫忙。」

「沒關係，我自己可以。」那個太陽穴帶疤的神父面孔，也出現在照片堆裡。

「聖赦神父。」

她看著羅里愛禮，不知道自己是不是聽錯了，「你認識這個人？」

「我不知道他是誰，我說的是另外一張，」他拿起那張照片，交到她手上，「聖雷孟。妳真的想知道這小禮拜堂的故事？或者這也只是當藉口的照片？」

珊卓拉接過照片，小禮拜堂祭壇上的那張畫，裡面有聖雷孟，「所以你要說的是？」

「這張畫是沒什麼，十七世紀的作品，在米諾瓦聖母堂裡面。不，其實我說的是這位聖人。」

羅里愛禮站起來，走到書櫃旁邊，從容取出一本書，前後翻找，終於發現了那張作品的翻拍照，他拿給珊卓拉看，隨即唸出照片說明：「聖赦法院是教廷處理犯罪議題的單位，聖雷孟神父是裡面最重要的成員之一。在十三世紀的時候，他被賦予重責大任、撰寫各種良心問題之分析，作為聽告者的指導綱領，該文獻名為《悔改聖事全集》，為各種罪行的評估與補贖、建立了基本規範。」

珊卓拉很自責，早知道當初應該先研究這個小禮拜堂的背景資料才是。當初那個神秘人把寫有「佛列德」的聖像卡片塞入飯店房間裡面，顯然不是只為了設下圈套而已。

那個地方具有某種特殊意義。

當初她在那裡差點成了槍下冤魂，當然沒什麼興趣再訪舊地，不過，她得要找出答案。

6.22 p.m.

找情資，是克里蒙提的天分，在這幾天當中，馬庫斯已經徹底領教過了，他從來沒有問這位年輕朋友是怎麼辦到的，當然一定有靠檔案幫忙，但這不可能是唯一來源，他的上面鐵定還有負責收集情報的秘密網絡。長期以來，教廷不停派出好手、在對其具有威脅性的世俗機構裡臥底，這是一種自我防衛的形式。

正如克里蒙提經常掛在嘴邊的話一樣，梵蒂岡狀似安和祥寧，但其實一直保持警戒狀態。不過，這次克里蒙提真的讓他嚇一跳。他們兩個人現在待在賭博賓果室的窗邊，監視馬丁尼住家公寓大門的一舉一動，這裡擠滿了賭客，每個人都在專心研究自己的牌局。

「愛麗絲的爸爸拿出兩只大皮箱，放進自己的車裡，」克里蒙提指著對街的飛雅特休旅車，「他很浮躁，已經請了一個禮拜的假，還從銀行提領了大筆現金。」

「他準備要逃亡？」

「是有這個嫌疑，對吧？」

「槍呢？你怎麼知道他有槍？」

「他去年曾在遊樂園裡對某名企圖誘拐幼童的男子開槍，所幸警方及時出手制止。該名男子當場逃逸，而現場的目擊者也沒有人想要出面作證，警方搜索他的公寓，沒有找到手槍，自然也沒辦法採取進一步的法律行動。當然，他沒有持槍執照，換言之，他買的一定是黑槍。」

馬庫斯記得這個爸爸，布魯諾，女兒在公園裡不見了。他搖搖頭，「不就是我們要找的人嗎？復仇者。」

「在失蹤案發生之後，他老婆帶著小兒子離家出走，他一直沒有辦法從創傷中走出來，在這三年當中，他自己依然在明查暗訪，所以也與警察發生不少衝突。白天他在當公車司機，晚上就繼續找女兒，戀童癖徘徊的地方，流鶯活躍的區域，他絕對不放過，布魯諾相信，總有一天能把女兒找回來。」

「我猜，他也只是要一個能讓心靈平靜的答案。」看到馬丁尼的慘況，他忍不住想到了洛卡那一家人。小男孩的父母面對邪惡力量，卻從不放棄，他們的防線雖然出現破口，卻不曾讓黑暗入侵他們的生活，從來沒想過要以暴制暴，「布魯諾．馬丁尼會害死自己。」

克里蒙提也很清楚這一點，攻擊阿斯特．哥雅詩的機會等於零，布魯諾還來不及衝上去，就會死在保鏢的亂槍之下。以為自己可以全身而退，無非是自欺欺人。

他們繼續等著馬丁尼出來，克里蒙提順便告訴馬庫斯當日的其他進展，「警察開始找拉若了。」

他不敢置信，「什麼時候開始的？」

「他們發現這起失蹤案與傑瑞米亞．史密斯有關，這要部分歸功於與他們共事的某位米蘭女警。」

馬庫斯知道她是誰，沒接話，但接下來的發展卻讓他十分振奮。

「還有，醫生已經排除傑瑞米亞是心臟病發，他們認為他可能被人下毒，正在做毒物檢測，所以，你的推論是對的。」

「我還知道毒物成分，」馬庫斯繼續說道，「琥珀膽鹼，造成肌肉麻痹，產生與心臟病發的類似效果，而且在血液中不會留下殘留物質，」他臉上的得意表情藏不住，「卡內斯塔利的自殺案，似乎讓我的那位神秘同仁得到了靈感。」

馬庫斯的表現出色，讓克里蒙提大為激賞，這位弟子已經通過了各種考驗，「等到整起事件告一段落之後，你有什麼打算？」

他最大的渴望，就是幫助別人，就像是明愛會的那位神父一樣，但他語氣保留，「現在還沒打算——」他正要繼續說下去的時候，克里蒙提卻推了推他的手肘。

「出來了。」

他們望向窗外，布魯諾正走向自己的車子。

克里蒙提將自己的熊貓車鑰匙交給馬庫斯，「祝你一切順利。」

時值晚餐時間，羅馬市區的交通相當順暢，那台飛雅特休旅車也一直保持穩定車速，馬庫斯跟車的難度不高，只需要記得保持安全距離、不要被對方發現就好。

馬庫斯沿途注意路示方向，研判布魯諾正準備要離開羅馬。不過馬庫斯立刻發現有異狀，因為他居然先在銀行自動櫃員機前面停車，但克里蒙提明明說過布魯諾·馬丁尼先前已提領了一大筆錢。他回到車上，繼續開車，過了約十分鐘之後，他又再度停車，這次是進去酒吧裡面喝咖啡，裡面擠滿了看球賽的客人，但布魯諾似乎是生客，他沒有向任何人打招呼，也沒有人認得他。喝完之後，他再次啟程，這次是進入交管區，現在這時段只允許特定車輛進入，但他居然不管擅闖所必須付出的罰金，直接從監控攝影機下方開過去，馬庫斯別無選擇，只好繼續尾隨。布魯諾此時開往通向羅馬北郊的圓環，過收費站取票，幾分鐘之後，他第三度停車，這一次是為了加油。馬庫斯躲在加油站前方的避車處，透過後照鏡觀察布魯諾，他不慌不忙，以信用卡付帳加油之後，繼續上路，維持一般速度。

他究竟要去哪裡？馬庫斯好生困惑。

布魯諾走了十公里之後，往佛羅倫斯的方向前進，然後，他的車又進入休息站，這一次，馬庫斯決定跟在他後面一起進去。布魯諾在別的地方剛喝過咖啡，現在又在櫃台前點第二杯咖啡，還買了一包香菸。馬庫斯假裝在翻雜誌，其實正透過雜誌鐵架的空隙觀察布魯諾的動靜，他喝完咖啡之後，做了一件令人匪夷所思的事。

他抬頭看著收銀機上頭的監視攝影機，動也不動，時間長達好幾秒鐘。

馬庫斯懂了，布魯諾想要確定自己入鏡、出現在監視器的影帶裡。

布魯諾把咖啡杯擱在櫃台桌面，隨即進入位於地下室的洗手間，馬庫斯立刻尾隨過去。布魯諾正在洗手，馬庫斯確定四下無人之後，找了附近的洗手台，打開水龍頭，布魯諾透過鏡子瞄了他一眼，但並未起疑。

「馬丁尼先生，你在製造不在場證明，對嗎？」

這句話嚇到他了，「你在和我說話？」

「提款機、加油站，再加上這裡的咖啡點心區，所有的地方都有監視錄影機，還有，剛才那家酒吧裡擠滿了看球賽的人，一定會有人注意到你，還有，算你聰明，故意等著被開交通罰單，就連取道高速公路也一樣，因為收費站的出入口都會留下紀錄。你希望行蹤留痕，到處找監視攝影機，好，你到底要去哪裡？」

布魯諾欺身進逼，眼中散發灼灼怒火，「為什麼盯上我？」

馬庫斯也毫無懼色，大膽回視，「我想要幫助你。」

布魯諾簡直快要出拳揍人了，但還是勉強忍住，那雙強壯的雙手，乃至肩膀的姿勢，完全透露出他內心的暴怒，宛若一頭準備撲擊的雄獅，「你是警察？」

馬庫斯避而不答，「艾伯托．卡內斯塔利，還有阿斯特．哥雅詩，你知道這兩個人是誰？」

布魯諾沒有反應。

「你認不認識他們？」

「他媽的那你到底是誰？這總可以講吧？」

「你打算逃跑？對不對？你和我一樣，都想要幫助別人，好，那個人是誰？」

布魯諾退後一步，彷彿被人扁得鼻青臉腫，「我不能說。」

「趕快告訴我，不然一切都毀了。那個人不可能因此得到想望的正義，反而會替自己招來殺身之禍，」他逼得更緊，「到底是誰？」

布魯諾整個人靠在洗手台，伸手扶著前額，「卡蜜拉昨天來我家，她說她兒子已經死了，還有，她知道殺人兇手在哪裡。」

「卡蜜拉．洛卡。」馬庫斯萬萬沒想到是她。

他點點頭，「三年前，我們兩家人的小孩都失蹤了，也讓我們變成一家人，愛麗絲與菲利普彷彿成了一對姊弟。我和卡蜜拉在警局認識，自此之後，悲傷讓我們緊緊相繫在一起，尤其在我太太離家出走之後，卡蜜拉更加關心我，她是唯一了解我的人，所以當她跟我要槍的時候，我沒辦法拒絕她。」

馬庫斯難以想像，這一家人明明已經脫離谷底，甚至還孕育了新生命：原來這只是為了要轉移焦點。現在他終於搞懂卡蜜拉的想法，趁先生出差，獨自密謀殺人計畫，萬一自己有個三長兩短，至少還有一個人可以照顧剛出生的小孩，難怪下午沒看到她帶著嬰兒，一定是委託別人在照顧。

「卡蜜拉知道你有黑槍，你交給她之後，想要製造自己的不在場證明，萬一警察因為槍枝而追查到你頭上的時候，你可以撇得一乾二淨，」馬庫斯知道布魯諾已經無法狡賴，「卡蜜拉把計畫都告訴你了？」

「幾天前，她接到一通神秘電話，對方告訴她，如果想要找到殺死菲利普的兇手，今天晚上得要去某家飯店的房間，買兇殺人的那名男子，名叫阿斯特．哥雅詩。」

「哪間飯店？哪個房間？」

布魯托依然頭低低的，盯著地面，「其實，我仔細想過，這通電話是真是假很難說，但心存疑慮會讓你相信所有事情，無消無息的痛苦，讓人受不了，你只希望趕快結束，沒有人聽得到，但對你來說，這等於是苦刑，會令你失去理智。」

「殺人絕對不會讓痛苦就此結束……卡蜜拉．洛卡人在哪裡？快告訴我，求求你。」

「伊斯特拉飯店，三〇三號房。」

8.00 p.m.

晚上的氣溫比早晨低了好幾度，空氣中瀰漫薄霧，因街燈而暈染顏色，她宛如在尋火，珊卓拉知道，焰光可能會隨時出現。

在埃及方尖碑與小象為地標的那座廣場上，許多剛參加完晚間彌撒的會眾仍徘徊不去，她直接穿越人群，進入米諾瓦聖母堂。回想上回的情景，與這次截然不同，現在的教堂人聲喧譁，到處都是觀光客與會眾，有這麼多人在，珊卓拉安心多了。她直接朝聖雷孟小禮拜堂走去，一定要找出答案。

她再次站在那素淨的祭壇之前，凝望著聖人畫像。右方的畫是擔任審判的上帝，天使各據兩側，下方擺有許多祈願蠟燭。珊卓拉心想，不知道這些微弱的燭光裡，承載了多少的祝禱或補贖，這一次，她終於懂得周遭事物的意義，這裡是審判之地。

靈魂法庭。

與這間大教堂裡面的其他小禮拜堂相比，這間格外樸實，營造出一種恰如其分的素簡風格，壁畫描繪的是審判：在兩位天使的輔助之下，上帝擔任評判者，而聖雷孟——聖赦神父——向上帝解釋案情。

珊卓拉笑了，她現在知道當初對方選擇這間教堂，並非偶然。她不是什麼彈道專家，但現在她已經可以客觀分析那天早上的事，教堂空蕩，重重回音讓她難以從槍聲判辨狙擊手的位置。而歷經拉若公寓地道的驚魂記之後，她猜那個人並沒有殺她的意思，因為對方明明有絕佳的出手機會，但卻沒有開槍，她心裡有底，這兩起事件都是同一人所為。

那個誘她進入教堂的人，顯然是對她的資料有興趣，大衛一定在這裡有重大發現，而對方千方百計想要取得線索。他利用她，還製造假威脅、讓她誤以為自己生命有危險，同時又謊稱自己與她的丈夫交情深厚，然後，他又擺了她一道，其目的只有一個：利用她抓到聖赦神父。珊卓拉轉身，果然看到那個人，他正站在一大群信眾裡面。

夏貝爾正看著她。兩人之間依然保持相當距離，但現在已經沒有必要躲藏了。

她把手放在運動衫的腰際處，裡面是槍套，這個動作是要讓他知道不得輕舉妄動，否則她會立刻拔槍。他舉起雙手，表示自己並無惡意，隨即慢慢朝她走過去，擺出一副軟姿態。

「你要什麼？」珊卓拉先開口。

「我以為妳什麼都知道了。」

「你要什麼？」她又問了一次，語氣咄咄逼人。

夏貝爾望著畫中的上帝，「保護我自己。」

「你朝我開槍。」

「的確是我把卡片塞入妳的飯店裡面，讓妳一路追到這裡來，因為我想要大衛的照片。但沒想到妳會發現我的手機號碼，鈴聲大作，我也只能趕快想辦法，不然我就玩完了。」

「我先生在這裡發現什麼線索？」

「沒有。」

「所以你假裝救我一命，背叛我對你的信任，你和我先生之間的交情也是鬼扯一通，」她很想要再加一句，還和我上床，讓我誤以為你對我有意思，「只是為了要拿到那個帶疤神父的照片。」

「我是在演戲，沒錯，就像妳一樣。我知道妳也說謊，沒有把全部的照片交出來。我的專長是對付騙子，記得嗎？妳和那個神父之間一定有秘密協定，對不對？妳想請他幫妳找出大衛的死因？」

珊卓拉火冒三丈，「所以你才一直跟蹤我，因為我可能會與他再度見面？」

「跟蹤，是為了要保護妳。」

「住口！」珊卓拉語氣尖銳，臉上的表情又惡又恨，「不要再對我撒謊了。」

「不過，還有件事，我一定要告訴妳，」夏貝爾的語氣也很硬，「殺死妳丈夫的兇手是聖赦神父。」

珊卓拉全身發抖，但依然想要掩飾自己的激動，「現在你隨便要說什麼都可以，你真以為我會相信你？」

「梵蒂岡突然廢除聖赦神父一職，難道妳不覺得奇怪嗎？一定是事態嚴重，才逼得教宗必須做出這個決定，不是嗎？有些事情從來沒有曝光，算是……聖赦神父行為的副作用吧。」

珊卓拉沒說話，她在等夏貝爾繼續說下去。

「聖赦法院的資料庫是研究與分析罪行的地方，但裡面有條規矩，每個聖赦神父只能接觸部分資料，當然，除了保密的考量之外，還有另外一個原因，不能讓任何人接觸過多的犯罪資料，」夏貝爾發現珊卓拉聽得全神貫注，也就繼續說下去，「他們以為只要能廣泛收集犯罪紀錄，就能夠了解人類歷史的各種邪惡行為，但無論他們如何分門別類，總是不斷會有跳脫模式、難以預料的罪行發生，永遠會出現新的『違常狀況』：這些問題應該要予以導正，所以聖赦神父不只把自己當成了研究者與資料編纂者，還化身成為偵探，直接介入調查，尋求正義之道。誠如某位聖赦神父所言，在這些檔案之中、所獲得的最寶貴教訓就是：犯罪，會引發更多的邪行。有時候，它就像是阻擋不了的傳染病，只要是人類都可能遭殃，聖赦神父萬萬沒想到自己也是人，也會深陷其中而無法自拔。」

「你的意思是說，有人因為長期浸淫在這些資料裡，因而誤入歧途？」

夏貝爾點點頭，「長期接觸這樣的黑暗力量，怎麼可能不受影響？規定聖赦神父不能閱讀太多的檔案資料，自然有其道理，這是一種防護措施，但卻失傳已久，」他的語氣和緩多了，「珊卓拉，妳想想看，妳自己是警察，當妳親眼看過犯罪現場之後，真能放下一切？或者等到妳回家的時候，心裡依然藏著某些苦痛煎熬與仇怨的情緒？」

珊卓拉又想到大衛的綠色領帶，她知道夏貝爾說得沒錯。

「妳看過多少同仁因為這個原因而無法堅持下去？走入了另外一邊的世界？原本一絲不苟的正直警官突然收下毒販的賄賂，妳願意以性命相挺的同事，卻為了取供而把嫌犯打得半死？濫用權力、貪污，全是那些知道自己受不了誘惑的人所犯下的行為，無論他們再怎麼努力堅守防線，邪惡仍然會勝出。」

「他們是例外。」

「我知道。我也是警察，但這種事很難說。」

「你的意思是，有聖赦神父誤入歧途？」

「德渥克神父不肯接受事實，反而繼續秘密組訓神父，他認為自己可以掌控一切狀況，但這等天真態度卻讓他賠上自己的性命。」

「所以你也不知道是誰殺了大衛，也有可能是那個帶疤的神父。」

「我大可以告訴妳，對，就是他，但其實真正的答案是我不知道。」

珊卓拉仔細看著夏貝爾，想要知道這番話是否真心誠意，但她突然哈哈大笑，猛搖頭，「真是白癡，我差點又上當了。」

「妳不相信我？」

她滿臉嫌惡看著他，「就我所知，就連你也可能是殺死我丈夫的嫌犯，」她特別強調「我丈夫」這幾個字，彷彿在宣示他與大衛之間的不同，此刻，那一晚春宵對她已經不重要了。

「不然妳要怎樣才相信我？要我幫妳找兇手？」

「我的幫手很多了，而且，我們有更簡單的解決方法。」

「好，妳直說吧。」

「跟我走。有位我很信任的局長，叫作卡穆索，我們把所有事情都告訴他，他會幫我們。」

夏貝爾沉默片刻，似乎正在仔細考慮，「好，有何不可？我們現在過去？」

「何必浪費時間？你走在我前面，讓我可以看到你。」

「妳安心就好。」他開始向走道方向移動。

主教堂即將關門，群眾也往大門湧去，夏貝爾走在珊卓拉前方，相距約有兩公尺。他行進速度緩慢，而且偶爾會回頭看她，確定她有跟上來，但他立刻被門口的那一小群人所淹沒。珊卓拉緊盯著他，夏貝爾又回頭看了她一眼，還作勢表示這不是他的錯。珊卓拉自己也被擠入混亂的人流，但還看得到他的頭。但突然之間，前面有人摔倒了，大家抱怨連連，原來有人出手推人。珊卓拉驚覺狀況不對，想要趕快鑽出人群，她已經看不到夏貝爾的後腦勺，她奮力擠到前頭，終於出了教堂。

但夏貝爾已經消失不見。

8.34 p.m.

策動卡蜜拉・洛卡，一通電話足矣，她不需要任何證據。

她已經知道名字，阿斯特・哥雅詩，綽綽有餘。

伊斯特拉飯店位於共和廣場——不過，在五〇年代之前，這裡的原名是伊斯特拉廣場，因為它參考了迪奧克里齊亞諾浴場裡、名為伊斯特拉的半圓凹狀設計，其實浴場遺跡就在不遠處，很容易就可以看到——但羅馬人不習慣新名稱，數十年過去了，依然喜歡沿用舊名。

這間豪華飯店位於廣場左側，正好面對娜亞蒂噴泉。馬庫斯下了高速公路之後，還花了半個小時才到達目的地，他心急如焚，希望能及時阻止卡蜜拉、不要讓她做出傻事。

馬庫斯不知道接下來會發生什麼事，他一直到現在都無法查出小菲利普的死因，這次神秘聖赦神父的訊息令人難以捉摸。

克里蒙提曾經這麼說過，「你們不相上下，你和他一樣。」但事實並非如此，馬庫斯一直不知道那個聖赦神父躲在哪裡，但他知道那人一定在某處監視著他的一舉一動。最後，他一定會現身。馬庫斯相信他們最後一定會見到彼此，而這個神秘的前輩將會向他解釋一切。

馬庫斯走進飯店。門口站著一個戴高帽穿制服的男服務生，水晶吊燈的光芒映照在昂貴的大理石地板上，裝潢風格貴氣豪奢。他佯裝成一般客人，在接待廳裡走來走去，飯店之大，不知道要怎麼才能找到卡蜜拉。

此時有大群年輕人湧入飯店，全穿著晚宴服，還有個大廳服務生拿著綁了紅緞帶的大禮盒、走到櫃台。

「這是給阿斯特・哥雅詩先生的禮物。」

櫃台人員指了指大廳盡頭，「生日派對的地點在樓上的天台。」

馬庫斯先前曾在卡蜜拉的家裡注意到有禮盒，還發現她買了新衣服，現在他終於懂得她的用意，這都是讓她混入飯店、避免旁人起疑的道具而已。

那個服務生和其他賓客一起排隊，準備搭乘直接通往天台的電梯。先前跟蹤馬庫斯的那兩名壯漢，也站在電梯入口注意客人的一舉一動。

阿斯特・哥雅詩今晚會出現在那裡，有了這些嚴密的防護措施，想要近身攻擊是不可能的事。不過，那名神秘聖赦神父卻送給卡蜜拉另外一個方法。

馬庫斯得搶先一步進入三〇三號房。

飯店大門打開，大批保鏢聲勢浩蕩走進來，團團護擁中間的一名瘦小老人，年約七十歲左右，滿頭白髮，滿臉皺紋，皮膚有明顯曬痕，眼神冷峻。

阿斯特・哥雅詩。

馬庫斯趕緊四下張望，擔心卡蜜拉會突然衝出來，所幸沒有，哥雅詩進入另外一部電梯。他知道自己不能再拖下去，飯店監視器很快就會注意到他形跡可疑，然後保全會過來仔細盤問他來飯店的目的。馬庫斯走到櫃台，他先前已經利用布魯諾・馬丁尼的手機打電話訂房，而他的登記證件，則是克里蒙提在訓練之初、交給他的偽造梵蒂岡外交護照。

「卡蜜拉・洛卡女士到飯店了嗎？」

櫃台人員看著他好一會兒，不知道是不是應該披露住客隱私，馬庫斯依然定睛望著他，最後，他還是說出來了，那位女士一個小時前已經登記入房。這個消息對馬庫斯來說已經足夠，他謝過櫃台人員，同時也拿到了自己三樓房間的感應卡，他搭乘另外一部電梯，那裡沒有哥雅詩的人馬。等到他一進電梯之後，卻立刻按下四樓的按鈕。

電梯門打開之後，出現一排長長的走道，他四處張望，沒有看到保鏢，不免覺得有異。他看過房間號碼分佈圖之後，直接朝三〇三號房走去，轉個角，再走十公尺就到了。這裡也沒有出現保鏢，實在詭異，搞不好他們都待在哥雅詩的房間裡。電子感應器旁亮起「請勿打擾」的燈示，馬庫斯其實沒有腹案，但還是先敲門再說。約莫二十秒鐘之後，他聽到有名女子在講話，問他是誰。

「我是飯店安檢人員，抱歉打擾，但您房間裡的煙霧偵測器已經啟動了警報系統。」

喀嚓一聲，門開了，馬庫斯大吃一驚。眼前出現的是名年輕金髮女子，最多只有十四歲而已，她半裸著身子，隨意裹了條被單，那雙迷茫雙眼，想必是因為嗑藥而失神。

「我只不過點了一支菸而已，」她回道，「難道我做錯什麼事了嗎？」

「別擔心，但我需要檢查一下。」馬庫斯還沒等她答應，隨即推開她、逕自走進去。

這是間大套房，第一個區域是客廳，暗色拼花地板，沙發區附有大尺寸電漿電視和小酒櫃，角落堆放了好幾個生日禮盒。看起來除了這個女孩之外，房內並沒有別人。

「哥雅詩先生呢？」

「他在浴室裡面，你如果要找他，我去叫就是了。」

馬庫斯沒有理會她，繼續走到臥室。

女孩驚慌失措，趕緊跟過去，大門也忘了關，「喂，你要做什麼？」

整張大床凌亂不堪，他看到咖啡桌上有好幾條古柯鹼，還有一疊鈔票。這裡也有電視，現在正播放著音樂錄影帶，聲量開得震天價響。

「馬上給我離開。」女孩下逐客令。

馬庫斯隨即伸手摀住女孩的嘴，眼睛直視著她，這一招等於告訴她反抗無效，現在，她害怕了。馬庫斯走到浴室，伸手指了指門口，女孩點點頭，對，哥雅詩在裡面，電視聲音實在太大聲了，他聽不到外頭的狀況。

「他有沒有槍？」

女孩搖頭。馬庫斯現在知道這個保加利亞老頭子為什麼會暫時支開保鏢，都是為了這個女孩，這位壽星在參加生日派對之前，想要先玩賞一點小禮物：女人與毒品。

馬庫斯正要請女孩離開，但卻發現卡蜜拉．洛卡站在大門口，她的腳邊還放著打開的禮物盒。她雙手持槍，眼中透散出幽幽恨意。

他出於本能，立刻伸手阻擋，小女孩的尖叫聲被震耳欲聾的搖滾樂所淹沒，馬庫斯將她推到旁邊，她趕緊找床角躲避，嚇得不知如何是好。

卡蜜拉深呼吸，彷彿在努力逼出自己的全身氣力，「阿斯特．哥雅詩呢？」顯然她知道自己的目標是個七十歲的老人。

馬庫斯力圖鎮靜，要讓卡蜜拉恢復理性，「妳的事我都知道，但就算殺了人，也沒辦法解除妳的痛苦。」

卡蜜拉注意到浴室下方透出微光，「是誰在裡面？」她已經把槍對準浴室門口。

馬庫斯知道只要浴室門一打開，她就會立刻開槍，「聽我說，妳要想想自己剛出生的寶寶，叫什麼名字？」他想採取拖延戰術，希望能夠轉移她的注意力，讓她心生遲疑，但卡蜜拉沒有回答，依然緊盯著浴室，馬庫斯不放棄，「妳也該為先生著想，怎麼能這麼拋下他們兩個人？」

卡蜜拉的淚水泉湧而出，「菲利普是個好體貼的孩子。」

馬庫斯決定要單刀直入，「妳有沒有想過？扣下扳機之後呢？妳以為自己就解脫了嗎？我告訴妳，一切都不會改變，生活依然充滿磨難，殺人究竟會為妳帶來什麼好處？」

「我沒有其他方法可以伸張正義。」

這確是實情。目前找不到任何證據，顯示哥雅詩、卡內斯塔利與菲利普之間有所關聯，唯一的證物，他在診所裡發現的那塊人骨，也早就被哥雅詩的人馬搶走。「正義無法實現，」他的語氣肯定但充滿憐惜，還帶著些許無奈，因為他擔心自己無法阻擋悲劇，「但妳的選擇不是只有報復而已。」他發現她的眼神似曾相識，在拉費埃耶弒父時，他也曾經看過，還有，退休警察齊尼寧可自己動手、也不願將費德里克·諾尼送交警方的執念，也與她現在的殺人意志一樣強烈。這一次，他依然無能為力，浴室門遲早會打開，而卡蜜拉終將會開槍。

門把在動，裡面的燈也關了，浴室的門隨即敞開，女孩躲在床邊大叫，她的目標已經出現在門口，一身雪白的浴袍，他滿臉驚惶看著槍管，眼中的冷峻消失無蹤——他不是那個七十歲的老人。

只是個十五歲的男孩而已。

現場一片驚慌混亂，馬庫斯看著卡蜜拉，而她緊盯著那男孩，「阿斯特·哥雅詩在哪裡？」

他回答的聲音太細弱了，沒有人聽得懂他在說什麼。

「阿斯特·哥雅詩人在哪裡？」卡蜜拉怒氣沖沖，又問了一次，手槍在男孩面前不停揮晃。

男孩開口，「我就是阿斯特·哥雅詩。」

「不，怎麼會是你！」她不可置信。

「妳講的一定是我爺爺……我的生日派對在樓上，他人在那裡。」

卡蜜拉發現自己搞錯了，雙腳不停顫抖，馬庫斯趁機把手放在槍上，讓她的手慢慢放下，卡蜜拉的疲倦雙眼也隨之低垂，「我們走吧，」他出聲相勸，「留在這裡沒有意義，這男孩的爺爺是與妳兒子的死因有關，但也不能因此就殺了這孩子，對嗎？這等於是沒有意義的報復，根本是恣意行暴，我知道，妳不會做出這種事的。」

她沒有任何動作，陷入沉思，然後，她發現了一件事。

馬庫斯順著她的目光看過去，發現卡蜜拉又在盯著那男孩，白袍下露出的裸胸。

她往前逼近，男孩也向後閃躲，最後，他的背碰到牆面，無路可退。卡蜜拉輕輕翻開袍領，發現他胸口上有一道長疤。

馬庫斯全身發抖，幾乎無法呼吸，天哪，他們到底做了什麼。

三年前，阿斯特．哥雅詩的孫子與菲利普年紀相當，而卡內斯塔利是著名外科醫生，哥雅詩買兇殺人，只為取得一顆新鮮心臟、搶救孫兒性命。

他心想，卡蜜拉當然不可能知情，但因為某種預感，母親的直覺，或是第六感——讓她做出這個動作，雖然，她自己似乎也不知道是什麼原因。

卡蜜拉把手放在男孩胸前，他也由她了。她站在那裡，感受心臟撲通撲通的跳動，這是來自另一個地方、來自另外一個生命的聲音。

她與男孩互望，她是不是想在男孩的眼底裡尋找什麼？也許是一道光，告訴她兒子依然還活在裡面？或者，發現菲利普也在此時此刻凝望著她？

馬庫斯現在才發現，證明阿斯特．哥雅詩與菲利普之死有關的唯一證據，居然就在他孫子的胸膛裡。只要將那男孩的心臟切片檢查結果與菲利普家人的DNA進行比對，馬上就能將他繩之以法。不過，馬庫斯不知道這樣的正義是否足以寬慰這可憐的家庭，想必他們的悲痛依然苦纏不去。所以他決定保持沉默，他現在只想趕快把卡蜜拉帶離這個房間，這女人應該要為另一個孩子好好著想。

他鼓起勇氣，打破卡蜜拉與小哥雅詩之間的微妙相繫。他抓住她的肩頭，想把她拉到門外。她輕輕放下放在男孩胸前的手掌，宛如在珍重道別。

她跟著馬庫斯離開這間套房，進入走廊，準備搭電梯。卡蜜拉突然回頭看著她的救命恩人，宛若第一次打照面，「我知道你是誰，你是神父對不對？」

馬庫斯愣住了，不知道該作何反應才是，他只是點點頭，等卡蜜拉繼續說下去。

「他曾經向我提起你。」

他懂了，卡蜜拉口中的那個人，想必就是神秘的聖赦神父。

「一個禮拜之前，他打電話給我，他說，我會在這裡遇到你，」卡蜜拉歪著頭看著他，露出怪異表情，似乎是很怕他，「他請我轉告你，你們兩人終究會在起點相會，*但這一次你必須要找到魔鬼。*」

10.07 p.m.

她在聖西爾維斯特廣場的巴士站搭乘五十二號公車，然後在派西艾羅路附近下車，轉搭九一一到艾庫立德廣場，再進入維特波火車站，搭乘到羅馬的區間車，這一段是連接羅馬北部與市中心的區域鐵路。她在這條線的終點、也是唯一的一站下車：佛拉米尼歐，然後轉搭前往阿納尼納方向的地鐵，在富利歐卡密諾站下車，出站之後，再轉搭計程車。

每趟轉乘的間隔至多不過數十秒而已，而且這條路線是她隨興而走、沒有任何事先規劃，想跟蹤她的人絕對不可能有半點機會。

珊卓拉不相信夏貝爾，對於掌握她的行蹤，顯然他是很有一套。雖然他在米諾瓦聖母堂的時候溜走了，但她確定這傢伙一定潛伏在某個地方，想要繼續追查她的行蹤。不過，剛才她所運用的戰術，應該足以甩掉他。她還不能回飯店休息，今晚還有最後一個任務沒有完成。

得要去探訪一個新朋友。

計程車停在傑梅里醫院的大門口。珊卓拉依照指示牌找到加護病房所在的那棟小樓，這個部門的工作人員，稱其為「邊界」。

她穿越第一道門，自動式滑門，裡面是等待區，一共有四排藍色的塑膠連椅，四周的牆面也是相同的藍，就連牆掛暖氣管、醫護人員的制服、飲水器也都是一片藍，莫測高深的單色調效果。

第二道門是安全門，裡面是整棟建物的核心：加護病房，必須要有特殊電子磁卡才能進入。這裡有名警察在擔任戒護工作，大家只要看到他，就會想起這裡有危險病患，雖然，那個人目前並沒有任何殺傷力。珊卓拉讓這位同事看過警證，護士交給她訪客須知，請她穿上鞋套、白袍與帽子，然後為她開了第二道門。

珊卓拉一看到前方那道長長的走廊，立刻想到水族館，就像是熱那亞的那一個，她和大衛還去過兩三次。她很愛魚，可以一直盯著看好幾個小時，魚身悠游，看得她好癡迷。現在，她面前那面逐一排開的水箱，其實是一間間的玻璃隔間病房。燈光昏暗，一片詭異的寂靜。但如果你仔細聆聽，會發現裡面其實包含了各種聲音，微弱的呼吸，或是持續而規律的隱然心跳。

這個地方似乎正在熟睡。

她的鞋底一路摩擦著走廊的塑膠地板，到了護理站。兩名護士正坐在控制台前面，追蹤病患生命徵候的顯示器，發出反光，映照在他們的臉龐上，而後面有位年輕醫生，正坐在金屬桌前寫東西。

兩位護士，再加一位醫生，已足以應付加護病房的夜班人力。珊卓拉自我介紹之後，向他們詢問方向，她知道那個人的位置了。

她經過另一排水箱，裡面的人躺在床上，宛若在寧靜深海中漂泳。

珊卓拉準備要進入最後一間病房，突然發覺裡面有個人在看她，個子不高的年輕女子，年紀與她相當，穿著白袍，她看到珊卓拉，立刻起身走到門口。這間病房裡有六張床，但只有一個病人，傑瑞米亞．史密斯，插管，胸部規律起伏，雖說他是五十歲，但外表看起來更加蒼老。

那年輕女子看著新訪客，珊卓拉也回望著對方，那張臉龐讓她有不知在何處見過的感覺。過了一會兒之後，她想起來了，不禁讓她一陣寒慄，有個受害者冤魂，來此探望禽獸。

「妳是泰瑞莎。」

女子笑了，「我是莫妮卡，她的雙胞胎姊姊。」

她不只是受害者的親人，而且還是那位把傑瑞米亞從鬼門關救回來的醫生。

「我是珊卓拉．維加，警察。」她伸手向這位女醫師問好。

莫妮卡也握手回禮，「妳第一次來這裡吧？」

「這麼明顯？」

「對，從妳看他的樣子就知道了。」

珊卓拉又再次望著床上的那個人，「為什麼？」

「我也說不上來，可能是因為妳像是在看水族館裡的魚吧。」

珊卓拉搖搖頭，笑了。

「我說錯什麼話了？」

「不，沒有，別擔心。」

「無論是準備要上夜班之前，或是在日班結束之後，每天到了這個時候，我都會在這裡待個十五分鐘，我也不知道自己為什麼要這麼做，就是覺得應該要天天過來。」

珊卓拉很欽佩莫妮卡的勇氣，「為什麼會想救他？」

「為什麼大家都問我一模一樣的問題？」莫妮卡反問，但她的態度並無不悅，「正確的問法應該是：我為什麼沒有讓他死？這兩件事完全不一樣，妳說對嗎？」

「的確。」珊卓拉倒是從來沒想過。

「如果妳問我現在想不想殺他，如果能不計後果，我當然會點頭。但不做任何急救、讓他就這麼死去的目的又是什麼？這麼說吧，一般人總有壽終正寢、自然死去的最後一刻，但他不配，而我妹妹連好死的機會都沒有。」

這番話不禁讓珊卓拉陷入沉思。她在找殺死大衛的兇手，同時她也頻頻提醒自己，這是為了要求得真相，知道她丈夫為何而死，為了伸張正義。但如果她扮演的是莫妮卡的角色，她又該如何自處？

「不，」莫妮卡繼續說道，「對我來說，最痛快的報復是看他躺在病床上，沒有審判，沒有法官，沒有法律，沒有法庭交鋒，沒有心理評估報告，沒有減刑機會。真正的復仇，是看他變成現在這個樣子，自我囚禁，關在這樣的牢籠裡絕對不可能有逃脫的機會。我每天都可以過來看他，望著這張臉，我知道正義終得伸張，」她又回頭看著珊卓拉，「能享有此等特權的受害者家屬，又有多少人呢？」

「妳說得沒錯。」

「我為他做心肺復甦術，我把雙手放在他的胸前，還有那幾個字上面……殺了我，」她努力壓抑自己的嫌惡，「我的衣服上有他排泄物和尿液的氣味，手指頭沾滿他的口水，」她稍作停頓，「因為這份工作，讓我看盡人生百態，疾病之前，人人平等。但能救人的不是醫生，人只能自救，要選擇正確的生活，走正道。沾到病人的屎尿沒關係，對我們來說稀鬆平常，但如果每個人直到瀕死的那一刻才了解自己，也未免太悲哀了。」

莫妮卡與她年紀差不多，而且看起來個頭瘦弱，卻有這樣的大智慧，讓珊卓拉不禁刮目相看，她很想要再聽聽這位女子的見解。

但莫妮卡看了一眼手錶，「抱歉浪費妳這麼多時間。我該走了，我得去上夜班了。」

「很高興認識妳，今晚在妳身上學到了好多事情。」

她笑了，「我爸爸常說，每挨一巴掌，都有機會讓你成長。」

珊卓拉目送她消失在空蕩蕩的走廊，雖然她一直不願去想那件事，但如今卻再次浮現腦海，她認為夏貝爾就是殺死丈夫的兇手，而她居然與這個人上床，不過，她的確需要那樣的肌膚之親，大衛一定能夠諒解。

她在病房門口拿了乾淨口罩，戴上之後，準備進入那間小小的地獄，裡面只有一具令人生厭作嘔的靈魂。

珊卓拉計算走到傑瑞米亞・史密斯床邊的距離，六步，不，七步。她看著他，水族館裡的魚近在咫尺。他緊閉雙眼，整個房間的氣氛冰冷漠然，這個人落得這般下場，不會再有任何人產生恐懼或心生憐憫。

病床旁有張扶椅，珊卓拉坐下來，手肘支在膝蓋上，十指交纏，然後傾身向前。她希望自己有讀心術，能夠了解這個人為什麼作惡多端，其實，這就像是聖赦神父工作的一部分：仔細檢視人類的內心，探究各種行為的潛在動機。而她身為刑事鑑識攝影人員，負責的則是外在的跡證，惡行留諸於世間的傷口。

她想到了徠卡相機裡的那張黑色照片。

珊卓拉心想，我沒辦法了，沒有那張照片，大衛留下的提示之路，她也沒辦法繼續下去，很可能是在拍攝時出狀況，裡面的影像再也救不回來了。

只有上帝才知道他拍了什麼。

事物的表象，是她獲取情資的來源，但也等於是她的限制。她現在才有了體悟，如果能夠好好省思自己的內心、把一切傾吐出來，找尋寬恕之路，也未嘗不是一件好事。要是沒有其他方法，告解，也許能夠紓解心中的塊壘。所以，她突然開始對傑瑞米亞．史密斯說話，「我想要告訴你綠色領帶的故事，」她不知道自己怎麼會想說這件事，但她就此開始滔滔不絕，「事情發生在我丈夫被殺前的幾個禮拜。那天，他剛結束海外的長期任務，我們一如往常，慶祝我們的小別重聚，享受兩人世界，我們完全不理會外面發生了什麼，彷彿全世界只剩下我們兩個人。你懂嗎？你有過這種感覺嗎？」她搖頭，笑了，「不，一定沒有。我們相識以來，我從來不需要擺出虛情假意，但那天卻是例外。大衛依然問我相同的問題，『都好嗎？一切沒問題吧？』這是日常問候語，沒有人會說出真心話，但當我告訴他一切都很好的時候，不只是基於禮貌而已，其實，真的是徹底的謊言……就在他回來的幾天之前，我到醫院去墮胎。」珊卓拉知道自己的眼眶盈滿淚水，但還是拚命忍住，「我們一定會是很棒的父母，我們彼此相愛，而且也信賴對方。但他是攝影記者，總是在戰爭、革命與屠殺的環境裡工作，而我自己是從事刑事鑑識的女警，大衛從事的是高風險職業，我每天都得被迫看到各種犯罪現場，在這樣的狀況下，我們要如何養育這個孩子？這麼多的暴力和恐懼，對孩子並不好。」她這句話說得決絕，毫無後悔之意，「這是我犯下的過錯，在我的有生之年，將會一直心懷愧疚，我沒有辦法原諒自己，是因為我從頭到尾都沒有告訴大衛，我趁他不在的時候，私自做出決定，」珊卓拉露出淒楚微笑，「當我從醫院回家之後，發現浴室裡還留有我的驗孕試紙。我的小孩，或者，應該說他們從我體內取走的那個東西——還不到一個月，我也不知道該怎麼稱呼才好——早就留在醫院裡了。我覺得它死在我的肚子裡，然後，我又把它孤零零地留在那裡，實在很糟糕，你說是不是？反正，我覺得應該要為那個小東西舉辦葬禮。所以，我找出一個盒子，把驗孕試紙和準爸爸媽媽的東西放進去，大衛唯一的領帶也在裡面，那條綠鬃蜥。然後，我開車到特拉洛，我們常去度假的利古里亞區的小村落，把那個盒子拋入海中。」她深呼吸，「我從來沒有告訴過任何人，說也奇怪，我居然會和你講這些事情。不過現在要講的是美好的那一部分了。我一直認為自己是那個必須付出代價的人，犯下了無法彌補的大錯，事後知道但也來不及了。對那個未出生孩子的愛，我拋入海中，而我對大衛的感情也隨其消失，」她擦去淚水，「沒辦法，我吻他，愛撫他，與他做愛，但我沒有任何感覺，那孩子在我體內為了生存而築起的巢，已經空蕪了。我一直等到丈夫死後，才重新拾回對他的愛。」

她雙手交疊胸前，低頭不動，姿勢令人難受，她開始啜泣，眼淚泛流不止，但好舒暢，她停不下來，哭了好幾分鐘之後，她擤鼻子，想要讓自己鎮定下來。她笑了，好累，但不知道為什麼，她在這裡心情很愉快，再五分鐘，她告訴自己，五分鐘就好。連接傑瑞米亞．史密斯胸部的心電圖機，還有維持生命徵候的呼吸器，不斷發出規律聲響，對她施出了催眠放鬆的魔咒，她閉上眼睛，居然不知不覺睡著了。她看到大衛，還有他的微笑，那亂七八糟的頭髮，和善的雙眼，當他發現她面容微愁或若有所思時，臉上露出的促狹表情，還有他噘下唇和歪頭的模樣。大衛以雙手輕托她的腮幫子，把她拉進懷中，給了她一個好長好長的吻。「沒事了，金姐兒。」她頓時鬆了一口氣，心情平靜下來，他對她揮揮手，走了，臨行前還邊走邊唱〈貼頰雙舞〉。雖然在珊卓拉的夢中，聽起來像是大衛的歌聲，但其實她並不知道，吟唱著另有其人，千真萬確。

有人在病房裡唱歌。

10.17 p.m.

看到卡蜜拉・洛卡突然把手放在那男孩的胸前、體會她兒子死後留下的心跳，馬庫斯第一次感受到那種看不見的慈悲力量。他以前一直認為，我們在浩瀚宇宙之中如此渺小，不值得上帝特別眷顧我們，但現在他卻改變了想法。

我們終究會在起點相會。

他將會與對手正面相迎，救出拉若，就是他得到的最大報酬。

而一切的起點，要從傑瑞米亞・史密斯的別墅開始。

他把老熊貓停在大門外頭，現在這裡已經沒有警察看守，刑事鑑識人員比警察更早撤離，這裡荒涼悽愴，彷彿它知道自己的秘密終將曝光。馬庫斯往別墅的方向走去，沿路只見滿月清光、正力抗這一片幽黑。

樹木在涼夜微風中搖曳，樹葉發出的沙沙聲響，彷彿在他的步履後方發出輕笑，荒蕪花園裡的雕像凝望著他，眼神空洞。

他走到別墅門口，門窗依然貼有封條。他認為那位聖赦神父不在這棟房子裡面，那封口信所透露的訊息很明確。

但這一次你必須要找到魔鬼。

這是他最後一次的考驗，只要能順利通過，他終將知道所有答案。

這句話是否意味他必須要找尋超自然的線索？不過他再次提醒自己，那位神秘聖赦神父對魔鬼不感興趣，事實上，在梵蒂岡裡，也只有他們會對魔鬼的真實性感到懷疑，他們認為，魔鬼只是在人類犯罪之後、想要逃避責任與免受責罰的藉口而已。

人類作惡，魔鬼才會出現。

他撕去大門封條，進入屋內，月光沒有繼續追隨他，反而在門口止步，現在一片靜悄悄，也沒有人出現。

他拿出口袋裡的手電筒，照亮黑暗的走廊。他還記得第一次來到這裡的時候，曾經依循著畫作背後的數字編碼找線索，但如果那位聖赦神父希望他回來這裡，想必他上次一定遺漏了什麼。現在，他推開傑瑞米亞．史密斯當初被發現的地方，那間客廳。

有些東西不見了，被打翻的桌子、破碗，還有麵包屑，都已經被刑事鑑識人員取走，還有醫護人員在急救時所使用的器材——消毒手套、紗布、針筒與插管，最重要的是那些紀念品——髮帶、珊瑚手環、粉紅色圍巾，還有那隻溜冰鞋——當這個惡魔在面對寂寞長夜的時候，正好可以利用這些物品，召喚那些年輕女子的亡魂出來作伴。

雖然這些東西不見了，但問題依然懸而未決。

為什麼傑瑞米亞．史密斯——這麼一個猥瑣、反社會、又缺乏魅力的男人——能夠贏得這些女孩的信任？在殺害之前的這一個月當中，他又把她們藏在哪裡？拉若人呢？

馬庫斯的這種問法，儼然是假設拉若依然活在人世，這些日子以來，他竭盡一切努力，拚命想要達成任務，如果結果與預期不同，他萬萬不能接受。

他看望四周，異常狀況。他告訴自己，這絕非是什麼超自然的線索，而是虔信之人才能發掘的細節，但他不知道自己是否具有這樣的能力。

他的目光四處游移，希望能找到疑點，能夠進入另外一個面向的隙縫，讓邪惡勢力得以擴散的缺口。

「在光明與黑暗的交界之處……我們被指派成為邊界的守護者，不過，偶爾會有越界情事。」

他看著窗外，月光正在為他引路。

石雕像展開雙翼，凝望著他，對他發出聲聲呼喚。

它在花園中間，四周還座落了其他雕像。馬庫斯想起了經文故事，路西法在墮落之前，曾經是天主最寵愛的天使，他立刻朝屋外走去。

他走到那座高大的雕像前面，蒼白月光映亮了這位天使。

馬庫斯覺得奇怪，警察居然沒有注意到這座雕像下方有問題，如果這裡藏有東西，警犬應該會聞得出來才是。不過，已經連續下了好幾天大雨，泥巴所散發出的各種味道，可能會對動物的嗅覺造成混淆。

他把雙手放在基座，猛力一推，天使也隨之移動，露出一扇鐵製地板門，沒鎖，他直接拉開把手。

一片漆黑，強烈潮氣撲鼻而來，彷彿像是地洞裡有惡臭，馬庫斯拿出手電筒，六步，進入地底煉獄。但裡面沒有人聲，也沒有其他聲響。

「拉若！」他扯開喉嚨大叫，然後又喊了三次，又一次，沒有回應。

他步下階梯。

光源前方是一條狹長小道，低矮天花板，還有鋪了瓷磚的地板，逐漸下斜到某個地方，想必以前這裡是游泳池，但有人把它改成了密室。

馬庫斯拿著手電筒四處探照，希望能發現人跡，他擔心自己只能找到一具沉默無聲的屍體，但拉若不在這裡。

只有一張椅子。

他心想，警犬沒有聞到味道，還有另外一個原因，因為根本沒有人屍。但這個地穴確是傑瑞米亞·史密斯藏匿綁架女子一個月、並予以殺害的地方。這裡的牆上沒有鎖鏈，沒有讓他發洩虐待慾的工具，也沒有可以性交的凹室。馬庫斯提醒自己，受害者沒有被凌辱的痕跡，傑瑞米亞根本沒有碰她們。這張椅子，就是所有悲劇的舞台，旁邊是捆人的綁繩，還有拿來割喉的刀子，約二十公分長，這小小的空間，就是他變態想像的極限範圍了。

馬庫斯湊前一看，發現椅子上有個密封的信封，他打開之後，發現裡面是拉若公寓的原始平面圖，包括了廁所地板門的位置，她的活動內容與時間表，藏毒的計畫細節摘要，最後是拉若微笑的照片，但她的臉上被紅筆畫了一個問號，這在開什麼玩笑？這句話不只是問他自己，也等於在問那個神秘的聖赦神父。然而信封裡的這些資料，的確是傑瑞米亞帶走拉若的鐵證。

但拉若不在這裡，也看不到那個神秘聖赦神父的蹤影。

馬庫斯怒火中燒，聖赦神父任務失敗了，他痛罵自己，這種玩笑實在難以承受，他沒辦法繼續待在這個地方了。正當他要轉身回去的時候，手電筒不小心滑落下來，筒頭光源照亮了後方，有東西。

有人躲在角落。

那個人一直在偷看，而且動也不動，從那道光的範圍來看，他只發現了一隻手臂，穿著黑衣，馬庫斯彎腰撿起手電筒，慢慢對準那個陌生人。

那不是人，而是掛在衣架上的神父黑袍。

所有謎題都解開了，難怪傑瑞米亞．史密斯能夠接近那些女孩，她們為什麼不怕他？因為她們眼中看到的不是禽獸，而是穿著神父黑袍的人。

有個黑袍口袋異常鼓凸，馬庫斯伸手進去，發現一個小藥瓶，還有皮下注射針筒——琥珀膽鹼。

他沒有弄錯，但是口袋裡的這些東西又是另一段故事。

對傑瑞米亞下毒的人，正是他自己。

他早就知道其中一名受害者的姊姊當晚在醫院值班，所以他打緊急電話求救，自述的全是心臟病症狀，在救護車的醫護人員到達之前，他已把藥劑注入體內，而且針筒可能早被他丟入角落或是塞到家具底下，醫護人員在情急之下自然不會多加注意，刑事鑑識人員也會以為那是急救時所留下的廢棄物。

他沒有假扮神父，他真的是個神父。

他的計畫早從一個禮拜前就開始了，先寄匿名信給瓦蕾莉亞．阿提也利謀殺案的各個重要關係人，然後，又寄電子郵件給老警察皮耶特羅．齊尼，讓他知道費加洛案的新線索，接下來他直接打電話給卡蜜拉．洛卡，告訴她阿斯特．哥雅詩在數天之後將會出現在伊斯特拉飯店。

他就是聖赦神父。

當他出現在大家面前的時候，沒有人知道他的真正身分。傑瑞米亞取法卡內斯塔利醫生，他也利用琥珀膽鹼、讓自己看起來像是自然發病，毒物反應檢測不可能找出答案，只需要一毫克的劑量，呼吸肌就會停止運作，幾分鐘之後將窒息而亡，就像是那位醫生一樣，這種藥劑能讓全身麻痺，連反悔的機會都沒有。

只不過，卡內斯塔利沒打算叫救護車，而傑瑞米亞卻打電話求救。

在警察的眼中，這個人是誰？已經毫無威脅性的連續殺人犯。醫生又怎麼看？昏迷不醒的病人，而馬庫斯看到的是？

違常狀況。

琥珀膽鹼的藥效遲早會消退，傑瑞米亞·史密斯隨時會醒過來。

11.59 p.m.

關，停，退。又一次，關，停，退。

加護病房區的藍色等候區，只聽得到那個巨大的聲響，不斷重複，四下無人，馬庫斯小心趨前，探查聲音來源。

自動式滑門關起，但突然停住，然後又後退，這個動作一直連續不止，想必是有東西擋住滑門，他看到了。

一隻腳。

負責戒護的警察趴倒在地板上。馬庫斯看著屍體——手、深藍色制服、橡膠鞋底的鞋——有什麼東西不見了。他的頭，這個警察沒有頭，近距離挨槍，頭蓋骨已經被轟得稀巴爛。

馬庫斯心想，這只是第一個。

他又傾身向前，發現警察腰際的槍套是空的。他做出賜福手勢之後，隨即起身。

慢慢走入那塑膠地板長廊，看著兩側的加護病房。所有的病人都躺在床上沉眠，無感而冷漠，機器在幫他們呼吸，似乎一切都沒有改變。

這樣的寂靜太不真實，他心想，地獄的氣氛應該就是這樣吧，一個生不像生、死不像死的地方，只能靠希望賴以維繫，這宛如是魔術師在玩的把戲，當你看著這些垂死的病人，問他們身在何處的時候，幻術也等於被破解了，因為他們看起來還存留人間，但其實也等於早就消失了。

他到達護理站，發現那些人並不如他們自己所照顧的病患一樣幸運，或者，應該算他們走運才是，就看你站在哪一種角度。

第一名護士以仰姿死在控制台前面，喉嚨有一道很深的傷口，監視器上面全是她的噴濺血跡。第二個倒在門口，她想逃跑卻早已來不及，子彈入胸，逼得她後退倒地。而護理站的遠處，還看得到一位穿白袍的男醫生，整個人死癱在椅子裡，雙手懸垂，雙眼朝上瞪著天花板。

傑瑞米亞·史密斯的位置在最後一間，馬庫斯準備要踏進去，想必那張床已經沒有人。

「進來。」叫他的聲音，低沉沙啞，是已經插管三天的那個人在講話，「你是聖赦神父，對不對？」馬庫斯愣住了，好幾秒鐘都不敢動，但還是慢慢走向那已經開啟、正在等候他的那扇門。他看到病床隔簾拉起，但中央還有個隱約的人影，他決定站在門口旁邊，以牆壁作為掩護。

「進來，怕什麼？」

「你有槍，」馬庫斯回答，「我知道，我檢查過警察的槍套了。」

一陣沉默。但隨後有個東西滑出來，停在他腳邊，是槍。

「你自己看吧，裡面裝了子彈。」

馬庫斯好意外，一時不知如何反應，為什麼傑瑞米亞要把槍丟出來？看起來他並沒有投降的意思，這只是他的遊戲，他想起來了。而我別無選擇，只能陪他玩下去，「所以你沒有槍？」

此時他聽到震耳欲聾的槍聲，好洪亮的回答，他有。

「萬一我進去的時候，馬上被你打死怎麼辦？」

「如果你還想救她，也別無選擇了。」

「趕快告訴我拉若在哪裡。」

對方哈哈大笑，「其實我說的不是她。」

馬庫斯全身僵直，難道還有其他人質？他決定伸頭一探究竟。

傑瑞米亞坐在床邊，身上穿著過短的病袍，稀疏的頭髮亂翹，看起來像是個剛睡醒的小丑。他一手搔抓著大腿，另一手持槍，抵住跪地女子的背。

是那個女警。

馬庫斯現在知道第二把槍是從哪裡來的了，他大步邁入病房。

現在，珊卓拉被上了手銬，那是傑瑞米亞槍殺駐警之後所取走的戰利品。她先前像個傻子一樣，睡著了，最後是在連續三聲急促槍響中驚醒過來。她睜開眼睛，趕緊摸槍套找槍，但不見了。

然後，她發現病床上已空無一人。

第四起槍擊案，活生生在她面前上演，宛如她直接以相機拍攝犯罪現場。傑瑞米亞起身偷走她的槍枝後，直接走到護理站，以行刑方式處決了夜班的醫護人員。

安全門門口的駐警聽到槍響，趕緊開鎖，而傑瑞米亞也趁此時躲在門旁，等到門一打開，他立刻以近距離直射警察的腦袋。

珊卓拉也跟出去，雖然她手無寸鐵，但總覺得自己應該找得到辦法制伏他。她知道這個想法沒有意義，但她深覺因為自己累壞了、沒有保持警覺，應該要負起責任才是，但還有件事很離奇。

他為什麼沒殺她？

走廊上沒有他的蹤影，她衝到出口，這時候她才發現傑瑞米亞站在藥品間，對她露出獰笑。珊卓拉完全沒料到，嚇了一跳，他拿槍對著她，還把手銬丟到她面前。

「自己戴上，準備來玩遊戲了。」

她只能聽令照做，不知道接下來會出什麼狀況。

現在，她跪在加護病房的地板上，仰頭看著那個太陽穴帶疤的神父，以眼神告訴他沒事，不要擔心，神父點點頭，他知道了。

傑瑞米亞又是一陣哈哈大笑，「怎麼樣？看到我開心嗎？我一直想要會會別的聖赦神父，長久以來，我一直以為只有我一個而已，我想你一定也有相同的感慨吧。你叫什麼名字？」

馬庫斯無意讓他佔上風。

「別這樣，」傑瑞米亞緊緊相逼，「你已經知道我是誰了，而且，我眼前這個人這麼厲害，居然能找到我，讓我知道大名也不為過吧。」

「馬庫斯。」不過他剛說完就後悔了，「放她走。」

傑瑞米亞臉色一沉，「馬庫斯，我親愛的朋友，抱歉，她是計畫的一部分。」

「什麼計畫？」

「其實，她到醫院來看我，真是讓我又驚又喜。我本來打算抓個護士當人質，但既然她自投羅網……我們是怎麼說的？」他把食指抵在唇間，抬頭，假裝在苦思答案，「哦，對了，異常狀況。」

馬庫斯沒接話，他不想示弱。

「這女人會出現在醫院，證明那個理論是對的。」

「什麼理論？」

「『犯罪，會引發更多的邪行。』沒有人告訴你嗎？」他扮鬼臉，一臉不以為然，「你看，雖然我之前見過她先生，但我從來沒想到會遇到她。」

珊卓拉揚起雙眼，看著他。

「大衛．里奧尼是優秀記者，這一點毋庸置疑，」傑瑞米亞繼續說道，「他在做聖赦神父的新聞專題，我也一直在偷偷跟蹤他，了解他的背景，能知道他這麼多的隱私，真的是……受益良多，」他看著珊卓拉，「當妳先生在羅馬的時候，我曾經去米蘭登門拜訪，潛入妳家，翻妳的東西，但妳什麼都沒發現。」

珊卓拉想起殺手在大衛錄音機裡留下的歌聲，〈貼頰雙舞〉。先前她一直想不透，為什麼那個禽獸會知道他們的閨房秘密。

傑瑞米亞彷彿猜透她的心思，「對，小可愛，是我約妳老公在那棟廢棄大樓見面。這個白癡的確做了預防措施，但他信任我，因為他以為所有的神父，基本上都是好人。不過，在他墜樓之前應該就改變想法了吧。」

珊卓拉一直懷疑殺人兇手是夏貝爾，如今真相揭曉，讓她震驚不已。看到傑瑞米亞對大衛之死的輕浮態度，再加上剛才她居然對殺夫兇手傾吐自己的內心秘密，不禁讓她怒火中燒。他沒有昏迷，還聽她講完墮胎的過程、知道她良心不安，這個人不但奪走了大衛的生命，而且現在又知道了她與大衛的另一段秘辛。

「他發現了聖赦神父的檔案，馬庫斯，你懂吧？這個人不能留活口。」

現在珊卓拉終於知道兇手的殺人動機，而如果現在拿槍抵著她背脊的人是聖赦神父，那麼夏貝爾說的一點都沒錯，他曾經告訴她是聖赦神父殺了大衛，但她卻一直不相信，果然，經年累月之後，他們也被邪惡所染指。

「反正，他老婆到羅馬來，就是要為夫尋仇，不過她絕對不會承認。妳說對不對？珊卓拉？」

她看著他，眼神充滿恨意。

「其實，我可以讓妳以為那是一場意外，」傑瑞米亞說道，「但我給妳機會，讓妳不但知道了真相，而且還找到我。」

「拉若在哪？」馬庫斯打斷他，「還活著嗎？安然無恙？」

「當初我在計畫的時候，以為你一發現我在別墅的秘密，就會立刻趕過來問我這個問題，」他停頓了一會兒，微笑看著馬庫斯，「因為我知道那女孩的下落。」

「那你就說吧。」

「我的好朋友，既然你來了，何必心急，幸好你今晚及時趕過來，不然我早就離開醫院，立刻消失不見。」

「我已經識破你的計畫，為什麼不趕快放走這女人？交出拉若？」

「沒那麼簡單，你要做出選擇。」

「什麼選擇？」

「我有槍，你也有槍，今晚你要選擇的是，誰該死，」他現在把槍口對準珊卓拉的頭，「如果你讓我殺這個女警，我就告訴你拉若的下落。但如果你殺了我，救了這女人，再也不會有機會知道拉若的下落。」

「為什麼要我殺你？」

水。

「馬庫斯，你還不懂？」

傑瑞米亞的聲調與眼神滿是沾沾自喜，彷彿馬庫斯本來就該知道答案，想不到他居然一頭霧水。

「我等你自己說。」馬庫斯立刻回擊。

「德渥克神父，那個老瘋子在組訓聖赦神父之後，也鑽研出他的心得，想要阻止犯罪，唯有以惡制惡，但你仔細想想，這是什麼道理？為了要熟悉各種罪行，我們必須要進入黑暗世界的核心，與罪惡為伍，但有部分聖赦神父就此墮落，再也無法復返。」

「你也一樣。」

「在我之前已出現過許多例子。」傑瑞米亞回道，「我還記得德渥克當年是怎麼吸收我的，我的父母都是虔誠教徒，我也深受啟發，十八歲的時候，我進入神學院，德渥克神父把我帶在身邊，教導我如何以邪惡的角度研究世界。慢慢讓我遺忘了自己的過往與身分，我也被他永遠放逐在這片黑暗之海。」一滴清淚，從他臉頰滑落下來。

「你是從什麼時候開始殺人？」

「我一直以為自己是站在好人那一邊，也讓我覺得自己高人一等，」他的話裡有諷刺的意味，「但我突然覺得這也許是自己的一廂情願，如果想要證實為真，唯一的方法就是要自我測試。我綁架了第一個女孩，把她藏入地穴。你自己也看過那個地方，沒有施虐的工具，我不是虐待狂，對於自己的所作所為，我享受不到任何快感，」這番自我辯解有一絲悲愁，「我一開始沒殺她，想要找個好理由放了她，但是我每天都在拖延，她一直哭，求我放了她。我給自己一個月的時間做決定，到了最後，我發現自己是個毫無同情心的人，所以就乾脆殺了她。」

「但我還是不滿足。我還是繼續執行聖赦神父的任務，挖掘犯罪事實與找出罪犯，而德渥克卻沒有發覺任何異狀。我具有雙重身分，一個是正義使者，另一個則是罪犯。過了一段時間之後，我又找了第二個女孩做相同實驗，然後是第三個與第四個。我會從她們身上拿走一個東西，當作紀念品，希望久而久之能讓我產生罪惡感，但結果如出一轍，我無感。各種惡行對我來說稀鬆平常，自己的調查案件與自己的犯案有什麼差別？我也搞不清楚了。不過，你知道最後有多荒謬嗎？我的犯案次數越來越多，而偵查技巧也越來越高超，自從我開始殺人之後，我已經救了數十條人命，而且破案無數。」他開始放聲狂笑。

泰瑞莎，第一個受害者的名字，珊卓拉想起來了，也是泰瑞莎的姊姊莫妮卡，救了傑瑞米亞。

「所以如果我殺了你，等於救了這女人，但拉若會沒命，」馬庫斯終於懂了，「但如果我不殺你，你會告訴我拉若的下落，然後殺了這女人。無論我做出哪一個選擇，都是死路一條，我才是你真正的受害者，這兩條路其實都一樣，你只是想要證明，唯有先作惡才能行善。」

「行善一定要付出代價，馬庫斯，但作惡卻可以不花成本、隨心所欲。」

珊卓拉嚇壞了，但她不希望自己只是個觀眾，「就讓這畜牲殺了我吧，」她說道，「讓他告訴你拉若的下落，那女孩懷孕了。」

傑瑞米亞立刻拿槍柄猛敲她的頭。

「不准動她！」馬庫斯語帶威脅。

「很好，這個樣子我喜歡，我要看你展現行動，憤怒是第一步。」

馬庫斯不知道拉若懷孕了，面露驚懾。

傑瑞米亞也發現他表情的變化，「是想看當場有人死在你面前？還是讓另一個地方的人無望垂死？要選這女警還是懷孕的拉若？你自己決定。」

馬庫斯必須要爭取時間，也許警察會趕來也說不定，然後呢？就算這樣，傑瑞米亞也毫無損失。「如果我讓你殺了女警，我怎麼知道你一定會告訴我拉若的下落？其實，你還是可以同時殺了她們兩個。搞不好你的內心正有這個打算，激怒我之後，逼我復仇，那你就真的贏了。」

傑瑞米亞對他眨眼，「我對你下了好一番功夫，果然沒白費。」

馬庫斯不解，「什麼意思？」

「馬庫斯，動點你的腦袋，你怎麼會想到是我？」

「卡內斯塔利醫生以琥珀膽鹼自殺，你也因而得到靈感。」

「只有這樣？你確定？」

馬庫斯努力回想。

「拜託，不要讓我失望好不好，我的胸前寫了什麼字？」

殺了我。他到底要說什麼？

「該給你一點小提示了：不久之前，我決定要讓我們的部分檔案機密曝光，讓懸案受害者的親友知道我所查出的真相，等於奉送給他們結案結果。但我想到自己也犯了罪，應該要給我的受害人家屬相同的機會。所以我才會安排那一齣急救戲碼，偽裝成自己心臟病發，如果那位年輕醫生不急救、任由我斷氣的話，等於也讓我以死償命了，但泰瑞莎的姊姊卻決定要讓我活下去。」

珊卓拉心想，當初的抉擇實在不妙，莫妮卡不想做壞事，但邪道卻找到其他出口、展現其力道，他們為什麼現在會在這裡，就是因為莫妮卡是個好人，何其荒謬。

「還有，雖然我已經事先安排好了一切，甚至為了怕大家誤會，我還在胸前刻字……但大家都視而不見，這讓你聯想到什麼？」

馬庫斯努力回想，「瓦蕾莉亞．阿提也利的謀殺案，床後方的沾血英文字，惡（EVIL）。」

「很好，」傑瑞米亞似乎很滿意，「每個人都把它當成了惡（EVIL），但其實是生（LIVE）。因為地毯上有三角形的血印，所以大家都朝邪教的方向去思考，沒有人想到那只是攝影機腳架而已。答案一直出現在大家的面前——殺了我。但沒有人注意，沒有人想看那幾個字。」

現在，馬庫斯終於知道這場荒謬劇的靈感從何而來，「費德里克．諾尼的案子，每個人看到的都是一個坐輪椅的男孩，而沒有人會想到他是殺死妹妹的兇手——因為他沒辦法走路。你也一樣：看起來是個昏迷不醒、無法繼續傷天害理的人，只有一個警察在擔任戒護，醫生確定你不是心臟病發，但還找不出確切原因，其實，你只是為自己施打了琥珀膽鹼，藥效很快就會退散。」

「馬庫斯，我們要處理這種事情，真是難為我們了。如果當初皮耶特羅．齊尼不是以同情的目光看待費德里克，早就可以將他繩之以法，如果這女警不是因為看我可憐，也不會向我傾吐墮胎的事，她現在居然擔心起拉若懷孕了！」傑瑞米亞的笑聲充滿嘲弄。

「你這個畜牲，我哪有同情你！」珊卓拉跪得難受，背脊疼痛，但她依然在想辦法脫逃，應該要趁傑瑞米亞分心的時候趕緊掙脫，馬庫斯——現在她知道這個聖赦神父的名字了——也有機會奪下他手中的槍，之後再對這王八蛋嚴刑逼供，一定要讓他說出拉若的下落。

「我還是看不出你給了我什麼啟發。」馬庫斯回道。

「早就潛移默化了，所以你才能一路追到這裡來。現在，你必須要自己決定是不是要繼續走下去，」他望著馬庫斯，神情肅穆，「殺了我。」

「我不殺人。」

「你確定嗎？能夠挖掘犯罪真相，你的內心一定也充滿邪惡力量，你就像我一樣，你看看你自己就會明瞭一切。」傑瑞米亞調整槍口位置，瞄著珊卓拉頭部，另一隻手伸到背後，擺出軍人姿勢，準備進行槍決。「我數到三，你時間不多。」

馬庫斯舉槍，對準傑瑞米亞：好一個完美目標，距離這麼近，殺人易如反掌。不過，他先看了那女警一眼，知道她想要自己掙脫逃跑，只要等她一有動作，他會立刻開槍，但只是傷人，而非殺人。

「一——」

珊卓拉沒給他機會繼續數下去，她突然站起來，以肩頭的力量頂掉傑瑞米亞手中的槍，但正當她要奔向馬庫斯的時候，突然覺得背部出現一陣抽搐，她以為自己中彈，不過還是努力躲到馬庫斯背後尋求掩護。珊卓拉現在才發現自己沒聽到槍響，她趕緊伸手摸背，有個東西插在肋骨之間，她知道那是什麼。

「我的天。」

針筒。

傑瑞米亞縱情狂笑，在床邊不斷前俯後仰，他開心嚷叫，「琥珀膽鹼。」

馬庫斯看著傑瑞米亞突然從背後抽出的那隻手，想必他也早已預見女警的掙逃動作。

「醫院裡能找到的東西可說是無奇不有，你說是吧？」

他在殺死門口的警察之後、立刻著手準備秘密武器，難怪會看到他出現在藥品間，但現在知道也已經太遲了。她開始覺得四肢僵麻，喉嚨發緊，沒有辦法轉頭，雙腿也不聽使喚，她倒在地上，身體抽搐，完全無法控制，她沒辦法呼吸了，彷彿這個房間裡沒有空氣，她心想，這裡真的像是水族箱，我第一眼看到的時候就有這種感覺，不過，她的周邊沒有水，純粹只是缺氧。

馬庫斯望著那女子，看她雙手亂舞，出現發紺，不知該如何幫她是好。

傑瑞米亞指著床邊的膠管，「想要救她，要把這東西塞入她的喉嚨裡，不然，你就壓警報器找人也可以，但前提是先殺了我，否則想都別想。」

馬庫斯看著自己放在地上的手槍。

「她只有四分鐘，最多也只有五分鐘可以活命。過了前三分鐘之後，會引發腦部損傷，永遠無法復原。馬庫斯，你要記得一件事，在善惡的邊界有一面鏡子，如果你仔細看，一定會找到真相，因為你也——」

槍聲大作，打斷了他的話，傑瑞米亞雙臂張癱，向後倒下去，頭斜倚在床邊。

馬庫斯扣下扳機之後，已經對傑瑞米亞與他自己手中的槍失去興趣，他現在只關心面前這名女子，「請妳一定要撐住。」他走到門口，啟動火災警報器，這是最快的求援方法。

珊卓拉不知道出了什麼事，只發覺自己正逐漸失去意識，彷彿有熊熊烈火在狂燒她的肺，她動不了，也沒辦法哭喊，她的體內正發生急劇變化。

馬庫斯跪在她旁邊，執起她的手，在這場與死神拔河的無聲戰役裡，他想幫忙卻無能為力。

「走開！」他後頭傳來斥喝聲，馬庫斯讓到一旁，看到一名身著白袍的瘦小年輕女子，抓住珊卓拉的雙臂，將她拉到鄰近的空床，馬庫斯見狀，也趨前幫忙抬腳，隨即放手讓醫生處理。

她在急救車上取出喉鏡，置入珊卓拉的喉嚨，然後冷靜塞入軟管，隨即連接到呼吸器，她又拿起聽診器聆聽珊卓拉的胸腔，「心跳已經逐漸恢復正常，」她說道，「應該是來得及。」她看著傑瑞米亞太陽穴上的彈口，又望著馬庫斯太陽穴的疤，兩者何其相似，她嚇了一大跳。

馬庫斯現在才認出她，莫妮卡，泰瑞莎的姊姊。這一次，她救了珊卓拉的命。

「快走。」

馬庫斯一時反應不過來，不明白年輕女醫生的意思。

「快走，」她再次重複，「沒有人會了解你為什麼要殺他。」

他依然遲疑不決。

「但我很清楚。」她又多加了這一句。

他再次看著珊卓拉，她的臉上已逐漸恢復血色，甚至連那睜得大大的雙眼也露出些許微光，他放心了，摸了摸她的手臂之後，走向工作人員的出口。

一年前

普利皮亞茲

夕陽餘暉灑落車諾比爾。

那座核能電廠，靜靜矗立在河邊，狀如一座冒煙的火山。它看起來雖然死氣沉沉又無害，但其實它展現了前所未有的殺傷力，而且在未來的數千年之中，依然會引發無數的死亡與畸形。

從這條路上望過去，追獵者可以清楚看到反應爐，其中也包括了引發史上最嚴重核災的四號反應爐，如今已被鉛與水泥所混合的石棺所覆封。

柏油路面到處都是坑洞，他那台老舊富豪汽車的懸吊系統，每遇顛簸必定發出淒聲抗議。接下來經過的這個廣大區域，本來是一大片蓊鬱林地，在核災之後，充滿輻射線的強風讓樹木為之變色，當地居民依然不知道這些植物究竟是怎麼了，也只能為其取了別名：「紅森林」。

這場沉默浩劫發生於一九八六年四月二十六日，凌晨一點二十三分。

在一開始的時候，蘇聯當局想要把事件盡量壓下來，他們天真的以為可以粉飾太平，其實他們比較在意的是新聞曝光，而非大眾的健康，一直等到出事三十六小時之後，這個區域才開始進行疏散。

普利皮亞茲的位置距離反應爐並不遠。透過擋風玻璃，追獵者看到了這座鬼城的輪廓。在那些與反應爐同時間起造的高聳水泥建物之間，沒有光，也沒有任何生物跡象。事發之前，這裡的居民有四萬七千人，是座有咖啡館、餐廳、電影院、劇院，以及兩間績效良好的醫院的現代化城市。其生活條件比蘇聯的許多地方都來得優越。

現在，它只是一張可怖的黑白明信片。

有隻小狐狸突然穿過街道，追獵者趕緊踩煞車，以免輾壓到小動物。自從人類消失了蹤影之後，大自然的力量趁勢崛起，許多動植物也佔地為王。弔詭的是，這裡居然變得像是某種人間天堂，但輻射線畢竟會有長期影響，未來會有什麼狀況，孰難預料。

追獵者帶了一台蓋格輻射計數器，放在駕駛座旁邊，它持續發出規律的電子鳴響聲，宛如從另外一個象限而來的密碼訊息。他已經先買通烏克蘭官員、取得禁區通行證，讓他能夠進入廢棄電廠三十公里以內的範圍，但他時間不多，必須趁夕陽薄光消失之前完成調查，而天色就快要黑了。

路旁出現許多廢棄的軍方車輛。當初為了緊急疏散居民，軍方出動卡車、直升機、坦克車，以及其他的運輸裝備。等到任務結束的時候，這些交通工具所受到的輻射污染太過嚴重，所以乾脆就直接丟棄不用。

他看到一塊生鏽招牌，俄語的歡迎光臨。

郊區有座遊樂園，在事故發生之後，不知情的孩子還在白天繼續玩耍，而這也是輻射雲所侵襲的第一個地方。巨大的摩天輪被酸雨嚴重侵蝕，如今只剩空枯的骨架而已。

馬路中央放置了許多水泥路障，阻擋汽車進入，鐵刺網上掛著危險標誌。追獵者停好車子之後，準備繼續步行，他從後車廂取出行李袋，揹在肩後，再加上手中緊抓的蓋格輻射計數器，他即將冒險進入鬼城。

才剛踏進去，他就聽到鳥兒啾譁不止，這些清脆囀鳴伴隨他的腳步聲，在建築物之間的通道發出了巨大回聲。天光消失得快，而且氣溫也越來越低。有時候他覺得聽到空蕩蕩的街上傳出其他的回音，幻聽吧，或者是古老的聲音，一直被囚禁在這個時間已經不具任何意義的地方。

狼群在廢墟裡四處穿梭。他聽得到狼嗥，地上的灰色腳蹤讓人感覺牠們無所不在，雖然狼群站得遠遠的，但卻一直緊盯著他。

他打開隨身攜帶的地圖，開始找尋目標。每棟建築物的立面上都有以白漆標寫的數字，他鎖定的是一〇九號大樓。

迪馬·克洛維辛曾經與父母住在十一樓。

追獵者知道，想要調查連續殺人犯，必須要從第一起案件開始，而非是最後一起。因為兇手初犯案的時候還沒有經驗，犯錯的可能性也比較高。第一個受害者彷彿像是某種原爆點，一連串無可避免的災難的起點，透過這些對象，能更加了解連續殺人犯的底細。

就追獵者所掌握的資料，迪馬應該是這個變形人所化身的第一個對象，那時候他才不過八歲，還沒有被送到基輔的孤兒院。

他必須爬樓梯，因為電梯沒電，但弔詭的是這些地方卻充滿輻射線的能量，蓋格計數器的數值竄升，追獵者知道屋內比戶外更危險，因為物件會沾有殘留輻射。

追獵者拾級而上，陸續看到這棟公寓裡在當年所留下的殘跡，那些在緊急疏散之後、沒有被盜匪洗劫帶走的東西。沒吃完的餐點，沒下完的棋賽，放在牆掛暖氣管上、等著烘乾的衣服，還有，來不及整理的床鋪。每個人倉皇而逃，這座城鎮成為留存個人記憶的集體記憶場，相本、最私密珍貴的物品、傳家寶，所有的東西都在等待主人歸返，但永遠不可能實現了。一切都戛然而止，像是戲劇結束時的舞台布景，演員都離開了，露出那些假道具。這像是時間的幻術，一種悲戚的寓言，看到了死生交織，也見證了過往與它的永不復返。

專家認為，人類若想再次踏入普利皮亞茲，需要再等十萬年。

當追獵者進入克洛維辛的公寓時，發現屋內保持得很完整。狹長走廊通接三個房間，另外還有廚房與浴室。有些地方的壁紙已經脫落，濕氣橫行，一切都佈滿了灰，宛如披上一層透明簾紗。

追獵者開始逐一檢查各個房間。這對夫妻的臥室相當整齊，所有的衣服都放在衣櫥裡。在迪馬的小臥室裡，除了他的床之外，一旁還放了行軍床。

廚房餐桌擺設了四人份餐具。

客廳裡到處都是喝光的伏特加酒瓶，追獵者知道原因。當初核災消息一傳到普利皮亞茲的時候，衛生當局刻意放出假消息，告訴民眾喝酒可以降低輻射量，其實，這只是一種讓民眾意志消沉、防範他們抗議的詭計。桌子上又是四個酒杯，這個數字不斷出現，證明了一件事。

克洛維辛家裡還有一位客人。

追獵者望著櫃上相框裡的全家福，爸爸、媽媽，還有一個小孩。

他們的臉已經被破壞得面目全非。

追獵者轉身，發現入口擺了四雙鞋，男鞋、女鞋，還有兩雙童鞋。

他拼湊這些細節，得到初步結論，變形人在核電廠出事之後的幾個小時之內、進入這間公寓，克洛維辛夫婦雖然不知道這小孩是誰，但也狠不下心把一個孤單害怕的小孩送交警察局。

他們根本沒想到這等於是引狼入室，所以他們不但準備了熱食，而且還讓他和迪馬睡同一個房間。然後，一定出事了，很可能是在半夜，克洛維辛一家三口消失在空氣中，而變形人就此取代了迪馬的位置。

屍體呢？但最重要的是，那個孩子是誰？究竟是從哪裡蹦出來的？

夜色已經圍襲這座鬼城，追獵者從行李袋中拿出手電筒，準備要離開這棟大樓，他打算等到明天的同一時段再過來，他不能在這裡待一整夜。正當他要下樓的時候，突然又想到了另一個問題。

為什麼他挑的是克洛維辛這一家人？

他以前從來沒想過這個問題，變形人選擇他們一定有原因，絕非是隨機犯案。因為，他並非遠道而來，也不是來自什麼特別的地方，不過就在附近而已。

追獵者將手電筒對著克洛維辛隔壁的那一戶人家，大門是關著的。黃銅招牌上刻有名字：亞納多利．佩特洛夫。

他看了看手錶，外頭已經天黑，等一下他開車的時候，必須關掉頭燈，以免被烏克蘭的禁區駐警發現行蹤，所以他再多待一會兒也無妨。答案近在眼前，不禁讓他興奮莫名，也讓他忘記最基本的預防措施。

自己的直覺是否準確？他想要立刻知道答案。

昨天

4.46 a.m.

屍體在泣淚。

這次他沒有打開床邊的燈，也沒有拿簽字筆在牆上加註新的細節。一片漆黑，他靜靜躺著，想要搞清楚方才夢境中的情景。

布拉格飯店的槍擊事件，被召喚入夜夢，他正在回想最後的細節。

碎玻璃。三聲槍響。左撇子。

將關鍵字順序重新排列組合之後，他解開了謎團。

傑瑞米亞．史密斯最後曾經說了這幾句話：「在善惡的邊界有一面鏡子，如果你仔細看，一定會找到真相。」

他現在知道自己為什麼那麼討厭照鏡子。一人挨一槍，他自己，還有德渥克，但殺手不是左撇子，而是他自己的鏡射，而第一槍打碎了鏡子。

沒有第三個人，只有他們兩個人而已。

幾個小時之前，他在傑梅里醫院的加護病房殺人，態度毫不遲疑，而回家之後，他也猜到布拉格事件的真相，只不過，他是靠夢境回想起最後一幕。但他還是不知道自己為什麼在布拉格，還有他的導師為什麼也會在那裡，以及他們的談話內容。

馬庫斯知道自己才剛殺死了傑瑞米亞．史密斯，但先前他也做過一模一樣的事，拿槍殺死了德渥克。

拂曉時分，雨勢又起，滌淨了羅馬的紛擾暗夜。

馬庫斯走在雷戈拉區的小巷裡，暫時找了個門口避雨，他抬頭望天，這個雨恐怕還有得下。他豎起風衣衣領，繼續往前走。

到達朱利亞路之後，他走入教堂。這是他第一次來到這裡，克里蒙提約他在地下室見面，馬庫斯走下石階之後，立刻發現此處非比尋常，這是地底墳場。

十九世紀初拿破崙頒布衛生敕令，要求死者的下葬地點必須遠離居住區，在此之前，每一間教堂都有自己的墓地。但這間很不一樣，所有的擺設——分枝燭台、裝飾品、雕像——全都是用人骨做的，就連讓信徒在入口沾點聖水盆的時候，也可以看到牆上所鑲入的人骸。這些屍骨依種類不同，分別放置在不同的壁龕裡面，數目成千上萬。這個地方不只是陰森而已，簡直是詭奇。

克里蒙提雙手反剪置後，正彎腰研究一堆頭骨下方的碑文。

「為什麼要選這個地方？」

克里蒙提轉身看他，「昨晚我聽過你的留言之後，覺得這裡再適合不過了。」

馬庫斯伸手指向四周，「我們在哪？」

「十六世紀末，慈善團體開始收屍，他們希望能好好安葬那些羅馬街頭與鄉下，或是在台伯河岸發現的無名屍。這些死者可能是自殺、被人謀殺，或者就只是單純的貧亡，估計這裡一共埋了八千具屍體。」

克里蒙提的態度也未免太冷靜了。馬庫斯在那通留言裡詳述當晚的事發經過與最後的結果，但他的這位年輕朋友似乎無動於衷，「為什麼我覺得你毫不在乎？」

「因為我們早就知道了。」

那股傲慢的語氣激怒了他，「誰？你剛說『我們』，但你沒講清楚究竟是哪些人，你上頭還有誰？我有權利知道。」

「你知道我不能說，但你的表現讓我很滿意。」

馬庫斯搖頭，「為什麼？最後我只能開槍殺死傑瑞米亞．史密斯，拉若依然不知去向，還有，這一年來我喪失記憶，什麼都想不起來，但昨晚我想起了第一件事……我殺了德渥克。」

克里蒙提態度從容不迫，「有名犯下重案的死刑犯，一直被關在戒備最為森嚴的監獄裡、等待被處決，整整等了二十年。五年前，他被診斷出罹患腦癌，開刀之後，他卻喪失了記憶，必須一切從頭學起，他也不懂自己為什麼必須被關在監獄裡，為什麼會被判刑，因為他根本想不起來自己曾經犯下滔天大罪。現在他認為自己是另外一個人，與那殺人無數的惡魔截然不同，其實，他說自己根本不敢殺生，他要求赦免，他說，如果不能無罪開釋，那就等於把一個無辜的人處死。心理學家診斷之後，發現他不是在騙人，絕非是為了逃避死罪而編出的謊話。但這還不算是真正的問題，如果人必須為自己的行為負責，那麼過錯的位置在哪裡？身體？靈魂？還是他的認同？」

馬庫斯全都懂了，「你知道我在布拉格做了什麼事。」

克里蒙提點點頭，「槍殺德渥克，你犯的是道德之罪，因為你如果不記得的話，就無法懺悔告解，既然無法告解，也無法獲得赦免，不過，基於相同的理由，這也等於不曾犯罪，所以你也自然得到了寬恕。」

「所以你一直瞞著我。」

「有一段話，聖赦神父總是掛在嘴邊，你記得嗎？」

馬庫斯想起來了，「在光明與黑暗的交界之處，一切都可能發生：那片幽暗之地，萬物模糊迷離，一片混亂，我們被指派成為邊界的守護者，不過，偶爾會有越界情事……我必須要將其驅回黑暗世界。」

「在邊界徘徊總是充滿風險，有些聖赦神父犯下致命錯誤之後，立刻被黑暗世界所吞噬，再也回不來了。」

「你是說，在我失憶之前，也曾經出現傑瑞米亞．史密斯的問題？」

「不是你，是德渥克。」

馬庫斯震驚無語。

「是他帶槍進入那間飯店的房間，你只是想要拿走他的槍自保而已。你們發生激烈爭吵，隨即發生槍擊。」

「你怎麼會知道事情經過？」馬庫斯立刻反駁，「你又不在現場。」

「德渥克在到布拉格之前，已經先告解過了，案號為c.g. 785-34-15，他犯了違反教宗命令與背叛教廷的重罪，他也在那個時候透露聖赦神父仍有秘密活動，他八成發現出問題了：有人違反規定取用檔案資料，四個女孩被綁架殺害，卻一直無法破案，德渥克神父開始懷疑是自己的人馬所為。」

「聖赦神父一共有多少人？」

克里蒙提嘆氣，「我們真的不知道，但希望有人知道全部的名單。在德渥克的告解內容中，他沒有提到任何名字，只說：『我犯了錯，必須要自己彌補。』」

「他為什麼要來找我？」

「我們猜測他想要殺光所有的聖赦神父，而你是第一個。」

馬庫斯不可置信，「德渥克要殺我？」

克里蒙提拍了拍他的肩膀，「抱歉，我本來也不想讓你知道。」

馬庫斯凝望著某個骷髗頭的眼窟，這個人是誰？叫什麼名字？長得什麼模樣？有沒有人愛過他？他是怎麼死的？是好人還是壞人？

要是德渥克之前真的殺死他的話，恐怕也有些人會對著他的屍體議論紛紛，因為，他和所有的聖赦神父一樣，都是沒有身分的人。

我不存在。

「傑瑞米亞．史密斯在死前曾經說過，『我的犯案次數越來越多，而偵查技巧也越來越高超。』我也不禁自問，為什麼我沒有辦法記得自己母親的聲音，但卻對尋索犯罪證據如此在行？為什麼我已經忘記了一切，但卻沒有喪失我的天賦？是不是人類的內心都有善惡兩面？只是自我選擇的路途不同？」馬庫斯看著他的年輕朋友，「我是好人還是壞人？」

「現在你知道自己因為殺了德渥克與傑瑞米亞．史密斯，犯了道德之罪，所以你必須告解，交由靈魂法庭做出審判。但我確信你終將獲得赦免，因為有時候與邪道交手，難免會惹來一身血腥。」

「那拉若呢？傑瑞米亞死了，拉若的下落也就此石沉大海，這可憐的女孩不知道怎麼樣了？」

「馬庫斯，你的任務已經結束了。」

「她懷有身孕。」

「我們救不了她。」

「連她的小孩也沒有機會?不,這教我怎麼能接受?」

「你看看,」克里蒙提指著周邊的人骨,「這裡的意義叫作憐憫。無論這具無名屍先前做了什麼,但求給他們一個宗教儀式,讓他們安息。我之所以約你在此見面,無非是希望你能夠給自己多一點憐憫。拉若可能會死,但不是你的錯,所以不要再繼續折磨你自己了,如果你不能先原諒你自己,得到靈魂法庭的赦免也沒有意義。」

「所以我自由了?怎麼跟我想像中的不一樣?不是應該很開心才是嗎?」

「還有一項任務,」克里蒙提露出微笑,「也許可以減輕你心頭的負擔。」他拿出檔案交給馬庫斯。

他低頭看著編號,c.g. 294-21-12。

「雖然之前的營救沒有成功,但你依然還有機會。」

9.02 a.m.

加護病房區裡，出現了一幅超現實的場景。警方與刑事鑑識人員正忙著進行屠殺案發生之後的偵查工作，他們在一堆昏迷的病患之中忙進忙出，畢竟一時之間很難把病患安置到其他地方，而且，這些病患也不可能干擾調查，所以就乾脆繼續讓他們留在那裡。結果每個警察的動作變得很安靜，而且還刻意壓低聲音交談，彷彿擔心自己會吵醒病人。

珊卓拉坐在走廊的椅子上，看著這些同事，不禁猛搖頭，她忍不住心想，也許這一切都是因為她的愚蠢而起。醫生堅持她必須繼續留院觀察，但她卻簽下自動出院書。其實她還是很不舒服，但她只想要趕快回到米蘭，再次回到自己的生活軌道，而且，重新開始。

馬庫斯，她想起那位帶疤的聖赦神父的名字了，真希望能與他再見一面，親口謝謝他，當時她雖然無法呼吸，但神父緊緊相握為她灌注了堅持下去的勇氣。

黑色裹屍袋裡的傑瑞米亞·史密斯被送走了，當他們把他從珊卓拉的面前推過去的時候，她居然沒有任何感覺。昨晚宛如一場死亡體驗，已經完全釋放了她的怨怒與報復之意，因為在那生死交關的時刻，她覺得自己與大衛好近。

莫妮卡先是以自己的醫學專業，把珊卓拉從鬼門關拉了回來，隨後又開始在警察面前演戲，頂替馬庫斯的角色，扛下殺人的責任。當然，她早就在警方抵達之前，已拭去馬庫斯留在槍上的指紋，並且自己握槍留下指紋。她一再強調，這不是報復，而是自衛，看起來他們是採信了這種說法。

珊卓拉看著莫妮卡朝自己走過來，雖然被反覆詰問，但她似乎並未出現倦容。

「還好嗎？」她笑意盈盈，很開心。

「很好，」珊卓拉開口回答，也順勢清了清喉嚨。先前因為插入了喉管，所以聲音依然沙啞，而且全身肌肉都在犯疼，不過那最可怕的麻痺感總算是沒了。在麻醉師的協助之下，她體內的琥珀膽鹼藥效已經逐漸退去，這簡直是宛如重生。「如果我沒記錯的話，令尊曾經說過，『每挨一巴掌，都有機會讓你成長。』」

她們兩人暢懷大笑。莫妮卡昨晚會再次回到加護病房區，純屬意外。珊卓拉沒有多問，這是莫妮卡自己說出來的，她也不知道是什麼動力讓她想回來，「也許是我們先前聊了那麼一會兒吧。」

珊卓拉不知道該謝的是莫妮卡的臨時起念，還是命運，或是偶爾在冥冥之中自做安排的某個人，無論他是上帝還是大衛，對她來說並無太大差別。

莫妮卡靠過去抱她，此時一切盡在不言中，兩人相擁了好一會兒之後，這位年輕女醫生又對她吻頰告別。

她目送莫妮卡離去，居然沒注意到卡穆索局長已經走了過來。

「她真是個好女孩。」卡穆索說道。

珊卓拉聞聲回頭，局長今天走藍色系：藍外套、藍長褲、藍襯衫、藍領帶，唯一的例外是他的那雙白鞋，幸好他的頭髮和鞋子不是藍色的，不然他就會像隻變色龍一樣，完全隱沒在藍色的陳設與牆壁裡。

「我已經和妳的長官通過電話了，迪．米契里斯督察說他會從米蘭過來，親自接妳回去。」

「媽的，不要啊，你怎麼沒阻止他？我打算今晚就回去了。」

「他告訴我一件有關於妳的事，很有趣。」

珊卓拉有不祥預感。

「維加警官，顯然妳是對的，恭喜。」

她嚇了一大跳，「恭喜什麼？」

「瓦斯暖爐與一氧化碳的那個案子。先生洗完澡之後，出來殺死太太和兒子，然後他又回到浴室裡，昏倒之後撞到頭，死了。」

案情推演得很漂亮，但結果如何還不確定，「病理學家接受了我的理論？」

「不只是接受，而且是完全贊同。」

珊卓拉不敢相信，這真是太好了，她心想，真相永遠是最好的安慰。就像大衛的案子一樣，現在她已經知道兇手是誰，也覺得該放手了。

「醫院的所有部門都有裝設監視攝影機，妳知道嗎？」

局長冷不防丟出這句話，讓珊卓拉嚇得全身顫慄，她從來沒想到這件事，莫妮卡與她合力編造出來的證詞，恐怕會被拆穿，馬庫斯也有危險，「你看過帶子沒有？」

卡穆索扮了個鬼臉，「因為連日暴雨，加護病房區的攝影機也全都故障了，所以沒有留下任何影帶資料，好可惜，妳說是吧？」

珊卓拉鬆了一口氣，但絕對不能被局長識破。

但卡穆索的話還沒說完，「妳一定知道傑梅里醫院屬於梵蒂岡所有，對吧？」

這句話絕對不是隨口問問，他在迂迴套話，但珊卓拉假裝不知道。

「跟我說這個幹嘛？」

卡穆索聳肩，斜眼瞄著她，但他不打算繼續深究下去，「喔，只是好奇罷了。」

珊卓拉沒給他機會繼續發問，立刻從椅子上站起來，「可不可以請你派人送我回旅館？」

「我載妳過去吧，反正我現在沒事。」

她堆出假笑，掩飾自己的失望之情，「太好了，但我想先去一個地方。」

卡穆索開的是蘭吉雅古董車，車況維持得極好，當珊卓拉一坐進去，還以為自己進入時光隧道，車內氣味怡人，彷彿像是剛從展示間領出的新車。大雨依然下個不停，但是車身卻潔淨得不得了。

珊卓拉給了他地址，兩人沿著威尼托路、聽著六〇年代的流行金曲，她覺得自己彷彿置身費里尼電影《甜蜜生活》裡面的場景。

這趟時光逆旅的終點到了：國際刑警組織客房公寓的建築物外面。

珊卓拉爬階梯的時候，心中滿懷期待，希望能夠再次遇見夏貝爾。她知道機會微乎其微，但她仍抱有一絲希望，她有千言萬語想要告訴他，而最重要的是她希望能聽到他表示些什麼，比方說，雖然她犯蠢隱藏自己的行蹤，但還是很高興她死裡逃生：如果昨天晚上能讓他一路跟蹤到傑梅里醫院，情勢也許會有所改觀，畢竟夏貝爾只想要保護她而已。

但她真正想聽到的，莫過於聽他親口說出希望未來能再次相見，他們兩人曾經上過床，她也喜歡他，不希望就此斷了聯絡。她雖然還不想承認，但其實自己已經對他一見傾心。

珊卓拉走到梯台處，發現大門是開著的，她毫不遲疑，帶著滿心喜悅走進去。廚房傳出聲響，她趕緊過去找人，但眼前出現的卻是另外一名男子，身著體面西裝。

她只能勉強擠話，「嗨。」

他好生詫異，「沒帶妳先生來？」

珊卓拉一頭霧水，但她好心急，想趕緊弄清楚狀況，「其實，我要找人，湯馬斯．夏貝爾。」

那男人想了一會兒，「可能是先前的房客。」

「我猜他是你同事，你不認識他嗎？」

「就我所知，這個物件只委託我們這一家仲介專賣，但我們公司沒有這個人。」

珊卓拉慢慢懂了，不過她還是有些茫然，「你們是房地產公司？」

「難道你沒有看到我們在門口貼的招牌？」他語調誇張，「這間公寓要賣啊。」

她不知道該作何反應，要生氣還是驚訝，「賣多久了？」

這個問題似乎讓對方很困惑，「這房子已經六個月沒人住了。」

珊卓拉愣住了，現在她想不出任何合理的解釋。

那男子靠過去，「我在等某個買家，」他開始獻殷勤，「但如果妳有意想看看的話……」

「不用，謝謝，」珊卓拉回道，「是我弄錯了，不好意思。」她語畢旋即離開。

「如果妳不喜歡這樣的家具風格，可以不要啊，我們會從房價裡扣除。」

她匆匆衝下階梯，到了一樓的時候已經頭暈目眩，只能先倚在牆上，休息個幾分鐘之後，才回到卡穆索的車上。

「妳臉色蒼白，要不要我送妳回醫院？」

「我沒事。」這是謊話，她勃然大怒，夏貝爾又騙了她，會不會他說的一切全是假話？所以那一晚春宵到底算什麼？

「妳到這間公寓是為了什麼事？」

「找一個在國際刑警組織工作的朋友，但他不在那裡，我也不知道該去哪裡找他。」

「如果妳有需要的話，我可以幫忙，國際刑警組織羅馬辦公室的人，我倒是認識幾個，只要打通電話就行了，不麻煩。」

她覺得自己一定要查個水落石出，否則她沒有辦法帶著滿腹疑問回米蘭：難道真的是落花有意流水無情，這個男人對她沒有絲毫好感？

「謝了，感激不盡。」

1.55 p.m.

布魯諾．馬丁尼走到自家公寓地下室的停車間，他已經把那裡改裝成了實驗室，修弄東西等於是他的休閒娛樂，他喜歡修小家電，但對木工與機械也多有涉獵。停車間的金屬鐵捲門高高拉起，馬庫斯看到布魯諾正在裡面修理偉士牌的引擎。

馬丁尼沒注意到馬庫斯正緩步走來，大雨直落宛如水簾，直到他站到眼前的時候才發現。他跪在機車旁邊，一抬頭就認出了馬庫斯，「你又來幹什麼？」

這個男人體格魁梧，強健的肌肉足堪面對生命中的所有試煉與磨難，不過，女兒失蹤卻讓他充滿了無力感，他的急躁個性成了他唯一的護身符，讓他還不至於完全崩潰，馬庫斯實在不忍苛責。「可以聊聊嗎？」

布魯諾沒接話，想了一會兒才開口，「進來吧，你全身都濕了。」他站起來，雙手抹了抹滿是油漬的工作褲，「今天早上我和卡蜜拉．洛卡通過電話，她很生氣，正義永遠無法實現了。」

「我來這裡不是為了這件事，很遺憾，我愛莫能助。」

「有時候，還是不要知道真相比較好。」

布魯諾會說出這句話，讓他嚇了一跳，這個父親不惜一切，就是為了把女兒找回來，他不但買黑槍，而且還讓自己變成了寂寞的復仇者，馬庫斯不確定自己是不是應該來這一趟。「你呢？還是想知道愛麗絲怎麼了嗎？」

「三年來，我拚命找她，彷彿她還活著，但我的悲傷程度，卻宛如她已經死了。」

「這不算答案。」馬庫斯態度依然尖銳。

「你知道求死不能的感覺是什麼嗎？」布魯諾繼續說話，但微微斂目，「只能毫無選擇、繼續活下去，永不凋萎。但你想想看，這是什麼樣的無期徒刑？好，在我還沒找出真相之前，我不能死，我必須要好好活著，繼續接受煎熬。」

「為什麼要對你自己這麼嚴苛？」

「三年前，我還有抽菸的習慣。」

馬庫斯不知道他為什麼會提這件事，但依然讓他說下去。

「那天，我們全家人在公園，愛麗絲被人擄走的時候，我跑去抽菸，她媽媽也在，但我應該要看好她的，我是她爸爸，那是我的責任，但我卻漫不經心。」

對馬庫斯來說，這個答案已經夠了。他拿出口袋裡的檔案，那是克里蒙提先前交給他的資料。

案號 c.g. 294-21-12。

他打開之後，取出一張紙，「接下來我要告訴你一件事，不過有個但書：不可以問我怎麼知道的，也絕對不能告訴別人消息來源，同意嗎？」

布魯諾一臉疑惑看著他，「好。」他的聲調裡隱然有了變化，那是期待。

馬庫斯小心翼翼，「三年前，愛麗絲被一個男人綁架，帶到了國外。」

「怎麼會這樣？」

「他是精神病患，以為自己死去的妻子在你女兒身上還魂再生，所以才會下手綁架她。」

「所以……」他難以置信。

「對，她還活著。」

布魯諾的雙眼盈滿淚水，這個魁梧男子已經快哭出來了。

馬庫斯將那張紙交到他手上，「所有的追查線索都在這裡，但你一定要答應我，不可以一個人行動。」

「好。」

「在這張紙的最下面，附有一位失蹤人口專家的電話號碼，她對於孩童案件尤為拿手，你一定要與她聯絡。就我所知，她是位很優秀的警官，名叫米拉．瓦茲奎茲❼。」

布魯諾看著手中的那張紙，激動無言。

「我該走了。」

「等等。」

馬庫斯停下腳步，但布魯諾沒說話，他的胸膛正因無聲低泣而不斷起伏。馬庫斯知道他現在的想法，這個爸爸不是只想著愛麗絲，他的腦中開始浮現全家人團圓的畫面，先前他連想都不敢想？他在失蹤案發生過後的種種反應，也逼得另一半攜子離家，他們現在有機會可以破鏡重圓。

「不要讓卡蜜拉．洛卡知道這件事，」布魯諾說道，「至少，現在還不行，要是她知道愛麗絲還有一線生機，但菲利普卻再也不可能回來的話，她一定很難承受。」

「我沒打算告訴她，而且，她還有自己的家人。」

布魯諾抬頭，滿臉驚訝，「什麼家人？她先生兩年前離家出走，現在已經有了新對象，而且還生了寶寶。正因為如此，我們兩人才走得這麼近。」

馬庫斯想到卡蜜拉的冰箱上，螃蟹磁鐵壓住的那張字條。

十天後回來。我愛妳。

天知道那張字條放在那裡多久了，不過，現在卻有別的事讓他心頭一驚，但他現在還不確定究竟是怎麼回事。「我該走了。」他沒時間聽布魯諾表達謝意，已經立刻轉身，再次衝入那滂沱的水簾中。

車流因大雨而受堵，他花了將近兩個小時才到達歐斯提亞。他在面海處的某個圓環下車，隨即開始步行。

沒看到卡蜜拉．洛卡的車子，但馬庫斯依然在外頭站了好一會兒，確定沒人之後才走進屋內。

此情此景，和他上次到訪時幾乎一樣，海洋風家具，還有鞋底卡的細沙，但廚房裡的水槽沒關緊，不斷在滴水，與外頭的傾盆大雨匯融在一起。

他直接走入臥室，枕頭上還放著那兩套睡衣，他沒弄錯，記得很清楚，女主人一套，男主人一套。小擺飾與其他物件也依然整整齊齊。他記得第一次來這裡的時候，以為這種潔癖是一種逃避焦慮的方式、可以遠離兒子失蹤後的混亂心緒，一切都恰如其分，十分完美。他心想，這是違常狀況，應該要仔細觀察才是。

五斗櫃上的相框裡，菲利普正看著他微笑，馬庫斯覺得自己更充滿了動力。卡蜜拉的床邊桌掛著嬰兒監視器，那是讓新手媽媽監聽寶寶睡眠動靜的電子配備。

他又想到了隔壁房間。

❼ 本書作者另一著作《惡魔呢喃而來》主角。

他走入兒童房，這裡原本是菲利普的個人空間，但現在卻一分為二，引發馬庫斯好奇的是那張換尿布桌、成堆的玩具，還有嬰兒床。

嬰兒在哪裡？為什麼我沒看到？幕後又有什麼秘密？他想起布魯諾的話：她先生兩年前離家出走，現在已經有了新對象，而且還生了一個寶寶。

兒子失蹤之後，卡蜜拉又得承受另一個重大打擊，她深愛的那個男人拋棄了她，但傷人的背叛不在於第三者，而是他們的孩子，那等於是菲利普的替代品。

馬庫斯心想，可怕的並非是失去孩子，而是生活會不顧一切繼續往前走。而且，卡蜜拉・洛卡為人母的期待，從來沒有消逝。

他注意到了問題，但這一次，不是因為出現了什麼，而是遺漏。

在那張小床旁邊，沒看到另一個嬰兒監視器的子機。

接收器在卡蜜拉的房間，那發射器呢？

馬庫斯回到主臥室，坐在床頭桌旁邊，伸手取出那台嬰兒監視器，打開電源。

持續不斷的噪響，宛如來自黑暗世界的難解之音。馬庫斯把耳朵都貼過去了，想要聽出端倪，什麼都沒有。他把音量調到最大，噪響迴盪在整個房間，他豎耳等待了好幾秒鐘，宛如潛入低語深海，想要找到裡面的細微變化，異樣的色澤。

他聽到了，擴音器裡的渾濁迷音裡，還有另外一個聲音，很規律，不是機器，而是來自生物，呼吸聲。

馬庫斯抓著嬰兒監視器，在房子裡面到處兜轉，希望能找到訊號的來源，他告訴自己，一定就在不遠的地方，這種裝置的有效範圍最多不過數百公尺，所以音源到底在哪裡？

他打開所有的門，查看所有房間，最後又開了後門，透過紗窗看到一團模糊的荒蕪花園與工具房。

馬庫斯從後門走出去，他現在才注意到四周鄰居距離此處都有相當距離，而且這間房子種滿高聳的松樹，形成天然屏障，這裡真是再理想不過了。他沿著碎石小路、走向那間工具房，大雨無情直落，濕地加上逆風，寸步難行，彷彿黑暗力量想要勸他打消念頭，但最後他還是走到工具房前，門口掛有一具大鎖。

他張望四周，馬上找到自己所需要的工具，草地裡插了一根充作灑水器支架的鐵桿，馬庫斯把嬰兒監視器丟在旁邊，用雙手抓住鐵桿，拚命拔出來，隨即拿起它用力破壞掛鎖，鐵鏈終於斷了，大門也出現好幾公分的開口，馬庫斯立刻衝進去。

陰暗天光鑽入了小屋，他看到裡面有一堆垃圾，還有小小的暖爐，嬰兒監視器的子機擱在地上的床墊旁，他還看到上頭有一團薄毯——而且，那團東西在蠕動。

「拉若？」他輕聲呼喚，等了許久都沒聽到答案，「拉若？」他這次喊得更大聲了。

「是我。」不可置信的聲音。

馬庫斯趕緊靠過去，她裹在臭爛的毯子裡面，疲倦，髒兮兮，但還活著，「別擔心，我是來找妳的。」

「求求你，拜託。」拉若哭個不停，還不知道這個人是來救她的。

馬庫斯抱著她走入雨中，穿過草地小徑，這一路上，拉若只是頻頻重複這幾個字，當他們終於走到小屋後門的時候，馬庫斯卻停下腳步。

卡蜜拉．洛卡站在走廊上，動也不動，她的手裡拿著一串鑰匙和幾個購物袋。

「他把她帶過來的，他說，我可以留下她的小孩……」

馬庫斯知道她口中的「他」，正是傑瑞米亞．史密斯。

卡蜜拉看著馬庫斯，又望著拉若，「她不想要那個孩子。」

犯罪，會引發更多的邪行，傑瑞米亞曾經這麼說過。卡蜜拉走入了人生歧途，但這是因為她受到了許多苦難，所以才會變成這種模樣，她接受了惡魔的贈禮。馬庫斯也終於懂得她為什麼騙得過他，因為她創造了一個平行世界，對她來說，那裡的一切都是真的，她的情感懇切，不是在演戲。

馬庫斯沒有理會卡蜜拉，但取走了她手中的車鑰匙，繼續抱著拉若往前走。

卡蜜拉呆站在那裡，看著他們離開，終於不支倒地。她自言自語，聲音細弱難辨，只是不斷重複著那句話，「她不想要那個孩子……」

10.56 p.m.

迪・米契里斯督察把銅板塞入咖啡機，準備為珊卓拉買咖啡。這位長官所展現的關心與體貼，讓她覺得受寵若驚，她沒想到自己這麼快又回到傑梅里醫院。

他們在一個小時前接到卡穆索的電話。那時候她正在打包行李，準備離開旅館，與特地來接她的長官一起搭火車回去米蘭。起初她以為局長要講的是夏貝爾的消息，但他只說現在國際刑警組織正在處理，而傑瑞米亞・史密斯的案件有了最新發展，所以她和督察立刻親自趕赴醫院。

拉若還活著。

狀況還不是很清楚，這位建築系女學生在羅馬郊區購物中心的停車場被人發現，消息來源是某通匿名電話。對方僅提供了簡單資訊，只說拉若在緊急出口的旁邊。現在，這女孩正在醫院裡接受檢查。

其實，卡穆索局長與他的手下早已根據拉若的證詞與車內的文件、前往歐斯提亞逮捕人犯，只是珊卓拉還不知情而已。她不知道傑瑞米亞・史密斯的涉案程度有多少，但她很確定一件事：這個案子能夠歡喜收場，想必有馬庫斯努力的痕跡。

她心想，對，一定是他，拉若一定會提到某個太陽穴帶疤的神秘救援者，警察找得到他嗎？她希望不要。

拉若獲釋的消息一曝光，大批媒體立刻將醫院團團包圍，記者、攝影師、平面攝影記者全在一樓守候，拉若的父母親還沒有出現，畢竟從南部趕到羅馬需要相當時間，但她的朋友們全趕過來了，珊卓拉還發現當中出現了克里斯提安・羅里愛禮，那位藝術史講師，同時也是拉若孩子的父親。他們匆匆交換眼神，這個舉動勝過千言萬語，想必那天在大學辦公室裡的會談，的確產生效果。

根據目前出爐的檢驗報告，這個女學生的臨床狀況沒有問題，還有，她雖然承受了巨大壓力，但對於未出生的寶寶並沒有造成影響。

迪．米契里斯走到珊卓拉身旁，對著塑膠杯猛吹氣，「總應該給我一點解釋吧？」

「你說得沒錯，但我得先警告你，一杯咖啡的時間是不夠的。」

「那我看恐怕得等到明天早上再離開了，今晚就待在這裡吧。」

珊卓拉接過咖啡，「我希望自己放下警察身分，以朋友的角度告訴你來龍去脈，你可以接受嗎？」

「這什麼話，妳不想當警察啦？」督察在調侃珊卓拉，但發現她臉色嚴肅，態度也立刻轉變，「大衛死掉的時候，我沒有好好陪妳，至少現在我可以聽妳說話。」

在接下來的兩個小時當中，珊卓拉把事情經過全告訴了他，她知道可以信賴這位長官，他的道德操守一直是她師法的典範。迪．米契里斯讓她暢所欲言，只有在釐清幾個關鍵時打斷她而已。等到珊卓拉講完之後，整個人也輕鬆多了。

「妳說的是聖赦神父？」

「對，」她語氣堅定，「你從來沒聽說過嗎？」

迪．米契里斯聳聳肩，「我入行這麼久了，什麼光怪陸離的事情沒見識過。的確，有時候之所以能破案，完全靠的就是線報或是機運，根本無法解釋。但我倒是從來沒聯想到有這樣的組織，幫助警方調查犯罪案件。妳也知道，我是虔誠教徒，當我再也無法忍受每日所見的醜惡的時候，如果能相信某些不理性但卻美好的事物，的確能夠撫慰人心。」

長官輕撫她的手臂，在馬庫斯消失於加護病房與她的生命之前，也曾經對她做出相同的動作。珊卓拉在此時發現督察背後有人，兩名穿西裝打領帶的男子，正在向警察問路，他指著他們的方向。

那兩名男子也真的走過來，其中一人開口問道，「珊卓拉．維加？」

「我就是。」

「可不可以耽誤妳幾分鐘？」另一名男子接口。

「沒問題。」

他們提醒珊卓拉，此為機密案件，然後把她拉到旁邊說話，並秀出證件，「我們是國際刑警組織的人。」

「怎麼了？」

年長的那位先開口，「卡穆索局長今天下午打電話過來，詢問某位幹員的資料，他說是幫妳找人，那位警官的姓名是湯馬斯．夏貝爾，我們想要確定妳是否真的認識他？」

「認識。」

「妳最後一次看到他是什麼時候？」

「昨天？」

那兩個人互看一眼，「確定嗎？」年輕幹員問道。

珊卓拉開始不耐煩了，「我當然確定啊。」

「妳見到的是這個人嗎？」

他們拿出一張印有照片的證件，珊卓拉趨前細看，「雖然他長得很像夏貝爾，但我真的不知道這個人是誰。」

他們又再次交換眼神，這次看起來多了一絲緊張不安，「可不可以請妳與我們的人像模擬圖專家見面？敘述妳看到的那個人的容貌細節？」

珊卓拉忍不住了，「好，兩位，可不可以請哪位告訴我現在是什麼情形？看起來我似乎是在狀況外。」

年輕的那位看了一眼長官，得到默許之後，終於開口，「湯馬斯．夏貝爾先前最後一次與我們聯絡的時候，正在臥底調查某個案件。」

「為什麼要強調『先前』？」

「因為他自此之後就消失無蹤，這一年多來，我們再也沒有接到他的消息。」

珊卓拉目瞪口呆，腦中一片空白，「對不起，如果你們的幹員是照片裡的這個人，而且也不知道他後來出了什麼事，那我遇到的那個人又是誰？」

一年前

普利皮亞茲

狼隻在荒棄的街道上彼此呼喊，對著黑暗的天空嗥嗬，現在，牠們成了普利皮亞茲的領主。

追獵者站在一〇九號大樓的十一樓，聽到一陣陣的狼嗥，他正在研究該如何打開亞納多利・佩特洛夫的大門。

狼群發現入侵者尚未離去，開始找尋他的行蹤。

在這種狀況下，他得等到天亮才能離開。低溫再加上門鎖難解，讓他的雙手疼痛不堪，但最後還是順利打開了。

這間公寓與隔壁的大小相同，一切都保持得很完整。

窗戶的隙縫全塞滿了碎布和絕緣膠帶，避免外頭空氣進入屋內，想必亞納多利在核電廠一出事之後，立即採取阻擋輻射線的防範措施。

門內掛著他的核電廠工作制服，上頭夾有附照片的名牌。亞納多利年約三十五歲，金色直髮，額前還有瀏海，戴粗框眼鏡，藍色眼眸空洞無神，細薄嘴唇上有淡色汗毛，其職稱為「渦輪技師」。

追獵者張望屋內，家具簡樸，客廳裡有印花絲絨沙發和電視機，角落放置了兩個玻璃展示櫃，但裡面空無一物。還有一個大書櫃，佔據了某面牆的大部分面積。追獵者上前細看，裡面多為動物學、人類學，以及民族學的資料，作者有達爾文、康拉德・洛倫茲、德斯蒙德・莫理斯、理查德・道金斯等著名生物學家，主題從動物學習進程、物種環境制約，乃至本能與外在刺激的關係等等，這不太像是一般渦輪技師會有興趣的讀物。下層的書架則擺放了許多練習簿，大約有二十本左右，每一本都有編號。

追獵者還沒有什麼具體想法，但目前已經得到一個重要結論：亞納多利獨居，這裡看不出有其他家人、或是小孩的生活痕跡。

他的內心突然湧現一股不安，現在，他被迫要待在這裡一整個晚上，不能生火，因為燃燒會助長輻射線的作用。他沒有帶食物，身邊只有水，他猜自己應該可以找到毛毯和罐頭，不過他發現臥室衣櫥裡根本沒有衣服，廚櫃裡也空空如也，種種跡象顯示亞納多利有先見之明，在車諾比爾事件發生之後，還沒等到大規模疏散，已經先行逃離了核災中心。他不像其他人拋下一切慌亂撤離，很可能是因為亞納多利不相信當局在事發之後的說辭，他們不斷告訴民眾要待在家中以策安全。

追獵者利用沙發靠墊與床單、在客廳弄了張臨時的床。他想到可以拿水洗臉擦手，至少可以去除些許輻射塵。他從袋中取出瓶子，假迪馬的那隻小兔子也滾落出來。他把它放在蓋格計數器和手電筒的旁邊，在這麼詭譎的環境裡，至少還有它為伴，追獵者笑了。

「老友，也許你可以幫點忙。」

那個缺了一隻眼睛的填充玩具只是瞪著他，追獵者覺得自己未免太愚蠢了。

他從容不迫，先準備研究書櫃裡的練習簿。他隨機抽了一本，六號，然後把它拿到床上開始翻閱。

沒有標題，全是以俄文寫出的工整小字，他翻到第一頁，原來是日記。

二月十四日

我打算重複第六十八號實驗，但是這一次的方法應該要有所改變。實驗目標是要以逆轉印刻作用的方式、證明環境制約將會對行為造成影響，為此，我今天早上買了兩隻小白兔……巧合。

追獵者突然抬眼，看著身旁的玩具兔，這等巧合也未免太離奇了，不過，他從來不在乎什麼

二月二十二日

這兩隻小兔分開飼養，現在已經長大為成兔，今天我要改變其中一隻的生活習慣……

追獵者望著屋內的玻璃櫃，那應該就是亞納多利養動物的地方，原來這間客廳算是動物園。

三月五日

欠缺食物，加上電流刺激，造成其中一隻兔子的攻擊性越來越強，牠的溫和性格也變了，露出粗野本性……

追獵者不懂，亞納多利想要證明什麼？他為什麼對於這樣的動物實驗如此熱衷？

三月十二日

我把那兩隻小動物放在同一個籠子裡，刻意引發的飢餓感與攻擊性，也造成同類相殘的後果，其中一隻開始攻擊另外一隻，幾乎要把對方咬死了……

追獵者大為驚駭，立刻下床去拿其他練習本，其中有些還附了照片與標題。這些兔子被迫做出違背本性的行為，讓牠們挨餓、沒水喝，或是讓牠們一直處於全黑或是全亮的環境中，再不然就是施以輕微電擊，或是給牠們吃引發精神病的藥物。在這些照片中，可以看出牠們的眼睛裡混雜了恐懼與怒狂。每一次實驗都是以殘忍方式收尾，如果不是同類相殘，就是亞納多利自己親手殺死兩隻兔子。

追獵者發現，最後一本練習簿提到還有後續內容，但是書架上卻找不到其他編號的練習簿，應該是都被亞納多利帶走了，他之所以留下這些，可能是因為覺得沒那麼重要。

在最後一本的末頁，出現一段以鉛筆寫下的註記，令人看了格外怵目驚心。

……殺戮是所有生物的天性。惟人類會因為非必要性的理由行兇，有時候純粹是出於虐待狂，享受折磨別人的愉悅。善與惡並非只是道德的範疇而已，在過去幾年當中，我已經證實了一件事，對所有的動物都可以灌輸虐殺惡慾，憑什麼人類就是例外？

追獵者看到這些文字，不禁全身顫慄，那隻玩具兔寶寶一直死盯著他，突然讓他很不舒服，趕緊伸手移開那隻兔子，同時卻不小心打翻了水瓶，地板上瞬間出現一條小河。當他正要拾起水瓶的時候，卻發現有些水被吸進書櫃下緣，追獵者又倒了一些水，結果亦然。

他檢查牆面，評估客廳的比例大小，猜測書櫃後面應該還有東西，也許是間密室。

而且，書櫃前方的地磚上有圓形刮痕，他蹲下去，雙手支地，將覆蓋在溝痕上的多年積灰吹乾淨，大功告成之後，他站起身，果然出現一百八十度的半圓弧形。

這個書櫃是暗門，經常開開關關，才會留下地板上的刮痕。

他抓住書架的一端，使盡力氣卻打不開，太重了，所以他決定先把書拿下來，花了好幾分鐘之後，才搬光所有的書。他又試了一次，終於感覺到它在旋動，過了一會兒之後，終於開啟暗門。

裡面還有另外一扇小門，上了兩道門閂。

門中有個偷窺孔，旁邊是電燈開關，但現在沒有任何電力，自然是無法使用，但追獵者依然想一探究竟，什麼也看不到。他決定要繼續打開這扇小門，但門閂多年未用早已鏽蝕，頗難開啟。

他終於進去了，裡面一片漆黑，惡臭逼得他退避三舍，他一手摀嘴，另外一手拿著手電筒，觀察這間暗室。

這裡大概只有兩平方米大，天花板高度也只有一米五而已。

門內與牆上都貼了深色軟材，應該是拿來隔音的東西。屋內還有盞低瓦數的燈，外有鐵柵格保護燈體。角落有兩個碗，牆面到處都是刮痕，彷彿這裡曾經關過動物。

手電筒照到囚室角落，有個東西在發亮，追獵者趨前拾起那個小物，仔細端詳。

藍色塑膠手環。

不，被關在這裡的不是動物，他嚇壞了。

手環上刻有幾個俄文字：

基輔國立醫院，產房

追獵者站起來，他沒有辦法繼續待下去，他快吐了，趕緊衝到走廊上，緊貼著牆，深怕自己會昏倒。他努力讓自己冷靜下來，調整呼吸，現在他心中已經有了答案，一切的佈局如此細心縝密，令人作嘔，但追獵者知道他為什麼會做出這種行為。

亞納多利並非科學家，他只是虐待狂，精神病患，他的實驗裡潛藏了某種偏執，像是小孩拿石頭砸蜥蜴的童暴。這種作為並非為了好玩，他們的體內有某種詭奇的好奇心，驅使他們找尋虐死的對象，他們自己也許不知情，但其實這等於是他們享受殘暴之樂的初次體驗。他們知道自己殺死的是無關痛癢的小生命，不會有人因此而責罵他們，但顯然小兔子已經無法滿足亞納多利的需求。

所以，他偷了一個嬰兒。

他把嬰兒藏在這間囚室裡，把他當成天竺鼠，多年來，為了要控制他的天性，在他身上做了各種實驗，而且還刻意挑起他的天生虐慾，我們的善惡之別是天生的？還是後天造成的？亞納多利想要在這個實驗中找到答案。

變形人，正是這場實驗的最後結果。

當車諾比爾事件爆發之後，亞納多利迅速逃離這座城市，他是渦輪技師，知道狀況有多麼嚴重，但是他不能把那個小孩一起帶走。

亞納多利可能本想殺死那孩子，但臨時改變主意，也許他覺得自己一手打造出來的這個怪物，已經可以面對這個世界了，要是這小孩真能活下去，也就表示他的實驗很成功。所以亞納多利決定放走這隻實驗天竺鼠，當時，嬰兒已經變成八歲的孩子了，他在公寓裡東晃西晃，終於在不知情的鄰居家找到棲身之所。不過，亞納多利卻忘了給小孩一個身分，所以這個變形人想要了解自己是誰，他先從迪馬下手，而且他依然還在進行尋索。

追獵者又有了新的壓力，他的獵物被奪走了同理心，最基本的人類感情蕩然無存，他吸收知識的能力無與倫比，但內心卻如同白紙，只不過是一面空無的鏡子，唯一能引領他的只有本性。

在這棟每間房子格局相同、住滿了人的大樓裡，書櫃之後的秘密監牢，是他的第一個巢穴。

追獵者低頭沉思，現在，他的眼睛已經適應了走廊的昏暗光線，發現門口旁的地板上有污漬。

這一次也一樣，地上有血跡，小紅點。追獵者彎身，伸出手指一摸，他在基輔孤兒院與巴黎公寓的時候，也曾經做過相同的動作。

但這次的污漬不是乾的，是鮮血。

今天

珊卓拉在飯店裡開始收拾行李——這本來是昨天晚上該做的事——她又想到了那個晚上，她以為自己待在國際刑警組織的公寓裡，也相信面前的那個男人叫作湯馬斯・夏貝爾，還有他為她所煮的晚餐，兩人分享的秘密，他甚至還拿出女兒瑪麗亞的照片給她看，父女兩人甚少見面，令他頗為惆悵。

他看起來好……誠懇。

在那兩位真正的國際刑警面前，她不禁脫口自問自己究竟遇到的是誰，但現在她心裡想的卻是另外一件事。

那晚和她上床的人是誰？

答案無解，讓人心情煩悶。那男人扮演多重角色，偷偷潛入她的生活。起初，他只是電話另一頭的討厭鬼，慫恿她去懷疑自己的丈夫，然後，又扮演起救她一命的英雄，及時助她逃離狙擊手的槍口攻擊，然後，他又虛與委蛇，取得她的信任，最後又騙了她，拿走那一組徠卡照片。

傑瑞米亞・史密斯曾經說過，大衛想要找到聖赦神父的秘密檔案，所以一定得要殺他滅口。假的夏貝爾是否也在尋找檔案？最後的全黑照片要是能順利顯像，也許可以提供解答，但也許他對此也一籌莫展，只能放棄。

那個時候，珊卓拉擔心的是馬庫斯，假的夏貝爾拚命要找到他，部分原因可能是因為那張聖赦神父照片是他的唯一線索。

然後，他又出現在米諾瓦聖母堂，聖雷孟小禮拜堂的前方，解釋他為什麼會做出那些舉動，隨即又再次消失，其實，他大可不必如此。

那麼他真正的目的又是什麼？

她想努力建構這些事件之間的合理關聯，但卻越來越困惑，她不知道該把這個人定義為敵人還是朋友。

他算好人還是壞人？

她不禁心想，大衛知道自己交手的是什麼人嗎？他有這個人的電話號碼，而且還把末三碼的提示留在照片中，顯然她丈夫也並非完全信賴此人，但卻留下線索，希望珊卓拉能與此人一會，為什麼？

珊卓拉反覆思索，卻出現更多的謎團，她一度忘了打包，只是失神呆坐在床邊，我是哪裡出了問題？她想要盡快忘卻這段經歷，現在，她已經有了全新的人生計畫，如果不想有任何罣礙，只能選擇遺忘。但她知道自己無法忍受問題懸而未決，她會受不了。

大衛就是解答，她很確定，為什麼她先生當初會捲進來？他是很優秀的攝影記者，但這個題材並非是他平常會報導的題目。他是猶太人，幾乎很少會提到上帝，他的祖父是納粹大屠殺的倖存者，大衛認為那場浩劫所產生的恐懼，毀滅的不是人民，而是讓他們失去了自己的信仰：猶太人曾見證了上帝不存在的事實，這已經構成了毀棄信仰的充分理由。

新婚不久之後，他們曾經遇到了一個狀況，也讓兩人有機會嚴肅面對宗教議題。珊卓拉某天洗完澡之後，發現身上有個小腫塊，大衛做出典型猶太人的反應：開玩笑。

她認為這種態度反映出大衛性格的缺點，他之所以一直取笑她的健康問題，還把它當成了兒戲，是因為他無力解決而充滿罪惡感。能這樣想，當然會讓人心裡舒坦多了，他陪她去做檢查，總是一直在開玩笑，珊卓拉也很配合，讓他以為自己的笑話果真能消除緊張，其實她的心情反而更糟糕，希望他閉嘴就好。這可能是他面對問題的方式，但可能不合她的口味。他們遲早都得要攤牌講清楚，而她也隱約覺得兩人簡直快要大吵一架。

在等候報告的那個禮拜，大衛依然嘻嘻哈哈，珊卓拉想直接質問他，但她怕自己口不擇言，還是忍下來。

在報告出爐的前一天晚上，她半夜醒來，伸手想要找大衛，但他不在床上。她下床找人，房子裡沒有開燈，她心裡納悶，不知道他去哪裡了，走到廚房門口的時候卻看到了他，他背門而坐，彎著身子前後搖擺，他沒注意到珊卓拉在後頭，不然他一定會立刻停止祈禱的動作。她回到臥房，淚濕枕畔。

所幸檢查結果發現腫塊為良性，但珊卓拉的確需要好好找大衛談一談，往後的婚姻之路，一定還會遇到重重困難，光靠這種嘲諷的態度是走不下去的。她告訴大衛，那天晚上她看到他在祈禱，想當然耳，他很不好意思，但也只好說出實話，他好怕失去她。大衛自己對死亡坦然無懼，他在新聞前線工作，早已置死生於度外，但珊卓拉不一樣，要是失去了她，他不知道該怎麼辦，雖然自己一直迴避上帝，但大衛想到的唯一辦法，就是向祂祈禱。

「就算你平常不信上帝，但當你孤立無援的時候，也只能把希望寄託在祂身上了。」

對珊卓拉來說，那番話太美好了，簡直像是永恆之愛的宣言。但現在她坐在旅館房間裡的床邊，旁邊的行李打包到一半，卻在思索大衛如果有預感自己會死在羅馬，為什麼留給她的告別訊息卻是一連串的查案線索？嚴格來說，這些訊息就是照片——因為這是他們的職業，是他們共通的語言？但是，為什麼不是用其他方式？比方說，錄一段影片，直接講出她在他心目中有多麼重要？他也沒有寫信，留下隻字片語，什麼都沒有，如果他愛她如此深切，為什麼最後訊息卻不是給她的呢？

她告訴自己，因為大衛擔心自己萬一真的身亡之後、我會放不下，她突然豁然開朗。

他希望我要好好活下去，讓我有機會可以再享受與人相戀的滋味，成家，生小孩，不要一直過著苦寡的生活，要學習放下，而且要趁現在，不要等到好幾年之後。

她要找到與他告別的方法，等到她回去米蘭之後，她會拋下所有的記憶，清光他的衣服，還有他的味道——把大茴香口味的香菸，還有那可怕味道的鬍後水全扔了。

不過，現在就可以展開新生的第一步，就從那通帶引她到羅馬的最後留言開始，她還留在手機裡，但她想再聽一次，這將是她最後一次聽到先生的聲音。

「嗨，我打了兩三次電話，但一直轉到語音信箱……我時間不多，所以只能告訴妳我最想念的事……我想念妳上床時鑽進被窩時、挨過來取暖的冰腳丫，我想念妳逼我吃冰箱裡的東西，確定它們還沒有走味，還有，我想念妳半夜三點把我吵醒的尖叫聲，痛喊著妳抽筋了，還有，妳一定不相信這件事，但我真的想念妳偷偷拿我的刮鬍刀去刮妳的腿毛……好啦，奧斯陸冷死了，我好想趕快回去，金姐兒，愛妳！」

珊卓拉毫不遲疑，按下了刪除鍵，「我會好想你，親愛的。」淚水從雙頰滑落而下，這麼久以來，她第一次沒喊他佛列德。

她開始整理徠卡照片的複本，原始資料已經被那個假夏貝爾拿走了。她攏整照片，將全黑的那一張放在最上面，正準備要全部撕掉的時候，動作卻突然停了下來。

雖然聖雷孟是聖赦神父，但是大衛並未拍攝聖雷孟小禮拜堂的照片，當初是假的夏貝爾把聖像卡塞入她的飯店門縫裡，引她進入聖母堂，珊卓拉一直都忽略了這個細節，為什麼他想把她騙到那裡去？

全黑照片。

珊卓拉心想，夏貝爾認為那張黑色照片是聖赦神父檔案謎團的解答，而其拍攝地點就是那座樸素的小禮拜堂，但他卻找不到其中的關鍵。

她再次看著那張照片，那全黑的畫面並非是攝影時的失誤，她一直搞錯了，大衛是刻意讓它顯黑。

在回到米蘭之前，她必須再去一趟米諾瓦聖母堂。

「就算你平常不信上帝，但當你孤立無援的時候，也只能把希望寄託在祂身上了。」

大衛的最後線索，要考驗的是她的信念。

一年前
普利皮亞茲

在這座鬼城裡，並非只有追獵者，還有別人。

他在這裡。

變形人選擇了全世界最兇險、絕對不會有人猜得到的地方，作為藏身之所。

他回家了。

追獵者知道他現身了，地板上的小血點尚未凝乾。

他就在附近。

他得要趕緊想出對策。行李袋裡有麻醉槍，但放在客廳裡，他已經沒有時間了。

他在監視我。

現在他只希望能趕緊逃出亞納多利的公寓，唯一的活命希望就是回到車上，但他的車停在水泥路障處，距離相當遠，狼群在外伺機而動，他必須拔腿快跑才行，現在也沒有什麼策略可言，只能跑，趕快跑。

他衝到門口，以全速奔下樓梯，一片漆黑，他無暇顧及腳下到底有沒有踩空，萬一跌倒的話，他就完蛋了。一想到自己可能會斷腿、困在這間公寓裡等敵人慢慢出現，他反而不想慢下腳步，決定要放手一搏，一次跳好幾個階梯，還要小心閃避瓦礫堆，他氣喘吁吁，背後全是汗珠，樓梯間裡迴盪著他的倉皇腳步聲。

他上氣不接下氣，總算跑到街上。

四下無任何動靜，只有黑影幢幢，周邊的建築物睜著上千隻空眼、死盯著他，廢棄車輛如空棺相迎，樹木伸出細爪作狀抓人，腳下的瀝青鋪面碎裂，宛若腳下的世界正在崩壞，他的身體承受了巨大的痛苦，肺部宛如在灼燒，每一次的呼吸都造成胸口抽痛，原來想要逃離虎口，就是這種感覺。

追獵者自己成了被追捕的獵物。

你在哪裡？我知道你就在附近看著我，發現我在垂死掙扎而哈哈大笑，同時也準備在我面前現身。

他轉彎，跑到主街上，突然發現不知自己是從哪裡過來的，他已經失去方向感。他停下來，彎著腰喘氣思考，看到生鏽的旋轉木馬殘骸，知道自己距離遊樂園不遠，只要再跑個幾百公尺，就可以看到他的富豪汽車，快要得救了。

馬上就要成功了。

雖然全身疼痛疲累，又加上寒冷與恐懼，他還是加速快跑，值此同時，他的眼角瞄到了第一匹狼，牠欺身過來，開始在後頭跟追，過了一會兒之後，第二隻也跟著出現，接下來是第三隻，牠們雖然與他相隔了一段距離，但卻緊挨不離，追獵者知道萬一自己慢下來的話，牠們一定會展開攻擊。

所以他繼續跑，真希望剛才有時間拿麻醉槍……

他看到自己的富豪汽車，暫時鬆了一口氣，但他不知道車子是否遭人破壞，若真是如此，也只能說是造化弄人。但他現在還不能放棄，再跑個幾公尺就成功了，但此時某隻狼突然發動奇襲，他伸腳猛踢，雖然不算是正中要害，但也足以嚇卻牠退回原處。

車子並非幻象，是真的。

要是自己真能夠順利逃脫，許多事情也將因此發生改變，他突然了解到生命的真義，他不怕死，但實在無法想像在這種地方、以這樣的方式劃下生命句點。

不，我不想這樣死掉，千萬不要。

他終於衝到車子旁邊，自己簡直不敢置信，開了車門之後，狼群也放慢了動作，牠們知道自己已經沒有機會，逐漸隱沒在幽暗之中。他焦急尋找先前留在儀表板上的車鑰匙，找到之後，又擔心車子無法發動，但他聽到了引擎聲，終於哈哈大笑，不敢置信，他迅速轉動方向盤，打後退檔，一切都很完美。腎上腺素的作用依然沒有消退，但卻已經開始出現疲態，乳酸開始堆積，關節發疼，也許是該好好放鬆一下了。

再瞄一次後照鏡，長方框裡出現的是他依然恐懼的雙眼、正在倒退的鬼城，還有，突然從後座出現的黑色人影。

追獵者還搞不清楚是怎麼回事，已經痛得昏過去。

水聲讓他醒了過來，從岩石不斷滴落下來的水滴，他光聽聲音也猜得出來這是什麼樣的地方。他不想看，但最後還是睜開眼睛。

他躺在木桌上，天花板上掛著三盞燈泡，發出幽光，耳畔傳來讓它們生生不息的發電機低鳴聲。

他動不了，全身被五花大綁，但他也沒打算要掙扎，維持這樣的姿勢也好。

他在洞穴裡？不，這裡是地下室，霉味逼人，但這裡還有別的東西，金屬的氣味，鋅，還有腐屍的臭氣。

費了一番氣力之後，他終於能夠稍微偏頭，看清楚自己到底在什麼地方。這裡是密室，牆面是整齊堆嵌的圖樣，優美，但也陰邪。

那是人骨牆。

骨頭相互疊插，除了股骨、尺骨、肩胛骨之外，還有為了防止輻射線污染、從棺材拆下來的鋅條。

還有什麼比這個更安全的巢穴？他很聰明，這裡的一切都被輻射線所污染，唯一沒有遭到毒害的就是地底下的死人，他一定是去墓地裡挖骨頭，把它們當成避難的建材。

黑暗角落有三個年久發黑的骷顱頭，正在幽幽凝望他，兩大一小，他猜應該是真正的迪馬與其父母。

他聽到變形人走過來，不需要轉頭看，追獵者知道是他。

耳畔傳來他規律而沉靜的呼吸聲，他感覺到對方伸出了手、輕輕撥開他額前汗濕的頭髮，宛如愛撫。然後，變形人開始在他四周走動，兩人的眼神終於相會。他穿著軍人工作服，外加一件老舊的紅色高領毛衣，臉上戴著頭罩，只看得到那雙空茫的眼睛與突出的亂鬚。

他眼中的唯一表情是好奇心。他微微側頭，像是個在努力思索的孩子，眼底有疑惑。追獵者看著他，知道自己已無路可逃。

變形人不懂什麼是憐憫，並非出於惡念，而是因為無人教導。

他緊抓著兔寶寶，輕撫著它的小頭，看起來心神渙散，然後，他抱著兔子轉身離開了。追獵者看過去，發現角落有個以毯子與破布做的床。他把兔寶寶放在床上，翹腳，又開始盯著追獵者。

追獵者有好多問題想問，他知道自己死劫難逃，不可能活著離開這裡了。但真正令他覺得悲哀的並非是死亡，而是謎團未解。為了追查變形人，他投注了大量心血，應該要知道答案，這攸關榮譽。

他如何完成變形？為什麼他每次偷取別人身分的時候，都要刻意留下幾滴鮮血？當作自己的殺人記號？

「拜託，講話吧。」

「拜託，講話吧。」變形人重複他的話。

「講什麼都好。」

「講什麼都好。」

追獵者哈哈大笑，變形人也是。

「別耍我。」

「別耍我。」

他懂了，變形人不是在耍他，他在練習。

他看到變形人站起來，同時從工作服的口袋中拿出一個東西，又長又亮。他一開始看不出來，但變形人逐漸靠近，他認出那是尖刀。

變形人把刀子抵住他的頰側，沿著臉部的線條起伏，緩緩輕滑，之後他就不會這麼客氣了，刀鋒會下得更深。現在的感覺彷彿在搔癢，舒爽又令人不寒而慄。

他心想，這就是地獄了。

不過，就在這個時候，至少有個問題得到了解答。變形人扯下頭套，追獵者第一次看到他的臉孔，兩人從來沒有如此靠近過，這應該也算是達成目標了吧。

變形人的臉上還有個東西，連他自己都沒注意到的東西。

追獵者終於知道為什麼會出現那個殺人記號。

那不是記號，而是他的弱點。追獵者發現他面前的這個人不是禽獸，只是一個普通人，他和芸芸眾生一樣，也有自己的特徵，他以多重身分掩飾自己的技巧固然高超，但他依然有掩藏不了的獨特性。

追獵者快死了，但此時此刻，他卻鬆了一口氣。

他的仇敵不可能繼續逍遙下去。

現在

羅馬的雨如黑色柩衣，讓人分不清是白天抑或黑夜。

珊卓拉穿過那毫不起眼的建築立面，進入羅馬的唯一哥德式教堂，迎面而來的是奢華的大理石、挑高的拱頂、富麗堂皇的壁畫，此時的米諾瓦聖母堂，安靜無人。

腳步聲迴盪在中殿右側，她直接走向最後一個祭壇，最小，最樸素的那一個。

聖雷孟一直在靜候她的到來，只不過，她先前並不知道。現在，她彷彿要走到上帝審判者與兩旁天使的面前，陳述案情。

靈魂法庭。

她看到壁畫前有許多信眾們所點燃的祈願蠟燭，地面上滿佈著滴落的蠟淚。在全部的小禮拜堂之中，只有這裡——最樸素的一間——放置了這麼多的蠟燭，只要有微風飄來，柔弱的火焰也全都順勢彎垂，風停之後，燭光又再度挺立。

先前珊卓拉到這裡來的時候，不知道點蠟燭的人是為了要懺悔什麼樣的罪行，現在她知道了——全人類的罪。

她從包包裡取出最後一張的徠卡相片，仔細端詳。這張全黑的影像裡，隱含了對她的信念的考驗，大衛的終極線索最為神秘，但也最充滿張力。

她要找尋的不是外在的答案，而是內心的解答。

在過去這幾個月來，她一直不停自問，大衛去哪裡了？他的死具有什麼象徵意義？但她一直無法回答自己，失落不已。她是刑事鑑識攝影人員，一直在死亡裡找尋線索，她深信只有透過這種方法，才能找出合理解釋。

我透過相機觀看世界，我相信細節，因為它們會告訴我先前發生了什麼事。但是對聖赦神父來說，有些事情超越了我們的視線之外，它們也同樣真實，但相機卻無法感知，所以有時候我要學習接受謎團，我們不可能了解一切。

面對人類存在的複雜難題，科學家陷入苦思，而宗教人士也只能止步。現在，珊卓拉走入這間教堂，同樣進入了邊界地帶，聖赦神父那一番話又在此刻浮現心頭，絕非偶然：「在光明與黑暗的交界之處，一切都可能發生：那片幽暗之地，萬物模糊迷離，一片混亂。」

馬庫斯說得很清楚，但珊卓拉卻直到此刻才恍然大悟。真正的危險不在黑暗中，而是在渾沌不明的交界地帶，那裡的光線迷離惑人，善惡難辨，你根本無從判斷。

邪惡的藏身處不在黑暗世界，而是在昏昧之地。

那裡的一切都遭到扭曲，她告訴自己，沒有禽獸，只有犯下可怕罪行的一般人，所以，她心想，黑暗沒有什麼可怕的，因為裡面的答案反而一清二楚。

她手裡拿著那張全黑照片，彎下腰，將那些祈願蠟燭一一吹熄，數十根蠟燭，花了她好些時間，燭光越來越少，黑暗如潮浪襲來，圍繞著她，一切漸漸消失。

等到全部吹熄之後，她向後退了一步，什麼都看不到。她很害怕，但告訴自己要靜心等待，最後一定能夠知道答案。就像她小時候一樣，躺在床上等著入睡，一開始的時候，黑暗似乎令人恐懼，但等到她的雙眼逐漸適應黑暗之後，小房間裡的玩具與洋娃娃全都神秘再現，她也能放心入睡。如今，在這漆黑的環境中，她也安之若素，光線的記憶漸次消退，她突然發現自己又能看清一切。

四周的圖案又再次顯像，祭壇上方的聖雷孟不但出現，而且還散發光芒，上帝與兩側天使也出現了不同的光暈，就連被煙燻黑的灰泥牆面上也現出壁畫，有奉獻與補贖，但也有寬恕。

眼前所發生的奇蹟，讓她難以置信，最寒酸的角落，沒有華美的大理石與牆緣裝飾，但現在卻成了最美麗的小禮拜堂。

光禿禿的牆面上出現一道新光，形成藍綠色的鑲嵌效果，細光爬上了看似光禿的柱面，藍色的光曜宛若海底深水，現在依然是一片黑，但卻是令人眩目的幽黑。

珊卓拉露出微笑，磷光畫。

對，畫會發光，自有其合理解釋，但因為內心體悟而決定吹熄蠟燭的這個關鍵性動作，卻找不到任何理由，她拋下一切，承認自己的極限，對於不可思議的奧秘事物心悅誠服，這就是信念。

大衛留給她的最後一份贈禮，深情的訊息：坦然接受我已離世，不要一再追問為什麼我們會發生這樣的不幸，只有放下，才能讓妳重獲幸福。

珊卓拉抬頭，心中充滿感恩。這裡沒有什麼檔案，真正的秘密是這裡所蘊藏的美麗。

她聽到後頭傳來腳步聲，立刻轉過頭去。

「磷光畫的起源，可追溯自十七世紀，」馬庫斯說道，「這必須要歸功於波隆那的某位鞋匠，他收集了某些石頭，在煤塊上反覆燒烤，發現異象：只要將它們置於白晝之下，它們會持續發光好幾個小時，就連在黑暗中也不例外，」他又指著小禮拜堂，「數十年之後，某位不知名藝術家運用鞋匠所發現的物質、在這間小禮拜堂裡作畫，也成就了妳現在所看到的景象。妳應該可以想像當時的人會有多麼驚嘆，他們從來沒有看過這樣的情景。但我們現在也不會覺得這有什麼了不起，因為大家已經懂得這種現象的原理。反正，每個人都可以自由選擇，可以把它當成羅馬的另一個奇觀，或是某種神蹟。」

「我寧可把它當成神蹟，真的，」珊卓拉的語調裡帶有一絲悲淒，「但理性告訴我，那不是神蹟，理性也告訴我沒有上帝，大衛也不在永生幸福的天堂，但我真的希望是我錯了。」

馬庫斯並沒有因為這番話而生氣，「我懂。當我失憶之後，發現自己原來是神父，我不禁心中有了疑問，而當我第一次被人帶來這裡的時候，那個人告訴我可以在這裡找到解答。那個問題就是：如果我真的是神父，那我的信仰到哪裡去了？」

「你找到答案了嗎？」

「信仰不是禮物，你必須要不斷尋索，」他斂目，低聲回道，「我在罪惡裡尋找信仰。」

「我們的命運糾葛在一起，何等奇妙，你必須要面對自己的記憶空缺，但我要面對的是與大衛的糾葛記憶，我被迫學習遺忘，但你卻拚命要喚起記憶，」珊卓拉停頓片刻，看著馬庫斯，「現在呢？要繼續尋找下去嗎？」

「還不知道，但如果妳問我是否擔心自己也會沉淪，我可以肯定告訴妳，是的。一開始的時候，我認為自己能夠以邪惡之眼觀看世界，等於是我的詛咒，但找到拉若之後，卻讓我的天賦有了意義，雖然我不記得自己過去的身分，但很慶幸現在有所作為，讓我知道自己是誰。」

珊卓拉點頭，但覺得自己犯了大錯，「我要告訴你一件事，」她沉默許久才繼續說下去，「有一個人在找你，我本來以為他想找聖赦神父的檔案，但我剛才發現這裡的秘密是磷光畫，我想他應該是另有目的。」

馬庫斯很震驚，「他是誰？」

「我不知道，他一直在對我撒謊，假裝自己是國際刑警組織的人，其實他不是，我真的不清楚他的底細，但此人應該十分危險。」

「他找不到我。」

「不，他可以，他有你的照片。」

馬庫斯陷入沉思，「就算他找到我，又能拿我怎麼樣呢？」

「他會殺了你。」

珊卓拉語氣堅定，但馬庫斯卻不動如山，「為什麼？」

「如果這個人不是警察，想必他的目的絕非追捕，而是殺人。」

馬庫斯笑了，「我已經死過一次，這種事嚇不了我了。」

神父鎮靜自持，珊卓拉也安心多了，她信賴這個人，她還記得他在醫院輕撫她的手臂，帶給她多麼溫暖的力量，「我犯了罪，一直沒辦法原諒自己。」

「一切都能被寬恕，就連彌天大罪也一樣，不過，只是求取寬恕還不夠，妳必須把自己的罪惡感講出來，這是解脫的第一步。」

珊卓拉低頭閉目，打開了自己的心房，說出自己墮胎的事，她一度失去又找回來的愛，還有她懲罰自己的方式，她態度坦然，隱藏在內心深處的話語汨汨流出。她本來以為這會是一種如釋重負的感覺，沒想到卻剛好相反，那未出生寶寶在體內所留下的空缺，如今卻再度被填滿。這幾個月來的痛苦也得到了癒療，她正在改變，成為一個全新的人。

「我同樣犯了重罪，良心不安，」馬庫斯等她說完之後，繼續接口，「我和妳一樣，也奪走了別人的生命，但能就此判定我們是殺人兇手嗎？有時候我們會做出這樣的行為，是因為情勢所逼，是為了要保護別人免於恐懼，這種狀況當然會有不同的評斷方式。」

這些話讓珊卓拉寬心多了。

「一三一四年，在南法的阿德什省，瘟疫蔓延，一群盜匪趁勢作亂，造成人心惶惶，他們搶劫殺人，強暴婦女，居民擔心害怕，幾乎活不下去。所以，某些在山區的神父雖然幾乎不曾聞問人間事，但依然加入抗暴的行列，拿起武器戰鬥，最後他們贏了，這些神父殺人濺血，誰會原諒他們？但當他們回到教堂之後，民眾卻盛讚他們是救命恩人，由於他們行俠仗義，也杜絕了阿德什省的犯罪活動，大家開始稱呼這些神父為『黑暗追獵者』。」馬庫斯拿起一根蠟燭，以火柴點亮之後，交給珊卓拉，「所以，對於我們行為的判斷，並非操之在我……我們只能尋求上帝的寬恕。」

珊卓拉拿起蠟燭，繼續點燃下去，在上帝審判者的畫像下面，燭光又逐一亮起，這位聖赦神父的預言果然成真，在光明重現的過程中，她解脫了。蠟淚繼續垂滴在暗色大理石地板上，珊卓拉心情靜和坦然，已經準備好回家了。磷光畫的光芒正逐漸消退，發亮的壁畫與牆緣裝飾也開始黯淡無光，這間小禮拜堂又恢復成樸實無華的面貌。她點亮最後一根蠟燭，突然發現地上有紅點。

紅褐色的污點，不是蠟淚，是血跡。

珊卓拉抬頭看著馬庫斯，他在流鼻血。

「要小心哪！」珊卓拉好意提醒他，顯然馬庫斯自己不知道。

他伸手一抹，望著染血的手指，「有時候會這樣，不過流完就沒事了。」

珊卓拉從包包裡取出面紙，幫馬庫斯止血，他也接受了她的好意。

「有些事情我自己也不是很了解，」馬庫斯頭向後仰，「以前，只要在自己身上發現新的線索，都會讓我覺得很害怕，就連流鼻血也一樣。現在雖然還是不知道為什麼會出現這些症狀，但它們都是我的一部分。所以我想也許有一天能靠它們想起自己的過往。」

珊卓拉趨前擁抱馬庫斯，「祝你好運。」

「再會。」

一年前
布拉格

他在普利皮亞茲又多待了兩三個月，因為他希望要確認後無追兵。這次的對象非常難纏，其他人只需要折磨兩三個小時就全招了，但這個人卻花了他好幾天的時間，才肯說出自己的背景資料，讓他得以學習模仿、變身成為這個人。說也奇怪，最難問出口的居然是他的名字。

變形人望著鏡中的自己，「馬庫斯。」他自言自語，好名字。

三天前，他到達布拉格，訂了旅館房間，這是棟老房子，從窗戶看出去，盡是這座城市的黑色屋頂。

他懷有鉅款，這全是從受害人手中所掠奪而來的錢財，他還有一本梵蒂岡外交護照，這是他剛拿到的戰利品，上頭的照片也已經換成了他自己。這份文件本來就是偽造的，因為上面的資料與那人的真正背景並不相符，理由很簡單。

世界上沒有這個追獵者。

對變形人來說，這真是再理想不過了，成為一個沒有人認識的人，自然也不可能被追緝。不過，他還不是很有把握，必須要再等一等，所以，他才會來到布拉格。

他一直在複習在普利皮亞茲所做的筆記——新身分的自傳摘要，他只記錄重要訊息而已，剩下的部分要靠心去感知學習。

門口站了一個充滿倦容、雙頰凹陷的老男人，全身素黑，他手裡拿著槍，但沒有立刻開火。他進來之後，把門關上，似乎態度冷靜果決。

「找到你了，」老人開口，「我犯了大錯，現在必須要設法彌補。」

變形人沒說話，也沒生氣，只是靜靜把手上的那一疊紙放在小桌上，面無表情。他不怕，他根本不知道什麼是恐懼，從來沒有人教過他這件事——他只是好奇，這個老男人為什麼眼眶含淚？

「我找了最厲害的徒弟要追捕你，但如果你在此現身，表示馬庫斯死了，這是我的錯。」

老男人把槍對著他，變形人不曾與死亡的距離如此接近，他一直為自己的生存本能而戰，他不想死，「等等，」他說道，「德渥克，不可以這樣，你不該殺人。」

那老人呆住不動，大吃一驚，倒不是因為那個人說的話，或是因為他知道自己的名字，而是他說話的聲音。

變形人一開口，宛若馬庫斯上身。

那個老人一臉迷惘，「你到底是誰？」現在他的眼中充滿了恐懼。

「這是什麼意思？我是誰？你不認識我了？」他的語氣近乎哀求，這是變形人唯一需要的武器，效果奇佳——幻覺。

老人面前出現了不可思議的變化，他正在目睹變形過程，「不可能，你不是他。」老人知道自己的判斷無誤，但依然還是面露遲疑，對門徒的深厚感情，讓他無法扣下扳機。

「你是我的恩師，我的精神導師，我的一切，都要歸功於你，現在你居然要殺我？」他一步接著一步，走向老人。

「我不認識你。」

「在光明與黑暗的交界之處，」他開始朗聲背誦，「一切都可能發生：那片幽暗之地，萬物模糊迷離，一片混亂，我們被指派成為邊界的守護者，不過，偶爾會有越界情事……我必須要將其驅回黑暗世界。」

老人全身發抖，他在後退，但變形人越靠越近，已有機會可以奪下老人手中的槍，而就在這個時候，他發現地毯上出現了第一滴血，變形人知道自己在流鼻血，他可以竊取別人的身分，但唯有這一點卻無法改變。他的真實自我，隱埋了數十年之久，但只要一流鼻血，立刻表露無遺。幻覺裂解，老人發現對方的欺敵之術，「幹！」

他立刻撲上去奪槍，老人向後倒在地板上，變形人立刻拿槍指著他。

老人倒在地毯上，卻開始哈哈大笑，在襯衫上抹去手上的鮮血，變形人的臉上也全是鼻血。

「為什麼要笑？難道你不怕？」

「在我來到布拉格之前，我已經告解過了，我死而無憾。還有，你以為殺了我就能解決所有的問題，真是太好笑了，其實，這才不過是剛開始而已。」

變形人發現有陷阱，他不會上當，「安靜一點比較好，你說是不是？我不喜歡死前還講一堆廢話，通常也只是在丟人現眼，被我殺死的那些傢伙，最後總是在求情，盡說些沒有意義的話，當然，這等於擺明告訴我，他們已經無話可說了。」

老人搖頭，「你這可憐的小傻瓜，有個比我更厲害的神父正在追查你的下落，他和你一樣有相同的本領，也可以隨心所欲變換身分，只不過他不是變形人，也不殺人，他最擅長的就是使用失蹤者的身分。現在，他偽裝成國際刑警組織的幹員，換言之，他要取得警方檔案資料輕而易舉，他一定很快就會找到你的下落。」

「很好，我一定會逼你說出他的名字。」

老人又笑了，這次更忘形，「你再怎麼折磨我也沒有用，你要搞清楚，聖赦神父沒有名字，他們是不存在的人。」

變形人不知道對方是不是在吹牛，老人趁他分心之際，奮力撲過去，他抓住了槍，還把槍口朝下，展現令人意外的敏捷度，兩人又開始扭打，但老人這次不會輕易放手。

第一聲槍響，子彈擊中鏡子，變形人看到自己的鏡像碎裂，他把槍口瞄準對方，扣下扳機，老人驚呆，雙眼與嘴巴張得大大的，子彈穿胸，他沒有往後倒，反而向前撲，與變形人一起倒在地上，強烈力道讓手槍意外走火，變形人似乎看到子彈如飛影掃過眼前，最後進了他的太陽穴。

他倒在地毯上，等著最後一刻降臨，他看著無數鏡子碎片裡的自己，他所有的身分、曾經竊取的面孔，全在裡面。太陽穴的那道傷口，彷彿讓他逃出了自己的心牢。

那些人凝望著他，他開始逐漸遺忘。

死去的那一刻，他已經完全忘記自己是誰。

早晨七點三十七分。

屍體睜開雙眼。

後記

這部小說的源頭，要從兩次令人難以忘懷的偶遇說起。

第一次，發生在羅馬，五月的某個下午，我與某位奇人神父相會。我們約在五月廣場，要在黃昏時間見面，當然，時間與地點都是由這位強納森神父所指定，當時我想知道他口中的「黃昏」究竟是幾點鐘，但他卻一派冷靜，回答我「落日之前」。我不知該如何回應是好，所以決定提前抵達。

他人已經在那裡了。

在接下來的兩個小時當中，強納森神父告訴了我聖赦神父團、犯罪檔案庫，以及聖赦神父所扮演的角色，他一路娓娓道來，我覺得太不可思議了，以前從來沒聽過別人說過這故事，我們穿越羅馬大街小巷，最後走到聖路易教堂，也看到了卡拉瓦喬的〈聖馬太殉難〉畫作，這是訓練神父犯罪學家的第一課。

在許多案件當中，都可以看到神父與警方的通力合作。自一九九九年起，義大利的神父還組成反邪教小組，協助警方深入了解所謂的「邪教犯案」。他們的任務並非是為了要找尋惡魔，而是要找出罪犯行為裡的邪魔含義，尤其是殺人犯。警方需要他們釐清罪犯動機的意義，進一步建立有助調查之個案基本資料。

在初次會面之後的兩個月當中，強納森神父向我仔細解釋了他的特殊任務，也帶我造訪了羅馬的多處神秘地點，有時候聽得我簡直無法喘氣，其中有些情節也已經出現在這本小說裡。這位神父的知識淵博，除了犯罪學之外，也涉獵藝術、建築、歷史，甚至是磷光畫的起源。談到信仰與宗教的問題，他不但對我的疑慮百般寬容，而且也坦然面對我的各種批評。到了最後，我發現自己不知不覺中已經完成了一趟心靈之旅，幫助我更能掌握自己的創作。

在現代社會中，靈性經常被當成了某種笑話，被視作是餵養無知群眾的無用之物，甚或變成「新世紀」的實踐經驗。我們喪失了判斷善惡的基本能力，所以上帝只能落入基本教義派、激進主義者、譏諷漫畫家的手中（因為瘋狂的無神論者與宗教狂熱人士並無二致）。

諸此種種，造成我們難以反省內心，無法在倫理與道德、遑論在其他「政治正確」的範疇中，找尋判斷人類行為的基本二分法。

善惡、陰陽。

有一天，強納森神父告訴我，等到我準備好寫故事的時候，他希望我能夠「永遠站在光明面」，然後他向我道別，還答應我未來必定能再度相會，那是我最後一次遇到他。後來我一直在找他，但卻沒有結果，希望這部小說問世之後，能讓我們盡快重逢。其實，我也知道可能性不高，因為我們早在當初就已經暢所欲言，該說的都說了。

第二個偶遇是N.N.，活在二十世紀初的某名人士。

他是第一個（目前也是唯一）變形人連續殺人犯，也是犯罪學歷史上最引人注目的案例之一。

N.N. 並非是他姓名的縮寫，而是拉丁文的無名氏（Nomen Nescio），這個名詞通常指的是身分不詳的人（等於是美國所使用的 John Doe）。

一九一六年，在比利時奧斯坦德的海灘，發現一名年約三十五歲的男屍，死因為溺斃。根據他身上的衣服與文件，顯示此人應該是兩年前在利物浦失蹤的某名店員。他的家屬特地從英格蘭趕來認屍，但卻堅稱不認識這個人，一定是搞錯了。

不過，根據這些親戚所提供的照片，這兩人的外貌非常相像，但這並非是唯一的近似之處，他們都喜歡吃布丁，喜歡紅髮妓女，兩人都在服用治肝病的藥，最重要的是，這兩個人的右腿都有輕微跛腳（病理學家是根據溺斃屍體右腳的鞋底破損狀況以及腳側的硬皮所做出的推斷，這表示身體的重心集中在右邊）。

除了這些相似之處之外，警方也在N. N.的生前住處找到其他歐洲國家人士的證件與個人物品，而經過深入追蹤之後，發現這些人全都是突然失蹤，就此無消無息，不僅如此，依照他們的失蹤時間排列，可以發現受害者的年齡越來越大。

由此我們也有了推論，N. N.之所以對這些人下手，是為了要竊取身分。

警方無法尋獲受害者的屍體，但判斷N. N.在盜用他們的身分之後，隨即予以殺害。

由於當時的辦案技巧落後，因而缺乏有力的科學佐證，本案也逐漸被人淡忘，直到一九三〇年代，才再度引發大眾注目，當時克爾彭與費爾發表了首篇關於「佛雷格利症候群」的心理學論文——此一名稱是依據義大利著名快速變貌演員而來——隨後也陸續出現其他許多討論精神性疾病的論文，例如卡波格拉斯症候群。這兩種症候群的患者，都出現與N.N.案例相反的現象：他們認為自己的周邊出現了變形人。而這些案例同時開啟了其他身分認同症狀的研究先河，比方說，變色龍症候群，與前述的比利時N.N案例相當接近，這也啟發了伍迪．艾倫的靈感，讓他拍出電影鉅作《變色龍》（Zelig）。

N.N.的案例，自此成為犯罪學全新領域的起點——以基因或心理學觀點來研究犯罪的鑑識腦神經學。這些知識也讓我們能夠以另外一種方式去了解犯罪行為。比方說，某名殺人犯的大腦前額葉有問題，而且基因圖譜顯示其有暴力傾向，因而獲得減刑。另外一個案例是某男子拿刀刺死未婚妻，結果發現是因為兇嫌茹素長達二十五年、體內缺乏維生素B12所致。

不過，N.N.所展現的天賦相當獨特，目前所知的類似案例僅有小說中所提到的「鏡中女孩」，那位墨西哥年輕女孩是真實人物，不過，她和N.N.不一樣，她不殺人。當然，我隱去她的真實姓名，改稱其為安潔莉娜。

N.N.最後被葬在臨海的某處小墓園，他的墓誌銘上是這麼寫的：「溺斃之無名屍，奧斯坦德，一九一六年。」

致謝

首先是我的編輯，史蒂芬諾・毛利，感謝他的熱情與友誼。

我也要同時感謝Longanesi出版社的每一位同仁，以及海外的出版社，謝謝他們為了達成既定目標，對我的作品所投注的時間與心力。

路易基、丹妮耶拉、奇內薇拉・貝納博，感謝他們的建議與悉心照顧，能參與這個團隊是我的榮幸。

法布里吉歐・可可——這傢伙知道所有（我的）故事的奧秘——感謝他的沉著貢獻，還有他一貫的陰鬱。

感謝朱塞佩・史塔茲耶利為出版業所帶來的熱情與視野。

瓦倫提娜・佛提奇亞利，我要謝謝她的勇氣與熱情（要是沒有她的鼓勵，我不知道該怎麼活下去）。

感謝艾蓮娜・帕瓦納多，她的想法令人會心一笑。

還有克里斯蒂娜・佛斯奇尼，她只要一出現，就令人感到無比溫暖。

謝謝書商，他們將書本交付到每一位讀者的手中，感謝他們在這個世界裡所達成的美麗使命。

這本書也要感謝許多無心插柳的貢獻者，以下致謝順序為隨機排列。

史戴芬諾與托馬索，一直陪在我身邊，克拉拉與蓋亞，她們帶給我許多歡樂，維托・洛・

雷，謝謝他的好音樂，介紹芭芭拉給我認識，還有歐塔維歐．馬圖奇，謝謝他具有正面能量的憤世嫉俗。還有，「那尼」喬凡尼．塞瑞歐，因為他就是「夏貝爾」！瓦倫提娜，讓我覺得自己像是她家中的一份子。「奇秋」佛朗謝斯科．彭左內，真是個大好人。佛拉維歐，擁有善心的邪惡之人。還有瑪塔，總是犧牲小我不斷行善。安托尼歐．帕多瓦諾，謝謝他教我享受人生之樂。謝謝阿姨佛朗卡，因為她一直支持我。謝謝「伊亞」瑪麗亞，我們在奎里納爾宮所歡度的美好下午。還要謝謝米蓋爾與芭芭拉、安潔拉與皮諾、提茲安娜、羅朗多、多那托與丹妮耶拉、阿左拉。特別感謝艾莉莎．貝塔，書中出現了許多她的身影。

還有，令我無比驕傲的奇亞拉，當然，我必須要向自己的父母致上最深的謝意。

里奧納多．帕米撒諾，我的英雄，永遠令人無法忘懷。

阿奇列．孟佐提，他在一九九九年請我撰寫唐．馬可神父的故事，也引領我進入這個奇特的行業。本書主角的姓名「馬庫斯」就是為了要向這位偉大製作人致敬，我要感謝他的奇才與張狂，還有最重要的，挖掘編劇的一身好本領。

多那托．卡瑞西

Storytella 77

靈魂法庭

IL TRIBUNALE DELLE ANIME

靈魂法庭 / 多那托.卡瑞西(Donato Carrisi)著 ; 吳宗璘譯. – 初版. – 臺北市
: 春天出版國際, 2018.06
面 ;　公分. – (Storytella)
譯自 : Il tribunale delle anime
ISBN 978-986-6000-60-7(平裝)

877.57　　　　102004524

ISBN 978-986-6000-60-7
Printed in Taiwan

作　者　多那托・卡瑞西
譯　者　吳宗璘
總編輯　莊宜勳
主　編　鍾靈
編　輯　牛世竣

出版者　春天出版國際文化有限公司
地　址　台北市忠孝東路四段303號4樓之1
電　話　02-7733-4070
傳　眞　02-7733-4069
E－mail　frank.spring@msa.hinet.net
網　址　http://www.bookspring.com.tw
部落格　http://blog.pixnet.net/bookspring
郵政帳號　19705538
戶　名　春天出版國際文化有限公司
法律顧問　蕭顯忠律師事務所
出版日期　二〇一八年六月初版
　　　　　二〇二〇年七月初版九刷

定　價　399元

總經銷　楨德圖書事業有限公司
地　址　新北市新店區寶興路45巷6弄6號5樓
電　話　02-8919-3186
傳　眞　02-8914-5524
香港總代理　一代匯集
地　址　九龍旺角塘尾道64號 龍駒企業大廈10 B&D室
電　話　852-2783-8102
傳　眞　852-2396-0050